Andrej Kurkow

Graue Bienen

ROMAN

Aus dem Russischen von
Johanna Marx und Sabine Grebing

Diogenes

Titel der 2018 bei Folio Publishers, Kiew,
erschienenen Originalausgabe: ›Serye pčëly‹
Covermotiv: Gemälde von Lisa Krannichfeld

www.diogenes.ch
30/19/852/2
ISBN 978 3 257 07082 8

1

Die Kälte brachte Sergej Sergejitsch gegen drei Uhr nachts auf die Beine. Der von ihm eigenhändig nach dem Bild aus der Zeitschrift *Geliebte Datscha* gebaute kleine Kaminofen, mit der Glastür und den zwei runden Kochplatten obendrauf, schenkte keine Wärme mehr. Die Blecheimer, die danebenstanden, waren leer. In der Dunkelheit griff Sergejitsch in den nächsten von ihnen und stieß mit den Fingern auf ein paar Kohlekrümel.

»Na dann!«, brummte er verschlafen. Er zog Hosen an, stieg mit nackten Füßen in die alten Filzschuhe und warf den Mantel über. Er nahm die Eimer und ging nach draußen.

Hinter dem Schuppen blieb er vor dem Kohlehaufen stehen und fand mit dem Blick sofort die Schaufel, auf dem Hof war es viel heller als im Haus. Laut schlugen die ersten Kohlen auf dem Boden der Eimer auf. Aber bald fielen sie gleichsam geräuschlos.

Irgendwo in der Ferne feuerte ein Geschütz. Eine halbe Minute später wieder ein Schuss, nur kam er anscheinend von der anderen Seite.

»Können die Dummköpfe nicht schlafen? Oder wollen sie sich aufwärmen?«, brummte Sergejitsch unwillig.

Er kehrte in sein dunkles Haus zurück und zündete eine Kerze an. Ihr angenehmer, warmer Honigduft stieg ihm in die Nase. Und er hörte das leise, gewohnte und beruhigende Ticken des Weckers, der auf dem schmalen Holzfensterbrett stand.

Im Ofen war noch ein wenig Glut übrig, aber trotzdem brauchte es Späne und Papier, bis die kalte, aus dem Frost geholte Kohle Feuer fing. Als hinter der rußigen Scheibe schon blaue lange Flammenzungen tanzten, ging Sergejitsch noch einmal auf den Hof hinaus. Ferner Geschützdonner, der im Haus kaum zu hören war, kam von Osten her. Aber da erregte ein anderes, näheres Geräusch seine Aufmerksamkeit, und er lauschte angespannt: Durch die Straße nebenan fuhr eindeutig ein Auto. Bis es irgendwo stehenblieb. Es gab ja nur zwei Straßen im Dorf: die Lenin- und die Schewtschenkostraße, dazu den Mitschurinweg von der einen zur anderen. In der Leninstraße wohnte er selbst, in nicht sehr stolzer Einsamkeit. Das Auto war also durch die Schewtschenko gefahren. Dort war auch nur ein einziger Bewohner übrig geblieben – Paschka Chmelenko, ebenfalls Frührentner, fast gleich alt, Sergejitschs Kindheitsfeind von der ersten Klasse der Dorfschule an. Paschkas Gemüsegarten blickte Richtung Horliwka, das hieß, er war Donezk um eine Straße näher als Sergejitsch. Sergejitschs Garten lag zur anderen Seite, Richtung Slowjansk. Sein Gemüsegarten ging zum Feld hinunter, das sich erst abwärts erstreckte und dann wieder anstieg, nach Schdaniwka. Schdaniwka war vom Garten aus nicht zu sehen, es versteckte sich gleichsam hinter dem Buckel. Aber die ukrainische Armee, die sich mit Unterständen und Schützengräben in diesen Buckel hineingegraben hatte, konnte man von Zeit zu Zeit hören. Und wenn er sie nicht hörte, dann wusste Sergejitsch trotzdem, dass sie dort in ihren Unterständen und Schützengräben saß, links von dem Wäldchen, an dem früher Traktoren und Lastwagen auf dem Feldweg entlanggefahren waren. Drei Jahre saß sie nun schon da. So, wie hinter Paschkas Schewtschenkostraße die lokale Bande in ihren Unterständen Tee und Wodka mit der russländischen militärischen Internationale trank, hinter den Gemüsegärten, hinter den Resten des alten Aprikosenhains, den man noch zu sowjetischen Zeiten gepflanzt hatte, und hinter dem Feld, dem durch den Krieg genauso die Bauern fehlten wie dem Feld zwischen Sergejitschs Garten und Schdaniwka. Ruhig war es hier seit etwa zwei Wochen! Zurzeit schossen sie nicht aufeinander. Vielleicht hatten sie es satt? Vielleicht sparten sie Granaten und Munition für die Zukunft? Vielleicht wollten sie auch die letzten beiden Bewohner von Malaja Starogradowka nicht stören, die sich fester an ihre Häuser klammerten als ein Hund an seinen Lieblingsknochen? Bei den übrigen Malostarogradowkern war gleich zu Beginn der Kriegshandlungen der Wunsch aufgekommen wegzuziehen. Und das hatten sie getan. Weil sie mehr Angst um ihr Leben bekommen hatten als um ihre Besitztümer und von zwei Ängsten die stärkere wählten. In Sergejitsch hatte der Krieg keine Angst um sein Leben ausgelöst. Dafür eine Art Verständnislosigkeit und plötzliche Gleichgültigkeit gegenüber allem, was ihn umgab. Es war, als wären alle Gefühle verschwunden, außer einem – dem Verantwortungsgefühl. Auch dieses Gefühl, das ihn zu jeder Tages- und Nachtzeit in Unruhe versetzen konnte, empfand er nur seinen Bienen gegenüber. Aber jetzt hielten sie Winterruhe, die Wände der Bienenstöcke waren dick, auf den Rähmchen und unter den verschlossenen Deckeln lagen Filze, außen schützten ringsum Metallplatten. Auch wenn die Bienenstöcke im Schuppen standen, konnte doch von überall her eine verirrte Granate geflogen kommen, und dann würden die Splitter zuerst ins Metall schneiden. Vielleicht hatten sie danach nicht mehr die Kraft, die hölzernen Wände der Bienenstöcke zu durchschlagen und den Bienen den Tod zu bringen?

2

Paschka kam am Mittag zu ihm. Sergejitsch hatte gerade einen zweiten Eimer voll Kohlen in den Ofen geschüttet und oben den Teekessel aufgesetzt. Er hatte vorgehabt, in aller Stille einen Tee zu trinken, aber daraus wurde nichts.

Bevor er den ungebetenen Gast ins Haus ließ, verbarg er sein »Schutzbeil«, das an der Wand lehnte, hinter dem Reisigbesen. Am Ende hatte Paschka zu seiner Selbstverteidigung eine Pistole oder eine Kalaschnikow, wer wusste das schon! Sähe er dann das Beil im Flur, würde er grinsen, wie immer, wenn er zeigen wollte, dass er sein Gegenüber für einen Trottel hielt. Sergejitsch hatte zur Selbstverteidigung eben nur ein Beil. Sonst nichts. Nachts legte er das Beil unters Bett, und deshalb war sein Schlaf tief und ruhig. Nicht immer, natürlich.

Sergej Sergejitsch öffnete Paschka die Tür. Dabei brummte er nicht besonders freundlich, weil in seinem Geist über den Nachbarn von der Schewtschenkostraße plötzlich all die alten Vorwürfe hereinbrachen, deren Verjährung wohl niemals eintrat.

Er musste daran denken, wie gemein Paschka oft gewesen

war, wie er sich heimlich geprügelt, bei den Lehrern gepetzt und nicht hatte abschreiben lassen. Man könnte meinen, im Lauf von vierzig Jahren hätte schon alles vergeben und vergessen werden können! Vergeben – ja. Aber wie sollte man vergessen, wenn sie in ihrer Klasse sieben Mädchen und nur zwei Jungen gewesen waren: er und Paschka. Das hieß, Sergejitsch hatte in der Schulklasse keinen Freund gehabt, nur einen Feind! Obwohl »Feind« auch schon zu schwer und zu ernst klang.

»Grüß dich, Sersch!«, grüßte Paschka etwas angespannt, als er ins Haus trat.

»Heute Nacht gab es Strom!«, teilte er mit und sah sich nach dem Reisigbesen um, mit dem er sich den Schnee von den Stiefeln fegen wollte.

Er griff sich den Besen und grinste beim Anblick des Beils.

»Stimmt nicht!«, entgegnete Sergejitsch ruhig. »Hätte es Strom gegeben, dann wäre ich davon aufgewacht. Bei mir sind alle Lichtschalter an, damit ich nicht verpasse, wenn er kommt!«

»Du hast sicher fest geschlafen! Du schläfst doch so, dass dich auch eine Explosion nicht weckt. Und er war auch nur eine halbe Stunde lang da. Hier, schau.« Er zeigte Sergejitsch sein Handy. »Ich konnte es sogar ein Stück weit laden. Vielleicht willst du jemanden anrufen?«

»Ich habe niemanden zum Anrufen. Willst du einen Tee?«, fragte Sergejitsch, ohne einen Blick auf das Handy zu werfen.

»Woher hast du denn Tee?«

»Woher?! Von den Baptisten!«

»Da schau an!« Paschka staunte. »Meiner ist schon lang aus.«

Sie setzten sich an den Tisch, Paschka mit dem Rücken zum Ofen. Vom Ofen und seinem Eisenrohr, das wie eine Säule zur Decke aufstieg, kam Wärme.

»Wieso ist der so dünn?«, brummelte der Gast, als er in seine Tasse sah. Und fragte gleich darauf schon freundlicher: »Hast du vielleicht etwas zu essen?«

Sergejs Blick wurde böse. »Mir bringt man nachts keine humanitäre Hilfe!«

»Mir auch nicht.«

»Was denn sonst?«

»Gar nichts!«

Sergejitsch schnaubte und trank von seinem Tee. »Und diese Nacht war wohl auch niemand da?«

»Wieso, hast du etwas gesehen?«

»Ja, ich habe draußen Kohlen geholt, als es kalt wurde.«

»Ach, das waren Unsere, von drüben!«, bestätigte Paschka. »Aufklärer.«

»Und, was haben sie aufgeklärt?«

»Sie haben geschaut, ob Ukros im Dorf sind.«

»Wirklich?« Sergejitsch fixierte Paschkas hin- und herhuschenden Blick.

Paschka, als wäre er in die Enge getrieben, ergab sich sofort.

»Nein«, gestand er. »Es waren irgendwelche Typen. Sagten, sie wären aus Horliwka. Haben einen Audi ohne Papiere für dreihundert Dollar angeboten.«

»Und, hast du ihn gekauft?«, fragte Sergejitsch mit einem schiefen Grinsen.

»Bin ich verrückt?« Paschka schüttelte den Kopf. »Wäre ich ins Haus gegangen, um Geld zu holen, wären sie mir nach und, zack, ein Messer in den Rücken. Ich weiß doch, wie das abläuft.«

»Warum sind sie denn bei mir nicht vorbeigekommen?«, fragte Sergejitsch mit einem weiteren skeptischen Grinsen.

»Ich habe ihnen gesagt, dass ich allein im Dorf bin. Und es gibt ja auch keinen Weg mehr von der Schewtschenko zur Lenin. Dort ist doch der Krater von dem Einschlag bei den Mitkows. Bloß ein Panzer kommt da durch!«

Sergejitsch schwieg. Er sah nur Paschka weiter an, mit seiner schlauen Visage, die gut zu einem alten Taschendieb gepasst hätte, den man viele Male geschnappt und verprügelt hatte und der davon schreckhaft geworden war. Paschka, der mit seinen neunundvierzig Jahren gut und gern zehn Jahre älter als Sergejitsch erschien. Vielleicht wegen der fahlen Farbe seines Gesichts, vielleicht wegen der abgeschabten Wangen. Als hätte er sich das Leben lang mit einem stumpfen Rasierer rasiert und seine Haut ruiniert. Sergejitsch sah ihn an und dachte dabei, dass er, wären sie beide nicht hier im Dorf als Einzige zurückgeblieben, nie mehr mit ihm geredet hätte. Sie hätten so, parallel, jeder in seiner Straße sein Leben gelebt. Er, Sergejitsch, in der Lenin und Paschka in der Schewtschenko. Bis zum Tod hätten sie nicht miteinander geredet. Wäre nicht der Krieg gewesen.

»Sie haben lange nicht mehr geschossen hier bei uns«, seufzte sein Gast. »Bei Gatnaja haben sie früher nur nachts geballert, aber jetzt auch schon am Tag! – Sag mal«, Paschka beugte sich plötzlich ein wenig nach vorn. »Wenn Unsere dich um etwas bitten würden, würdest du es tun?«

»Was für ›Unsere‹?«, fragte Sergejitsch unwirsch zurück.

»Na, Unsere, aus Donezk! Was spielst du den Dummen?«

»Meine ›Unseren‹ sind im Schuppen, und sonst kenne ich keine ›Unseren‹. Du bist für mich auch nicht besonders ›Unserer‹!«

»Hör mal, was bist du so griesgrämig? Hast du nicht ausgeschlafen?« Paschka zog eine unzufriedene Grimasse. »Oder sind deine Bienen erfroren, dass du deinen Ärger an mir auslässt?«

»Ich werd's dir geben, erfroren!« Sergejitschs Stimme klang ernsthaft drohend. »Wenn du etwas gegen meine Bienen sagst –«

»Aber ich achte doch deine Bienen! Im Gegenteil, ich mache mir Sorgen!«, unterbrach ihn Paschka schnell und schwenkte um: »Ich verstehe nur nicht, wie sie über den Winter kommen. Ist ihnen im Schuppen etwa nicht kalt? Ich würde dort vor Kälte eingehen!«

»Solange der Schuppen heil ist, ist es nicht kalt!« Sergejitsch ließ sich besänftigen. »Ich passe auf! Ich schaue jeden Tag nach.«

»Und wie schlafen sie in den Bienenstöcken?«, fragte Paschka. »Wie die Menschen?«

»Ja, wie die Menschen! Jede in ihrem Bettchen.«

»Aber du hast doch dort keine Heizung. Oder hast du eine eingebaut?«, fragte Paschka verwundert.

»Sie brauchen keine! Bei ihnen drin sind es 37 Grad plus. Sie machen es sich selbst warm.«

Jetzt, wo sie über die Bienen sprachen, wurde das Gespräch freundschaftlicher. Paschka erkannte, dass man bei so friedlicher Stimmung auch gut gehen konnte. Sogar das

Verabschieden würde gelingen, nicht so wie beim letzten Mal, als Sergejitsch ihn fluchend hinausgeworfen hatte.

»Hast du dir übrigens mit der Rente etwas überlegt?«, fragte Paschka zum Abschluss.

»Was gibt es da zu überlegen?« Sergejitsch zuckte die Achseln. »Sobald der Krieg zu Ende ist, bringt die Postbotin sie mir für drei Jahre auf einmal! Dann fängt das wahre Leben an!«

Paschka grinste und wollte ein wenig sticheln, hielt aber den Mund.

Bevor er ging, sahen er und Sergejitsch sich noch einmal an.

»Hör mal, solange es noch geladen ist …«, Paschka hielt Sergejitsch noch einmal das Handy hin. »Vielleicht rufst du deine Witalina an?«

»Was heißt da ›meine‹?«, fragte Sergejitsch verwundert. »Seit sechs Jahren ist sie nicht mehr meine. Nein, ich rufe nicht an.«

»Und deine Tochter?«

»Jetzt geh schon! Ich habe doch gesagt, ich habe niemand zum Anrufen!« Dann schlug er hinter dem Gast die Tür zu.

3

»Was kann das nur sein?«, überlegte Sergejitsch laut.

Er stand am Rand seines Gemüsegartens vor dem weißen Feld, das sich wie eine breite Zunge den Hügel hinunter erstreckte und dann ebenso sanft wieder anstieg, Richtung Schdaniwka. Dort, am verschneiten Horizont, versteckten sich die Stellungen der ukrainischen Armee. Erkennen konnte Sergejitsch sie von hier aus nicht. Es war weit weg, und um seine Augen stand es auch nicht zum Besten. Rechts zog sich ein mal dichter, mal lichter Waldstreifen dort hinauf, der als Windschutz diente. Bergauf ging das Wäldchen allerdings erst nach der Senke, und bis zur Abzweigung nach Schdaniwka waren die Bäume in einer geraden Linie am Feldweg entlang gepflanzt, der jetzt still unter dem Schnee lag, weil seit Beginn der Kriegshandlungen niemand auf ihm fuhr. Vor dem Frühling 2014 waren sie auf diesem Feldweg auch bis nach Swetloje und nach Kalinowka gekommen.

Gewöhnlich brachten Sergej Sergejitsch die Füße wie von selbst hierher zum Rand des Gemüsegartens, ohne dass er darüber nachdachte. Er wanderte oft über seinen Hof, sah auf seinem Besitz nach dem Rechten. Mal ging er in den Schuppen zu den Bienen, mal in die Garage zu seinem grünen Lada Schiguli, mal zu dem Haufen lang brennender Kohlen, der mit jedem Tag kleiner wurde, aber dennoch Zuversicht in die Wärme von morgen und übermorgen gab. Manchmal trugen seine Füße ihn auch in den Obstgarten, dann blieb er bei den schlafenden Apfel- und Aprikosenbäumen stehen. Seltener fand er sich am äußersten Rand des Gartens wieder, wo die endlose Schneekruste knirschte und unter den Füßen brach. Aber die Stiefel sanken nie tief ein, weil der Winterwind den Schnee immer aufs Feld hinunter zur Senke blies. Und das hieß, oben und in Sergejitschs Gemüsegarten blieb nur wenig von ihm übrig.

Es war bald Mittag, eigentlich Zeit, nach Hause zu gehen, aber dieser Fleck dort, wo sich das Feld hinauf nach Schdaniwka, zu den ukrainischen Schützengräben zog, bestürzte Sergejitsch und ließ ihn nicht los. Vor ein paar Tagen, als er das letzte Mal am Rand des Gartens gestanden hatte, war kein Fleck auf dem schneeweißen Feld gewesen. Nur Schnee, in dem man, wenn man hineinsah, weißes Rauschen zu hören begann, eine Stille, die mit kalten Händen die Seele packte und lange nicht losließ. Natürlich war das hier eine spezielle Stille: Geräusche, an die Sergejitsch sich gewöhnt hatte und denen er keine Aufmerksamkeit schenkte, waren ebenfalls Teil der Stille geworden. Wie zum Beispiel der Nachhall von fernem Artilleriefeuer. Auch jetzt, er zwang sich zu lauschen, wurde irgendwo rechts, vielleicht fünfzehn Kilometer entfernt, geschossen und irgendwo links anscheinend auch, falls das nicht das Echo war.

»Vielleicht ist das ein Mensch?«, fragte Sergejitsch sich wieder laut, während er hinstarrte.

Einen Augenblick lang schien es, als wäre die Luft durchsichtiger geworden.

›Was kann denn sonst dort sein?‹, überlegte er. ›Hätte ich ein Fernglas, dann würde ich alles erkennen! Und würde schon zu Hause im Warmen sitzen … Vielleicht hat ja Paschka ein Fernglas?‹

Diesmal folgten seine Füße seinen Gedanken und brachten ihn zu Paschka. Der Granattrichter neben dem Haus der Mitkows, um den er am Rand entlang einen Bogen gemacht hatte, blieb hinter ihm zurück. Weiter ging er durch die Schewtschenko, in der Spur des kürzlich durchgefahrenen Autos, über das Paschka am Ende vielleicht die Wahrheit gesagt hatte, aber auch gelogen haben konnte, das kam bei ihm vor!

»Hast du ein Fernglas?«, fragte Sergejitsch ohne Gruß seinen Kindheitsfeind, der ihm die Tür öffnete.

»Ich hab eins, aber wozu brauchst du es?« Paschka hatte offenbar auch beschlossen, nicht zu grüßen: Wozu überflüssige Worte machen?

»Da liegt etwas im Feld auf meiner Seite. Vielleicht eine Leiche!«

»Ich komme!« In Paschkas Augen leuchtete ein fragender Funke auf. »Warte!«

Der Krater beim Haus der Mitkows blieb hinter ihnen zurück. Im Gehen sah Sergejitsch hinauf zum Himmel – es kam ihm vor, als würde es bereits dunkel, obwohl selbst die kürzesten Wintertage nicht um halb zwei zu Ende waren! Dann warf er einen Blick auf das massive alte Fernglas, das an einer braunen Lederschnur auf Paschkas vorgewölbter Mantelbrust baumelte. Natürlich hätte sich der Pelzmantel nicht so gewölbt, wenn Paschka nicht die langen Enden seines Schaffellkragens hineingestopft hätte. Der Kragen selbst stand wie ein Zaun um seinen dünnen Hals und beschützte ihn zuverlässig vor dem eisigen Wind.

»Und wo?« Paschka setzte das Fernglas an die Augen, kaum hatten sie am Rand des Gemüsegartens haltgemacht.

»Schau dort rüber, geradeaus und ein bisschen nach rechts, am Hang!« Sergejitsch wies mit der Hand hin.

»So, so, so«, murmelte Paschka. »Ja! Ich sehe es!«

»Und was ist da?«

»Eine Soldatenleiche. Aber zu wem gehört er? Wo sind denn seine Abzeichen? Nein, man sieht es nicht. Er ist blöd gefallen!«

»Lass mich durchschauen!«, bat Sergejitsch.

Paschka nahm das Fernglas herunter und reichte es ihm. »Da, Imker! Vielleicht hast du ein schärferes Auge!«

Das, was aus der Ferne dunkel ausgesehen hatte, war aus der Nähe grün. Der Tote lag auf der rechten Seite, den Hinterkopf zu Malaja Starogradowka gewandt, also mit dem Gesicht zu den ukrainischen Schützengräben.

»Was siehst du?«, fragte Paschka.

»Was ich sehe? Da liegt einer. Tot. Soldat. Weiß der Teufel, von welcher Seite! Vielleicht von diesen, vielleicht von jenen!«

»Verstehe.« Paschka nickte, und sein Kopf, der in dem hochgestellten Schaffellkragen wackelte, brachte Sergejitsch, der das Fernglas schon abgesetzt hatte, zum Lächeln.

»Was ist?«, fragte Paschka misstrauisch.

»Du siehst aus wie eine umgedrehte Glocke mit deinem Kragen. Dein Kopf ist zu klein für diesen Luxus!«

»Er ist, wie er ist«, sagte Paschka bissig. »Einen kleinen Kopf trifft eine Kugel dafür schwerer. Einen großen wie deinen verfehlt man auch aus einem Kilometer Entfernung nicht!«

Gemeinsam stapften sie durch den Obstgarten, den Gemüsegarten, den Hof bis ans Tor zur Leninstraße. Schweigend, ohne sich anzusehen. Hier bat Sergejitsch Paschka, ihm das Fernglas für ein paar Tage dazulassen. Paschka ließ es ihm. Dann ging er zum Mitschurinweg, ohne sich noch einmal umzudrehen.

4

In der Nacht wurde Sergej Sergejitsch nicht von der eigenen Kälte wach, sondern von einer fremden, geträumten. Genauer: Er träumte, er sei ein Soldat. Erschossen und auf dem Schnee liegengelassen. Und ringsum war es schrecklich kalt. Der tote Körper war schon erstarrt, aber nun wurde er gleichsam zu Stein und begann, selbst Kälte auszustrahlen. Sergejitsch lag schlafend im Inneren dieses steinernen Körpers und fühlte, im Traum und außerhalb, im eigenen Körper, kaltes Entsetzen. Er ertrug es, bis der Traum ihn losließ. Sobald der Traum schwächer wurde, stand er vom Bett auf. Er wartete, bis seine Finger aufhörten, von der im Traum durchlebten Kälte zu zittern, dann schüttete er Kohlebröckel aus dem Eimer in den Ofen und setzte sich in der Dunkelheit an den Tisch.

»Warum lässt du mich nicht schlafen?«, flüsterte er.

Wohl eine halbe Stunde saß er so da, während seine Augen sich an die Dunkelheit gewöhnten. Die Luft im Zimmer teilte sich in horizontale Schichten auf, den Fußknöcheln wurde es kalt, den Schultern und Wangen warm.

Sergejitsch seufzte, zündete eine gelbe Kerze an und ging zum Schrank, öffnete die linke Tür und hielt die Kerze vor das Schrankinnere. Da hing zwischen leeren Kleiderbügeln ein Kleid seiner Frau, seiner Exfrau Witalina. Sie hatte es absichtlich zurückgelassen, als eindeutigen Hinweis. Als einen der Gründe, warum sie gegangen war.

Im zitternden Halbdunkel der kleinen Flamme war das Muster des Kleides nicht besonders gut zu sehen, aber das brauchte Sergejitsch auch nicht. Er kannte es in- und auswendig, sein ganzes simples Sujet: Über den hellblauen Stoff liefen große rote Ameisen, die einen aufwärts, die anderen abwärts, dicht an dicht, vermutlich Tausende von Ameisen! Wie konnte einem Kleidererfinder nur so etwas in den Kopf kommen! Konnte es nicht einfach und schön wie bei allen sein, ein Kleid mit Punkten oder Margeriten, oder mit Veilchen?

Sergejitsch löschte die Kerzenflamme nach alter Gewohnheit zwischen rechtem Daumen und Zeigefinger, sog den süßen letzten Rauchfaden der Kerze in die Nase und legte sich wieder ins Bett. Unter der Decke war es warm. Bei einer solchen Wärme mussten auch wärmende Träume kommen, keine, die einen mit kaltem Grauen durchdrangen!

Die Augen fielen ihm zu, und im Halbschlaf sah er wieder das vertraute Kleid mit den Ameisen. Nur dieses Mal nicht im Schrank, sondern an ihr, an Witalina. Es war lang, bis über die Knie. Die roten Ameisen rannten förmlich über den Stoff, weil Witalina im Dorf die Leninstraße entlangging und ein leichter Wind den Saum des Kleides hin- und herwehte. Witalina ging nicht, sie schwebte. Genau so, wie sie das erste Mal aus dem Hof auf die Straße getreten war. Man konnte sagen, sie war hinausgegangen, um sich der Straße und dem ganzen Dorf zu zeigen wie irgendeinen bedeutenden Ausweis, bei dessen Anblick alle den Weg freigeben mussten. An jenem ersten Tag nach ihrer Ankunft aus Winnyzja hatte sie noch nicht alle Taschen und Koffer ausgepackt, aber sofort aus ihren Sachen das Ameisenkleid herausgeholt, es gebügelt, angezogen und sich zur Kirche aufgemacht, die am Ende der Straße stand. Er hatte versucht, sie aufzuhalten, sie angefleht, etwas anderes anzuziehen, aber ach wo! Mit Witalinas Charakter und ihrer Liebe zum »Schönen« war schwer auszukommen gewesen. Unmöglich sogar.

Sie dachte damals, Sergejitsch würde gemeinsam mit ihr durch die Straße spazieren, aber er begleitete sie nur bis zum Tor. Er schämte sich, weiterzugehen mit seiner Frau, die sich mit roten Ameisen herausgeputzt hatte.

Sie war allein losgegangen, mit mutigem, geradezu herausforderndem Gang, hatte Nachbarn und Nachbarinnen an ihre Zäune, Fenster und Gartentore gelockt. Damals lebte das Dorf ja noch, fast aus jedem Hof drang Kinderlachen!

Natürlich zerriss sich in den nächsten paar Tagen das ganze Dorf das Maul über sie …

Dabei hatte er sich ja nicht wegen des Kleides in sie verliebt und sie zur Frau genommen! Ohne das Kleid war sie viel besser und gehörte ihm allein! Leider nicht so lange, wie er es sich gewünscht hatte.

Seltsamerweise war in Sergejitschs Traum jener erste Gang Witalinas durch das Dorf anders, als es sich in Wirklichkeit abgespielt hatte. Im Traum ging er neben ihr und hielt sie an der Hand. Er grüßte die Nachbarn und Nachbarinnen, er nickte ihnen zu, auch wenn ihre Blicke an dem Kleid mit den Ameisen klebenblieben wie Fliegen im Sommer an dem Fliegenpapier über dem Tisch.

In seinem Traum gingen sie bis zu der Kirche, aber sie traten nicht durch die offene Tür dort ein, sondern gingen um die Kirche herum zum Friedhof, wo die stummen Kreuze und Grabsteine den Menschen die Lust nahmen, zu lächeln oder laut zu reden. Dort führte Sergejitsch Witalina zum Grab seiner Eltern, die keine fünfzig geworden waren, dann zeigte er ihr seine anderen Verwandten: die Schwester des Vaters mit ihrem Mann, seinen Cousin mit den beiden Söhnen, die im Suff bei einem Autounfall umgekommen waren, auch seine Nichte vergaß er nicht, obwohl man sie am äußersten Rand des Friedhofs hatte verschwinden lassen, oberhalb der Schlucht. Das Ganze nur, weil ihr Vater sich mit dem Vorsitzenden des Dorfsowjets gestritten hatte und der sich, wo er eben konnte, an ihm gerächt hatte.

Wenn man lange an einem Ort lebt, dann hat man mehr Verwandtschaft auf dem Friedhof als solche, die sich nebenan wohlbefindet.

Hier erinnerte Sergejitsch sich im Schlaf, dass sie tatsächlich am zweiten oder dritten Tag nach Witalinas Ankunft auf den Friedhof gegangen waren, nur war sie da passend gekleidet gewesen, ganz in Schwarz. Das Schwarz stand ihr sehr gut, so erschien es ihm damals.

Vor dem Fenster krachte es plötzlich laut. Sergejitsch fuhr zusammen und verlor den Faden seines Traums. Der Friedhof verschwand, auch Witalina in ihrem Ameisenkleid und er selbst, als wäre im Kino während der Filmvorführung der Streifen im Projektor gerissen.

Der Krach brachte Sergejitsch allerdings nicht dazu, die Augen zu öffnen.

›Irgendwo hat es eingeschlagen‹, dachte er. ›Und nicht besonders nah, bloß ein großes Kaliber! Wäre es nahe gewesen, dann hätte es mich aus dem Bett geschleudert.‹ Und hätte das Geschoss das Haus getroffen, dann wäre er für immer in diesem Traum geblieben, in dem es gemütlicher und wärmer war als im Leben. Obendrein ärgerte ihn auch das Ameisenkleid nicht mehr, es begann ihm eher schon zu gefallen!

5

»Er liegt doch direkt vor ihren Füßen!« Paschka war böse und verbarg seine Empörung nicht. »Sie hätten ihn schon mal holen können!«

Von der zerbombten Kirche her wehte ein kalter, stechender Wind. Paschka hatte den Kopf zwischen die Schultern geklemmt im Versuch, sich hinter dem hochgeklappten Kragen seines Schaffellmantels vor diesem Wind zu schützen. Sein unfrohes Profil erinnerte Sergejitsch an irgendein Revolutionsbild aus dem sowjetischen Geschichtsbuch.

Sie standen wieder am Rand des Gemüsegartens. Paschka schaute an diesem Morgen finster drein. Finster hatte er auch vor etwa einer Stunde auf Sergejitschs Klopfen hin die Tür geöffnet, ohne ihn hereinzubitten. Allerdings hatte er sich schnell fertiggemacht und nichts dagegen gehabt, mit seinem alten Kindheitsfeind an den Rand des Gartens zu kommen.

»Vielleicht lässt er dich ja nicht schlafen«, brummte er im Gehen. »Aber ich habe mit ihm nichts zu tun! Er liegt da eben, na und! Irgendwann werden sie ihn verscharren und beerdigen!«

»Aber das ist doch ein Mensch!«, versuchte Sergejitsch, seinen Standpunkt zu erklären, und stolperte dabei, weil er nicht auf den Boden sah. »Ein Mensch muss entweder leben oder im Grab liegen!«

»Da wird er schon noch landen.« Paschka winkte ab. »Eines Tages landet jeder unter der Erde.«

»Aber vielleicht steigen wir runter und ziehen ihn wenigstens in das Wäldchen, damit man ihn nicht sieht?«

»Ich steige da nicht runter! Sollen das die machen, die ihn dort hingeschickt haben!«

Paschkas Stimme klang so entschlossen, dass Sergejitsch begriff, dass dieses Gespräch sinnlos war. Trotzdem redete er weiter.

Er redete auch noch, als sie auf dem festgetretenen Schnee vor dem Feld standen, das sich den Hügel hinunterzog.

»Gib mir das Fernglas«, verlangte Paschka.

Er sah eine Weile hindurch und verzog das Gesicht. Was er sah, gefiel ihm genauso wenig wie Sergejitsch, nur brachte es ihn offenbar auf ganz andere Gedanken als seinen Nachbarn.

»Wenn er von ihnen heruntergekommen ist, dann ist er einer von den Ukros«, begann Paschka, laut zu überlegen, nachdem er das Fernglas abgesetzt hatte. »Wenn er zu ihnen wollte, dann ist er von uns! Wenn wir wüssten, dass es Unserer ist, könnte man es den Jungs in Karusselino sagen, dann könnten sie ihn nachts wegschleppen. Aber er liegt ja quer! Und es ist nicht klar, wo er hinwollte. Sersch, hast du übrigens heute Nacht den Flieger gehört?«

»Ja«, nickte Sergejitsch.

»Anscheinend haben sie den Friedhof getroffen.«

»Und wer?«

»Weiß der Teufel. Hast du ein bisschen Tee für mich?«

Sergejitsch biss sich auf die Lippen. Nein zu sagen war unpassend, schließlich war Paschka ja doch auf seine Bitte hin mitgekommen, obwohl er nicht gewollt hatte!

»Ich gebe dir welchen, gehen wir.«

Der von den Sohlen ihrer schweren Stiefel zermahlene Schnee knirschte trocken unter den Füßen wie gefrorener Sand.

Sergejitsch ging voraus. Dabei überlegte er, in was er den Tee für Paschka hineinfüllen konnte. In eine Streichholzschachtel – das war wenig, dann wäre er gekränkt, in ein Mayonnaiseglas – das war viel.

Vor seiner Haustür trampelten beide auf dem Beton und klopften den Schnee ab.

Am Ende schüttete Sergejitsch den Tee für Paschka doch

in ein Mayonnaiseglas, er füllte es bloß nicht ganz, sondern zu etwa zwei Dritteln.

»Soll ich dir das Fernglas noch dalassen, oder hast du genug gesehen?«, fragte Paschka und versuchte, dankbar auszusehen.

»Ja, lass es hier«, bat Sergejitsch.

Dieses Mal trennten sie sich freundschaftlich.

Als er allein war, ging Sergejitsch beim Schuppen vorbei und besuchte seine überwinternden Bienen, überprüfte, ob alles in Ordnung war. Dann schaute er in die Garage und betrachtete seinen grünen Schiguli-Kombi. Er überlegte, den Motor anzulassen, fürchtete aber, dass es die Bienen aufschrecken würde. Sie befanden sich ja nebenan hinter der Holzwand, der Schuppen und die Garage waren wie Zwillinge und auch nahezu unter einem Dach.

Vor dem Fenster begann schon die frühe Winterabenddämmerung. Sergejitsch versorgte sich für die Nacht mit Kohle, er schüttete einen halben Eimer davon in den Ofen, schloss die Ofentür und stellte oben einen Topf mit Wasser auf. Heute gab es bei ihm zum Abendessen Buchweizengrütze. Dann würde er bei Kerzenschein ein Buch lesen, Kerzen hatte er jetzt viele. Mehr als Bücher. Die Bücher waren alle alt und sowjetisch, sie standen im Büfett hinter Glas, links vom Service. Sie waren alt, aber lasen sich leicht, die Buchstaben waren groß und deutlich, und alles war verständlich, weil sie einfache Geschichten erzählten. Die Kerzen standen in zwei Kisten in der Ecke. Darin lagen sie in dichten Schichten, jede Schicht von der anderen durch ein Wachspapier getrennt. Dieses Wachspapier allein war bereits eine Kostbarkeit! Damit konnte man selbst im Regen und auch bei echtem Sturm ein Feuer anzünden. Wenn es einmal brannte, dann konnte nichts es löschen. Als ein Geschoss ihre Lenin'sche Kirche traf – Lenin'sche nannten alle sie deshalb, weil sie am äußersten Ende der Leninstraße stand – und sie, aus Holz gebaut, abbrannte, war Sergejitsch am nächsten Morgen hingegangen und hatte in dem steinernen Anbau, den die Explosion aufgerissen hatte, zwei Kisten mit kleinen Kirchenkerzen gefunden. Er hatte sie mitgenommen, zuerst eine und dann auch die zweite nach Hause getragen. So wurde am Ende Gutes mit Gutem vergolten, wie es in der Bibel stand. Wie viele Jahre lang hatte er sein Wachs dem Priester für die Kirche geschenkt, eben für die Kerzen! Er hatte es immer geschenkt, und dann hatte er von Gott zum Geschenk die Kerzen erhalten. Genau zur rechten Zeit, als der Strom ausblieb. So dienten sie ihm jetzt anstelle der Glühbirne. Es war doch auch eine heilige Sache, einem Menschen in schwerer Zeit das Leben zu erhellen!

6

Nach ein paar ruhigen, windstillen Tagen kam ein Abend, der dunkler war als gewöhnlich. In einem Aufruhr am Himmel, der in der winterlichen Dunkelheit von unten nicht zu sehen war, hatten schwere Wolken die leichten fortgeschoben, und plötzlich fielen aus ihnen weiche Flocken auf den alten, im trockenen Wind hart gewordenen Schnee.

Gähnend warf Sergejitsch eine neue Ladung lang brennender Kohle in den Ofen und löschte mit zwei Fingern die gelbe Kirchenkerze. Damit hatte er schon alles, was vor dem

Schlaf zu tun war, vollbracht. Blieb nur noch, sich die Decke über die Ohren zu ziehen und zu schlafen, bis der Morgen oder die Kälte kam. Aber wegen des Schneefalls schien die Stille nicht vollkommen zu sein. An das ferne Geschützfeuer hatte Sergejitsch sich längst gewöhnt, daher war es Bestandteil seiner Stille geworden. Doch der Schneefall, ein viel seltenerer Gast, überdeckte es mit seinem Rascheln vor dem Fenster.

Stille ist natürlich etwas Relatives, und als persönliche Klangerscheinung stimmt jeder Mensch sie nach sich selbst. Früher war Sergejitschs Stille genau wie die aller anderen gewesen. Das ferne Brummen eines Flugzeugs am Himmel oder das Zirpen der Grillen, das nachts durchs offene Fenster hereinflog, wurde mühelos Teil von ihr. Jedes leise Geräusch, das einen nicht ärgert oder zwingt, sich nach ihm umzudrehen, wird letztlich Teil der Stille. So war es früher mit der Stille in Friedenszeiten. So wurde es dann auch mit der Stille in Kriegszeiten, in der die Geräusche des Krieges die friedlichen unterdrückten, die Geräusche der Natur verdrängten, mit der Zeit aber selbst uninteressant und alltäglich wurden, sich dann gleichsam ebenfalls unter die Flügel der Stille legten und keine Aufmerksamkeit mehr erregten.

Jetzt lag Sergejitsch da, durch den Schneefall, der ihm zu laut schien, von einer seltsamen Unruhe gepackt. Und statt einzuschlafen, dachte er nach.

Wieder fiel ihm der auf dem Feld liegende Tote ein. Aber diesmal kam ihm schnell der erfreuliche Gedanke, dass er jetzt schon sicher nicht mehr zu sehen war! Denn ein solcher Schnee deckte alles zu, bis zum Frühling, bis zum Tauwetter! Im Frühling würde alles anders, die Natur würde erwachen, und die Vögel würden lauter singen, als die Geschütze feuerten, weil die Vögel in der Nähe sangen, die Geschütze aber dort in der Ferne blieben. Nur manchmal würden die Artilleristen aus unbegreiflichem Grund, vielleicht weil sie betrunken oder müde waren, ein, zwei Geschosse zufällig auf ihr Dorf, auf Malaja Starogradowka, abfeuern. Einmal im Monat, nicht öfter. Die Geschosse würden dort hinfallen, wo es schon kein Leben mehr gab: auf den Friedhof oder den Kirchenvorhof oder das seit langem leer und ohne Fenster dastehende Gebäude des alten Kolchosebüros.

Er aber würde, wenn der Krieg weiterging, das Dorf Paschka überlassen und seine Bienen, alle sechs Stöcke, dorthin bringen, wo kein Krieg war. Wo es auf den Feldern keine Explosionskrater, sondern Blumen oder Buchweizen gab, wo man unbeschwert und furchtlos durch den Wald, das Feld, die Dorfstraße gehen konnte. Wo viele Menschen waren und einem das Leben allein wegen ihrer Menge und ihrer Sorglosigkeit wärmer vorkam, auch wenn sie einen im Vorübergehen nicht anlächelten.

Die Gedanken an seine Bienen versetzten Sergejitsch in friedliche Stimmung und brachten den Schlaf schon näher. Er dachte an jenen Tag, der in seinem Herzen und seiner Erinnerung einen besonderen Platz einnahm: als ihn zum ersten Mal der Herr des Donbass und beinahe des ganzen Landes, sein ehemaliger Gouverneur, besucht hatte, ein Mensch, der in jeder Hinsicht verständlich und vertrauenerweckend gewesen war wie ein alter Abakus. Er kam in einem Jeep mit zwei Leibwächtern. Das Leben war damals ganz anders, ruhig. Bis zur Stille des Krieges waren es noch zehn Jahre oder mehr! Die Nachbarn kamen herausgelaufen und sahen neidisch und neugierig zu, wie der Hüne von einem Mann durch Sergejitschs Tor trat und ihm mit seiner Riesenpranke die Hand schüttelte. Vielleicht hörten auch manche, wie er damals fragte: »Du bist also Sergej Sergejitsch? Bei dir kann man ein Nickerchen auf Bienen machen? Hast du dir das selbst ausgedacht?« – »Nein, die Idee ist von einem anderen, ich habe es in der Imkerzeitung gesehen. Aber den Liegeplatz habe ich selbst gemacht!«, hatte Sergejitsch ihm damals geantwortet. »Na dann zeig mal!«, hatte der Gast mit seiner tiefen Stimme und ernstem, aber freundlichem Lächeln gesagt. Sergejitsch führte ihn in den Garten, wo sechs Bienenstöcke paarweise mit den Rücken aneinanderstanden. Darauf lagen ein Holzbrett und eine dünne, mit Stroh gefüllte Matratze.

»Soll ich die Schuhe ausziehen?«, fragte sein Gast.

Sergejitsch sah auf die Schuhe und erstarrte ungläubig: Sie liefen spitz zu, waren äußerst präzise geformt und schillerten perlmuttfarben wie in einer Pfütze schwimmendes Benzin im hellen Sonnenlicht, nur war das Perlmutt edler als die Benzinmuster. Das Perlmutt der Schuhe leuchtete so, als würde die Luft über ihnen schmelzen, wie es bei großer Hitze vorkam, und ließ Farbe und Form der Schuhe noch plastischer und flirrender aussehen.

»Nein, wozu ausziehen?!«, sagte Sergejitsch kopfschüttelnd.

»Gefallen sie dir?«, fragte sein Gast lächelnd und brachte den Hausherrn mit seinen Worten dazu, den Blick von den Schuhen loszureißen.

»Ja, natürlich! So etwas Schönes habe ich noch nie gesehen«, gestand Sergejitsch.

»Was für eine Schuhgröße hast du?«, erkundigte sich unerwartet der Gouverneur. –

»Zweiundvierzig!«

Der Gast nickte und trat zu der mittleren Kiste, unter der ein hölzerner Hocker als Stufe stand. Er stieg hinauf und setzte sich behutsam auf die dünne Matratze. Er legte sich auf die rechte Seite, streckte vorsichtig die Beine aus und sah Sergejitsch kindlich wie ein Schüler den strengen Lehrer an. »Besser auf den Rücken oder auf den Bauch?«, fragte er. »Auf dem Rücken ist es besser«, riet Sergejitsch ihm. »Mehr Berührungsfläche zwischen Körper und Bienenstöcken.« – »Du kannst gehen, ich schlafe ein Weilchen. Man wird dich rufen!«, sagte der Gast und warf einen Blick zu den Bodyguards hinüber, die ein wenig abseits von der Bienenliegebank standen. Einer von ihnen nickte zum Zeichen, dass er verstanden hatte.

Sergejitsch kehrte ins Haus zurück und schaltete den Fernseher ein – damals gab es Strom. Er versuchte, sich abzulenken, aber konnte sich in Gedanken von dem hohen Gast und seinen Schuhen nicht losreißen. Etwas ließ ihm keine Ruhe: Wenn nur die Füße der Bienenstöcke unter dem Gewicht des auf ihnen liegenden Riesen nicht einknickten! Sergejitsch kochte sich einen Tee und trank, aber die Besorgnis über die möglicherweise fehlende Stabilität seiner selbstgebauten Bienenstöcke verschwand nicht. Denn beim Bauen hatte er nur auf den Komfort der Bienen geachtet; dass der Schlaf auf den Bienen nützlich und heilsam war, hatte er noch nicht gewusst.

Damals ließ der hohe Gast aus Dankbarkeit dreihundert Dollar und eine Literflasche Wodka zurück. Von dem Tag an hatten alle, die ihn, Sergejitsch, nicht mochten oder nicht beachteten, zu grüßen begonnen, als hätte ihn ein Erzengel mit dem Flügel gestreift!

Ein Jahr später, wieder im frühen Herbst, war der Gouverneur erneut zu ihm gekommen. Zu der Zeit hatte Sergejitsch auch schon die Laube um die Liegebank gebaut. Sie war leicht und zerlegbar, so dass man sie in einer Stunde auf- und in einer Stunde wieder abbauen konnte. Die Matratze hatte er noch dünner gemacht, damit das Stroh nicht die leiseste Vibration der hunderttausend Bienen dämpfte.

Sein Gast sah müde aus. Er hatte etwa zehn Männer als Wachen dabei, und wohl genauso viele Autos standen in der Leninstraße an seinem Zaun aufgereiht. Wer darin saß und warum sie nicht ausstiegen, begriff Sergejitsch nicht. Dieses zweite Mal lag oder schlief der Herr des Donbass fünf oder sechs Stunden auf den Bienenstöcken. Zum Abschied schenkte er Sergejitsch nicht nur tausend Dollar im Umschlag, sondern umarmte ihn auch kräftig wie ein Bär. Als würde er sich von einem ihm lieben Menschen verabschieden.

›Das war's‹, hatte Sergejitsch gedacht. ›So ein Glück wiederholt sich nicht!‹ Gründe, so zu denken, gab es mehrere. Einer davon war vollkommen banal: Für das Schlafen auf Bienen wurde jetzt in jeder größeren Stadt geworben. Die Konkurrenz war sehr groß. Und er, Sergejitsch, machte für sich überhaupt keine Werbung. Im Dorf wussten sie, dass der Exgouverneur eigens aus Kiew hergefahren war, um auf seinen Bienen zu schlafen. Und sie erzählten es ihren Freunden, Verwandten und Bekannten aus anderen Dörfern und Städtchen. So, dass mit einer für die anderen Imker beneidenswerten Regelmäßigkeit Menschen an Sergejitschs Gartentor auftauchten, die auf den »Gouverneursbienen« schlafen wollten. Den Preis erhöhte Sergejitsch nicht, für besonders nette Kunden brachte er Tee mit Honig und redete mit ihnen bereitwillig über das Leben. Im Haus gab es ja niemanden mehr, mit dem er über das Leben reden konnte: Seine Frau hatte ihn mit der Tochter verlassen, sie waren davongelaufen, als er in Horliwka auf dem Großmarkt gewesen war. Sie hatten ihn mit verwundetem Herzen zurückgelassen. Aber er hatte standgehalten. Hatte sich zusammengerissen und die Tränen, die ihm in die Augen stiegen, nicht übers Gesicht laufen lassen. Und das Leben war weitergegangen. Er freute sich im Sommer am Summen der Bienen und im Winter an der Stille und Sorgenfreiheit, den schneeweißen Feldern und dem grauen, reglosen Himmel. So hätte er das ganze Leben verbringen können, aber daraus war nichts geworden. Etwas im Land ging zu Bruch, dort in Kiew, wo immer irgendetwas nicht in Ordnung war. Es ging derart zu Bruch, dass schmerzhafte Risse durch das Land liefen wie durch Glas, und aus diesen Rissen floss Blut. Der Krieg begann, dessen Sinn nun schon seit drei Jahren für Sergejitsch schleierhaft blieb.

Das erste Geschoss hatte die Kirche getroffen. Und schon am nächsten Morgen begannen die Bewohner, Malaja Starogradowka zu verlassen. Zuerst schickten die Väter die Mütter mit den Kindern zu Verwandten: die einen nach Russland, die anderen nach Odessa oder nach Mykolajiw. Dann gingen die Väter selbst: Die einen wurden »Separatisten«, die anderen wurden Flüchtlinge. Als Letzte brachten sie die alten Männer und Frauen fort. Unter Geschrei, Weinen,

Flüchen. Es war ein schrecklicher Lärm. Und plötzlich war es eines Tages so still geworden, dass Sergejitsch, als er auf die Leninstraße hinaustrat, von der Stille fast taub geworden wäre. Jene Stille lastete so schwer, als wäre sie aus Gusseisen. Damals bekam er Angst, dass er als Einziger allein im ganzen Dorf zurückgeblieben war! Vorsichtig ging er die Straße entlang und spähte über die Zäune. Nach einer Nacht voller Geschützsalven lastete diese Stille auf ihm, als schleppte er einen Sack Kohlen auf dem Rücken. Die Türen der Häuser waren schon mit Brettern vernagelt, vor den Fenstern waren Bretter angebracht. Er ging bis zur Kirche, das war ein knapper Kilometer, dann hinüber in die Schewtschenko, und in dieser Parallelstraße zurück, schon mit weichen Knien. Plötzlich hörte er ein Husten und freute sich. Er trat an den Zaun, hinter dem das Husten hergekommen war, und da war Paschka, saß im Hof auf der Bank, in der linken Hand eine Flasche Wodka, in der rechten eine Papirossa.

»Und was ist mit dir?«, fragte Sergejitsch ihn. Sie grüßten sich seit der Kindheit nicht.

»Wieso? Was soll sein? Soll ich etwa hier alles aufgeben? Ich hab einen tiefen Erdkeller, da setze ich mich rein, wenn nötig!«

Das war im ersten Frühling des Krieges gewesen. Jetzt war schon sein dritter Winter. Seit fast drei Jahren hielten er und Paschka hier zu zweit das Leben im Dorf aufrecht! Man konnte das Dorf doch nicht ohne Leben lassen. Wenn alle weggingen, dann kam auch niemand mehr zurück! Aber so würden sie auf jeden Fall wiederkommen. Wenn entweder der Unsinn in Kiew aus war oder die Raketen und Granaten.

7

Zwei Nächte und zwei Tage verstrichen nach dem Schneefall. Sergejitsch ging nur, um Kohlen zu holen, auf den Hof hinaus. Der Schnee unter den Füßen knirschte jetzt anders. Die Füße versanken weich im frischen Schneeteppich, der nicht besonders tief war. Aber Sergejitsch wunderte sich, dass er im Neuschnee einige kahle Stellen bemerkte, durch die die alte harschige Kruste herausschaute. Seltsam, dass nicht einmal ein halber Meter zusammengekommen war! Aber es hatte ja keinen Schneesturm gegeben. Der Schnee war einfach nur gefallen, leicht und ungezwungen. Dann hatte er sich irgendwohin entfernt, war davongeflogen. Oder der Talwind hatte ihn weggetrieben, hin zu natürlichen Hindernissen, wo er sich zu einer Schneewehe ansammeln konnte. Nur kam in Sergejitsch nicht der Wunsch auf, diese Schneewehen zu suchen.

Auf dem Ofen kochte der Teekessel. Einen Ofen schaltete man nicht wie einen Gasherd aus. Deshalb musste der Kessel vor sich hin kochen, bis Sergejitsch den heißen Griff mit einem alten Küchentuch packte, um sich nicht zu verbrennen, und ihn herunternahm. Er goss von dem kochenden Wasser in den Porzellanbecher mit dem MTS-Mobilfunk-Logo, würzte das Wasser mit einer Prise Tee und hob ein Literglas Honig vom Boden auf den Tisch.

›Ich hätte Paschka dazuholen können‹, dachte er und gähnte. Dann sagte er zu sich selbst: ›So ist es auch gut! Ich werde ihn ja nicht vom anderen Ende des Dorfes holen!‹

Dass das ›andere Ende des Dorfes‹ von Sergejitschs Haus

vielleicht drei-, vierhundert Meter entfernt war, änderte nichts daran.

Er hatte seinen ersten Becher noch nicht ausgetrunken, als irgendwo in der Nähe eine Explosion krachte. Die Fensterscheiben klirrten so laut, dass es in den Ohren schmerzte.

»Ach, ihr Idioten!«, entfuhr es ihm verbittert. Hastig stellte er den Becher auf den Tisch, so dass der Tee herausspritzte, und lief ans nächste Fenster, überprüfte, ob keine Risse durchliefen. Nein, es war heil geblieben.

Sergejitsch sah nach den übrigen Fenstern, auch sie waren alle heil. Er überlegte, ob er vielleicht gehen und nachsehen sollte, wo es eingeschlagen und ob es nicht irgendein Nachbarhaus zerstört hatte.

›Ach, zum Teufel damit! Hauptsache, es war nicht meines!‹, beschloss er nach einer Weile und setzte sich wieder an den Tisch.

Wenn es nach der ersten Explosion eine zweite gegeben hätte, wäre das etwas anderes gewesen. Dann wäre er sofort in den Keller gelaufen, wie vor drei Jahren, als auf Malaja Starogradowka und seine Umgebung plötzlich Raketen und Granaten niedergeprasselt waren!

Bis es dunkel wurde, blieben noch zwei Stunden. Auch das war seltsam, dass die Rakete am hellen Tag auf das Dorf gefallen war. In der Dunkelheit wäre es klar gewesen, ein Fehlschuss. Aber am Tag? Waren sie betrunken, oder langweilten sie sich in der Stille? Und welche waren es überhaupt: die in Karusselino oder die, die zwischen seinem Dorf und Schdaniwka standen?!

Sergejitsch vermischte seine bitteren Gedanken mit Honig, und ihm wurde leichter zumute. Er goss noch heißes

Wasser in den Becher und lächelte beim Blick auf das MTS-Logo. Auch er hatte den russischen Anbieter bei seinem Handy. Sonst hätte er natürlich auch diesen Becher nicht. Nur lag das Handy unbenutzt in der Schublade des Büfetts, zusammen mit dem Ladegerät. Wenn der Strom ins Dorf zurückkehrte, dann konnte er es laden und prüfen, ob es eine Verbindung gab oder ob es damit dasselbe war wie derzeit mit dem Strom. Wenn sowohl Verbindung als auch Strom wiederkamen, dann stellte sich noch eine andere Frage: Wen anrufen? Paschka? Zu dem war es, wenn nötig, billiger, zu Fuß zu gehen. Er hatte seine Nummer auch gar nicht. Um seine Exfrau Witalina anzurufen, musste er im Voraus die richtigen Worte wählen, noch besser, sie auf ein Blatt Papier schreiben und dann vom Blatt ablesen, damit sie den Hörer nicht auflegte! Er könnte sie anrufen und sich wenigstens nach der Tochter erkundigen. Und wenn das Gespräch glückte, dann konnte er auch nach dem Leben in Winnyzja fragen. Wie war es nur dazu gekommen, dass er seine Schwiegereltern kein einziges Mal besucht hatte und überhaupt in den neunundvierzig Jahren seines Lebens fast nirgendwohin gefahren war? Nirgendwohin außer nach Horliwka, Jenakijewe, Donezk und noch in drei, vier Dutzend Bergarbeiterstädte und -siedlungen, in die man ihn, vor der Zuerkennung der Arbeitsunfähigkeit, auf Dienstreisen geschickt hatte. Er hatte ein wichtiges Amt ausgeübt, als Inspektor für Sicherheitstechnik. In manchen Gruben war er zwanzigmal oder häufiger gewesen. Von ihrer Sicherheit hatte er so ausgiebig eingeatmet, dass er mit zweiundvierzig Invalide und Frührentner geworden war. Silikose, Staublunge, war eine ernste Sache. Dass von denen, die unter der Erde arbeiteten oder gearbeitet hatten, viele sie hatten, machte sie irgendwie der Grippe ähnlich. Die Leute husteten eben, das war alles.

Da klopfte jemand mit der Faust an seine Tür.

Sergejitsch schrak zusammen und musste gleich über seinen Schreck lachen: Wer außer Paschka konnte hier auftauchen?

Er öffnete die Tür und sah vor sich Paschkas totenbleiches und von Erbitterung erfülltes Gesicht.

›Doch nicht etwa sein Haus ...?‹, dachte Sergejitsch erschrocken.

»Bei Krasjuks hat es das halbe Haus und den Schuppen weggerissen!«, berichtete sein Kindheitsfeind mit zitternder Stimme.

»Hm«, brummte Sergejitsch teilnahmsvoll und ließ Paschka herein.

Er wies ihn zum Tisch, schenkte ihm Tee ein und reichte ihm einen Löffel, damit sein Gast sich Honig gönnte.

Sergejitsch verstand Paschkas Schreck. Krasjuks waren seine übernächsten Nachbarn. Das hieß, wenn es dort gekracht hatte, dann hatte Paschka jetzt keine Fenster mehr. Das stand fest!

»Sersch, ich übernachte heute bei dir, ja? Okay?« Sein Gast sah ihm direkt in die Augen.

»Bleib hier, ja! Hat es dich denn auch getroffen?«

»Die Fensterscheiben«, seufzte Paschka. »Alle! Ich hatte Glück, ein Splitter ist mir am Gesicht vorbeigeflogen und im Büfett steckengeblieben. Ich saß gerade beim Abendessen, Kartoffelbrei mit Speck.«

Paschka verstummte plötzlich und warf Sergejitsch einen

vorsichtigen Blick zu. Der begriff den Grund dieser Pause, denn sein Gast hatte soeben ausgeplaudert, dass mit dem Essen bei ihm alles in Ordnung war. Dabei hatte er sich vor kurzem erst beklagt, dass er nichts zu essen hatte! In Gedanken lächelte Sergejitsch. Sein Kindheitsfeind tat ihm jetzt aber trotzdem leid, mit einem kalten Haus und draußen zwölf Grad minus! Wenn das Haus vierundzwanzig Stunden ohne Fenster blieb, musste man es hinterher drei Tage lang aufheizen.

»Gut.« Er nickte. »Du schläfst hier, aber Scheiben müssen trotzdem eingesetzt werden, sonst ziehst du noch ganz hier ein!«

»Wo nehme ich die jetzt her?«, fragte Paschka verwundert.

»Du bist wahrlich kein heller Kopf«, sagte Sergejitsch gutmütig. »Bist zu faul zum Denken! Wenn bei einem Menschen das Herz versagt, dann begräbt man ihn entweder oder sucht schnell einen Spender! Hast du denn nie Zeitungen gelesen?«

»Wieso sagst du das?« In der Stimme seines Gastes schwang Misstrauen. »Was für einen Spender?«

»Also, das Werkzeug habe ich«, überlegte Sergejitsch jetzt laut. »Komm, wir denken nach, welches Haus noch heil ist, aber keine Besitzer mehr hat.«

Paschka freute sich, dass er Sergejitschs Gedanken begriff. »Klawa Schiwotkina! Sie ist doch noch vor dem Krieg gestorben!«, erinnerte er sich, und im selben Moment erlosch der Enthusiasmus in seinen Augen. »Aber ihr Haus ist alt, die Fenster sind klein. Wir brauchen größere! Vielleicht das Haus von Arsamjan?«

»Ist er denn tot?«, stutzte Sergejitsch.

»Weiß ich nicht.« Paschka zögerte verlegen. »Er ist weggezogen, das ist sicher. Anscheinend nach Rostow! Er ist doch kein Russe, und auch kein Ukrainer! Er ist Armenier!«

»Na und? Er hat hier gelebt, also gehört er zu uns! Überleg weiter! Wie soll ich ihm sonst in die Augen sehen, wenn er zurückkommt?«

»Dann die Serows!« Paschka freute sich. »Sicher! Sie wurden doch von einer Granate getötet! Alle, mit den Kindern!«

»Ja.« Sergejitsch nickte, wurde finster, seufzte schwer. Er erinnerte sich daran, wie die Serows als Erste aus dem Dorf geflohen waren, sie hatten nicht einmal das Ende des Beschusses abgewartet. Und auf der Abreise, schon außerhalb des Dorfes, hatte eine Granate sie erwischt. Sie war direkt auf ihren Wolga gefallen. Der Wolga lag dort noch immer umgekippt auf dem Feldweg hinter dem Dorf.

»Gut.« Sergejitsch sah seinen Gast an. »Wir trinken den Tee aus und gehen! Ich glaube, bis zum Abend schaffen wir es. Mein Glasschneider ist gut.«

8

Paschkas Dankbarkeit für die eingesetzten Fensterscheiben und die eine in Sergejitschs Haus verbrachte Nacht hatte ihre Grenzen. Er überließ ihm sein Fernglas noch für eine Weile. Aber von dem Speck, den er versehentlich erwähnt hatte, als er Hilfe suchte, bot er Sergejitsch nichts an. Nicht ein Stückchen. Sergejitsch sehnte sich nach Speck. Nicht furchtbar natürlich, und hätte Paschka die Kartoffeln mit Speck nicht erwähnt, hätte er auch gar nicht daran gedacht. Aber in kalter Kriegszeit, beim Licht von Kirchenkerzen und ohne Strom, weckte jede Erwähnung früherer kleiner Freuden Sehnsucht und Begierde. Wenn Paschka statt des Specks eine Plötze oder irgendeinen anderen Dörrfisch erwähnt hätte, würde Sergejitsch sich jetzt mit Gedanken über Fisch plagen, genauer, über den Mangel an Fisch. Mangel herrschte in Sergejitschs Haus an fast allem und ständig. Endlos hätte man all das aufzählen können, was um ihn herum und im Keller fehlte. Das Vorhandene hingegen war schnell benannt: Honig, Wodka, verschiedene selbst angesetzte Schnäpse, Arzneien aus Pollen und anderen Bienenschätzen. Irgendwo war noch eine Flasche Kognak »Oktjabrski« versteckt, Sergejitsch wusste nur nicht mehr, wo. Er hatte sie auch schon ein paarmal gesucht, aber nicht gefunden. Wäre er so geschwätzig wie Paschka gewesen, dann hätte er schon längst alle Vorräte mit seinem Kindheitsfeind teilen müssen. In Gedanken wollte er ihn ja gar nicht mehr als »Feind« sehen. Mit jedem neuen Treffen, selbst wenn sie sich stritten, erschien Paschka ihm immer näher und verständlicher. Sie waren jetzt in mancher Hinsicht Brüder, wenn auch, Gott sei Dank, keine echten!

Es klopfte leise an der Tür.

›Oh! Man braucht ihm nur zu helfen, schon ist er auch höflicher‹, dachte Sergejitsch lächelnd.

Er nahm die brennende Kerze vom Tisch und ging hinaus in den Flur.

Er stieß die Tür auf und sah dahinter abendliche Dunkelheit und eine Gestalt, die nicht das Gesicht von Paschka hatte. Es war jünger, mit angespannten Augen, in denen sich die Flamme der Kerze spiegelte.

Das kam so unerwartet, dass Sergejitsch erstarrte. Gleichzeitig erkannte er, dass der Unbekannte, dem er die Tür geöffnet hatte, im Kampfanzug war und über seiner Schulter eine Kalaschnikow mit dem kurzen Lauf nach unten hing.

»Entschuldigen Sie, dass ich so spät … und ohne Vorwarnung«, sagte der Unbekannte verlegen.

Sergejitsch begriff, dass er wohl kaum gekommen war, um ihn zu erschießen oder auszurauben. Wieso hätte er sich sonst entschuldigt! Er holte tief Luft und streckte die linke Hand mit der Kerze etwas näher zu dem ungebetenen Gast. Er sah, dass der noch ganz jung war, zweiundzwanzig, dreiundzwanzig Jahre alt vielleicht.

»Darf ich reinkommen?«, fragte der Unbekannte.

»Wenn du dir die Schuhe ausziehst und das Eisen im Flur lässt!«, sagte Sergejitsch gespielt streng, obwohl er spürte, dass seine Stimme gleich vor Furcht zittern würde. Er hatte einem Soldaten sozusagen befohlen, die Waffe abzugeben!

»Die Schuhe kann ich ausziehen«, sagte der junge Mann im Kampfanzug. »Die Waffe ablegen darf ich nicht.«

»Gut, dann eben so.« Sergejitsch atmete erleichtert auf.

Er schloss die Tür hinter seinem Besucher und legte den eisernen Riegel und den Haken vor. Er warf einen Blick auf die hohen Stiefel, die jetzt an der Wand standen.

Im Zimmer lud er den Unbekannten ein, sich an den Tisch zu setzen.

»Vielleicht einen Wodka?«, fragte er aus Höflichkeit und schimpfte sich gleich im Stillen für die unnötige Gastfreundlichkeit.

»Nein danke!« Der junge Mann schüttelte den Kopf. »Einen Tee würde ich nehmen!«

»Gleich gibt's Tee.« Sergejitsch nickte.

Ihm schien, als wäre eine Kerze nicht ausreichend für zwei Personen am Tisch. Er holte noch zwei dazu und zündete sie an, verdreifachte sozusagen die Beleuchtung.

»Gleich gibt's Tee«, wiederholte er und sah dem Unbekannten aufmerksam ins Gesicht, prüfte, ob er beim Licht der einen Kerze in dessen Gesicht nichts übersehen hatte. »Wie heißt du?«

»Ich bin Petro«, sagte der junge Mann.

»Und woher kommst du?«

»Aus Chmelnyzkyj.«

»Hmm«, machte Sergejitsch, als hätte er etwas Wichtiges verstanden. »Von der ukrainischen Armee also?«

Der Junge nickte.

»Artillerie?«, fragte Sergejitsch vorsichtig.

Petro schüttelte den Kopf. »Und wie heißen Sie?«, fragte er.

»Sergej Sergejitsch, oder einfach Sergejitsch. Du heißt wahrscheinlich auch Pjotr, nicht Petro?«

»Nein, Petro! So steht es in meinem Pass.«

»Ich heiße im Pass Serhij Serhijowitsch und im Leben Sergej Sergejitsch. Was für ein Unterschied!« Sein Pass sprach ukrainisch, während seine, Sergejitschs, Sprache Russisch war.

»Sie sind wahrscheinlich mit Ihrem Pass nicht einverstanden?«, vermutete Petro.

»Mit dem Pass bin ich einverstanden, nur nicht damit, wie ich darin heiße!«

»Ich bin sowohl mit dem Pass einverstanden als auch damit, wie ich darin heiße«, sagte der Gast lächelnd. Er lächelte heiter, geradezu entwaffnend. Obwohl die Kalaschnikow jetzt über der Stuhllehne hing.

»Vielleicht bist du eben deshalb einverstanden, weil bei dir der Name im Pass und im Leben derselbe ist!«, sagte Sergejitsch nachdenklich. »Wäre es bei mir so, würde ich auch nicht auf den Pass schimpfen. Also, warum bist du denn zu mir gekommen, Petro? Brauchst du vielleicht etwas?«

»Ja.« Der junge Mann nickte. »Ich wollte Sie kennenlernen. Ich sehe Sie doch schon über ein Jahr, aber Ihren Namen kenne ich nicht!«

»Wo siehst du mich?«, fragte Sergejitsch erstaunt.

»Im Fernglas.« Der junge Mann stockte. »Ich soll das Dorf beobachten. Ich wäre schon früher gekommen, aber tagsüber ist es gefährlich, und im Dunkeln ist es im Prinzip auch verboten, aber es ist weniger gefährlich.«

»Was für eine Gefahr geht denn am Tag von uns aus?«, fragte Sergejitsch verwundert.

»Von Ihnen persönlich keine, aber von den Scharfschützen, die uns die Nerven und das Leben kosten. Vor drei Tagen haben sie zum letzten Mal geschossen, von der Kirche aus!«

»Aber hier kommt doch niemand her!«, erklärte Sergejitsch überzeugt. »Ich hätte die Spuren gesehen! Ich sitze doch nicht bloß im Haus!«

»Vier Tote in einem Jahr und drei Verwundete«, sagte Petro ruhig. Er kratzte sich hinterm Ohr. Dann legte er etwas linkisch seine grüne, wollene Sturmmütze auf den Tisch.

Der Tee war fertig, und Sergejitsch schenkte dem unverhofften Gast und sich selbst ein.

»Wie sieht es denn bei euch dort aus, in der Ukraine?«, fragte er. »Haben alle genug Speck?«

»Ja.« Der junge Mann musste lächeln. »Ich bekomme hin und wieder auch welchen ab. Freiwillige bringen ihn. Und im Land ist alles wie immer! Es wird gestohlen, es werden Straßen und Städte umbenannt. Aber nach dem Krieg soll es besser werden! Dann reisen wir ohne Genehmigung ins Ausland.«

»Ja, die, die dann noch am Leben sind.« Sergejitsch hatte das Gesicht verzogen, fing sich aber sofort wieder. Es hatte so geklungen, als würde er irgendjemandem den Tod wünschen! Er beschloss, das Thema zu wechseln. »Was benennen sie denn um?«

»Sind Sie denn nicht auf dem Laufenden?« Petro machte große Augen und lächelte, so dass man seine kräftigen Zähne sah. »Ach ja! Sie haben keinen Strom! Also können Sie nicht fernsehen!«

»Strom gibt es seit langem keinen, das stimmt«, bestätigte Sergejitsch traurig. »Vielleicht wird das mal in Ordnung gebracht?«

»Zurzeit wohl kaum. Es ist gefährlich. Und für Sie ist es doch besser, nicht fernzusehen, Sie schonen Ihre Nerven!«

»Ich habe eiserne Nerven, die kann man nicht ruinieren!«, prahlte Sergejitsch. »Ich habe als Inspektor für Arbeitssicherheit in den Gruben gearbeitet! Weißt du, was das bedeutet?«

Im Blick des jungen Mannes erschien Respekt.

»Und du, mit was hast du dich beschäftigt?«, erkundigte sich Sergejitsch.

»Mit Tourismus. Ich wollte auf die Krim übersiedeln, ein kleines Hotel bauen.«

»Damit bist du zu spät dran!« Sergejitsch winkte ab. »Ich bin nie auf der Krim gewesen. Dabei wollte ich immer ans Meer, am Strand in der Sonne liegen ... Ich habe dort einen Bekannten, wir haben uns auf einem Bienenzüchterkongress kennengelernt. Ein Tatare, Achtem Mustafajew. Auch ein Bienenzüchter. Er hat mich eingeladen, aber bisher hat es nicht geklappt ...«

»Irgendwann klappt es noch!«, versuchte der junge Mann, Sergejitsch zu trösten.

»Vielleicht«, stimmte der zu. Plötzlich verdüsterte sich sein Blick, ihm war etwas Unerfreuliches eingefallen. »Wieso holt ihr denn den Toten nicht vom Feld? Er ist doch ganz in eurer Nähe.«

»Welchen? Den im Kampfanzug?« Petro war angespannt.

»Ja! Vielleicht hat ihn schon der Schnee zugedeckt. Ich habe gestern nicht geschaut.«

»Nein.« Der junge Mann seufzte. »Der Wind hat den Schnee fortgeweht. Das ist keiner von uns. Und Leute hinzuschicken, um ihn zu holen, ist gefährlich. Dort auf dem Feld unter dem Schnee sind Stolperdrahtminen, und auch die Leiche selbst kann vermint sein. Sollen die Separos ihn holen! Der gehört zu ihnen.«

»Sie kommen ihn holen, und ihr beschießt sie aus Maschinengewehren?«, fragte Sergejitsch sarkastisch.

»Wenn sie ohne Waffen und mit weißer Fahne kommen, dann können sie ihn holen!«

»Ach so ist das. Aber sie sagen ja, dass das nicht ihr Kämpfer ist!«, bemerkte Sergejitsch und bereute das Gesagte sofort.

»Wann haben Sie denn mit denen geredet?« Petro runzelte die Stirn, und sein Blick wurde kalt und feindselig.

»Nicht ich, das war Paschka, mein Nachbar aus der Schewtschenko! Sie sind zu ihm gekommen, da hat er gefragt.«

»Hmm«, brummte der junge Mann, als würde er daraus seine Schlüsse ziehen. »Wenn er weder zu ihnen noch zu uns gehört, dann ist er also von der ›dritten Kraft‹!«

»Was ist denn das für eine ›dritte Kraft‹?«, erkundigte sich Sergejitsch.

»Niemand weiß das! Bei uns heißt es, da kämpft jemand anonym auf unserer Seite gegen sie. Und bei ihnen sagen sie das Gegenteil – dass jemand auf ihrer Seite gegen uns kämpft. Vielleicht irgendein Spezialkommando, das gegen uns und gegen sie ist. Deshalb freuen sie sich bei uns, wenn von ihnen einer draufgeht, und bei ihnen wird gefeiert, wenn in unserem Rücken plötzlich jemand mit dem Granatwerfer unsere eigenen Schützenpanzer beschießt …«

»Vielleicht nimmst du etwas Honig mit?«, bot Sergejitsch dem Soldaten an.

»Ich gehe ja noch nicht.« Petro lächelte angespannt. »Honig brauche ich nicht. Höchstens hier, zum Tee.«

»Ja, ja, natürlich!« Sergejitsch wurde geschäftig, beugte sich schnell hinunter und hob ein Literglas vom Boden hoch.

Erneut trat Schweigen ein, aber Sergejitsch wollte es nicht mehr brechen. Nach ein paar Minuten fragte er dann allerdings doch wieder nach der Straßenumbenennung.

»Wie nennen sie sie denn jetzt?«, fragte er fast flüsternd.

»Na, wenn es vorher Marx oder Engels war, dann jetzt

nach Bandera oder irgendeinem Schriftsteller«, sagte der Soldat.

»Schriftsteller sind besser«, bemerkte Sergejitsch. »Wir sitzen hier übrigens in der Leninstraße.«

»Wenn der Krieg vorbei ist, wird sie ganz sicher umbenannt«, erklärte der junge Mann fest.

»Und wenn ich den neuen Namen selbst aussuchen möchte?«

»Das geht, aber es muss mit den übrigen Bewohnern der Straße gemeinsam entschieden werden. Danach muss man sich an den Ortsrat wenden.«

»Das wird nicht so bald sein«, seufzte Sergejitsch. »Gar nicht bald.«

»So, ich gehe doch mal.« Petro nahm seine Kalaschnikow von der Stuhllehne und hängte sie sich über die Schulter. Mit der linken Hand nahm er die Sturmmütze vom Tisch, und mit der rechten fuhr er in die Tasche seiner warmen Jacke und zog eine RGD5-Handgranate heraus. Er legte sie neben die Tasse.

»Die ist für Sie«, sagte er und sah Sergejitsch respektvoll an. »Es ist doch irgendwie unangenehm, ohne Geschenk in ein fremdes Haus zu kommen. Mit leeren Händen …«

»Ja, also …« Sergejitsch war ratlos. »Was soll ich damit?«

»Zur Selbstverteidigung. Wenn sie nicht gebraucht wird, vergraben Sie sie nach dem Krieg im Garten! Wenn Sie wollen, kann ich Ihr Handy aufladen! Wir haben einen starken Generator, er treibt sogar eine Waschmaschine an!«

Zunächst war Sergejitsch sprachlos, aber nur einen Augenblick lang. Dann zog er das Handy mit dem Ladegerät aus der Büfettschublade und reichte es Petro.

Der Soldat erhob sich und steckte Kabel und Telefon in seine Jackentasche. Im Stehen fischte er mit dem Löffel Honig aus dem Glas und steckte ihn in den Mund. Gierig leckte er ihn ab.

»Wenn Sie Hilfe brauchen, hängen Sie einen weißen Lappen an einen Baum im Garten! So, dass man es sieht!«, sagte er zu Sergejitsch und ging in die Dunkelheit davon.

»Einen weißen Lappen?«, wiederholte Sergejitsch flüsternd.

Er verschloss die Tür und löschte zwei von den drei Kerzen. Verwundert merkte er, wie sehr sich seine Stimmung durch das unerwartete Gespräch mit dem Soldaten verbessert hatte. Als hätte man ihn mit einer interessanten Fernsehsendung zerstreut!

›Ein guter Junge‹, dachte er und sah auf die Handgranate. ›Ich hätte ihn mehr nach Neuigkeiten befragen sollen.‹

9

Am nächsten Morgen dröhnte Sergejitschs Kopf ziemlich. Alle seine inneren Organe taten gleichzeitig weh und meldeten es ihm im Chor. Er hatte schon kaltes Wasser aus dem Teekessel getrunken und einen Löffel Zucker im Mund behalten, bis der Zucker sich auflöste. Nichts half. Hin und wieder kehrte sein gereizter Blick zum Tisch zurück, wo seit Mitternacht eine offene Flasche Wodka stand, daneben ein Schnapsglas. Der Teufel hatte ihn geritten, dass er den Besuch seines ungebetenen militärischen Gastes gefeiert hatte! Andererseits war es gut, dass er erst angefangen hatte zu feiern, als sein Gast schon gegangen war. Denn wenn auch der Soldat getrunken hätte, dann wäre er womöglich nicht in seinen Unterstand zurückgekommen. Der Kopf dröhnte so, dass Sergejitsch aufstöhnte. Es schmerzte und war ärgerlich. Wie viel hatte er denn getrunken? Höchstens fünf Gläschen, nicht mehr. Das hieß, nicht er war an seinem fürchterlichen Zustand schuld. Der Wodka war schuld, es war gepanschter gewesen! Er hatte ihn noch vor dem Krieg im Dorfladen gekauft. Was sollte er jetzt tun? Medikamente gab es keine! Ärzte auch nicht. Nur seine Bienen. Der Dorfladen war seit langem zu. Man konnte nicht einmal mehr die Verkäuferin dafür beschimpfen, dass sie Gift verkaufte!

Sergejitsch wühlte im Büfett und holte eine Schachtel mit »Bienenarznei« heraus. Er öffnete ein kleines Glas mit Bienenbrot, kratzte mit einem Löffelchen etwas davon heraus und schüttete es in eine Tasse. Er gab Wasser aus dem Kessel dazu sowie einen Löffel Honig, rührte, bis sich alles in der Flüssigkeit vermischt hatte, und trank mit langsamen Schlucken.

Ihm schien, dass es half. Der Lärm in seinem Kopf wurde leiser, oder es war sein Denken, das wieder in Gang kam. Sein erster Gedanke erschreckte ihn sofort: ›Wo ist eigentlich die Handgranate?‹

Wieder sah er zum Tisch, jetzt nicht mehr verärgert, sondern erschrocken. Das Geschenk des Soldaten lag nicht da!

Sergejitsch zog nacheinander die Büfettschubladen auf, auch dort war es nicht. Nervös wanderte er durchs Zimmer, er sah unter dem Kopfkissen und in den Ecken nach. Er schaute sogar in die Eimer mit Kohle! Irgendwann begriff er auch, dass er nachts auf den Hof hinausgegangen war.

Er zog sich Schuhe an und warf einen Blick hinaus in die Kälte, es war noch hell, halb zwei. Der Schnee auf dem Hof war zertrampelt. Spuren führten zu beiden Hälften des Schuppens, sowohl zur Bienenwinterstation als auch zur Garage und sogar zum Tor hinaus auf die Straße.

Während er auf seinen eigenen Spuren herumwanderte und in die Schuppen hineinsah, beruhigte sich sein Kopfschmerz.

›Sie wird sich finden! Kann ja nicht weit sein‹, dachte Sergejitsch und erlaubte sich damit, ins Haus zurückzukehren.

Aber im Haus packte ihn eine neue Sorge. Das Fernglas, das auf dem Fensterbrett stand, erinnerte ihn an den Toten auf dem Feld.

›Man muss ihn wegbringen!‹, beschloss Sergejitsch und verspürte dabei ungeahnte Kühnheit in seiner Brust.

Er nahm das Fernglas und ging hinaus an den Rand des Gemüsegartens, wo er das Glas vor die Augen hob. Der Tote lag noch immer genauso da, den Hinterkopf zu Malaja Starogradowka, zu ihm, Sergejitsch, gewandt.

Sergejitsch setzte sich an seinen Tisch und schrieb schnell einen Zettel:

»Paschka! Ich gehe zu dem Toten, vielleicht schaufle ich ihn ein wenig zu. Wenn sie mich erschießen, hol mich gleich von dem Feld. Begrabe mich bei meinen Eltern. Dann gehört alles, was im Haus ist, dir! Leb wohl!«

Zehn Minuten später eilte Sergeij Sergejitsch geduckt über das weiße Feld hinab. Mit der Rechten im warmen Fausthandschuh hielt er eine Klappschaufel. Je tiefer er über das Schneefeld zu der Senke hinunterstieg, hinter der sich das nächste Feld den Hang hinaufzog, desto größer wurde seine

Furcht. Als er die verschneite Senke erreicht hatte – hier herunter war also der frische Schnee aus seinem Garten gewandert –, sah er zum Himmel. Der war so tief herabgesunken, dass man ihn für die Decke eines dunklen Turnsaals halten konnte. Die Abenddunkelheit traf auf den weißen Schnee und machte ihn grau. Sergejitsch mochte dieses Grau seit seiner Kindheit. Aber jetzt freute er sich nicht darüber. Er dachte plötzlich daran, dass er dunkle Kleidung trug und er auf dem Schnee, wäre es jetzt heller Tag, genauso ein fetter, sichtbarer Fleck für jeden Scharfschützen wäre wie jener Tote, zu dem er sich hinbewegte.

Von hier an robbte Sergejitsch vorwärts, nur hin und wieder stützte er sich mit den Knien auf die Schneekruste, um mit dem müden Körper schneller voranzukommen.

Bei dem Toten angelangt, setzte er sich hin und verschnaufte. Er wandte sich nach dem Feld um, das er überquert hatte. Es verschwand irgendwo im Finstern. Sogar die nächsten Bäume seines Gartens konnte Sergejitsch nicht erkennen.

Er legte sich auf die Seite mit dem Gesicht zum Hinterkopf des Toten, zog die Fäustlinge aus und betastete alle Taschen des starrgefrorenen Tarnanzugs. Sogar in die Innentaschen fasste er und auch in die Hosentaschen. Alles war leer. Weder Papiere noch ein Telefon. Nichts. Er beugte sich über den Toten und bemerkte an dem weißen Ohr, das zum Himmel hin lauschte, einen kleinen, goldenen Ring. »Ein Modefreund!«, schnaubte Sergejitsch, aber sein Blick fiel schon auf die Hand des Toten, die auf dem Lauf einer Kalaschnikow ruhte. Der Rest der Kalaschnikow lag allerdings unter dem Schnee. Daneben sorgte noch irgendetwas für eine etwa zwanzig Zentimeter hohe Erhebung in der Schneedecke.

›Eine Tasche?‹, überlegte Sergejitsch interessiert, kroch über die Leiche, grub mit der Schaufel die Wölbung auf und erblickte einen auf der Seite liegenden, überhaupt nicht militärischen blauen Rucksack. Er griff nach den Riemen und zog daran.

Er überwand den Widerstand, riss mit einem Knirschen den Rucksack aus seiner eisigen Gefangenschaft und spürte, dass der sicher fünf oder sechs Kilo wog. Er spähte hinein. Darin waren Tüten mit Süßigkeiten aller Arten. Die Marke »Roter Mohn« erkannte Sergejitsch sofort an der Verpackung, solche waren auch bei ihnen im Dorfladen verkauft worden. Er steckte den Arm tief hinein, um den Boden des Rucksacks zu erreichen. Vereiste Bonbons! Und sonst nichts!

›Er mochte wohl Süßes‹, dachte Sergejitsch.

Er sah sich nach dem Toten um, stellte sich vor, wie er hier gegangen oder gekrochen war. Er war eindeutig in Richtung Wäldchen unterwegs gewesen. Also musste auf der linken Seite irgendwo die Wunde sein. Denn er lag doch mit der linken Seite nach oben? Sergejitsch sah genauer hin, aber tödliche Wunden entdeckte er keine.

›Demnach hat ihn die Kugel rechts getroffen‹, überlegte Sergejitsch und blickte hinüber nach Malaja Starogradowka, stellte sich vor, von wo aus man geschossen haben konnte.

Er streifte sich die Fäustlinge über die frierenden Hände und versuchte, mit der Schaufel in den Schnee einzudringen, aber die verharschte Kruste war fest, und darunter gab es auch nur gefrorene Erde. Sergejitsch erkannte, dass es ihm weder mit Schnee noch mit Erde gelingen würde, den Toten zuzuschaufeln. Er fuhr mit der Schaufel wie mit einem Messer über die verhärtete Kruste, schnitt ein Quadrat aus und nahm es in die Hände. Die Kruste war schwer. Da machte Sergejitsch sich daran, rings um den Toten verharschte Stücke herauszuschneiden und sie auf der Leiche anzuhäufen. Die zunächst wacklige Konstruktion, von der hin und wieder Stücke herabrutschten, wurde allmählich fester und stabiler.

»So, das reicht!«, ermahnte Sergejitsch sich selbst erschöpft, während er sich umsah und die vollbrachte Arbeit begutachtete: Aus der Schneekruste hatte er fünfzehn bis zwanzig Meter herausgeschnitten. Das hieß, dieses ganze Gewicht lastete jetzt auf dem Toten. Es drückte auf ihn, beschützte ihn aber auch vor fremden Blicken und vor hungrigen Krähen, die vermutlich nur wegen der Kälte noch nicht gekommen waren und ihm die Augen ausgehackt hatten!

Sergejitsch kroch zurück bis zur Senke und spürte die Schwere in den Beinen. Seine Hosen waren durch und durch gefroren, die Füße taub vor Kälte. Zurück robbte es sich schwerer, mit der Schaufel in der einen Hand und dem Rucksack in der anderen. Er bekam zu wenig Luft, immer wieder musste er husten.

Als er, nach einer Verschnaufpause in der Senke, seinen Garten erreichte, packte ein Krampf seine rechte Wade. Über seinen eigenen Grund und Boden robbte Sergejitsch wie ein Verwundeter weiter zum Obstgarten und zum Haus. Erst dort rappelte er sich wieder hoch.

Er riss die Haustür auf, die er für seinen Feindfreund unverschlossen gelassen hatte. Denn wie hätte Paschka sonst den Zettel lesen sollen, wenn man den Hausherrn erschossen hätte?

Er streifte die gefrorene Jacke ab und ebenso die Hosen. Sie knisterten beim Ausziehen, und sofort begann er zu frieren. Er schüttete einen halben Eimer Kohle in den Ofen, warf den Zettel für Paschka mit hinein und zog sich etwas Trockenes an. Dann stellte er zwei Stühle mit den Rückenlehnen zum Ofen. Über die Lehne des einen hängte er seine Jacke zum Trocknen, über den anderen die Hosen. Die Stiefel stellte er direkt an die Ofentür.

›Vielleicht könnte ich jetzt etwas zum Aufwärmen trinken?‹, dachte er. Aber er hatte keine Lust, den Honigschnaps herauszuholen, und der Wodka hatte ihm bereits eine Lehre erteilt. Der ließ sich nur noch zum Einreiben verwenden! Außer, wenn Paschka einmal Mist baute, dann konnte man ihm den Wodka zur Strafe vorsetzen!

10

Den ganzen nächsten Tag ruhte Sergejitsch sich im Liegen aus, wobei er sich selbst beobachtete wie das eigene kränkelnde Kind. Auch seinen Husten verfolgte er wie den eines Fremden, als hätte er sich vorübergehend zweigeteilt: in den Kranken und den Heiler. So war es ihm schon mehr als einmal ergangen. So erging es ja überhaupt jedem, der allein war und allein lebte! Man wurde gleichzeitig zum Koch und zum Esser. Zu dem, der putzte, und dem, der sich an der Sauberkeit freute.

Um im Bett bleiben zu können, musste er allerdings, in

seiner völligen Erschöpfung von dem frostigen Ausflug vor die ukrainischen Stellungen, noch Kohlen für den ganzen Tag ins Haus tragen und sich mit Wasservorräten aus dem Brunnen versorgen.

So bereitete sich Sergejitsch, der sich nie auf fremde Hilfe verließ, gründlich und sorgfältig auf sein Ruhelager vor. Denn er war für seine Gesundheit verantwortlich, nicht nur sich selbst, sondern auch den Bienen gegenüber! Wenn ihm etwas zustieß, dann starben sie in ihrer ganzen großen Zahl, und schuld am Tod von Hunderttausenden Bienen, sei es auch unfreiwillig, durfte er auf keinen Fall werden. Diese Sünde, diese Last würde ihn auch nach dem Tod noch dort einholen, wo immer er sich dann nach seinem letzten Atemzug befand! Sie würde ihm keine Ruhe lassen, sie würde ihn zwingen, wieder und wieder zu sterben, für jede seinetwegen gestorbene Biene, wobei nicht wichtig war, ob Drohne oder Königin! Ganz egal! Er würde endlos sterben, bis er sich in einer so höllischen Tiefe des Todes befand, wie tiefer noch niemand hinabgestiegen war!

So lag Sergejitsch bis zur Mittagszeit im Warmen und von Sorgen erfüllt. Dann besiegte die Wärme die Sorgen, sein Körper ließ den gestrigen Frost hinter sich und sammelte neue Kräfte, die die am Vortag verausgabten auffüllten.

Manchmal versank er in Halbschlaf, manchmal tauchte er ganz in den Schlaf ab, wachte auf und schloss die Augen wieder. Irgendwann wurde es ihm im Schlaf so heiß, dass er träumte, er und Witalina würden zu zweit unter der Decke liegen. Und ihr glühender Körper erhitzte den schon fast wach gewordenen Sergejitsch und stimmte ihn auf die Liebe ein. Er ließ sich im Schlaf darauf ein und drehte sich sogar auf die Seite, mit dem Gesicht zu seiner Frau. Er wollte sie umarmen und sich an sie drücken. Er streckte die Hand nach ihr aus und wachte wieder auf. Da traten ihm, ob im Schlaf oder in Wirklichkeit, Tränen in die geschlossenen Augen. Vielleicht vom Schmerz der Erinnerungen, vielleicht aus Mitleid mit sich selbst, das sich nur so, im Schlaf, zeigen konnte. Außerhalb des Schlafs, in seinem sichtbaren Leben, fand er keinen Grund, sich zu bemitleiden. Bei ihm war alles in Ordnung und unter Kontrolle. Na, wenn auch nicht alles, so doch fast alles!

Ein andermal, schon am Nachmittag, nachdem er Tee mit Honig getrunken und sich wieder hingelegt hatte, träumte er, er würde auf seinen Bienenstöcken schlafen. Auf den sechs Kästen, die er zu einer Liegebank zusammengestellt hatte.

Im Traum schien es ihm, als sei er nicht allein mit seinen Bienen. Er öffnete im Traum die Augen und hob den Kopf. So schön war es da ringsum! Grüne Bäume spielten in ihren Zweigen mit der Sonne, über seinem Kopf hingen reife gelbe Äpfel. Er blickte zur Seite, und dort saß auf einem Anglerklappstühlchen sein Exgouverneur und las ein Buch. Dabei lachte er hin und wieder, als würde das Buch ihn belustigen. Der Gouverneur merkte, dass der Bienenzüchter die Augen geöffnet hatte. Er löste den Blick von seinem Buch und nickte freundlich. Da begriff Sergejitsch, dass sein Gast ebenfalls auf den Bienen liegen wollte. Er stand auf, strich die dünne Matratze glatt und entdeckte die zwei Wächter des Gouverneurs ein wenig abseits unter dem Pflaumenbaum. Sie standen stumm da und blickten auf den Rücken ihres Dienstherrn.

»Oh, entschuldigen Sie«, redete Sergejitsch den hohen

Gast im Traum an. »Ich habe gar nicht gehört, wie Sie gekommen sind!«

»Ach was!« Der Gast zuckte die Achseln, und auf seinem großen Gesicht erschien ein müdes, zentnerschweres Lächeln. »Du kannst noch ein bisschen liegen, wenn du willst!«

»Nein, nein!«, sagte Sergejitsch hastig. »Ich bin gleich wieder da, ich hole ein sauberes Laken!«

Verschlafen eilte er ins Haus, im Kopf noch das Summen der Bienen, als käme es von einem Tonband.

Der Gouverneur zog seine erstaunlichen Schuhe aus und stellte sie akkurat mit den langen Perlmuttspitzen neben dem Hocker auf das Gras. Er setzte sich vorsichtig auf den mittleren Bienenstock, drehte sich, schwang die Beine hoch auf die Liegebank und streckte sich auf dem Rücken aus. Bevor er die Augen schloss, lachte er ein wenig, als er sah, dass der Bienenzüchter wieder staunend auf seine Schuhe starrte.

Sergejitsch hielt sich in diesem Traum länger auf als in anderen, vielleicht, weil dieser Traum besonders sommerlich und warm war. Er blieb in ihm sogar länger als in jenem, in dem seine Frau Witalina warm neben ihm unter der Decke gelegen hatte.

Gegen Abend, als der Hunger ihn aus dem Bett trieb, fühlte Sergejitsch sich neu zusammengesetzt und geschmiert wie ein gewissenhaft reparierter Mechanismus. Selbst die nur gesalzenen Nudeln ohne Butter oder andere Abwechslung aß er mit Appetit und fast genüsslich auf. Natürlich freute er sich weniger am Geschmack der Speise als an der Frische, die in seinen Körper zurückgekehrt war, und besonders darüber, wie leicht ihm das Kauen fiel. Denn woran zeigte sich vor allem, dass man nicht gesund war? Daran, dass man keine Lust hatte, mit den Kiefern zu arbeiten! Jetzt aber, nach dem Schlaf, hatte Sergejitsch Lust auf alles: essen, Tee trinken und vom Hof noch zwei Eimer Kohle für die Nacht hereinholen. Doch die Kohle in den Eimern war noch gar nicht aufgebraucht. Zu viel Kohle im Zimmer war auch keine gute Sache, denn jedes Ding brachte ja seinen eigenen Staub mit! Und Kohlenstaub gehörte zum allerschädlichsten Staub. Er war es, der Sergejitsch zum Invaliden gemacht hatte, so stand es in seinen medizinischen Papieren und dem Rentenausweis. Die Papiere hatte ihm die Ärztin aus der Poliklinik der Bergwerksverwaltung ausgestellt. Er hatte ihr ein Dreiliterglas Honig als Geschenk mitgebracht. Sie hatte damals gelächelt, »Na gut!« gesagt und ihn für chronisch krank erklärt. Aber war er denn so krank? Wer konnte das wissen! Ja, manchmal quälte ihn der Husten bis zu Tränen, aber manchmal verschwand er für ein, zwei Monate. Auch jetzt machte ihm der Staub, der beim Umschütten der Kohle in den Ofen aufstieg, nichts weiter aus.

11

Am Morgen, nach einem Becher heißem Tee, ging Sergejitsch mit Paschkas Fernglas in den Händen energischen Schrittes zum Rand seines Gemüsegartens. Er schaute mit dem Fernglas über das winterliche Feld. Alles war weiß, nur war das Weiß an manchen Stellen unterschiedlich. Er entdeckte auch etwas wie eingedrückte Streifen, die sich durch die Schneekruste zogen, das war seine eigene Spur. Aber sogar wenn er seiner eigenen Spur folgte, konnte er den unter den Schneekrusten begrabenen Toten von hier nicht ausfindig machen.

Jetzt war Sergejitsch beruhigt, wie ein Mensch, der den Grund einer langen Sorge verloren hatte. So beruhigte sich wohl ein Ehemann, der seine todkranke Frau ein, zwei Jahre lang versorgt und sie nach dem Ende ihrer und seiner Leiden schließlich begraben hatte.

Am Himmel schien eine trübe Sonne durch den dünnen Film der oberen eisigen Luft, durch das halbdurchsichtige Grau hindurch, das gewöhnlich das Blau am Winterhimmel vor den Augen der Menschen verbarg.

Sergejitsch ging über seinen Hof, am Haus vorbei, hinaus auf seine Straße, die Leninstraße. Er sah in die Richtung von Kirche und Friedhof. Früher wäre jetzt sein Blick auf die Kuppel der Kirche gestoßen. Und dann hätte sich beim Näherkommen langsam die Kirche mit ihren in göttlichem Blau gestrichenen Holzwänden vor ihm erhoben. Aber das war früher, jetzt sah es anders aus!

Er ging auf die Kirche zu, die es nicht mehr gab, auf der Dorfstraße, die ein Feldweg war, den sie irgendwann mit Steinen befestigt und mit Kohlengeröll geebnet hatten. Im Sommer war das nicht schlechter als Asphalt. Da nun jeglicher Straßenverkehr fehlte und damit auch die gewohnte Winterfahrrinne aus festgefrorenem Schnee, fiel Sergejitsch das Gehen leicht. Sehr leicht.

Er ging die Straße entlang wie ihr Besitzer und dachte daran, dass das einzige Auto aus dieser Hälfte des Dorfes bei ihm in der Garage stand und auf bessere Zeiten wartete. Wenn sie eintraten, diese Zeiten, dann ging es sich nicht mehr so leicht auf der winterlichen Straße! Dann musste man sich am Straßenrand an den Zäunen entlangdrücken und die Fahrspur den Schigulis und Wolgas überlassen. Und auch dem großen gelben Kastenwagen mit der blauen Aufschrift »UKRPOSCHTA«, für den die Spur immer zu schmal war, weshalb er stets auf eine Seite geneigt durch diese Straße fuhr.

Im Gehen lauschte Sergejitsch seinen Schritten, und plötzlich wurde er unruhig. Er blieb stehen und versuchte, den Grund dieser Unruhe zu begreifen. Völlige, unglaubliche Friedensstille herrschte an diesem Morgen. Jetzt, da ihn seine Schritte nicht mehr am Hören hinderten, überzeugte Sergejitsch sich noch einmal davon, dass es keine, auch nicht die entferntesten Kriegsgeräusche in dieser Stille gab. Über ihm flog eine Krähe und schlug so nah mit ihren Flügeln, dass er für einen Augenblick den Kopf einzog.

Dann lächelte er, während er dem Vogel nachsah, und ging weiter Richtung Kirche. Er dachte an Witalinas dunkelblauen Wintermantel, an ihre braunen Lederstiefel und ihren grauen Orenburger Schal. Den Schal hatte er ihr geschenkt. Nachbarin Wera war regelmäßig nach Russland zu ihrer Schwester gefahren und brachte immer Sachen für den Kleinhandel zu Hause mit. So auch Orenburger Schals. Witalina hatte den Schal getragen, aber nur in Malaja Starogradowka. Wenn sie im Winter zu sich nach Winnyzja gefahren war, hatte sie ihn zu Hause gelassen! Solche Schals waren dort in Winnyzja anscheinend nicht in Mode gewesen.

Sergejitsch fiel ein, wie in ihrem ersten gemeinsamen Winter Witalinas Neffe mit der Familie, Frau und Tochter, gekommen war. Wie sie, nachdem sie sich mit ausländischem Portwein, den der Neffe als Geschenk mitbrachte, betrunken hatten, mit Schlitten zum Rand des Gemüsegartens zogen und das Feld hinunterrodelten bis auf den Grund der Senke. Sie fielen, lachten, schrien sich zu. Mit Mühe kamen sie den Berg wieder hoch, mit ihren Schlitten hinter sich. Und sausten wieder hinunter. Eigentlich war der Hang nicht steil, aber sie waren alle nicht gerade die Schlanksten gewesen, selbst die Tochter des Neffen war kein Federgewicht. Daher glitten die Schlitten zuerst langsam abwärts, aber dann nahmen sie solche Fahrt auf, dass der Wind in den Ohren pfiff!

Im Gehen sah Sergejitsch zum Haus der Nachbarin Wera hinüber. Die Fenster waren heil, quer über die Tür war ein dickes Brett genagelt. Auf dem schon von der Witterung dunkel gewordenen Brett war noch die Aufschrift zu sehen, die Wera selbst gemalt hatte. Mit schwarzer Farbe: »Die Besitzer sind am Leben.«

»Gebe es Gott, gebe es Gott!«, flüsterte Sergejitsch.

Seltsam, aber diese bekräftigende Aufschrift auf dem vernagelten Haus freute ihn jedes Mal, wenn sein Blick an ihr hängenblieb. Diesmal freute sie ihn sogar noch mehr als sonst und brachte ihn zum Lächeln. Vermutlich deshalb, weil er zuvor an Witalina gedacht hatte. Wieso konnte er so leicht an seine Frau denken und sich erinnern, aber seine Tochter kam ihm nicht von allein in die Gedanken und Erinnerungen? Vermutlich, weil sie klein gewesen war, zu klein, um ihrem Vater nah zu sein. Vier Jahre alt war sie gewesen, als sie ihn verlassen hatten. Vielleicht war er daran auch selbst schuld? Vielleicht hätte er öfter lächeln und seltener beim Anblick von Witalinas feinen Kleidern das Gesicht verziehen sollen? Vielleicht hätte er überhaupt weniger reden und mehr scherzen sollen? Selbst wenn er ihr deswegen dumm vorgekommen wäre. Anscheinend mochten die Frauen die Dummen oder jene, die die Dummen spielten, lieber, oder sie duldeten sie leichter! Wusste der Teufel, was im Zusammenleben das Wichtigste war: Liebe oder Geduld?

Wenn Sergejitsch nach der Geburt damals nicht in die Luft gegangen wäre, würden sie vermutlich noch immer zusammenleben. Zu dritt. Nur, wo würden sie leben? In Winnyzja bei Witalinas Eltern? Nein, dort wäre er nicht hingezogen. Und hier wäre sie nicht geblieben, selbst wenn sie noch bis zum Krieg einmütig zusammengelebt hätten. Nein, wie es gekommen war, so war es eben gekommen und hatte nicht anders sein können.

Bis zur zerstörten Kirche war es schon ganz nah, noch vier Häuser auf jeder Straßenseite: links die von den Krupins, Dalidses, Petrenkos und Mazipurs, rechts die von Sergejews, dem Alten Leftij, den Korsons und Urzinows.

Plötzlich blieb Sergejitsch so abrupt stehen, als hätte die Straße selbst ihn gestoppt. Etwas beschäftigte ihn und lenkte seine Aufmerksamkeit auf die letzten von ihm zurückgelegten Meter. Er machte kehrt, ging ein paar Schritte zurück und begriff. Er hatte, in seine Gedanken vertieft, Stiefelspuren gekreuzt, deren Abdrücke eine Linie quer über die Straße zogen. Er betrachtete sie und sah, dass sich diese Spuren mehrmals in beide Richtungen erneuert hatten, aus dem Hof der Sergejews auf die Straße kamen und im Hof der Krupins wieder verschwanden. Sergejitsch folgte den Spuren zu den Krupins hinein. Die Tür war mit ihren beiden darübergenagelten Brettern aus dem Rahmen gerissen und nur angelehnt. Er zog an der Klinke. Das untere heruntergefallene Brett knirschte unangenehm auf der gefrorenen Betonschwelle. Sergejitsch trat ein. Die Kälte des verlassenen Hauses blies ihm ins Gesicht.

Im Zimmer standen drei geöffnete gefrorene Litergläser mit eingelegtem Gemüse auf dem Tisch, und aus einem – mit Auberginen und Tomaten – ragte eine Gabel heraus. Unter dem Tisch zwei leere Wodkaflaschen, nicht der gewohnte »Nemirow« oder »Moskowskaja«, sondern irgendein »Krutaja«. Solchen hatte Sergejitsch noch nie gesehen. Er nahm die Flasche in die Hand und starrte auf das Etikett: »Hergestellt im Gebiet Rostow.«

Beide Türen des Schranks standen offen, am Büfett waren die Schubladen herausgezogen.

›Jemand Fremdes war hier‹, dachte Sergejitsch.

Er ging in den Hof hinaus und sah sich um. Die Spuren führten hinters Haus, sie führten ihn zum äußersten Ende des Gemüsegartens. Dort blieb er vor einer dicken Schicht Stroh stehen. Rechts davon lagen verstreute Patronenhülsen auf der Schneekruste. Etwa zwanzig.

Sergejitsch dachte an die Worte des Soldaten über den Scharfschützen, der aus Richtung der Kirche schoss.

Er stand vor dem Lager des Scharfschützen, atmete tief durch und zuckte die Achseln, weil ihm zu dem Gesehenen kein klarer Gedanke in den Kopf kam. Dafür spürte er jetzt die Kälte.

›Wenn sie von hier aus auf die Armee schießen, dann antwortet die Armee früher oder später mit großem Geschütz!‹, überlegte Sergejitsch.

Er stellte sich vor, wie von Schdaniwka her ein Geschoss

geflogen kam und gleichsam selbst überlegte, wo es einschlagen sollte! Und schon im Flug in Richtung seines, Sergejitschs, Hofs abbog.

Das schreckliche Spiel seiner eigenen Vorstellungskraft ließ ihn erschauern.

Was, wenn er jetzt diesem Scharfschützen begegnete und der auf dem Weg zu seinem Kriegsplatz war? Was konnte er tun? Einem Menschen mit einem Scharfschützengewehr etwas sagen oder befehlen?

Sergejitsch verzog das Gesicht und erschrak plötzlich, dass dieser Scharfschütze vielleicht tatsächlich jeden Moment hier erschien. Er würde auf Sergejitsch seine Pistole, seine Kalaschnikow oder sein Gewehr richten! Und was hatte er, Sergejitsch? Die geschenkte Handgranate? Er wusste ja nicht einmal, wo er sie im Suff hingesteckt hatte! Nichts hatte er, nichts, um sich zu verteidigen!

Echte Furcht überwältigte den Bienenzüchter, er rannte aus dem Hof der Krupins und hastete heimwärts.

Am Mitschurinweg blieb er stehen und holte Luft. Und empfand gerade hier besonders schwer und deutlich seine Einsamkeit. Weil er sich entscheiden musste, entweder direkt nach Hause oder nach links auf die Schewtschenko, zu Paschka.

»Nein«, entschied Sergejitsch, während er auf der Stelle stampfte. »Mit leeren Händen, das geht nicht. Ich bringe ihm sein Fernglas! Ich brauche es ja nicht mehr!«

Bei seinem Haus angekommen, hob er den Blick zum dunkel gewordenen Himmel. Tiefe schwere Wolken hingen dort, voll mit Schnee. Sie flogen irgendwohin, von einem hier unten unhörbaren Wind angetrieben.

12

Als er mit der Faust an die Tür klopfte, antwortete zuerst niemand. Da versuchte Sergejitsch es noch dreimal, stärker.

»Wer ist da?«, ertönte endlich die bekannte heisere Stimme.

»Na wer schon?«, rief Sergejitsch laut, damit man ihn hinter der Tür hörte. »Ich bin's!«

»Ah! Du bist es!«, antwortete Paschka. »Warte mal kurz!«

Dann war nichts mehr von ihm zu hören, er ließ Sergejitsch verwundert vor der verschlossenen Tür stehen.

Als die Tür weit aufging, wehte Sergejitsch häusliche Wärme ins Gesicht, und darin lag Alkoholdunst.

»Was hast du denn, Sersch?«, fragte Paschka, während er den unerwarteten Besucher ins Haus ließ.

›Er lallt ja fast‹, dachte Sergejitsch und streckte statt einer Antwort dem Hausherrn das Fernglas entgegen.

»Ah ja, danke! Du willst sicher einen Tee? Oder lieber Kaffee?«

»Hast du denn welchen?« Erstaunt drehte Sergejitsch sich um.

»Ich habe so allerlei«, prahlte Paschka.

›Du bist ja dumm, dass du so einfach davon redest!‹, dachte Sergejitsch. Laut sagte er: »Na dann, Kaffee! Ich habe schon lange keinen Kaffee mehr getrunken.«

Mit kleinen Schritten wie ein alter Mann ging Paschka hinaus in die Küche und schloss die Tür hinter sich.

Das kam Sergejitsch verdächtig vor. Wieso brauchte Paschka eine Tür zwischen sich und seinem Gast? Aber dann musste er lächeln, als er die verschlossene Tür mit

Paschkas Prahlerei in Verbindung brachte, darüber, dass er »so allerlei« hatte.

Er blickte zum Fenster über dem Tisch. Hinter der Gardine sah er auf dem kleinen Fensterbrett eine halbgeleerte Flasche Wodka und zwei leere Gläschen. Er runzelte die Stirn und besah sich den Tisch genauer. Auf dem alten Leinentischtuch, das man schon zehnmal hätte waschen müssen, lagen Brotkrümel. Sergejitsch legte seine breite Hand darauf und drückte die Krümel gegen die Tischplatte, prüfte, ob sie frisch oder alt waren. Offenbar waren sie alt, ganz trocken. Sie stachen.

»Hast du manchmal Gäste?«, fragte Sergejitsch, als die Tür zur Küche aufging und Paschka mit zwei dampfenden Tassen herauskam.

»Nö. Was denn für Gäste?« Paschka lächelte dümmlich und zeigte dabei seine unregelmäßigen Zähne.

Aber Sergejitsch achtete nicht auf seine Worte. Er sah hinüber zu dem selbstgebauten Kachelofen unter dem anderen Fenster und überlegte. In diesem Ofen lag zweimal mehr Brennmaterial als in Sergejitschs Ofen, aber das diente nur zum Heizen. Essen wurde auf diesem Ofen weder aufgewärmt noch zubereitet.

Sergejitsch sah hinüber zur Küchentür.

»Wo bringst du denn Wasser zum Kochen?«, fragte er.

»Wo schon? In der Küche!«, antwortete der Hausherr, der sich schon an den Tisch gesetzt hatte.

Da setzte sich auch Sergejitsch, Paschka gegenüber, und zog eine Tasse mit Kaffee zu sich her.

»Das heißt, bei dir steht dort noch ein anderer Ofen?«, fragte er und nickte Richtung Küche.

»Na und?«, gab Paschka verwundert zurück. »Er steht da eben. Stört dich das?«

»Nein, wieso soll er mich stören?« Sergejitsch zuckte die Achseln. »Ich mache eben alles mit einem Ofen: Essen und Heizen im Haus. Ich spare Kohle.«

»Du mit einem, ich mit zwei! Wo ist der Unterschied? Bist du vielleicht neidisch? Ich sehe, du hast dich an deiner Leiche schon sattgesehen!« Paschka wies mit dem Kopf auf das Fernglas, das er selbst auf das Sofa geworfen hatte.

»Ja. Ich habe ihn mit Schnee zugedeckt.«

»Was, du bist dort runtergestiegen?« Paschkas Augen waren rund geworden wie Fünfkopekenstücke.

»Hmm. Soll ich denn jeden Tag herumlaufen und ihn anstarren? So ist es für ihn ruhiger und für mich auch.«

»Na, so was!« Paschka schüttelte den Kopf. »Ich wäre nie im Leben in die Schusslinie da runtergestiegen!«

Sergejitsch sah Paschka skeptisch ins Gesicht und antwortete nichts darauf.

»Ich habe Hunger«, sagte er nur, als sich sein leerer Magen auf einmal meldete.

Paschka brachte schweigend ein Glas mit Honig aus der Küche, das Sergejitsch ihm geschenkt hatte, dazu noch einen Laib Weißbrot, Löffel und ein Messer.

Freihändig schnitt er drei Scheiben von dem Laib ab und legte sie direkt auf das Tischtuch.

Sergejitsch schmierte seinen Honig auf Paschkas Brot und biss ab.

›Woher hat er wohl das Brot?‹, überlegte er.

Als er wieder bei sich zu Hause war, zündete er eine Kerze

auf dem Tisch an, holte Kohle von draußen, ging in seine Küche und zog die Tür seines Kühlschranks auf. Innen war es leer und dunkel, in der Tür lag auf dem Eierhalter eine vertrocknete Knoblauchknolle.

Sergejitsch versuchte, sich mit zuversichtlichen Gedanken abzulenken, deshalb schaute er in den Küchenschrank, wo in Dreilitergläsern, mit Plastikdeckeln verschlossen, Buchweizen, Nudeln und Hirse standen. Wusste der Teufel, wie lange das alles reichte. Denn er aß ja nicht so viel, also gab es fürs Erste genug! Hungern würde er nicht. Nur, Freude würde ihm dieses Essen auch nicht bereiten, es war langweilig!

»Wenn man nur irgendwo Eier bekommen könnte!«, träumte Sergejitsch vor sich hin.

Und ihm wurde sehnsüchtig und traurig zumute, bis er innerlich fror. Er erkannte, dass er schon monatelang kein Hühnerei mehr gegessen hatte.

Er dachte daran, wie viele Tiere es in ihrem Dorf früher gegeben hatte, auch er selbst hatte Hühner gehalten. Und bei den Nachbarn gab es außer Hühnern und Gänsen zwei Ziegen und eine Kuh auf dem Hof! Als seine nächsten Nachbarn abreisten, waren die Hühner noch geblieben. Er hatte sie damals auf Bitten der Nachbarn gefüttert und sich die Eier geholt. Futter hatten sie ihm auch dagelassen, zwei Säcke voll! Dann war der Nachbar zurückgekehrt, es war Waffenruhe gewesen, es wurde nicht geschossen. Er war in einem Lada Niwa mit einem Anhänger und Käfigen gekommen, hatte seine Hühner in die Käfige gesetzt und war davongefahren. Er hatte nicht einmal bei ihm hereingeschaut! Einer der Futtersäcke war noch etwa zu einem Drittel voll. Aber zu füttern gab es niemanden mehr.

›Jetzt ein Spiegelei‹, dachte Sergejitsch. ›Oder drei hartgekochte Eier …‹

Er schüttete Kohle in den Ofen und setzte den Teekessel auf.

›Woher hatte er nur das Brot?‹ Wieder dachte er an Paschka. ›Vielleicht hat sich ja jemand bei ihm in der Küche versteckt? Der, der ihm das Brot gebracht hat?‹

Ihm fiel ein, wie Paschka ihn nicht sofort in sein Haus gelassen hatte.

›Genau, er hat jemanden versteckt!‹, entschied Sergejitsch. ›Den, der ihm das Brot und Kaffee und ‚so allerlei' gebracht hat! Für welche Gegenleistungen wohl?‹

Würde es im Dorf Strom geben, dann würde er jetzt leichter und gedankenloser leben, ohne unnötige Sorgen und Verdächtigungen! Er würde bis zum Schlafengehen fernsehen. Im Kühlschrank hätte er immer einen Topf mit fertigen Nudeln stehen. Und wenn er Hunger bekäme, würde er die Nudeln in die Pfanne werfen und zwei Eier darüberschlagen!

›Zum Teufel!‹ Sergejitsch seufzte erbost. ›Ich denke nur noch an diese Eier!‹

Aber nicht an sie zu denken gelang ihm nicht. Die Eier verfolgten ihn weiter, wie etwas Kostbares und gleichzeitig Erreichbares!

›Moment mal‹, überlegte er. ›Bis Swetloje sind es drei Kilometer, jetzt ist es schon dunkel, aber noch nicht Abend! Dort gibt es viele Menschen!‹ Auch die alte Nastja, die er kannte und die einen Hof voller Hühner und anderer Tiere hatte. Warum nicht einen Liter Honig mitnehmen und ihn gegen Eier tauschen? Es war nicht so weit, der Weg nach

Swetloje war gerade und eben, von den ukrainischen Stellungen aus nicht zu sehen, und vor Karusselino hinter der Kuppe der kleinen Anhöhe verborgen.

Sergejitsch begeisterte sich für die Idee einer Wanderung ins Nachbardorf, wo er seit dem letzten Herbst nicht mehr gewesen war.

Er machte sich fertig und zog Stiefel und Mantel an. In der Tasche hatte er zwei Litergläser Honig, an den Händen Fäustlinge. Vor ihm lag der dunkle Weg.

13

Die Furcht war ein unsichtbares, schwer zu fassendes Ding. Wie ein Virus oder eine Bakterie. Man konnte sie mit der Luft einatmen, zufällig mit Wasser oder Wodka verschlucken oder durch die Ohren einfangen, auf jeden Fall konnte man sie mit den Augen sehen, und das so eindrücklich, dass ihr Spiegelbild sogar dann noch blieb, wenn die Furcht selbst schon verschwunden war.

Die Gedanken über die Furcht kamen Sergejitsch, als er etwa einen halben Kilometer auf dem Weg gegangen war, den in den letzten Monaten weder Füße noch Reifen berührt hatten. Der Weg lag da wie von Gott mit einem riesigen Lineal gezogen. Links das Wäldchen aus kahlen Ahorn-, Linden- und Aprikosenbäumen. Davor das Feld, dahinter noch ein Feldweg für Landmaschinen und danach wieder ein Feld, nur ging es jetzt schon den Hügel hinauf, nach Schdaniwka. Rechts eine kleine Anhöhe, und auf ihrer Kuppe oben war der Horizont so nah, als könnte man mit der Hand hinfassen. Dahinter zogen sich Felder über fünf Kilometer bis zum Weiler Sajatschi. Dieser Weiler lag schon in der DVR, der selbsternannten Donezker Volksrepublik, aber anscheinend war er verlassen. Fünf oder sechs Häuser gab es dort, nicht mehr. Vielleicht lebte es sich in Swetloje auch deshalb fast genauso wie vor dem Krieg, weil es in seiner Nähe weder Separatisten noch die ukrainische Armee gab. Deshalb war auch fast niemand weggezogen. Ein paar Männer waren fortgegangen zu der Donezker Bande, um gegen die Ukraine zu kämpfen. Und umgekehrt hatten sich zwei – der Ortspolizist und der Schuldirektor – zur ukrainischen Armee gemeldet. Sie hatten vermutlich Angst bekommen, dass man sie nachts abstechen würde, dafür, dass sie als die örtliche Staatsmacht galten. Jetzt gab es dort überhaupt keine Macht mehr, aber es war ruhig! Obwohl es auch früher ruhig gewesen war, damit hatte die Staatsmacht also nichts zu tun. Mal gab es eine, mal nicht, alles dasselbe! Es war eben ein friedliches Volk, das sich mit sich und seiner Wirtschaft statt mit Politik beschäftigte.

Irgendwo in der Ferne donnerte Artillerie. Aber so weit entfernt, dass Sergejitsch nicht einmal seine Schritte verlangsamte. Er ging ohnehin nicht besonders schnell, er schaute auf den Boden vor sich, seine Augen waren an dieses Grau gewöhnt. Schwarz plus Weiß ergab Grau. So verband sich auch die Dunkelheit mit dem Schnee und machte den winterlichen Weg sichtbar.

Jetzt führte der Weg etwas bergauf, das Dorf war von hier nicht zu sehen. Noch etwa fünfzehn Minuten, dann würde auch Swetloje etwas unterhalb vor ihm auftauchen.

Aber plötzlich konnte er den Weg nicht mehr sehen.

Unter seinen Füßen spürte er ihn noch, aber er sah ihn nicht mehr. Sergejitsch ging in die Hocke und berührte den Weg mit den Händen. Da begriff er, dass der Weg einfach nicht mehr weiß war. Seine Hand ertastete den Rand eines Granattrichters, eines großen Granattrichters, der breiter war als der Weg.

Sergejitsch begann, um den Granattrichter herumzugehen, bis er plötzlich stolperte und fast hingefallen wäre. Er ging wieder in die Hocke und erblickte eine nicht explodierte Granate. Seine Hand streckte sich wie von selbst nach ihr aus und spürte schon, ohne sie zu berühren, die starke Kälte, die von ihr ausging. Er riss seine Hand zurück und steckte sie in die Tasche, dorthin, wo es wärmer war.

›Vielleicht doch lieber umkehren?‹, fragte er sich, aber seine Füße wanderten schon weiter. Er sah jetzt nur aufmerksamer auf den Weg, der wieder sichtbar geworden war. Hin und wieder knirschte die Schneekruste kläglich unter den Stiefelsohlen.

Die Lichter des Dorfes tauchten vor ihm auf.

›Da schau her! Sie haben Strom!‹, dachte Sergejitsch froh und neidvoll zugleich.

Als er die Dorfstraße betrat, seufzte er erleichtert. Jetzt musste er nur noch bis zum anderen Ende des Dorfes gehen, dort wohnte die alte Nastja!

Im Gehen hörte er Hundegebell und freute sich. Bei ihnen in Malaja Starogradowka war außer ihm und Paschka keine lebende Seele mehr. Hunde gab es keine, und die Katzen waren verschwunden. Mäuse und Ratten waren sicher irgendwo, sie versteckten sich, aber sie lebten ja unter sich, sie gehörten zur Natur. Ob mit oder ohne Menschen, sie überlebten sowieso. Die Hunde und Katzen hatten es ohne den Menschen schwer. Und Ziegen, Schweinen und Hühnern war das Überleben ohne Menschen überhaupt unmöglich!

Sergejitsch blieb vor der Tür stehen und klopfte dreimal.

»Ich komme, ich komme!«, hörte er eine vertraute Stimme.

»Ach, Serjoschenka!«, rief die Alte aus, als sie die Tür öffnete. »Du lebst!!! Komm rein, komm schnell rein!«

Die alte Nastja hatte sich seit dem letzten Herbst nicht verändert. Sie hatte ein rundes, kleines Gesicht, war nicht größer als einen Meter sechzig und so gekleidet, dass man nicht verstand, ob sie Mann oder Frau war. Unten warme Hosen, oben eine grüne Schürze und darüber eine kurze blaue Jacke mit großen Knöpfen.

Sergejitsch zog sich die Stiefel aus, und sie gingen ins Zimmer.

»Ich habe dir ein bisschen Honig gebracht.« Sergejitsch zog die zwei Litergläser aus der Tasche und stellte sie auf eine Spiegelkommode. »Ich wollte mir bei dir Eier holen. Bei uns im Dorf gibt's nicht viel zu essen …«

»Setz dich hin, ruh dich ein Weilchen aus, und ich wärme was zu essen auf!«

Sergejitsch setzte sich in einen Sessel mit lackierten hölzernen Armlehnen, die Jacke mochte er noch nicht gleich ausziehen. Da saß er, und von der überwältigenden Müdigkeit, die ihn plötzlich befiel, dämmerte er ein.

Im Halbschlaf fühlte er noch, wie sich seine Wangen erwärmten und vom Frost auftauten, wie die Fingerspitzen wie von Bienen gestochen schmerzten, weil das von der Wärme munter gewordene Blut mit neuer Kraft durch

Gefäße und Venen jagte und die Heizung seines Körpers wieder einsetzte.

Sein Dämmern war gerade in einen unruhigen, leichten Schlaf übergegangen, da hörte er im Traum Witalinas Stimme. »Komm essen!«, rief sie ihn aus der Küche. In der Küche war es gemütlicher, besonders im Frühling oder Sommer. Das Küchenfenster sah nicht auf die graubraune, mit Kohleflecken übersäte Erde im Hof, sondern in den Garten hinaus.

Im Traum ging er in die Küche, genau so, wie er oft ihrem Ruf dorthin gefolgt war, als sie zusammengelebt hatten. In der Luft hing der intensive, aromatische Duft von Borschtsch.

»Schau, ob er dir schmeckt!«, lud Witalina ihn ein und wies mit dem Kopf zum Tisch, auf dem eine Schüssel mit rotem Borschtsch stand, und obenauf schwammen – wie er es öfter erbeten, jedoch nicht bekommen hatte – ein paar kleine Pelmeni. Gekocht, dann in Sonnenblumenöl in der Pfanne knusprig gebraten und in den Borschtsch gegeben.

Im Traum setzte er sich ebenso selbstverständlich und zufrieden an den Tisch wie im Leben und blickte beifällig auf Witalinas Babybauch. Bis zur Geburt ihrer Tochter waren es noch etwa anderthalb Monate. Er wandte den Blick zurück zu den Pelmeni und aß sie nacheinander auf, dann erst machte er sich an den Borschtsch.

»Also, hast du es dir überlegt? Bist du einverstanden?«, fragte er mit vollem Mund.

»Nein, bin ich nicht! Sie soll Angelina heißen!«, erklärte Witalina fest. »Deine Swetas und Maschas gefallen mir nicht. Langweilige Namen, wie von Schaffnerinnen in der Straßenbahn!«

»Wir haben hier keine Straßenbahnen und keine Schaffnerinnen!« Im Traum wurde Sergejitsch ärgerlich, so, wie er früher in echt ärgerlich geworden war. »Vielleicht heißen bei euch in Winnyzja die Einfältigen so, aber bei uns hier ist es anders üblich. Wenn du sie Angelina nennst, dann werden sie über sie lachen und sie hänseln!«

»Wenn sie sie hänseln, dann gehen wir von hier weg!«, entgegnete Witalina scharf und trug ihren Bauch fort ins Zimmer, in dem das Sofa, das Bett und der große Tisch standen.

Er aß seinen Borschtsch ohne Begeisterung auf.

›Wird schon werden‹, dachte er, ›ohne mich wird sie beim Standesamt ja nicht registriert.‹

Und plötzlich, als im Traum der Borschtschteller leer war, drang ihm aufs Neue intensiver Borschtschduft in die Nase. Er schlug die Augen auf und sah, wie die alte Nastja einen Topf an ihm vorbei zum Tisch trug.

»Setz dich her! Ich habe dir schon aufgetan!«, erklang ihre greisenhafte, aber angenehme Stimme.

Sergejitsch schüttelte den Schlaf ab und stand auf. Er zog seine Jacke aus, ließ sie auf dem Sessel liegen und setzte sich an den Tisch. Eine Schüssel mit dickem Borschtsch stand vor ihm. Nur Pelmeni gab es keine, die hatte er ja auch gar nicht erwartet. Pelmeni liebte er schon als Kind, und Borschtsch begann er nach der Hochzeit zu lieben. Aber das war nun schon alles in der Vergangenheit, in der Erinnerung und auf Fotografien. Die Erinnerung wurde alt und ließ nach, aber die Fotos blieben und lagen friedlich im Schulalbum, im Armeealbum, im Hochzeitsalbum im Schrank.

Sergejitschs sehnsüchtiger Blick wanderte vom Borschtsch

weg nach oben an die Decke, zur Lampe. Gedankenverloren leckte er sich die Lippen – nach dem Borschtsch, dachte Nastja, und auch Sergejitsch selbst erkannte nicht gleich, was in ihm vorging. Er nahm einen Löffel heißen Borschtsch, gleichzeitig traten ihm Tränen in die Augen.

»Was hast du?«, fragte Nastja erschrocken. »Ist vielleicht etwas mit deiner Frau?«

»Nein.« Sergejitsch schüttelte den Kopf und wischte mit dem Handrücken die Tränen fort. Dann schob er sich einen weiteren Löffel Borschtsch in den Mund.

»Schön habt ihr es hier!«, brachte er heraus. »Wir haben schon seit drei Jahren keinen Strom.«

»Was, sie haben das nie in Ordnung gebracht?« Die alte Frau schlug die kleinen Hände zusammen.

»Nein«, bestätigte Sergejitsch und seufzte. »Sie haben gesagt, es lohnt sich nicht! Wir sind dort nur zwei. Und wohnen auch noch in verschiedenen Straßen. Wenn wenigstens ein Dutzend Leute zurückkämen!«

»Ihr seid schon sehr nah bei den Geschützen! Bei uns sind es doch zu den Russen um die acht Kilometer und zu den Ukrainern um die fünf. Wir liegen fast in der Mitte. Drüben bei Gnutowka, wo in der grauen Zone wieder alles zusammenläuft, treffen sich beide Seiten fast. Dort geht es jeden Tag nur bumm-bumm.«

»So nah ist es bei uns auch nicht zu den Geschützen!«, widersprach Sergejitsch. »In drei Jahren haben sie nur die Kirche getroffen. Noch ein paar Höfe und das Kolchosebüro. Die Häuser sind fast alle noch heil. Manchmal kommen die Baptisten und bringen Hilfe! Schade, dass man über sie nicht die Rente bekommen kann! So sitze ich da ohne

Geld … Obwohl, was soll ich damit machen, wenn sie sie bringen? Weiß der Teufel! Wie geht es denn bei euch mit der Rente?«

»Gut geht es bei uns«, bestätigte Nastja mit einem Kopfnicken. »Stjopa, der Sohn der Postbotin, du weißt schon, bei dem ein Bein kürzer ist, also die haben einen Verwandten in Torezk. Er sammelt unsere Kärtchen mit diesen ›Pinnkohts‹ ein, bringt sie seinem Verwandten, und der hebt bei sich in Torezk das Geld aus den Automaten ab, und dann bekommt jeder im zugeklebten Umschlag seine Rente zusammen mit dem Kärtchen zurück. Nicht alles natürlich, das ist ja Arbeit, das muss man bezahlen.«

»Dann kann er von meinem Konto auch abheben?«, fragte Sergejitsch lebhaft.

»Warst du dort und hast dich neu registrieren lassen?«

»Wo?«

»Na, in der Ukraine? Damit sie eintragen, dass du in der grauen Zone geblieben bist?«

»Nein.«

»Zuerst muss man sich neu registrieren lassen. Ohne das zahlen sie nichts aus.«

Sergejitsch seufzte schwer und verstummte eine Zeitlang.

»Na, sie verfällt ja nicht«, sagte er leise und beruhigend zu sich selbst.

Er hob den Blick zu Nastja, und jetzt fiel ihm auch der Grund seines Besuchs wieder ein.

»Könnte ich ein paar Eier …«, begann er gerade, da unterbrach ihn ein Klopfen an der Tür.

Beide sahen sich zur Tür um. Die Alte ging hin, um aufzumachen.

»Frag, wer da ist!«, rief Sergejitsch ihr hinterher.

Aber sie schloss einfach die Tür auf, und im nächsten Augenblick drangen Kinderstimmen herein.

»Oma Nastja, ist der Weihnachtsmann vielleicht aus Versehen zu dir gekommen?«, erklang das Stimmchen eines vier- oder fünfjährigen Jungen.

»Nein, was redet ihr denn! Was für ein Weihnachtsmann!«, sagte die alte Nastja verwundert. »Es ist Mitte Februar!«

»Aber er ist doch an Weihnachten nicht gekommen! Dabei hat er es versprochen!«, sagte ein kleines Mädchen.

»Wo soll hier ein Weihnachtsmann sein!« Nastja winkte ab. »Na, schaut selber!«

Ins Zimmer kamen mit der alten Nastja zwei kleine Jungen und ein kleines Mädchen herein, Vorschulkinder.

»Da, seht ihr!« Nastja wies auf Sergejitsch.

»Ja«, sagte der eine Junge. »Das ist er nicht! Der andere war jünger!«

»Ein Weihnachtsmann, der jünger war als ich?«, fragte Sergejitsch lächelnd und beschloss, den Spaß mitzumachen und sich mit den Kleinen zu unterhalten. »Wo habt ihr ihn denn gesehen?«

»Im Dezember war er da«, antwortete das kleine Mädchen in einer rosa Winterjacke, die ihr zwei Größen zu groß war. »Er hat uns Spielzeug gebracht und für Weihnachten Bonbons versprochen!«

»Ja, er war jung!«, sagte auch der andere Junge, mit dunklen Augen, in schwarzem Mantel und Skimütze. »Und er hatte eine Kalaschnikow und einen Ring im Ohr!«

»Der Weihnachtsmann hatte eine Kalaschnikow?« Sergejitsch lächelte nicht mehr. »Ist er vielleicht auch noch in Soldatenuniform gekommen?«

»Ja, in Uniform!« Das Mädchen nickte. »Wenn Krieg ist, haben alle Uniform und Kalaschnikow. Er hat gesagt, dass er selber zwei Kinder hat, aber uns trotzdem viele Bonbons bringt. Als Geschenk von ihm und seinen Kindern!«

Sergejitsch schwieg. Er fühlte sich nicht wohl in seiner Haut. Er dachte an den Rucksack mit den Süßigkeiten, den er vom Feld nach Hause geschleppt hatte. An den Erschossenen mit dem goldenen Ring im Ohr.

»Na, vielleicht bringt er sie noch.« Er sah die Kinder anders, irgendwie zärtlicher an. »Vielleicht haben sie ihn an einem Checkpoint nicht durchgelassen! Das kann sein.«

Die Kinder waren traurig geworden, sie liefen langsam zurück in den Flur und verließen das Haus.

»Ich gebe dir Eier!«, sagte Nastja und sah ihren Gast mitleidig an. »Vielleicht sonst noch was?«

»Was hast du denn?«

»Schweinefleisch in der Dose, das haben Freiwillige gebracht. Ich kann dir ein paar Dosen … Ich habe selbsteingelegte Gurken. Aber das Tragen wird dir schwer werden!«

»Das schaffe ich schon!«, versicherte ihr Sergejitsch. »Den Weg habe ich doch schon gespurt. Zurück geht es leichter, es geht ja heimwärts!«

14

›Wenn ich jeden zweiten Tag ein Ei esse, dann reichen diese zwanzig Eier von Nastja fast anderthalb Monate‹, dachte

Sergejitsch, während er die Pfanne überwachte, in der die Nudeln warm wurden.

Die Nudeln begannen zu zischen. Sergejitsch lächelte, nahm behutsam ein Ei, schlug mit dem Messer darauf und zerbrach es. Er goss es über die Nudeln und machte sich daran, das Eiweiß, den Dotter und die heißen Nudeln mit einem Holzlöffel zu vermischen.

Fünf Minuten später zergingen im flackernden Licht der Kerze heiße, köstliche Nudeln mit Ei auf seiner Zunge. Der Teekessel hatte den Platz der Pfanne auf dem Ofen eingenommen, vor dem Fenster lag die Dunkelheit. In den Ohren hatte Sergejitsch das beruhigende Ticken des Weckers.

Da tickte die Zeit. Bald war es März, bald würde der Winter den Rückzug antreten, und die Pfützen, die der Schnee hinterließ, würden in der Sonne funkeln. Dann flogen die ersten Bienen auf Erkundung aus, auch wenn das Grün gerade erst begann, die schwarze, aus der Kälte erwachende Erde zu überziehen, um sie zu wärmen und zu schmücken. Die Bienen würden nach dem Winter nicht weit fliegen, nur zu Übungszwecken, um ihre Orientierungspunkte aufzufrischen. Aber die Bienenstöcke würden schon in der Sonne stehen und sich allmählich erwärmen und die Feuchtigkeit des Winters aus sich vertreiben.

Die Luft würde sich mit süßem Summen füllen, das vertraut und friedlich war und die Welt des Menschen, der Bienen liebte, gemütlich und heimelig machte. Dann war es nicht mehr so wichtig, dass irgendwo geschossen wurde, man konnte sich an alles gewöhnen! Wichtig war, dass Frühling war, dass die Natur sich mit Leben füllte, mit ihren Geräuschen, Düften, großen und kleinen Flügeln.

Gegen Ende März, wenn die Bienen endgültig den Winter hinter sich ließen und die Bienenstöcke ständig und lebhaft vibrierten, stellte Sergejitsch sie zu einer Liegebank zusammen, drei Zweierpaare hintereinander. Er bedeckte sie mit einer dünnen Strohmatratze, zog sich warm an, denn die Nächte waren noch kalt Ende März, und schlief ein paar Nächte hintereinander auf den Bienenstöcken. Das tat ihm besser als jede Medizin! Besser als Vitamine!

Beim Tee kehrten Sergejitschs Gedanken zu seiner heutigen Wanderung nach Swetloje zurück. Zu den Kindern, die bei der alten Nastja hereingestürmt waren, um nachzuschauen, ob nicht aus Versehen jener Weihnachtsmann mit dem Ring im Ohr bei ihr war, der versprochen hatte, zu ihnen zu kommen.

Sergejitsch holte eine Handvoll Süßigkeiten aus dem Rucksack, der in seiner Zimmerecke stand, und legte sie auf den Tisch. Er wickelte einen »Roten Mohn« aus, schob ihn in den Mund und trank Tee dazu. Es gab Dinge, die sich über die Jahre nicht änderten, und das gefiel ihm. So hatte sich auch der Geschmack dieses Bonbons in all den Jahren seines Lebens nicht verändert. Selbst das Einwickelpapier war das gleiche geblieben. Er wollte noch eines essen, aber da fielen ihm die Kinder ein, die beiden Jungen und das Mädchen. ›Aber das heißt ja, dass ich ihre Süßigkeiten esse?‹, überlegte Sergejitsch.

Plötzlich ging es ihm durch und durch: Der Erschossene mit dem Ring im Ohr lag unter dem Schnee und raubte ihm nicht mehr den Schlaf, aber sein Rucksack war hier, in der Zimmerecke! Selbst wenn er den Rucksack auf den Hof hinaustrug, wäre er trotzdem noch hier. Wenn diese Bonbons niemandem gehören würden, wie die Pilze im Wald, dann konnten sie hier liegen und ihm zum Tee Freude bereiten. Aber sie gehörten doch jemandem! Sergejitsch wusste jetzt, wem der Erschossene die Bonbons hatte bringen wollen. Zu wem er es nicht geschafft hatte. Und nun freute sich Sergejitsch selbst wie ein Kind daran.

Aufgeregt ging er im Zimmer auf und ab. Am Ofen blieb er stehen, hier war es am wärmsten. Damit es auch für die Nacht genug Wärme gab, schüttete er noch einen halben Eimer Kohlen in den Ofen. Er seufzte und ahnte, dass die Gedanken an den Toten, der unter dem Schnee lag, ihn wieder nicht schlafen lassen würden.

Da erfasste ihn ein seltsames Zittern, und gleichzeitig verspürte er in sich eine eigensinnige Entschlossenheit. Er würde jetzt noch einmal nach Swetloje gehen. Mochte es vor dem Fenster dunkel und kalt sein, den Weg hatte er sich schon gespurt, von dem würde er nicht mehr abkommen. Und er ging ohne großes Gepäck, mit dem Rucksack auf dem Rücken und nichts in den Händen!

Sergejitsch zog sich Mantel und Schuhe an, setzte die Fellmütze mit den Ohrenklappen auf, band sie unter dem Kinn zu und löschte die Kirchenkerze auf dem Tisch. Warum sollte sie umsonst brennen?

Er ging in seinen frischen Spuren, und das Gehen fiel ihm leicht, als würde er seine Sorgen forttragen, weg von zu Hause. Je näher er Swetloje kam, desto heller und ruhiger wurde es in ihm. Es war, als würde er durch eine mächtige Kirche zum fernen Altar schreiten. In der Kirche begannen ja alle, flüsternd zu beten oder zu schweigen, dort hatte nur der Priester das Recht auf eine laute Stimme. So dachte

Sergejitsch und phantasierte im Gehen ebenfalls gleichsam flüsternd. In der Kirche roch es gut, und sie war auch so angelegt, dass alles, was dort entstand, die süßlichen Düfte, die flüsternden Gebete, das Gefühl der Begegnung mit der Ewigkeit, die jeden nach dem irdischen Leben erwartete, dort blieb, hinter den dicken Mauern, eisernen Toren und unter den hohen Kuppeln. Damit der Mensch auf der Suche nach diesen verzauberten Augenblicken immer wieder dorthin zurückkehrte.

Vor ihm erschienen die Lichter von Swetloje, und Sergejitsch machte einen Augenblick halt. Er spürte das Gewicht des Rucksacks auf seinem Rücken. Er wischte sich mit den Fäustlingen über die Wangen und rieb die Frostschicht weg.

»Was machst du denn wieder hier?«, fragte Nastja verwundert, als sie ihm die Tür öffnete. Hinter ihrem Rücken erklangen vertraute Geräusche. »Hast du was vergessen?«

»Ich habe etwas vergessen abzugeben!« Sergejitsch sah Nastja an, als müsste sie ihn auch ohne Worte verstehen. »Zu dir sind Kinder gekommen, als ich den Borschtsch gegessen habe! Das sind doch Nachbarskinder?«

»Ja, die von Walja!«

»Sag mir, wo sie wohnen! Ich habe ihnen ein bisschen was mitgebracht!«

»Du bist aber doch ein Dummkopf.« Nastja breitete ratlos die Arme aus. »Hättest du nicht morgen kommen können? Warum hat es dich durch die Nacht hierher zurückgetrieben?«

»Also, ich …«, versuchte Sergejitsch zu erklären, verirrte sich aber in seinen Gedanken. »Weiß selber nicht. Schön ist es bei euch. Licht in den Fenstern! Elektrizität. Und bei dir funktioniert der Fernseher!« Er hatte endlich den Lärm erkannt, der hinter dem Rücken der Hausherrin ertönte.

»Ach, du hast dich nach dem Fernseher gesehnt? Oh, du Armer«, sagte Nastja und schüttelte bekümmert den Kopf. Sergejitsch schien sogar, als glänzten Tränen des Mitgefühls in den Augen der Alten. »Du bist ja schon seit drei Jahren ohne Fernseher! Lieber Gott! Was musst du alles erleiden! Na, komm schnell mit, komm«, drängte sie ihn.

»Nein, warte, zuerst bringe ich den Kindern die Süßigkeiten, und dann komme ich!«, sagte er sanft.

»Rechts die Straße runter, das zweite Haus. Dort ist ein Holzstern neben dem Tor an den Zaun genagelt, ihr Großvater ist im Krieg gegen die Faschisten gefallen. Früher war der Stern rot, aber jetzt ist er grau, wie der Zaun.«

Sergejitsch ging auf der rechten Straßenseite bis zu dem hölzernen Stern am Tor. Er betrat den Hof, klopfte an die Haustür.

»Wer ist da?«, antwortete drinnen eine Frauenstimme.

»Sergejitsch, aus Malaja Starogradowka. Ich habe ein Geschenk für die Kinder gebracht!«

Die Frau mit Namen Walja ließ ihn hinein, aber als er im Flur begann, die Stiefel auszuziehen, hielt sie ihn davon ab und führte ihn direkt ins Zimmer. Dort war es laut und lebhaft. Auch hier war der Fernseher eingeschaltet, und auf dem Bildschirm stritten zwei miteinander, aber munter, fast fröhlich.

Sergejitsch stand wie angewurzelt, sein Blick hing am Bildschirm. In den Händen hielt er den Rucksack, vom Sofa her sahen ihn die kleinen Jungen in warmen Frotteeschlafanzügen und das Mädchen in blauen Strumpfhosen und grüner Strickjacke erstaunt an. Er erschien ihnen interessanter als der Fernseher.

»Was ist denn dort los?«, fragte Sergejitsch die junge Frau, nachdem er sich endlich aus der Erstarrung gelöst hatte, und nickte Richtung Fernseher.

»Das ist Moskau! Sie streiten über die Ukraine!«, antwortete sie ruhig. »Was haben Sie denn für die Kinder?«

»Ah«, Sergejitsch kam zur Besinnung. »Hier, für euch, vom Weihnachtsmann! Mit Verspätung …«

Er streckte der Frau den Rucksack hin. Sie trug ihn zum Tisch, auf dem ein weißes geklöppeltes Tischtuch lag, und zog die Tüten mit den Süßigkeiten heraus. Die Kinder kamen zum Tisch gelaufen.

»Ist das von dem Weihnachtsmann mit dem Ring im Ohr?«, fragte das Mädchen.

»Ja, von ihm.« Sergejitsch nickte. »Er lässt sich entschuldigen. Er konnte nicht selbst kommen. Ist ein bisschen krank geworden.«

»Besser spät als nie!«, sagte die Frau namens Walja.

Sie hielt dem Besucher den leeren Rucksack hin.

»Nicht nötig, behalten Sie ihn! Vielleicht können Sie ihn mal brauchen!«

»So, und was sagt man, wenn man Geschenke bekommt?« Sie wandte sich an die Kinder.

»Danke! Danke! Sagen Sie ihm danke!«, riefen die Kinder schnell dreistimmig durcheinander.

»Ich sag es ihm, ich sag es ihm, wenn ich ihn sehe«, versprach Sergejitsch. »Dann gehe ich jetzt! Es wird Zeit!«

»Was, gehen Sie zurück nach Malaja Starogradowka?« Die Stimme der Frau klang auf einmal besorgt. »Ach, wie leben Sie dort bloß? Kein Laden, keine Post ... Nein, so geht es nicht! Warten Sie! Ich bin gleich wieder da!«

Sie lief hinaus in den Hof und kam nach fünf Minuten zurück, in den Händen den nun prall gefüllten Rucksack. Sie reichte ihn dem Besucher.

»Vorsichtig!«, warnte sie. »Da drin ist ein Dreiliterglas mit Schmalz!«

Sergejitsch lächelte fassungslos. Solche Gutherzigkeit von einer unbekannten Frau hatte er nicht erwartet.

Er kehrte zur alten Nastja zurück.

Sie setzten sich zu zweit vor den Fernseher. Auf dem Bildschirm waren drei Männer mit Krawatten um einen Tisch zu sehen.

»Und warum ist sie dann bis heute nicht zerfallen?«, fragte ein Fernsehmensch die beiden anderen.

»Sie werden doch jetzt völlig von Amerika und Europa finanziert. Dort nehmen sie das Geld von ihren eigenen Armen und Bettlern und geben es den Ukrainern!«, antwortete der eine. »Und wenn die Armen und Bettler bei ihnen begreifen, was vor sich geht, dann veranstalten sie in Amerika und in Europa ihre eigenen Majdane gegen ihre Politiker!«

»Hier stimme ich Ihnen nicht zu«, schaltete sich der dritte Fernsehmensch ein. »So einfach ist das mit Amerika und Europa alles nicht. Für sie ist die Ukraine nur ein Werkzeug. Mit dem sie Russland auf der politischen Weltkarte ausradieren wollen.«

»Verstehst du das? Was sie sagen?« Sergejitsch wandte den Blick vom Fernsehbildschirm zu Nastja.

»Na, vielleicht nicht alles, aber doch! Das ist doch russisches Fernsehen, nicht die aus Kiew!«

»Empfängst du die aus Kiew?«

»Jetzt ja, zwei Jahre lang gab es sie nicht!«, antwortete Nastja.

Sie nahm die Fernbedienung in die Hand und schaltete auf einen anderen Kanal um.

Auf dem Bildschirm erschien eine Frau, deren Gesicht über und über mit Seljonka, grüner Jodtinktur, bespritzt war.

»Ich werde Anzeige erstatten!«, sagte sie zu der Journalistin, die ihr ein Mikrophon vor den Mund hielt. »Ich bin Abgeordnete und habe das Recht auf eine eigene Meinung!«

»Aber das ist doch die da!« Sergejitsch hatte das Opfer der Seljonka-Attacke erkannt. »Unsere Exministerin. Wie heißt sie noch? Korolewska!«

»Siehst du! Bei ihnen zeigen sie wenigstens nicht so was im Fernsehen!« Nastja schüttelte betrübt den Kopf. »Bei ihnen sitzen sie kultiviert am Tisch und reden klug! Vielleicht schläfst du lieber hier? Wozu durch die Dunkelheit wandern?«

»Nein danke!« Sergejitsch fasste Nastjas Vorschlag auf seine Weise auf. Wahrscheinlich wollte sie schlafen, würde aber nicht ins Bett gehen, solange er da war.

Er verabschiedete sich herzlich von ihr und umarmte die Alte innig. Fast hätte er sie eingeladen, ihn zu besuchen, aber er hielt sich noch rechtzeitig zurück.

Die Last im Rucksack zog schwer an seinem Rücken, aber Sergejitsch beugte sich unbeirrt nach vorn und suchte das Gleichgewicht im Gehen. Irgendwo weit hinter ihm, hinter Swetloje, donnerte eine Artilleriekanonade. ›Das ist wahrscheinlich bei Gnutowka‹, dachte er und ging ein wenig schneller.

15

Vor dem Fenster kam die Februarsonne unerwartet immer mehr in Fahrt, als würde sie nach langer Gefangenschaft die Freiheit spüren. Das dachte Sergejitsch, als er die Augen aufschlug. Gleichzeitig erschien die Stille im Haus zu groß und irgendwie nicht richtig. Er lauschte mit angehaltenem Atem, erkannte den Grund seiner Unruhe, und sein Blick wanderte zum schweigenden Wecker auf dem Fensterbrett. Der tickte nicht, seine Zeiger waren auf halb elf erstarrt. Also hatte Sergejitsch länger als sonst geschlafen, aber wie viel länger, das konnte er nicht erkennen. Ihm war nicht einmal klar, was für ein halb elf der Wecker zeigte: das von gestern Abend oder das von heute Morgen?

Sergejitsch hatte es mit dem Aufstehen nicht eilig und überdachte lieber den gestrigen Tag. Wie viele Kilometer war er eigentlich gegangen? Zwölf etwa?

Er brummte stolz. Nach einer Weile erhob er sich und berührte den Ofen an der Seite. Der war kaum noch warm. Sergejitsch füllte Kohlen nach und schaute wieder zu dem stehengebliebenen Wecker hinüber.

»Ich gehe bei Paschka vorbei und stelle die richtige Zeit ein!«, entschied er.

Draußen leuchtete alles in sonnigem Gelb, selbst der von den Stiefeln zertrampelte Schnee, die grauen Schuppenwände, der Zaun!

Nicht, dass Sergejitsch das nicht gefallen hätte, im Gegenteil! Allerdings empfand er den unerwarteten Übermut der Sonne zugleich als Abweichung vom Gewohnten.

Irgendwo in sehr weiter Ferne krachten Geschütze. Sergejitsch hörte sie nur, wenn er sie hören wollte. Sobald er sich, beim Einbiegen auf den Mitschurinweg, wieder seinen Gedanken zuwandte, löste sich auch das Krachen in Stille auf.

Als er Paschkas Hof betrat, tat ihm plötzlich das rechte Knie weh, und die letzten Schritte bis zur Haustür legte er mit schmerzverzerrtem Gesicht zurück.

Er klopfte mit der Faust an die Tür. Drinnen war alles still. Er dachte daran, wie er beim letzten Mal ein oder zwei Minuten hatte warten müssen, bis Paschka ihm aufgemacht hatte.

Damals war Paschka sofort hinter der Tür gewesen und dann fortgegangen, ohne ihm erst aufzumachen. Jetzt aber fragte er nicht einmal, wer da war?

Ungeduldig schlug Sergejitsch noch dreimal an die Tür. Wieder keine Antwort.

Er griff nach der Klinke – die Tür war verschlossen, und zwar nicht von innen mit dem Haken oder Riegel.

›Er ist weggegangen?‹, dachte Sergejitsch verwundert.

Er sah sich um. Wohin konnte man hier gehen? Vielleicht auf die Straße zu einem Spaziergang?

Er hinkte zum Tor hinaus und sah nach beiden Seiten – Stille und Menschenleere.

›Vielleicht …?‹ Ein geheimer Gedanke schlich sich in seinen Kopf. ›Vielleicht ist er …‹

Obwohl der Gedanke gleich abbrach, erkannte Sergejitsch, in welche Richtung er sich bewegt hatte. Er kehrte in den Hof zurück, ging am Haus vorbei in den Obstgarten und erblickte vor sich im Schnee einen getrampelten Pfad, der durch den Obstgarten zum Gemüsegarten führte. Er folgte ihm weiter und blieb am Ende des Gemüsegartens stehen. Dahinter lag das Feld, das sich ein wenig absenkte und dann die Anhöhe hinauf nach Karusselino zog, dorthin, wo die »Republik Donezk« ihre Stellung hielt.

›Ach, da holt er sein Brot her!‹, dachte Sergejitsch erstaunt. ›Hat er keine Angst, der Dummkopf, dass vielleicht bei irgendeinem Scharfschützen das Auge tränt oder der Finger am Abzug juckt?‹

Und da schoss ihm ein anderer, schrecklicherer Verdacht durch den Kopf.

›Ist er vielleicht der Scharfschütze?‹ Sergejitsch dachte an den Lagerplatz aus Stroh und die Patronenhülsen im Schnee. ›Deshalb hat er auch keine Angst! Sie schießen ja nicht auf ihre eigenen Leute!‹

Ihm wurde kalt, wie er da am Rand von Paschkas Garten stand. Von Karusselino her schien ein eisiger Wind zu wehen.

Sergejitsch kehrte zu Paschkas Haus zurück. Sein rechtes Knie schmerzte immer noch, und jetzt begann es, in seiner rechten Seite zu stechen.

Er fasste mit der Hand dorthin und musste lachen: In der Jackentasche lag der Wecker und stach ihn mit seiner kleinen Metallschraube, mit der man die Zeiger einstellte.

Paschkas Wanduhr mit den Gewichten fiel ihm ein. Paschka hatte es gut, er musste nie etwas aufziehen, er zog einfach das Gewicht unter den Kasten hoch, und die Uhr ging von selbst weiter, gehorsam und störungsfrei.

Sergejitsch rollte den Klotz fürs Holzspalten unter das Fenster, kletterte hinauf und spähte ins Innere des Hauses. Die Uhr hing direkt vor ihm rechts an der Wand. Wegen der hellen Sonne draußen war es drinnen ziemlich dunkel, aber die Zeit auf der Uhr konnte er erkennen, es war Viertel vor eins. Er holte seinen Wecker heraus, stellte die Zeiger neu und zog ihn auf. Darauf steckte er seinen tickenden Wecker zurück in die Tasche, rollte den Hackklotz wieder an seinen Platz und hinkte nach Hause.

16

Die wieder eingesetzte Zeit brachte Ordnung in Sergejitschs Kopf und beruhigte alle Gedanken bis auf einen: den, dass vielleicht Paschka selbst der Scharfschütze war, der aus ihrem Dorf auf die ukrainischen Stellungen schoss. Der Gedanke, sosehr Sergejitsch ihn auch zu verscheuchen suchte, klang immer wahrscheinlicher. Denn Paschka lebte eindeutig besser als er, obwohl sie beide unter scheinbar gleichen Bedingungen, in ähnlichen Straßen im selben von Gott und den Menschen verlassenen Dorf wohnten. Nur hatte Paschka zwei Öfen im Haus und mal frisches Brot, mal Speck, mal ein geladenes Handy! Woher hatte er das alles? Eindeutig nicht von den Baptisten! Denn wenn sie Hilfe gebracht hätten, dann hätte auch er, Sergejitsch, etwas bekommen! Und Essen war das eine. Aber der Strom? Strom fuhren die Baptisten nicht herum wie Nudeln und Zucker! Den musste man sich irgendwo holen. Und wo gab es den nächsten Strom? In Karusselino, wohin sich von Paschkas Hof durch den Gemüsegarten, den Obstgarten und das Feld ein Trampelpfad zog.

Hier sprangen Sergejitschs Gedanken zu seinem eigenen Handy, das irgendwo hinter seinem Garten und dem Feld mit der Senke bei den ukrainischen Soldaten geladen wurde. Es musste ja längst geladen sein! Es wartete nur auf eine Gelegenheit, um zu seinem Besitzer zurückzukehren.

Sergejitsch fielen die Worte des Soldaten Petro ein, über den Lappen am Baum im Garten zum Zeichen dafür, dass er Hilfe brauchte. ›Heißt das, wenn ich keinen Lappen heraushänge, dann bringt er auch mein Telefon nicht zurück?‹ Er musste über den Gedanken lächeln.

Aber gleich rief er sich selbst zur Ordnung. Sollte Petro etwa seines Handys wegen in der Schusslinie des Scharfschützen über das Feld zu ihm kommen? Und wenn sie ihn erschossen? Wer hatte seinen Tod dann auf dem Gewissen?

Sergejitsch lächelte längst nicht mehr, seine Miene war ernst und finster geworden. Ihm war klar, dass man für das Überqueren des verschneiten Feldes auch mit dem Leben bezahlen konnte. Der mit dem Ring im Ohr hatte es ja nicht geschafft.

Vor dem Fenster war es noch hell, aber die Sonne wirkte schon erschöpft. Als wäre ihre Spannung gesunken, wie es früher im Dorf ständig vorkam: Mal leuchtete die Glühbirne in der Fassung aus voller Kraft, mal erlosch sie plötzlich, und nur die rote kleine Spirale glimmte ein bisschen in ihrem Innern, wie um zu zeigen, dass es Strom gab, bloß nicht genug.

Sergejitsch öffnete den Schrank, und sein Blick blieb kurz an dem »Ameisenkleid« hängen. Dann öffnete er auch die andere Tür, durchsuchte all die Tücher in den Fächern und fand ein weißes Küchenhandtuch.

Er ging hinaus, dabei knirschte unter seinen Füßen der Schnee. Am Rand des Obstgartens blieb er stehen. Von hier waren es wohl zweihundert Meter bis ans Ende des Gemüsegartens, hinter dem das Feld lag. Er suchte einen Apfelbaum aus, befestigte an einem seiner Äste das weiße Handtuch, drehte sich um und schaute zum Horizont. Der war, da Feld und Himmel die gleiche Farbe hatten, fast nicht zu erkennen.

›Wie will er den Lappen denn von dort aus sehen?‹, fragte sich Sergejitsch zweifelnd.

Er ging zwanzig Schritte in Richtung Feld, blickte zurück zum aufgehängten Tuch und seufzte: Schon aus dieser Entfernung verlor sich das Tuch fast zwischen den Stämmen der Apfel- und Aprikosenbäume.

›Aber er hat doch gesagt, ich soll eines raushängen!‹, überlegte er. ›Das heißt, er wird es schon sehen! Dort haben sie Militärferngläser, die sind stärker als das von Paschka!‹

Er ging zurück ins Haus und bereitete sich ein einfaches Abendessen zu, er kochte Hirsebrei.

Beim Essen betrachtete Sergejitsch den Wecker, der jetzt auf einem Ehrenplatz neben der Kerze in der Mitte des Tisches stand. Er tickte beruhigend vor sich hin, und sein Ticken verschmolz mit der häuslichen Stille. Die Stille hier war wie eine große Glasflasche mit dicken Wänden. Vieles fand Platz darin, und wenn man das Ohr an den Flaschenhals hielt, dann konnte man die kaum hörbaren Laute mit Mühe zwar, aber doch unterscheiden.

Jetzt, im Februar, war die Stille so fein wie Luftstaub im Sonnenlicht. In einem Monat oder weniger würde er eine ganze Bienenarmee in diese Stille hinauslassen. Wollte man es militärisch ausdrücken, der Vergleich drängte sich gleichsam auf, dann schickte er sechs Bienenregimenter auf die wild oder organisiert blühenden Felder hinaus. Denn was waren Bienenstöcke anderes als eine Kaserne? Und Bienen anderes als ein Regiment?

Sergejitsch lächelte über seine Gedanken und versank in Träumen vom nahen Frühling. Irgendwann sah er wieder aus dem Fenster – dort dämmerte es schon. Der Kerze auf dem Tisch fiel es immer schwerer, das Zimmer zu erhellen, die Finsternis rückte an und drang durch die Fenster ins Haus ein.

Da begriff Sergejitsch, dass er nicht einfach nur am Tisch saß, sondern auf den Soldaten wartete. Und auf sein geladenes Telefon. Er schüttete Kohlen in den Ofen, ging auf den Hof hinaus, stand da eine Weile, legte den Kopf in den Nacken und sah zu den Sternen hoch. Er stellte sich vor, wie jetzt durch das Tor, das vom Garten in den Hof führte, der Soldat Petro käme. Er würde sicher müde sein. Denn von ihren Stellungen bei Schdaniwka bis nach Malaja Starogradowka war es für einen Fußmarsch keine geringe Entfernung. Für eine Kugel war es natürlich ein Katzensprung – zack, und sie war da! Aber zu Fuß über das Feld, über die Schneekruste, das machte müde. Und hier musste man nicht nur gehen, sondern beim Gehen gleichzeitig Angst haben, denn es konnte alles passieren, wenn man vor aller Augen über das offene Feld lief.

›Was, wenn er jetzt das Feld überquert und dieser Scharfschütze, der auf dem Stroh im Garten der Krupins liegt, schon auf ihn wartet?‹, dachte Sergejitsch erschrocken.

Ihm wurde eiskalt bei dem Gedanken. Er zog sich an und eilte Richtung Kirche, dorthin, wo er das Lager des

Schützen entdeckt hatte. Dabei brachte er seine Gedanken zum Schweigen, damit sie ihm keine Angst mehr machten, während er durch die Dunkelheit und Stille ging.

Am Tor zum Hof der Krupins blieb er stehen und lauschte. Dieselbe Stille wie auf seinem eigenen Hof. Aber mit dem Ohr konnte man nicht feststellen, ob in der Nähe ein Scharfschütze lag oder nicht. Das konnte man nur mit den Augen.

Vorsichtig öffnete Sergejitsch das Tor und ging in den Garten hinter dem Haus. Bei der letzten Baumreihe machte er halt und spähte in den verschneiten Gemüsegarten. Ihm schien, als würde er das Lager aus Stroh sehen, in der Dunkelheit wirkte es grau auf dem Schnee. Aber in der Dunkelheit konnten die Augen sich ja auch täuschen, die Augen sahen oft nicht wirklich, sondern dachten sich etwas dazu aus.

Mit angehaltenem Atem ging Sergejitsch in die Hocke und bewegte sich wie eine Ente watschelnd weiter zum Rand des Krupin'schen Gemüsegartens. Wieder schmerzte ihn das rechte Knie, aber er wollte dem keine Beachtung schenken. Bei der Stellung des Schützen seufzte er erleichtert, es war niemand da! Nur das Stroh und dieselben Patronenhülsen im Schnee.

›Und wenn da jetzt ein Schütze gelegen hätte, zudem nicht Paschka, sondern jemand anderes?‹, dachte Sergejitsch plötzlich und fühlte, wie seine Knie zitterten. ›Was hätte ich zu ihm gesagt? Ihn gebeten, dass er nicht auf den Soldaten schießt? Weil der Soldat mir mein geladenes Handy bringt? Ich bin doch ein Hornochse! Was mache ich denn hier?‹

Sergejitsch fühlte sich wie der größte Idiot auf Erden. Er fürchtete sich, auch nur weiterzudenken. Aber in seiner erschrockenen Phantasie hatte er bereits Paschka auf das

Schützenlager gelegt. Es war, als würde er seinen Kindheitsfeind vor sich sehen, wie er da lag, in seinem Mantel mit dem hochgestellten Kragen. Dabei spürte Sergejitsch, wie die Furcht ihn langsam losließ. Was würde Paschka denn tun? Ihm, Sergejitsch, der ihm Honig geschenkt und geholfen hatte, die Fenster einzusetzen, seine Bitte abschlagen? Wie konnte er das? Nein, unmöglich. Scharfschütze Paschka würde Sergejitschs Bitte respektieren und sein Gewehr mit dem Zielfernrohr in den Schnee legen oder überhaupt sofort aufstehen und nach Hause zu sich in die Schewtschenkostraße zurückkehren! Vielleicht wäre er sogar froh, dass er nicht in der Dunkelheit und Kälte auf dem Stroh liegen und warten musste, bis irgendein ukrainischer Soldat ins Visier seines Gewehrs geriet!

Als er wieder zu Hause war, setzte Sergejitsch sich an den Ofen. Zuerst saß er ein Weilchen im Mantel da und sog durch die Kleidung hindurch mit dem ganzen Körper die angenehme Wärme auf. Dann zog er Mantel und Schuhe aus, und endlich fühlte sich sein Körper in der warmen Luft wohl. »Glück« hätte er das nicht genannt, einfach Rückkehr in die häusliche Gemütlichkeit. Natürlich erstreckte sich diese Gemütlichkeit nicht auf das ganze große Zimmer, wie auch die Kerze mit ihrem Licht nicht bis zu den Wänden und Ecken reichte. Aber wozu brauchte Sergejitsch die Wände und Ecken? Seine Füße hatten den Radius der Gemütlichkeit schon verinnerlicht, in dessen Zentrum der Ofen stand. Diesen Radius verließ er nur, wenn es sein musste: etwas holen, umräumen, nehmen.

Plötzlich klopfte es dreimal an die Tür.

»Wer ist da?«, rief Sergejitsch.

Anscheinend wurde draußen auch geantwortet, aber undeutlich und leise.

»Nicht Paschka«, erkannte Sergejitsch.

Er öffnete. Vor der Tür stand Petro im Kampfanzug, über der Schulter hatte er die Kalaschnikow, vor seinen Füßen stand ein Rucksack.

Sergejitsch nickte ihm zu, trat zur Seite und ließ seinen Gast herein.

»Wieso werden denn keine Wintertarnanzüge ausgegeben?«, fragte er. »In Weiß wäre es sicherer!«

»Es ist ja ohnehin dunkel«, bemerkte Petro. »Was ist los bei Ihnen?«

»Nichts«, sagte Sergejitsch achselzuckend, während er zusah, wie sein Gast die hohen Militärstiefel aufschnürte. »Ich habe gerade Nudeln gekocht. Ich brate sie dir mit einem Ei in der Pfanne!«

»Ich dachte, Sie hungern! Ich habe Essen gebracht«, sagte der Soldat, als wäre er enttäuscht.

»Vorgestern habe ich gehungert, gestern war ich in Swetloje und habe Honig gegen Eier getauscht. Morgen – wer weiß? Komm, setz dich neben den Ofen, wärm dich auf!«

Der Soldat setzte sich auf den Stuhl mit dem Gesicht zum Ofen und hielt seine Füße in dicken Socken an die Ofentür.

Sergejitsch verteilte eine Gabel Schmalz in der heißen Pfanne, gab die Nudeln hinein, goss ein Ei darüber.

Unter Zischen und Brutzeln füllte sich die Luft mit leckerem, leicht salzigem Duft. Petro lächelte. Während Sergejitsch mit einem Holzlöffel die Nudeln mit dem Ei verrührte, starrte er in die Pfanne und überlegte, ob das Essen für zwei reichte.

»Vielleicht ein bisschen Honigschnaps?«, bot er dem Soldaten an, als der schon am Tisch saß und Nudeln aß.

»Nein danke! Lieber Tee!«, antwortete der Soldat.

Sergejitsch stellte den Teekessel auf den Ofen.

»Bekommt ihr denn dort wenigstens zu essen, in den Schützengräben?«, fragte er, während er sich wieder an den Tisch setzte.

»Ja.« Petro hob den Blick. »Wir sitzen ja auch nicht die ganze Zeit in den Gräben. Wir haben dort gute Unterstände, und wir haben ein paar verlassene Hütten im Dorf bezogen. Dort gibt es alles! Sogar eine Banja.«

»Aha, ihr bleibt also länger?«, entfuhr es Sergejitsch.

Der Soldat zuckte die Achseln.

»Wenn es nach mir ginge, wäre ich lieber zu Hause. Man hat mir Urlaub versprochen, fünf Tage. Meine Frau und die Kinder besuchen!«

»Wie heißen sie denn?«, erkundigte sich Sergejitsch.

»Meine Frau – Sweta, die Tochter – Galja, und der Sohn – Iwan!«

»Schöne Namen«, sagte Sergejitsch nachdenklich. »Solche gefallen mir. Hast du die Namen für die Kinder selbst ausgesucht?«

»Nein, zusammen mit meiner Frau. Wir waren uns gleich einig!«

»Da hast du also Glück gehabt mit deiner Frau! Bei uns hat es nicht geklappt.«

»Was hat nicht geklappt?«

»Der Tochter einen Namen auszusuchen, mit dem wir beide einverstanden gewesen wären.«

»Und wie haben Sie sie genannt?«

»Jetzt heißt sie Angelina. Zuerst habe ich sie als Swetlana eintragen lassen. Aber als meine Frau mich mit ihr verlassen hat, hat sie sie wieder umbenannt.«

»Ja, so ein Name ist nicht passend für Ihre Gegend hier«, stimmte Petro zu. »Für die Stadt eignet er sich noch, dort achtet niemand auf Namen. Aber bei Ihnen hier ist es so grau! Wenn man vor einem grauen Hintergrund so einen strahlenden Namen …«

»Na, weißt du«, sagte Sergejitsch verwundert. »Grau kann auch strahlend sein! Du weißt nicht viel vom Grau! Ich kann wohl zwanzig Schattierungen von Grau unterscheiden. Wenn ich gebildeter wäre, würde ich mir einzelne Bezeichnungen für sie ausdenken, als unterschiedliche Farben. Und bei uns hier ist nicht alles grau! Bei mir steht ein grüner Schiguli in der Garage!«

»Was, er wurde Ihnen nicht abgenommen?« Jetzt war die Reihe an dem Soldaten, sich zu wundern. Aber er wunderte sich wohlwollend, als freute er sich für Sergejitsch.

»Es war keiner da, um ihn wegzunehmen!«, antwortete Sergejitsch. »Wir sind hier nur noch zwei, und mein Nachbar Paschka pfeift drauf, er kann nicht fahren. Und er ist ja kein Schuft! Dass ich das Auto habe, verdanke ich meinem Vater! Er hat mir einen Motorroller mit Beiwagen hinterlassen. Ich habe ihn verkauft, der Käufer ist extra aus Taganrog angereist, um ihn zu holen. Und dafür habe ich mir das Auto gekauft!«

»Es gibt doch keine Motorroller mit Beiwagen!«, bemerkte Petro und grinste, als hätte er den Hausherrn bei einer kindlichen Lüge ertappt.

»Du weißt nicht viel von Motorrollern! Wjatka 200 K.

Schon davon gehört? Eine Seltenheit, hat der Käufer gesagt! Und noch fahrtüchtig! Ich kann dir Fotos zeigen!«

Lebhaft sprang Sergejitsch auf, ging zum Büfett und öffnete die rechte untere Tür. Er holte eine große Schatulle heraus, die er auf den Boden stellte, zog zwei Fotoalben hervor und begann, im ersten zu blättern. Dann kam er mit dem offenen Album zurück und legte es vor dem Soldaten auf den Tisch.

»Hier, schau! Schau dir's an, und ich mache derweil Tee!«

»O ja«, bemerkte Petro staunend. »Solche habe ich noch nie gesehen! Anscheinend kamen die nie bis zu uns. Ein interessantes Ding!!«

Er warf einen Blick auf die große, mit ungewöhnlichen Intarsien verzierte Schatulle auf dem Boden vor dem Büfett.

»Und was ist da drin? Auch Fotos?«, erkundigte er sich.

»Nein!« Sergejitsch bückte sich, stellte die Schatulle wieder an ihren Platz im Schrank und schloss die Tür.

»Eine schöne Schatulle!«, sagte der Soldat anerkennend.

»Selbstgemacht«, antwortete Sergejitsch kühl. »Ich habe mich früher mit solchen Dingen beschäftigt. Als Schüler war ich ein paarmal Erster im Werken bei Bezirks- und Gebietsolympiaden.«

»Das ist gut, wenn ein Mann etwas mit seinen Händen anfangen kann«, entfuhr es Petro fast neidisch. »Bei mir ist es mit Holz nichts geworden. Fahrräder kann ich dafür reparieren!«

»Und was tut sich bei euch, in der Ukraine? Was gibt es für Neuigkeiten?« In Sergejitschs Stimme schwang ein

Hauch von Müdigkeit. Als hätte er schon kein Interesse mehr, die Unterhaltung fortzusetzen.

»Neuigkeiten? Ach, nichts Neues. Im ganzen Land benennen sie Städte und Straßen um. Als gäbe es keine anderen Probleme!« Petro winkte ab. »Dabei ist das doch so viel Arbeit! Dazu noch die Sabotage vor Ort. Die Leute weigern sich, die Straßenschilder abzunehmen! Verlangen, dass sie dranbleiben. Andere verlangen, die Farben der Flagge umzudrehen. Wenn es nach mir ginge, würde ich zuerst das Land umbenennen …«

»Wie würdest du es denn nennen?« Vor Überraschung wurde Sergejitsch wieder munterer.

»Hm, wie? Ich weiß nicht, ich bin kein Politiker! Na, Ukrainische Volksrepublik zum Beispiel!«, schlug der Soldat ohne Überzeugung vor.

»Lieber nichts mit ›Volk‹«, entgegnete Sergejitsch kopfschüttelnd. »Dann kommen sofort die Dummköpfe und Banditen an die Macht, wie in diesen DVRs! Wieso bist du eigentlich nicht rasiert?«

»Ich?«, fragte Petro zurück und fuhr sich mit den Fingern über die Wange. »Ich warte darauf, dass die Freiwilligen neue Einmalrasierer bringen.«

»Moment!« Sergejitsch stand wieder auf, ging zum Büfett und kam mit einer kleinen Schachtel an den Tisch zurück.

»Hier, nimm! Ein elektrischer! Er ist zwar schon alt, aber arbeitet wie ein Mähdrescher. Lässt nichts stehen.«

Petro zog einen rundlichen, an eine plattgedrückte Birne erinnernden roten Elektrorasierer mit der schön geschwungenen metallischen Aufschrift »Charkow« aus der Schachtel.

»Mir nützt er hier gar nichts. Strom gibt es ohnehin keinen!«

»Danke, ich gebe ihn später zurück!«, versprach Petro, während er den Rasierer wieder in die Schachtel packte. Plötzlich leuchteten seine Augen, als wäre ihm etwas Wichtiges eingefallen. »Übrigens, den Erschossenen, der auf dem Feld lag, hat jemand weggeholt. Wahrscheinlich waren es die Separos aus Karusselino! Er ist nicht mehr da!«

Sergejitsch räusperte sich.

»Das war ich«, sagte er. »Ich habe ihn mit Schnee zugedeckt. Er liegt da, der Arme!«

»Ja?«, staunte der Soldat. »Na, Sie haben ja Mut! Sie hätten beschossen werden können, wenn man Sie bemerkt hätte!«

»Ich habe es nachts gemacht, als alle geschlafen haben!«

Sie tranken Tee mit Honig. Und da fiel Sergejitsch sein Handy ein. Er fragte Petro danach.

»Ja, ich habe es schon längst geladen! Hier ist es!« Der Soldat zog das Ladegerät und das Handy aus seiner Jackentasche. »Und hier, für alle Fälle, meine Nummer!« Er legte noch einen Zettel neben das Telefon. »Jetzt brauchen Sie keinen Lappen mehr rauszuhängen, Sie können eine SMS schicken oder sogar anrufen, wenn es etwas Dringendes gibt!«

»Danke«, sagte Sergejitsch. »Du stehst zu deinem Wort! Solche weiß man hier zu schätzen! Vielleicht trinkst du doch ein bisschen Honigschnaps, für den Weg? Damit es wärmer ist.«

Er bemerkte in den Augen des Soldaten den Kampf zwischen Wunsch und Zweifel.

»Von fünfzig Gramm ist noch keiner betrunken geworden! Ich trinke mit dir, damit du nicht denkst, es ist Gift drin! Ich trinke selbst nur selten …«

»Na gut.« Petro winkte ab, er hatte sich ergeben.

Sergejitsch holte die Flasche.

»Du bekommst jetzt ein Gefäß, wie du in deinem Leben noch aus keinem getrunken hast!«, sagte er, während er die obere Tür des Büfetts aufmachte.

Er nahm einen gläsernen Frauenschuh heraus.

»Daraus haben Witalina und ich auf unserer Hochzeit getrunken. Meine ehemalige Schwiegermutter hat ihn uns geschenkt.«

Behutsam stellte er ihn vor den verblüfften Soldaten hin.

Für sich selbst holte Sergejitsch ein gewöhnliches Schnapsglas. Aber zuerst schenkte er dem Gast ein, und im kristallenen Schuh breitete sich das fröhliche Gelb des Honigschnapses aus.

»Trinken wir darauf, dass das alles, zum Teufel, möglichst schnell aufhört!«

»Meinst du den Krieg?«, vergewisserte sich Petro.

»Jawohl.«

»Einverstanden!« Der Soldat nickte, nahm mit der rechten Hand den hohen dünnen Glasabsatz wie den Stiel eines Weinglases, führte den Schuh mühsam und vorsichtig zum Mund und zögerte ein wenig, während er herauszufinden versuchte, an welcher Stelle des gläsernen Schuhs man den Mund ansetzen konnte. Er neigte den Schuh mit der Ferse nach unten. Der Schnaps lief dort hinüber, und Petro trank ihn langsam aus der »Ferse«, den süßen Honiggeschmack genießend.

Später brachte Sergejitsch seinen Besucher bis an den

Rand des Gemüsegartens. Als der Soldat schon zehn Schritte auf das Feld hinausgegangen war, fiel Sergejitsch das Lager des Scharfschützen ein. Er rief Petro zu, dass er umkehren solle. Und er führte ihn am Rand der Gemüsegärten entlang zu der Stelle und zeigte sie ihm.

»Ich habe es vor kurzem gefunden!«, sagte er. »Ich dachte, ich warne dich lieber!«

Der Soldat, der auf Sergejitsch einen Augenblick zuvor noch betrunken gewirkt hatte, war mit einem Mal nüchtern.

»Danke, Sergejitsch!«, sagte er langsam und ernst.

Dann drückte er ihm die Hand und ging direkt von der Stellung des Scharfschützen weg über das Feld. Ohne sich zu ducken, ohne den Kopf einzuziehen, furchtlos.

Sergejitsch sah ihm nach, bis das nächtliche Grau seine Gestalt verschluckte.

Seine Stimmung war zur Nacht still und froh geworden. Das Getreide und die Konserven, die der Soldat in seinem Rucksack gebracht hatte, reihte er auf dem Fensterbrett auf. Dort war es kühler, und die Mäuse kamen nicht dran. Danach füllte er Kohle im Ofen nach und legte sich schlafen.

17

Sergejitsch bemerkte den Schneefall zufällig. Bevor er den Wecker für die Nacht aufzog und die Kerzen ausblies, drückte er die Stirn ans Fenster, da kam ihm die Finsternis draußen lebendig vor. Denn die Finsternis schwieg gewöhnlich, und hier hörte er etwas wie ein fernes, durch die Scheiben gedämpftes Gespräch. Natürlich erkannte er, dass da der Schnee raschelte, erkannte, dass sich die dicht gedrängt fallenden Schneeflocken aneinanderrieben. Das war ihm klar, aber um sich zu vergewissern, schaute er, ohne etwas anzuziehen, nur für einen Augenblick in den Hof hinaus. Er hörte sofort, wie die Haustür, die er aufstieß, eine frische Schneedecke fortschob, sah, wie sie im Schnee einen schönen Halbkreis wie mit dem Zirkel zog.

Sergejitsch machte die Tür gleich wieder zu und legte all ihre Schlösser und Riegel vor, um sich in der Nacht sicherer zu fühlen.

Er löschte die Kerzen, schloss die Augen und nahm die ganze Nacht lang eine Auszeit vom Leben. Als er die Augen wieder öffnete, war es kühl im Haus, und ein neuer Morgen graute vor dem Fenster.

Sergejitsch fütterte den Ofen mit Kohle und setzte oben den Teekessel mit Wasser auf, wobei ihm klar war, dass es so bald nicht kochen würde. Aber das machte nichts! Er hatte Zeit, Geduld und Kohle! Bis zum Frühling würde Letztere auf jeden Fall reichen. Vielleicht auch bis zum Sommer, falls der Frühling kalt sein und sich in die Länge ziehen sollte. Von allem gab es genug. Kohle und Geduld! Und Zeit erst recht! Die gehörte ihm jetzt ganz allein. Solange er am Leben war.

Er dachte daran, wie er vor ein paar Tagen dem Soldaten Petro das Album mit den Fotos von seinem Vater und dem Motorroller mit Beiwagen gezeigt hatte. Dabei hatte er die Fotos gar nicht selbst angesehen. Jetzt aber hatte er Lust dazu bekommen. Zum Tee! Wie eine Süßigkeit. Eben die Erinnerungen versüßten ihm ja das Leben auch ohne Zucker. Es waren alles alte Bilder, Friedensbilder aus der Zeit vor dem Krieg. Von den Nachkriegsfotos seines Vaters bis zu den Vorkriegsfotos von ihm selbst. Da waren auch Witalina und die kleine Tochter, die Hochzeit der Nachbarn, seine Reise nach Slowjansk zum Kongress der Bienenzüchter.

Sergejitsch legte beide Alben auf den Tisch. Und als es endlich Zeit zum Teetrinken war, begann er, das erste Album durchzublättern. Wieder blieb sein Blick an dem Motorroller mit Beiwagen hängen, der jetzt irgendwo in Russland herumfuhr. Ein lustiges Transportmittel, das musste man zugeben! Nicht umsonst glaubte niemand, dass es einen Motorroller mit Beiwagen überhaupt gab! Er hatte etwas von einem Kinderspielzeug! Auf der nächsten Albumseite waren sein Vater und seine Mutter, nicht alt eigentlich, aber schon gebrechlich, mit leerem Blick. Er war über der immergleichen Arbeit leer geworden. Die Mutter hatte als Lageristin im Bezirkskrankenhaus gearbeitet. Sie kontrollierte den Kreislauf der Krankenhausbettwäsche, denn die kam immer wieder zu ihr zurück: Ein Kranker war geheilt oder, im Gegenteil, in die Leichenhalle gebracht worden, seine Wäsche kam zur Wäscherei und Desinfektion, dann zum Bügeln, dann zu ihr und von ihr zurück auf die Betten für die neuen Kranken. Sein Vater hatte sein Leben lang kleine Maschinen geliebt, aber zum Geldverdienen musste er eine große fahren. Er gestand sogar einmal seinem Sohn, dass er Angst hatte, wenn er am Steuer seines Kamaz-Lastwagens saß, dass er fürchtete, jemanden auf der Straße totzufahren. »Der Laster ist doch schwer und unhandlich!«, wiederholte er oft. Wenn er auf dem Motorroller mit Beiwagen fuhr, war er glücklich. Manchmal sauste er vorbei und holte die Mutter aus dem Krankenhaus ab. Er war so wie jene gestorben, die ihr Leben lang vor etwas Angst haben, an einem Herzinfarkt. Er hatte gar nicht begriffen, dass er einen Infarkt hatte. Deshalb hatte er auch keine Zeit gehabt zu erschrecken. Niemand hatte es begriffen, nicht einmal die Hilfsärztin im Dorf, zu der die Mutter gelaufen war, als es dem Vater schlecht wurde. Erst später sagten die Ärzte, was los gewesen war. Gut, dass die Eltern den neuen Krieg nicht mehr erlebten. Jetzt lagen sie gemeinsam hinter der zerbombten Kirche und wussten nicht, was über ihnen auf der Erde vor sich ging!

Die nächsten Seiten des Fotoalbums ließen Sergejitschs Stimmung besser werden. Da war er schon in seinem Element, unter seinesgleichen, unter Bienenzüchtern. Ihr Abschiedspicknick am Fluss. Ein Abend am Lagerfeuer. Die Zimmernachbarn, Achtem von der Krim aus der Gegend von Bachtschissarai, Grischa aus Bila Zerkwa. Schön und lustig hatten sie es zu dritt gehabt, und das Zimmerchen in dem Hotel, in dem alle Teilnehmer des Kongresses untergebracht waren, war zwar klein, aber ihnen war es nicht zu eng. Irgendwo in seinem Notizbuch hatte er auch ihre Adressen und Telefonnummern! Wenn der Krieg vorbei war, musste er Kontakt aufnehmen. Noch besser, sie wiedersehen! Vielleicht würde ein neuer Kongress einberufen, und er würde wieder eingeladen? Nur, in wessen Namen würde er da hinfahren? Im Namen des regionalen Bienenzüchtervereins wohl kaum! Was gab es denn jetzt in Donezk für einen Verein? Wenn es einen gab, dann gehörte er nicht zur Region, sondern zur »Republik«, und das hieß, er, Sergejitsch, zählte schon nicht mehr dazu. Wenn der Teil der Region, der in der Ukraine geblieben war, Mariupol als seine

Hauptstadt wählte, dann tagte dort jetzt vielleicht ein neuer Bienenzüchterverein? Nur lebte er, Sergejitsch, jetzt gleichsam weder in der »Republik« noch im Land. Er war in der grauen Zone, und graue Zonen hatten keine Hauptstädte! Wieder packte Sergejitsch die Traurigkeit.

Und plötzlich klopfte es laut an der Tür.

Er fuhr auf, aber er beeilte sich nicht, zur Tür zu kommen. Zuerst brachte er die Fotoalben zurück an ihren Platz, legte sie oben auf die große verzierte Schatulle und machte die Schranktür fest zu.

»Wieso dauert das so lange?«, fragte Paschka beim Hereinkommen.

Hinter ihm trat ein Sergejitsch unbekannter Mann von etwa fünfundfünfzig herein, in warmen Kampfanzughosen und schwarzer Windjacke, die aufgeplustert wurde von einem zusätzlich innen eingenähten wärmenden Material, künstlichem Fell oder Wollstoff.

Sergejitsch schloss die Tür hinter ihnen und wandte sich erstaunt seinen Gästen zu, er begriff den Grund ihres Kommens nicht.

»Was ist denn los?«, fragte er Paschka streng, ohne den Unbekannten anzusehen.

»Was los ist?«, fragte Paschka staunend und beinahe fröhlich. »Was hast du, Sersch? Schaust du nicht in den Kalender? Heute ist der Tag der Roten Armee! Der dreiundzwanzigste Februar! Da sind wir gekommen, um dir zu gratulieren! Du hast doch gedient?«

»Ja, das stimmt«, Sergejitsch nickte. »Als Fahrer und Mechaniker. Aber wie lang ist das her!«

In Paschkas Händen glänzte eine Flasche Wodka. Hereingekommen war er doch anscheinend ohne. Wahrscheinlich hatte er sie aus der Manteltasche gezogen. Sergejitsch wandte den Blick zu dem zweiten Gast, den er nicht kannte.

»Das ist Wladlen«, stellte Paschka ihn vor. »Mein Kumpel … Also, feiern wir? Wir dachten, zu zweit feiern wäre nicht richtig, wenn es doch auch zu dritt geht!«

Bei Wladlen, der ein rundes Gesicht hatte, ein Muttermal auf der linken Wange und einen dichten, aber akkurat gestutzten Schnauzbart, wölbten sich beide Seitentaschen der Windjacke derart, als würde in jeder ein Literglas liegen.

Als hätte er das Interesse des Hausherrn an seinen Taschen bemerkt, zog der Gast zwei längliche Pakete heraus und sah sich nach einem Tisch um.

Da musste Sergejitsch Geschirr und Besteck holen. Aus den Paketen packten seine Gäste halbgeräucherte Wurst, Brot und Speck aus.

»Eingelegte Gurken und Tomaten hast du doch?«, fragte Paschka, während er seinen Mantel über die Lehne des Stuhls hängte, den er sich ausgesucht hatte.

»Habe ich alles.« Sergejitsch nickte.

Aber als Erstes nahm er Schnapsgläser aus dem Büfett.

»Sersch, vielleicht gießt du unserem Gast in den Glasschuh ein? Damit wir was zum Lachen haben?«, schlug Paschka vor.

Sergejitsch drehte sich um, und auf seinen Blick hin verschwand das listige Grinsen von Paschkas Gesicht.

»Er bleibt besser auf seinem Platz«, sagte Sergejitsch streng. »Das ist ein Hochzeitsgeschenk, nicht irgendein Glas!«

Er schnitt von der Wurst und dem Speck ab und stellte einen vollen Salztopf auf den Tisch. Dann öffnete er ein Literglas mit eingelegten Gurken und auch ein Halbliterglas mit Tomaten. Paschka füllte die Schnapsgläser mit Wodka. Er war es auch, der den ersten Trinkspruch ausbrachte: »Auf die sowjetische Armee!«, worauf alle drei austranken.

»Du hast doch nicht gedient«, wandte Sergejitsch sich an Paschka, während er ein Stück Wurst kaute. »Wieso willst du auf die Armee trinken?«

»Es bedeutet doch: auf die Verteidiger! Auf solche wie ihn!« Paschka wies mit dem Blick auf Wladlen.

Wladlen nickte zustimmend. Er hatte in Sergejitschs Haus noch kein Wort gesprochen, und deshalb fühlte sich Sergejitsch unwohl. Der Mensch zeigte sich doch nicht nur in seinem Gesicht, sondern auch in der Stimme oder wenigstens im betrunkenen Singen! Nicht umsonst endete jedes anständige Gelage mit Gesang! Aber sie waren ja noch nicht betrunken.

»Sind Sie von dort?« Sergejitsch sah Wladlen ins Gesicht und nickte Richtung Fenster.

»Dein Fenster geht zur anderen Seite«, mischte Paschka sich ein. »Er ist von meiner Seite, von dort!«

»Ich bin eigentlich aus Sibirien«, sagte der Gast endlich. »Ich bin freiwillig gekommen. Um euch zu verteidigen.«

»Aus Sibirien«, wiederholte Sergejitsch nachdenklich.

»Ja«, bekräftigte Wladlen. »Bei uns ist es jetzt bestimmt kälter als bei euch! Und schöner auch!«

»Wieso schöner?«, fragte Sergejitsch nach.

Wladlen blickte zu Paschka. Der füllte die Gläser.

»Trinken wir auf den Sieg!«, schlug Wladlen vor.

»Ja!«, unterstützte ihn Paschka.

Sergejitsch stieß schweigend an. Er trank, wie die anderen, in einem Zug aus, fischte mit dem Finger eine Gurke aus dem Glas und schob sie in den Mund.

»Was ist denn nun bei euch schöner?«, wiederholte er seine Frage, während er die Gurke zerkaute.

»Vielleicht liegt es ja am Krieg«, sagte der sibirische Gast ruhig. »Es gibt hier wenig Farben! Die Zäune sind grau, die Fenster haben keine Schnitzereien und Verzierungen. Irgendwie ein bisschen karg!«

»Das ist der Krieg«, Paschka winkte ab. »Nach dem Krieg wird alles wieder schön! Wie früher!«

»Früher war es nicht schön«, widersprach Sergejitsch. »Früher war es normal! Und nichts Überflüssiges ist einem in die Augen gesprungen!«

Wladlen sah Sergejitsch erstaunt an, dann wandte er den Blick zu Paschka. Der schenkte von neuem ein.

Nach dem dritten Glas wurde Sergejitsch ruhiger. Er hatte seinen Frieden mit den Gästen und dem Feiertag gemacht. Er konzentrierte sich mit der Zunge auf die halbgeräucherte Wurst, schon lange hatte er so eine nicht mehr gegessen.

»Alles, was früher sowjetisch war, ist dann russisch geworden«, erklärte der angeheiterte Wladlen Paschka, schaute aber immer wieder aus dem Augenwinkel zu Sergejitsch. »Und das, was nicht russisch geworden ist, wird es später. Alles kehrt immer zum Anfang zurück, zum Ausgangspunkt …«

Vor dem Fenster wurde es schon dunkel, als Paschka eine zweite Flasche aus der Manteltasche zog. Der sibirische Gast fuhr fort, irgendetwas zu reden, aber Sergejitsch hörte ihm bereits nicht mehr zu. Er war müde, jetzt störten ihn die Stimme dieses Wladlen und Paschkas Visage, und wie Paschka dem sibirischen Gast ständig zustimmte, war ihm zuwider. Etwas Unterwürfiges, Unmännliches zeichnete sich auf Paschkas Gesicht ab.

Sergejitsch gähnte breit, er schaffte es nicht einmal mehr, die Hand vor den Mund zu halten.

»Wisst ihr was«, sagte er zu seinen Gästen. »Ich bin doch nicht ganz gesund … Vielleicht macht ihr bei Paschka weiter?«

»Ich habe keinen Wodka mehr«, sagte Paschka langsam.

»Ich gebe euch welchen mit!«, bot Sergejitsch an.

Wladlen erhob sich, als hätte er überhaupt nicht getrunken, und schlug Paschka mit der Hand auf die Schulter. Der erhob sich ebenfalls.

Sergejitsch gab ihnen zwei Flaschen »Krutaja«, ebenjenen Wodka, mit dem er sich kürzlich vergiftet hatte. Er gab ihnen die Flaschen, ohne nachzudenken. Hauptsache, sie gingen.

»Danke! Du bist ein echter Freund!!«, rief Paschka erfreut. Er zog schon seinen Mantel an und steckte die Flaschen sofort in die Seitentaschen. »Schau, wie lustig! Mit zwei Flaschen bin ich zu dir gekommen, mit zweien geh ich wieder weg!«

Sergejitsch schob seine Gäste fast aus dem Haus. Er sah ihnen nicht lange nach, vielleicht nur fünf Sekunden. In diesen Sekunden erkannte er, dass der Frost abgenommen hatte.

18

Die Aufregung packte Sergejitsch früh am Morgen, vielleicht sogar schon in der Nacht. Denn zweimal wachte er auf und beide Male von einem Alptraum: Er träumte, dass er sich, von Wodka vergiftet, krümmte, dass Krämpfe seine Beine an den Knöcheln packten, sein Magen sich umdrehte und jemand eine Luftpumpe in seinen Kopf gesteckt hatte und pumpte. Sein Kopf blies sich im Traum von innen auf, es war, als würde er jeden Moment platzen. Erst am Morgen erkannte Sergejitsch, was los war. Ihm war eingefallen, dass er seinen Gästen zwei Flaschen falschen »Krutaja« mitgegeben hatte. Und sie waren schon ordentlich blau gewesen, nach zwei Halbliterflaschen zu dritt. Ihnen war es schon egal, was und wie viel sie weitertranken! Wahrscheinlich hatten sie jene beiden Flaschen gleich ausgetrunken, und jetzt lagen sie da und quälten sich, wenn nicht schlimmer!

Sergejitsch fand die angebrochene und beiseitegestellte Flasche, aus der er sich kürzlich vergiftet hatte. Er roch an ihr. Es roch natürlich nach Schnaps. Aber ein Schnaps war nicht wie der andere. Der eine Schnaps brachte einen ins Bett, der andere in einen hölzernen Sarg!

Um sich abzulenken, kochte sich Sergejitsch zum Frühstück Buchweizengrütze. Der Soldat hatte sogar ein Paket Butter mitgebracht, so dass Buchweizengrütze mit Butter und Salz seine Stimmung aufhellte. Während er aß, dachte er nicht an den Wodka, den er den ungebetenen Gästen geschenkt hatte. Kaum hatte er fertig gefrühstückt, brach ihm jedoch wieder der Schweiß aus. Es war ihm auch deshalb scheußlich zumute, weil er sich Paschka gegenüber schuldig fühlte. Aber wer war Paschka denn, dass er sich vor ihm schuldig fühlte? Ein gewissenloser, unehrlicher Mistkerl, seit der Kindheit! Er betrog einen hier, sagte eine Gemeinheit über einen dort. Vor der Armee hatte er sich damals gedrückt – er hatte Plattfüße, eine wahrlich tödliche Krankheit! Aber wenn er jetzt dalag und litt? Oder noch schlimmer, schon ausgelitten hatte? Wessen Sünde war das dann? Seine, Sergejitschs! Das machte ihn selbst zum gewissenlosen Mistkerl!

Entsetzen überkam ihn. An diesen Wladlen dachte er dabei gar nicht. Für den war Paschka verantwortlich. Er hatte ihn mitgebracht, obwohl er ihn zuerst am Gartentor hätte warten lassen und den Hausherrn fragen können, ob er nichts gegen einen fremden Gast hatte.

»Ich muss hingehen!«, befahl Sergejitsch sich streng. Als wüsste er, dass er ohne strengen Befehl nicht gehen würde.

Im Hof funkelte frischer Schnee. Ein neuer Pfad musste zu den Toren getreten werden, zum Bienenschuppen, zur Garage.

Sergejitsch hob den Blick zu den Schuppendächern – es hatte den Schnee hinaufgeweht, so dass er dort oben fast kniehoch lag. Es war noch mehr als auf der Erde.

Er bekam Angst um seine Dächer. Sie waren alt. Er musste sie vom Schnee befreien, sonst brachen sie noch über dem Auto und den Bienen ein!

Er schob die Gedanken an Paschka und seinen Gast fort, stellte eine Leiter an den Überwinterungsschuppen und begann, mit dem Besen den Schnee auf die Erde herunterzufegen. Das ging schwer, bis er den Besen gegen eine breite

Schneeschaufel eintauschte. Da kam die Sache schon besser voran. So säuberte Sergejitsch Meter für Meter beide Dächer vom Schnee, dann verschnaufte er ein wenig.

Erst danach eilte er zu Paschka in die Schewtschenkostraße. Unterwegs wäre er fast in den mit Schnee überzogenen Granattrichter beim Haus der Mitkows gefallen. Er hatte den Kraterrand, an dem er immer entlangging, nicht gesehen.

Als er durch das Tor trat und Paschkas Hof mit dem unberührten Schnee vor der Haustür erblickte, erschrak er noch mehr als zuvor. Niemand war also seit dem Morgen aus dem Haus gekommen!

Er stieg die Stufe hinauf und klopfte an die Tür.

Stille als Antwort. Es war Sergejitsch, als würde er den Tod riechen. In ihm erstarrte alles.

›Heißt das, ich bin allein im Dorf?‹, dachte er erschrocken.

Aber da hörte er etwas hinter der Tür. Schritte kamen näher.

»Gott sei Dank!«, seufzte Sergejitsch ungeheuer erleichtert.

»Was ist los?«, fragte Paschka in der halbgeöffneten Tür. »Wieso kommst du so früh?«

»Einfach so«, sagte Sergejitsch verwirrt. »Ich habe mir Sorgen gemacht. Dachte, dass ihr es vielleicht nicht nach Hause geschafft habt. Ihr wart doch betrunken!«

Paschka ließ ihn herein, und gemeinsam gingen sie ins Zimmer. Paschka trug Boxershorts, sein Gesicht war verquollen.

»Tut dir nicht der Kopf weh?«, erkundigte Sergejitsch sich vorsichtig.

»Natürlich tut er weh«, brummte Paschka, während er sich warme Trainingshosen anzog.

»Wo ist denn dein Gast?«

»Er ist weg! Sein Handy hat geklingelt, und er musste los.«

»Ist das lang her?«

»Weiß der Teufel. In der Nacht.«

Sergejitsch warf einen Blick zur Uhr mit den Gewichten. Das leichte Gewicht war schon beinahe oben am hölzernen Kasten angelangt. Jeden Augenblick würde die Uhr stehenbleiben. Rasch eilte Sergejitsch hin und zog das Gewicht nach unten. Dann sah er sich zu Paschka um.

»Mach das nie mehr!«, sagte er zu ihm.

»Was denn?«, fragte Paschka verständnislos.

»Komm nicht mehr mit Fremden!«

»Wieso das? Ist dir denn nicht langweilig allein? Freust du dich nicht über neue Menschen?«

»Neue gibt es verschiedene«, antwortete Sergejitsch leise.

»Der ist doch normal, vom Militär! Er ist gekommen, um uns zu verteidigen!«

»Er braucht mich nicht zu verteidigen! Ich verteidige mich selbst, wenn nötig!«

»Gegen wen? Gegen den Rechten Sektor verteidigst du dich?«, fragte Paschka ironisch grinsend. »Wenn diese Banditen kommen, erschießen sie deine Bienen und nehmen dein Auto mit! Wenn du aufmuckst, bekommst du eine Kugel in die Stirn! Sie können dich auch ohne Anlass umlegen! Bloß, weil du in der Leninstraße wohnst!«

»Sag du mir nicht, was ich tun soll!«, erwiderte Sergejitsch erbost. »Wenn du vor irgendwem Angst hast, dann lass dich doch verteidigen! Aber mich nicht! Wenn du noch mal mit jemandem kommst, dann lasse ich euch nicht rein. Verstanden?«

Sergejitschs Blick wanderte unter den Tisch, zu den dort liegenden leeren Flaschen »Krutaja«.

»Was soll das heißen?«, fragte Paschka ungläubig. »Bewaffnete in Uniform willst du nicht reinlassen? Die brechen doch deine Tür auf und kommen sowieso! Bloß bist du dann keiner von ihnen mehr, sondern ein Feind! Dann beklag dich aber nicht!«

»Von wem redest du? Denen, die zu dir kommen? Diese rabiaten Holzköpfe mit Kalaschnikows? Geh doch zum Teufel mit denen! Willst du, dass ihretwegen das ganze Dorf zerbombt wird? Oder gehst du auch dorthin? Hast du dich schon als ›Verteidiger‹ aufnehmen lassen?«, schrie Sergejitsch außer sich. In seinem Kopf hatte sich offenbar die Sorge vom Morgen mit dem jetzigen Ärger vermischt, und es war eine explosive Mischung geworden. »Wenn du sie hierher ins Dorf holst, dann komm nicht in meine Straße!«

»Wieso beschimpfst du mich?« Paschka hatte die Augen weit aufgerissen. »Du kommst zu mir, willst ins Haus gelassen werden und beschimpfst mich! Wenn du etwas gegen den Kater brauchst, dann sag es! Ich hole ein Fläschchen, wir setzen uns, und du beruhigst dich! Aber wenn du hier nicht sitzen willst, dann geh in deine Straße, verdammt!«

Sergejitsch antwortete nicht. Er stand eine Weile reglos da. Vor Zorn überlief ihn ein Zittern am ganzen Körper. Danach überkam ihn plötzlich Erschöpfung. So dass sogar das Stehen schwer wurde. Er setzte sich an den Tisch.

Paschka nahm diese Geste als Zustimmung zum Katerfrühstück auf. Er ging in die Küche und kehrte mit Speck, Brot und einer Flasche zurück.

Sergejitsch blickte misstrauisch auf die Flasche. Das Etikett auf ihr war alt und abgerieben. Also Selbstgebrannter.

Zwei Stunden später kam er schwankend zurück in sein Haus. Er füllte Kohle im Ofen nach, legte sich auf sein Bett, auf die Decke, und döste ein. Als der Halbschlaf sich lichtete und ihn freigab, hörte er ein Rauschen in seinem Kopf. Nicht laut, aber aufdringlich. Dieses Rauschen kannte er. Das Rauschen des Selbstgebrannten. Man musste es aushalten, es würde von selbst vergehen. Wenn nötig, konnte man vor dem Hintergrund dieses Rauschens sogar denken. Es war nur schwerer als sonst. Es ging langsamer.

Der Teufel hatte ihn geritten, dass er sich am Morgen um Paschka Sorgen gemacht hatte!

Sergejitsch drehte den Kopf zur Seite und blickte durch die verrußte Scheibe in die Flammen hinter der Ofentür. Sofort wurde ihm wärmer.

›Interessant, wie die Augen den Körper täuschen können‹, dachte er.

19

»Und was machst du jetzt?«, brummte Sergejitsch, als er mitten in der Nacht wach wurde und begriff, dass er nicht mehr einschlafen würde.

Auf dem Wecker war es halb drei. Das hieß, er hatte über zwölf Stunden geschlafen! Tatsächlich hatte sich während seines langen Schlafs alles in Sergejitschs Körper und Kopf von selbst in Ordnung gebracht. Kein Selbstgebrannten-Rauschen in den Ohren, kein Schmerz mehr im Knie. Nur Zorn auf sich selbst über den idiotisch verbrachten Tag. Und alles wegen Paschka!

So hatte er schon lange nicht mehr geschimpft, wohl seit fünf Jahren nicht mehr. Und davor nur mit seiner Frau, allerdings war auch sie nie um Worte verlegen gewesen.

Sergejitsch riss ein Streichholz an, entzündete die fast schon an den Grund des Glases heruntergebrannte Kirchenkerze. Er holte noch eine neue. Diese kleinen, dünnen Kirchenkerzlein waren fast sinnlos im Haus! Sie gaben wenig Licht, brannten schneller als die üblichen herunter, aber sie machten es gemütlich, das stimmte. Haushaltskerzen aus Stearin waren natürlich praktischer und brannten länger. Aber der Duft war nicht derselbe, und jetzt konnte man sie nirgends kaufen.

Sergejitsch setzte sich an den Tisch. Es war mitten in der Nacht, und er war auf einmal hellwach, auch der Appetit meldete sich, denn nach dem Katerfrühstück bei Paschka hatte er nichts mehr gegessen.

Er schnitt sich eine Scheibe von dem Weißbrot ab, das der Soldat Petro gebracht hatte. Der Laib war schon hart. Er strich Butter darauf und salzte es.

Er dachte an den Streit mit Paschka.

»Du bist ein schöner Idiot«, murmelte er.

Und während er sein Butterbrot kaute, kam ihm ein Gedanke. Er wusste, womit er sich diese Nacht beschäftigen würde, schließlich beschäftigte sich das ganze Land damit, nur nicht nachts! Aber er – nachts! Hier lagen besondere Umstände vor: Es war Krieg. Tagsüber ging es nicht! Wer mochte sie von den umliegenden Horizonten durch Feldstecher, Periskop oder optisches Zielfernrohr beobachten?

Sergejitsch trank noch ein wenig heißen Tee mit Honig und zog sich dann wärmer an. Als Erstes ging er in den Garagenschuppen. Dort entzündete er ein Streichholz und suchte im Licht der in der Kälte flackernden Flamme aus dem Werkzeugkasten alles heraus, was er brauchte. Das legte er in den Rucksack. Es war der Rucksack jenes Mannes mit dem Ring im Ohr – er war handlich, nicht zu klein, aber auch nicht riesig. Das Werkzeug war natürlich nicht aus Papier. Wie viel wog allein der Geißfuß?

Sergejitschs Augen gewöhnten sich schnell an die Dunkelheit. Er ging zum Ende der Straße, von dem aus man früher nicht einmal die Kirche hatte sehen können. Hier, bei den ersten Häusern, ging der Feldweg gewissermaßen direkt in die Dorfstraße über. Er sah das Schild »Leninstraße« mit weißen Buchstaben auf blauem Grund, riss es mit dem Geißfuß ab und steckte es in den Rucksack. Das nächste Schild kam erst sechs Häuser weiter. Früher hatte er geglaubt, an jedem Haus würde der Straßenname am Zaun hängen, aber nein! Nicht an jedem! Im Gehen betrachtete er gründlich die Zäune und Häuser. Fast hätte er ein Schild, das direkt an ein Haus genagelt war, übersehen.

›Wessen Haus ist denn das?‹, überlegte er, während er den Hof betrat. ›Das von Melnitschuks etwa?‹

Er fuhr mit der gebogenen Geißfußklaue unter das Schild und drückte den langen Stiel Richtung Hauswand. Das Schild war störrisch – man sah sofort, dass der Hausherr es selbst an seiner Wand befestigt hatte. Zehn Zentimeter lange Nägel waren ihm nicht zu schade gewesen. Sergejitsch musste an die fünf Minuten dafür aufbringen, und am Ende war das Schild ein wenig verbogen.

Bis er zur zerbombten Kirche kam, war seine Munterkeit verflogen. In seinem Rucksack lagen zwölf Straßenschilder und das Werkzeug, nicht gerade wenig Gewicht!

Er kehrte in seinen Hof zurück, zog die Schilder heraus, legte sie in einer Reihe auf den Schnee und lachte heiser, aber im nächsten Moment verging ihm das Lachen.

›Zum Teufel‹, dachte er. ›Es ist doch erst halb fertig!‹

Er ging hinüber in Paschkas Straße. Dort riss er sechs Schilder »Schewtschenkostraße« von den Zäunen, und mehr gab es auch nicht, obwohl in beiden Straßen etwa gleich viele Häuser standen.

Sergejitsch wunderte sich, aber er fand schnell eine Erklärung dafür: Lenin war ja zu sowjetischer Zeit wichtiger gewesen als Schewtschenko. Lenin kannte man in der ganzen Sowjetunion, Schewtschenko jedoch nur hier …

›Ach was‹, dachte er. ›Dichter sind harmlose Menschen. Anders als Politiker! Ab jetzt lebe ich in der Schewtschenkostraße!‹

Als Erstes nagelte er ein Straßenschild an den Zaun links von seinem Hoftor. Dann eins an die Stelle des abgerissenen früheren Straßenschilds ganz am Anfang der Straße und später das letzte an den Zaun des letzten Hauses rechts, bei der Kirche.

Wieder zu Hause, überprüfte er die Uhrzeit – halb fünf. Bis es hell wurde, war es noch lang! Wieder ging er nach draußen, nahm Hammer, Nägel und »Leninstraßen« und ging zurück in die ehemalige Schewtschenkostraße. Als Erstes nagelte er zwei Schilder »Leninstraße« links und rechts vom Tor an, das in Paschkas Hof führte. Er dachte gar nicht daran, dass das Hämmern den Hausherrn wecken könnte. Die übrigen zehn Schilder verteilte er über die ganze Länge der Straße. Und natürlich schlug er eines am Anfang der Straße an und eines am Ende. Das Ende von Paschkas Straße hatte etwas Unklares, wie das der ganzen sowjetischen Geschichte. Am Ende der ehemaligen Schewtschenko standen die halbeingefallenen Kuhställe der ehemaligen Jakir-Kolchose. Dahinter gab es noch irgendwelche Gebäude, von denen man schon lange den Schiefer von den Dächern geholt, die Fensterrahmen herausgenommen und einen Teil der Mauern in Ziegelsteine zerlegt hatte.

Sergejitsch kam zufrieden nach Hause. Zwar taten ihm die Füße weh, aber das rechte Knie schwieg, als würde es den Grund gutheißen, aus dem Sergejitsch ihm in dieser Nacht keine Ruhe gegönnt hatte.

20

Man brauchte nur einmal aus dem Lebensrhythmus zu kommen, dann konnten Tage und sogar Wochen vergehen, bis einen das Leben auf die gewohnte Bahn zurückbrachte.

So erging es auch Sergejitsch nach seinem einen verschlafenen Tag. Den zum Katervertreiben getrunkenen Selbstgebrannten und den Streit mit Paschka hatte er schon vergessen, überhaupt hing er irgendwo zwischen Schlafen und Wachen fest und konnte keine der Tageszeit angemessene und dabei angenehme Position finden. Eben noch hatte er sich normal gefühlt, er war hinausgegangen und hatte Kohle geholt. Der Wecker zeigte halb eins, draußen war es hell. Und jetzt war ihm nach Hinlegen zumute! Also legte er sich hin.

Kaum hatte er die Augen geschlossen, da klopfte es an der Tür.

»Wer ist denn da?«, fragte Sergejitsch heiser und ärgerlich.

»Wer kann denn hier sonst sein?«, hörte er zur Antwort Paschkas Stimme.

»Bist du allein?«, fragte Sergejitsch nach.

»Ja, allein!«

Sergejitsch ließ ihn herein. Achselzuckend schloss er die Tür, weil er den Grund für die Freude, die er auf Paschkas Gesicht bemerkt hatte, nicht begriff.

Paschka setzte sich an den Ofen, streckte die Hände aus und spielte mit den Fingern in der Luft Akkordeon, als wären sie steifgefroren.

»Und, was ist?«, fragte Sergejitsch.

»Wie, was ist? Mir war langweilig, da dachte ich, ich gehe bei meinem Kumpel vorbei!«, sagte Paschka lächelnd. »Du hast doch nichts dagegen! Ich bin nicht böse auf dich, siehst du. Das war ich nie! Und jetzt so was! Also, jedenfalls, danke! Du hast dir doch wohl für mich die Nacht um die Ohren geschlagen?«

»Wovon redest du?«, fragte Sergejitsch verständnislos und sah seinen Gast an, als wäre der verrückt.

»Nein, ich weiß es zu schätzen! Ich verstehe es.« Paschka kam mit seiner Wortwahl ins Schwimmen. »Ich meine, ich bin dankbar! Denk nicht, wenn du mich beschimpft hast, dass ich dann nie wiederkomme! Ich weiß doch, dass du nicht nachtragend bist! Aber danke für die ›Leninstraße‹!

Das hast du dir fein ausgedacht! So ein Geschenk! Ich hatte diesen Schewtschenko schon bis hier!«, und er fuhr sich mit dem Finger über die Kehle.

»Ah!« Endlich begriff Sergejitsch den Grund für Paschkas Freude. »Willst du einen Tee?«

»Ja, wenn es Honig dazu gibt!«

»Das heißt also, du freust dich?«, fragte Sergejitsch noch einmal nach, als sie sich schon an den Tisch gesetzt hatten.

»Aber ja!«, entgegnete Paschka verwundert. »Wie soll man sich da nicht freuen?!«

»Du bist demnach also Leninist?« Sergejitsch lächelte.

»Na, du ja sicher nicht«, entgegnete Paschka kichernd. »Dir hat doch nie etwas gefallen, jetzt nicht und früher auch nicht! Aber es stellt sich eine andere Frage: Was, wenn die Leute ins Dorf zurückkommen? Und verlangen, die Straßenschilder wieder umzuhängen? Das wäre ja schade!«

»Sie werden es nicht verlangen«, sagte Sergejitsch überzeugt. »Im ganzen Land werden jetzt die Straßen umbenannt! Und nicht nur Straßen! Ganze Dörfer und Städte! Hauptsache, die Bewohner sind einverstanden. Du bist doch einverstanden, sehe ich?«

»Natürlich!«

»Ich bin es ebenfalls! Wir können der Form halber abstimmen, damit wir später sagen können: Der Beschluss wurde einstimmig gefasst.« Sergejitsch hob die Hand.

Paschka schob ebenfalls seine Hand nach oben und entblößte lächelnd seine unregelmäßigen Zähne.

»Na also, das war's!«, sagte Sergejitsch. »Wer nicht zur Versammlung kommt, ist selber schuld! Und wenn die Staatsmacht dann wieder erscheint, teilen wir den Beschluss mit.«

»Ja, das könnte man auch gut begießen!«, schlug Paschka vorsichtig vor.

»Ein andermal.« Sergejitschs Blick, der auf den Gast gerichtet war, wurde so streng, dass Paschka sofort das Thema wechselte.

»Und der Mitschurinweg ist geblieben?«, fragte er.

»Was soll man denn mit ihm machen?« Sergejitsch zuckte die Achseln. »Mitschurin hat niemandem etwas getan! Und dort stehen ja auch nur zwei Häuser!«

»Ja, soll er bleiben! Ich bin auch nicht dagegen!«, stimmte Paschka zu. »Wie geht es denn deinen Bienen? Sind sie schon aufgewacht?«

»Sie schlafen doch nie richtig! Wenn sie einschlafen, erfrieren sie. Bei ihnen ist es selbst im Winter warm. Plus siebenunddreißig! Sie heizen im Bienenstock für sich selbst. Und wenn du für dich selbst heizt, wann sollst du dann schlafen? Wenn ich hier immer nur schlafen würde, würde ich erfrieren! Jemand muss doch Kohle in den Ofen nachwerfen!«

»Auf welche Seite willst du sie zum Pollensammeln hinauslassen, wenn es wärmer wird? Auf unsere oder dorthin, zu den Ukros?«, erkundigte sich Paschka.

»Sie fliegen, wohin sie wollen. Ich trage die Bienenstöcke in den Garten hinaus, alles Weitere ist dann ihre Sache.«

»Stell sie lieber in meinen Garten! Bei uns ist es ruhiger! Dort gibt es auch mehr Blumen auf dem Feld!«

»Danke«, Sergejitsch nickte. »Warten wir den Frühling ab, dann sehen wir auch, wo mehr Blumen sind!«

Er und Paschka trennten sich dieses Mal freundschaftlich, sie gaben sich sogar am Tor die Hand. Danach ging Sergejitsch in den Schuppen zu den Bienen.

»Merkt euch!«, sagte er und blickte auf die Bienenstöcke, die hinter den Metallplatten verborgen waren. »Wir haben jetzt eine neue Adresse! Schewtschenkostraße! Das Haus ist Nummer siebenunddreißig geblieben, nur die Straße ist eine andere!«

Sergejitsch stand noch eine Weile vor seinen Bienenstöcken und lauschte auf die Stille. Ihm schien, als hörte er in der Stille des Schuppens ein Bienensummen. Also hatten sie ihn ebenfalls gehört. Es konnte gar nicht anders sein.

21

Die Schneeschaufel schabte laut über die untere Schneekruste, die Sergejitschs schwere Stiefel zerkrümelt und wieder festgestampft hatten. Die kürzlich gefallene und noch nicht schwer gewordene obere Schneeschicht ließ sich leicht wegheben, und Sergejitsch schob sie mit der Schaufel an den Rand des Hofes, zum Gartenzaun.

Sein Tun kam ihm natürlich sinnlos vor, es war eine Art Morgengymnastik. Dennoch konnte das Säubern des alten, gefrorenen Schnees vom neuen Pulverschnee im Grunde durchaus als Arbeit gelten. Und Arbeit hatte Sergejitsch gefehlt. Nicht eine, zu der man in überfüllten Kleinbussen fahren musste, sondern eine, nach der es einen in den Fingern juckte. So eine Arbeit lenkte von untätiger Langeweile ab und machte Freude, wenn sie am Ende ein Ziel hatte. Wie zum Beispiel das Schneeräumen. Auch wenn er eigentlich diesen Schnee ja nicht wegbrachte – das würde der Frühling tun. Er schichtete ihn nur um.

Sergejitsch lächelte. Während er eine Verschnaufpause einlegte, erinnerte er sich daran, wie gern er früher kleine Schatullen hergestellt hatte. Wie er sie mit feinem Schleifpapier geschmirgelt und sie lackiert hatte. Eine schöne Beschäftigung! Passend zum Winter. So, wie bei den Frauen das Handarbeiten! Werkzeug, Holzleim, polierte Brettchen auf dem Tisch, vor dem Fenster der Herbst mit Regengüssen, der Winter mit Schneefällen oder, warum nicht, ein Maigewitter! Wenn man ihn zu einer Hochzeit einlud, dann kam er mit seinem Geschenk, einer Schatulle aus Kirschholz mit Birken-Intarsienarbeit in Form zweier ineinandergeschlungener Eheringe. Kein Geschirrservice, keine hundert Hrywni im Umschlag, sondern etwas Nettes, von Herzen. Das verstanden alle. Vor allem die jungen Brautleute!

Sergejitsch sah sich im Hof um.

›Irgendwie ist es sehr still‹, dachte er.

Und wirklich herrschte ringsum eine Stille wie in Friedenszeiten. Nicht einmal das ferne Grollen von Explosionen war zu hören.

Er stellte die Schaufel an den Zaun und ging in den Schuppen zu den Bienen. Er schob eine der Metallplatten zur Seite und legte sein Ohr an die Wand des Bienenstocks, der dem Ausgang am nächsten stand. Das Ohr nahm keinerlei Geräusch, aber ein Vibrieren wahr. Die Wand des Bienenstocks entsprach dem Trommelfell im Ohr, nur von der anderen Seite her, von innen. Das hieß, das Vibrieren war das bereits durch das Trommelfell gefilterte Geräusch!

»Auf, auf, ihr Lieben!«, flüsterte Sergejitsch, während er sich wieder aufrichtete. Er stellte die Metallplatte zurück an ihren Platz. »Bald geht es an die Arbeit!«

Er verließ den Schuppen.

›Wo werden sie denn dann fliegen?‹, überlegte er mit Blick zum Obstgarten, hinter dem der Gemüsegarten und das Feld lagen.

Ohne sich seine Frage zu beantworten, ging Sergejitsch im Garagenschuppen vorbei, nahm den Zündschlüssel vom Haken an der Wand und setzte sich in seinen Schiguli. Er legte die Hände an das kalte Lenkrad und dachte wieder an den nahen Frühling. Er war ein besonnener und vorsichtiger Fahrer. Im Winter fuhr er nicht, nur wenn es warm war. Jetzt stellte er sich vor, wie er aus dem Hof auf seine umbenannte frühlingshafte Straße hinausfahren würde.

Er steckte den Schlüssel ins Zündschloss, drehte ihn, trat gleichzeitig aufs Gaspedal – und nichts passierte!

Sergejitsch fluchte kräftig, dann fiel ihm ein, dass die Batterie ja im Haus auf dem Boden neben dem Ofen stand und sich wärmte. Sie war doch wie ein Mensch – bei Frost wurde sie erst stumm, dann erstarrte sie für immer.

Er lief ins Haus, holte den schweren Blockkasten, setzte ihn an seinen Platz unter der Motorhaube, schloss die Klemmen an. Der Motor sprang sofort an, laut, fast melodisch. Ein träumerisches Lächeln breitete sich auf Sergejitschs Gesicht aus. Wahrscheinlich hörte kein Mensch jetzt dieses Motorengeräusch. Nicht, weil er den Wagen im Innern des Garagenschuppens angelassen hatte, sondern weil es ringsum niemanden gab! Aber es war noch zu früh. Der Motor jedenfalls war eins a, er war mit dem ersten Funken angesprungen!

Sergejitsch drehte den Schlüssel zurück und zog ihn heraus. Die Stille in ihrer ganzen Schönheit kehrte wieder ein.

Aus irgendeinem Grund musste er an ein Unglück denken, das vor fünf Jahren passiert war. Auf der damaligen Schewtschenko, heutigen Lenin, waren Saschka Iwanowski und seine Freundin aus Swetloje in der Garage erstickt. Saschkas Frau war zu der Zeit im Sanatorium gewesen, um ihre Tuberkulose behandeln zu lassen. Kinder hatten sie keine. Warum also mit der Geliebten nicht im Haus Wodka trinken? Warum hatten sie im Auto getrunken! Weshalb Saschka den Motor angelassen hatte, war klar. Es war ja im Winter kalt im Auto. Aber man musste doch seinen Kopf zum Denken benutzen! Er war ein guter Kerl gewesen, und er hatte Akkordeon gespielt.

Sergejitsch gedachte Saschka Iwanowskis einen Augenblick. Automatisch schnupperte er die Luft im Auto. Dann stieg er aus und drückte die Tür behutsam zu, dass sie ohne Knall, mit einem Klicken schloss. Er hängte den Schlüssel an den Haken und ging hinaus.

›Was könnte man noch Nützliches tun?‹, überlegte er.

Da drang durch diese ungewöhnlich friedliche Stille ein kaum vernehmbares Fiepen. Sergejitsch lauschte. Nein, er hatte es sich nicht eingebildet. Es kam von weit her, aber klang irgendwie bekannt. Wie Telefonklingeln.

Sergejitsch ging ein paar Schritte auf sein Haus zu, und seine Augen wurden groß vor Verwunderung: Dort drinnen klingelte sein Handy! Zum ersten Mal seit drei Jahren!

Er eilte ins Haus, packte das Telefon und drückte es ans Ohr. »Hallo?«

»Hallo?«, antwortete eine Männerstimme. »Wer ist da? Wie heißen Sie?«

»Wieso?«, fragte Sergejitsch verwirrt. »Wen wollen Sie denn?«

»Den, der den Hörer abnimmt! Wo sind Sie gerade?« Die unbekannte Stimme klang metallisch und kalt.

»Zu Hause.«

»Und wie ist die Adresse?«, bohrte der Unbekannte weiter nach.

»Was wollen Sie von mir!« Sergejitsch war empört. »Sind Sie verrückt geworden? Soll ich Ihnen vielleicht noch meine Schuhgröße sagen? Gehen Sie zum Teufel mit Ihren Fragen!«

Er drückte auf den »Beenden«-Knopf und hatte immer noch sein eigenes Gebrüll in den Ohren.

»Also so was«, ächzte er erstaunt.

Immer noch erregt, verschnaufte er wie nach einem Rennen, er pustete seine Entrüstung heraus.

Er sah auf das Handy und überprüfte, wer angerufen hatte. Es war eine unterdrückte Nummer.

»Jaa«, sagte er langsam und zweifelnd. Und dachte im nächsten Augenblick: ›Soll ich vielleicht jemanden anrufen?‹

Witalina, seine Frau, fiel ihm ein. Nur würde sie sich kaum über seinen Anruf freuen. Sie würde denken, dass er etwas von ihr brauchte! Nein! Lieber jemand anders. Vielleicht Paschka? Aber seine Nummer war gar nicht im Telefon. Sie hatten sich nie angerufen. Wozu anrufen, wenn man in fünf bis sieben Minuten hingehen konnte.

Der Kongress der Bienenzüchter in Slowjansk fiel ihm wieder ein. Und Achtem, der Krimtatare. Er war so höflich gewesen und hatte nicht getrunken. Er saß zur Gesellschaft dabei, wenn sie Honigschnaps tranken und Kochwurst dazu aßen. Schnaps trank er nicht, er hatte gleich gesagt, dass der Islam das nicht erlaubte. Aber Wurst aß er. Als Grischa aus Bila Zerkwa sich einen Spaß mit dem Tataren machte und erklärte, in diese Wurst komme reines Schweinefleisch hinein, lachte Achtem laut. »Glaubt ihr etwa, dass die Wurst Fleisch enthält?«, fragte er. »Da sind nur Stärke und holländische Lebensmittelfarben drin!« Grischa war der Appetit auf diese Wurst dann auch merklich vergangen. Aber Achtem aß sie weiter.

›Was, wenn ich ihn anrufe?‹, dachte Sergejitsch.

Er nahm das Notizbuch, in das Achtem damals eigenhändig seine Telefonnummer und Adresse hineingeschrieben hatte. Er fand die Nummer und wählte.

»Die gewählte Rufnummer ist nicht vergeben«, hörte Sergejitsch eine nüchterne Frauenstimme.

»Wie, nicht vergeben?«, fragte er erstaunt.

Und wählte nochmals.

Beim zweiten Mal hörte er derselben Frauenstimme nicht mehr bis zum Ende zu.

›Ja‹, dachte er. ›Wahrscheinlich haben die Russen die Nummern aller Tataren auf der Krim ausgetauscht, als sie sich die Halbinsel genommen haben. Obwohl Paschka ja gesagt hat, dass die Leute dort, wie früher, ans Meer fahren. Also wird dort nicht geschossen!‹

Sergejitsch wurde plötzlich traurig zumute. Anscheinend hatte er den Winter satt. Wenn doch morgen der Frühling beginnen würde! Wenn in der warmen Sonne die ersten Tropfen vom Dach fielen!

Er versank in Gedanken an den Frühling und erinnerte sich wieder an jenen Frühling vor dem Krieg, als der Vorsitzende des Dorfrats ihm für die Mittagszeit einen bedeutenden Gast angekündigt hatte, der auf seinen Bienenstöcken schlafen wollte. Damit Sergejitsch zu der Zeit keine anderen Leute ins Haus holte. Da verstand er, wovon die Rede war! Der Exgouverneur hatte beschlossen, die Heimat zu besuchen und natürlich auch ein drittes Mal zu ihm zu kommen. Sergejitsch hatte sich gefreut. Nicht nur, weil der Exgouverneur ein großzügiger Mann war. Auch so war er durch seine Einfachheit und Offenheit sympathisch. Man verstand gar nicht, wie es einem so gutmütigen, einfachen Kerl gelungen war, direkt in der Hauptstadt in der Regierung zu landen. Also hatte Sergejitsch gewartet, er wartete lange. Die Mittagszeit war schon vorüber, die Sonne neigte sich tiefer im Westen. Gegen vier Uhr nachmittags hielt ein schwarzer Jeep auf der Straße. Einer, nicht drei oder vier wie früher, und Sergejitsch begriff, dass etwas nicht stimmte. Er trat auf den Hof hinaus. Ein kräftiger Mann im Anzug kam mit einer Plastiktüte auf ihn zu.

»Entschuldigen Sie«, sagte er. »Unvorhergesehene Umstände. Der Chef wollte kommen, erhielt aber einen Anruf aus Kiew. Dort ist es unruhig. Er wurde dringend zurückgerufen.«

»Ist etwas passiert?«, fragte Sergejitsch besorgt.

»Ja«, antwortete der Assistent, der sich über die Frage gar nicht wunderte. »Dort passiert jeden Tag irgendwas. Der Chef hat also gebeten, Ihnen das zu übergeben. Als Geschenk.«

Und er reichte Sergejitsch die Plastiktüte. Der spähte hinein und erblickte eine Schachtel, wie jene, in denen man Schuhe verkaufte.

»Wenn Sie nichts dagegen haben, lege ich mich ein bisschen auf die Bienenstöcke«, bat der Mann im Anzug plötzlich etwas verlegen. »Das habe ich noch nie probiert.«

»Ja, bitte.« Sergejitsch zuckte freundlich die Achseln. »Kommen Sie!«

Er führte ihn in den Garten und breitete das Leintuch über der dünnen Matratze aus, das er für den bedeutenderen Gast bereitgelegt hatte.

Der Assistent streckte sich auf dem Rücken aus, und an seinen weitgeöffneten Augen erkannte Sergejitsch, dass er sich nicht wohl fühlte. Als hätte er Angst vor etwas.

Sergejitsch lächelte. ›Er hat Angst, dass die Bienen ihn durch die Deckel der Bienenstöcke und die Matratze hindurch in den Rücken stechen!‹, dachte er.

»Na, liegen Sie ein bisschen, versuchen Sie einzuschlafen!«, sagte er höflich zu ihm. »Ich bin im Haus.«

»Nein, gehen Sie nicht weg!«, bat der Mann, während er seinen Krawattenknoten lockerte. »Ich bleibe nur ein paar Minuten! Um zu probieren, wie es sich anfühlt!«

Und wirklich erhob er sich nach drei Minuten von den Bienenstöcken. Das Summen der Bienen erfüllte gerade die ganze Wiese. Der Gast trat zur Seite und klopfte seinen Anzug ab, obwohl er sich auf den Bienenstöcken mit nichts schmutzig gemacht hatte.

Als der Jeep fortgefahren war, war Sergejitsch in sein Haus zurückgekehrt, hatte die Schachtel aus der Tüte gezogen und ebenjene erstaunlichen Schuhe aus Perlmuttleder darin entdeckt. Zuerst dachte er, sie wären ein Geschenk zum Tragen. Er breitete eine Zeitung auf dem Boden aus, stellte die Schuhe darauf und stieg mit den Füßen hinein, die sich in ihnen fast verloren – die Schuhe waren Sergejitsch an die fünf Nummern zu groß. Da wurde ihm klar, dass dieses Geschenk nicht für ihn zum Tragen gedacht war, sondern zur Erinnerung. Nicht die gleichen Schuhe waren es, sondern dieselben! Außerdem hatte Sergejitsch, als er in die Schuhe schlüpfte, das Knistern von Papier gehört. Er war dann mit den Händen hineingefahren und hatte vierhundert Dollar herausgezogen – zweihundert in jedem Schuh!

Übrigens hatte er sie damals nicht ausgegeben. Sie lagen, gemeinsam mit anderen Ersparnissen, im Büfett in einem der Bücher.

Sergejitsch warf einen Blick zum Büfett, zu dem einen Dutzend Bücher, die hinter der Scheibe der oberen Tür standen. Er freute sich, dass ihm das Geld eingefallen war. Sonst kam auf einmal noch Paschka, bat um etwas zu lesen, und wenn er jetzt nicht an dieses Geld gedacht hätte, konnte er dann leicht ohne seine Ersparnisse dastehen. Paschka war so einer, wenn er in einem Buch etwas fand, würde er es nie zugeben!

›Man kann sie ja kleiner machen‹, überlegte Sergejitsch im Hinblick auf die Schuhe. ›Nur wird sich nicht jeder Schuster daran wagen! Die assyrischen Schuster könnten es.‹ Die hatten angeblich goldene Hände und auch Schuhe für ägyptische Pharaonen geschneidert. In Donezk arbeiteten wahrscheinlich noch ein paar Assyrer, wenn sie der Krieg nicht vertrieben hatte. Aber bis Donezk war es weit, und wenn an einem Checkpoint jemand nachschaute, dann nahmen sie ihm die Schuhe sofort ab! Sie würden ihn noch beschuldigen, er hätte sie gestohlen. Woher sollte ein einfacher Rentner solche Schuhe haben? Nein, sie blieben lieber zu Hause liegen, bis bessere Zeiten kamen.

22

Fünf Tage flogen vorbei, die einander wie Krähen glichen. Das Bild wäre Sergejitsch gar nicht in den Sinn gekommen, wenn nicht der einzige Lärm, der von Zeit zu Zeit die Gegend erfüllte, das Krächzen der Krähen gewesen wäre.

›Vielleicht krächzen sie den Frühling herbei‹, dachte Sergejitsch träumerisch, während er lauschte und in der Welt, die ihn umgab, nach weiteren Lauten suchte.

Ein paarmal sah er, wie vom Rand seines Schieferdachs Tropfen herunterfielen. Aber als Tautropfen mochte er das trotzdem nicht bezeichnen, weil die Sonne kaum hervorblinzelte und der Wind einem feuchte Kälte ins Gesicht blies. Er blieb kurz stehen, blickte sich ein wenig um und ging zurück ins Haus.

Im Haus, was gab es da? Das Bett, Tisch und Stuhl. Tun konnte man im Grunde nichts. Nur nachdenken und sich erinnern. Sergejitsch hatte es schon satt, sich an Vergangenes, Fröhliches oder Trauriges, zu erinnern. Jetzt zog es ihn, wie jeden Mann in dieser Jahreszeit, zum Schnapsglas. Aber Sergejitsch hatte einen starken Charakter, und er hatte eine besondere Haltung gegenüber Schnapsgläsern: Er konnte zwei Stunden mit einem solchen Glas dasitzen und es mehr anschauen als in die Hand nehmen!

»Du hättest in Paris geboren werden sollen!«, hatte Witalina einmal lachend gesagt, als sie diese Gewohnheit bemerkte. »Dort sitzen Franzosen stundenlang bei einem Glas Kognac im Café!«

Damals war bei ihnen noch alles in Ordnung gewesen.

Woher hatte sie das von Paris nur gewusst? Sie hatte es im Fernsehen gesehen oder irgendwo gelesen! Sie war ja selbst nie im Ausland gewesen, zählte man Weißrussland nicht dazu, wo es billige Parfüms und Wäsche gab.

›Komisch, dass Paschka so lange nicht vorbeikommt.‹ Abrupt wechselte Sergejitsch in Gedanken von seiner ehemaligen Frau zu seinem Feindfreund. ›Ob er krank geworden ist?‹

Das Wort »Feind«, das er in Gedanken manchmal für Paschka verwendete, hatte schon lange seinen kriegerischen Sinn verloren. Was für ein Feind war er denn? Natürlich überhaupt keiner! Unterhielt man sich mit Feinden etwa? Stritt man mit Feinden? Trank man Wodka mit ihnen? Half man ihnen, Fensterscheiben einzusetzen? Und doch war er sein Kindheitsfeind gewesen. Daran gab es nichts zu rütteln. Die Erinnerung radierte man nicht aus.

Sergejitsch versank in Nachdenken, durchwühlte seine Gedanken, sortierte sie gleichsam, ohne etwas Neues zu finden. Der Vorrat an Wörtern in seinem Kopf war klein! Er hätte wohl in der Kindheit mehr lesen sollen, statt den Fußball über das Kolchosefeld zu schießen! Sich jetzt dazu zu zwingen gelang ihm nicht. Was sollte er auch lesen? Die Bücher, die im Büfett standen, hatte er schon alle zwei-, dreimal gelesen sowie fünfmal, wenn nicht öfter, durchgeblättert. Nicht, um sich ihre Geschichten und Helden in Erinnerung zu rufen, sondern um das Geld zu zählen, das er zwischen den Seiten versteckt hatte. Die grünen Dollars waren in drei Jahren allerdings nicht mehr und nicht weniger geworden. Und die Hrywni, auch wenn niemand sie abgeschafft hatte, hatten ihren Sinn verloren, weil man sie nirgends ausgeben konnte. In Swetloje hatte niemand Geld von ihm für Eier oder Konserven verlangt. Das waren gutherzige Leute dort. Wenn sie sahen, dass das fremde Leid größer als das eigene war, dann waren sie sofort bereit zu helfen!

›Aber was ist bloß mit Paschka?‹ Sergejitsch kam in Gedanken wieder auf ihn zurück. ›Soll ich einmal zu ihm gehen?‹

Es war schon bald Abend. Die Tage, auch wenn sie länger wurden, endeten trotzdem zu früh, und die Dämmerung vor dem Fenster mochte Sergejitsch nicht als »Abend« bezeichnen.

Er zog Mantel und Schuhe an. Am Gartentor blieb er noch einmal stehen und betrachtete das Schild »Schewtschenkostraße«.

Als er an Paschkas Gartentor ankam, sah er, dass Paschkas Fenster dunkel waren. Paschka hatte Stearinkerzen, die waren hell. Manchmal zündete er zwei davon an, und dann leuchtete das ganze Zimmer! Er musste demnach schlafen oder irgendwo unterwegs sein.

Aufmerksam musterte Sergejitsch erst das eine Ende der Straße, dann das andere: hier wie dort graue Reglosigkeit.

Er betrat den Hof und klopfte der Ordnung halber an die Tür. Das Dröhnen von seinem Schlag verstummte, und wieder trat Stille ein.

»Wo ist er denn bloß?«, brummte Sergejitsch und untersuchte den Schnee vor der Haustür.

Sein Blick folgte dem in den Schnee getretenen Pfad zum Tor in den Garten. Man sah, dass der Hausherr öfter dorthin, zum Gemüse- und Obstgarten, ging als zur Straße.

Der Pfad führte Sergejitsch an den Rand des Gemüsegartens, zum Feld, das sich zur Senke hinunterzog, und weiter. Aber Sergejitsch blieb stehen.

Ihm war schon vorher klar gewesen, dass Paschka dorthin ging, nach Karusselino, zum Brotholen oder für Wodka. Er ging dorthin, nahm aber ihn, Sergejitsch, nicht mit! Und von dort kamen alle möglichen »Wladlens« bei ihm vorbei. Vielleicht spionierte er wirklich für sie, hatte sich als Aufklärer bei ihnen gemeldet?

Sergejitsch kehrte zurück zu Paschkas Haus. Er stellte den Hackklotz ans Fenster, stieg hinauf und spähte hinein. Im Grau des Zimmers fand er die Wand mit der Uhr und hielt erschrocken den Atem an. Das schwere Gewicht der Wanduhr war fast am Boden unten angelangt. ›Du alter Schwachkopf‹, schimpfte er innerlich. ›So steht man am Ende noch ohne die genaue Uhrzeit da!‹

Aufgeregt sprang er von dem Klotz herunter und lief mit schnellen Schritten bis ans Ende des Gemüsegartens. Er starrte auf den Pfad, der ins Feld hinunterführte und schon nach zwanzig, dreißig Metern von der grauen Dunkelheit verschluckt wurde.

»Paschka!«, schrie er hinaus aufs Feld. »Paschka! Wo bist du? Kommst du?«

Die Winterluft war zäh, in ihr blieben Rufe wie Fliegen in Marmelade hängen. Es gab nicht das kleinste Echo, nicht den kleinsten Hall. Es war schon fast März, aber der Winter ließ immer noch nicht nach.

Wieder kehrte Sergejitsch zu Paschkas Haus zurück. Er packte den Türgriff und zog halbherzig daran. Vor Aufregung biss er sich auf die Unterlippe.

»Wo treibt er sich denn herum?«, flüsterte er erbost.

Und riss, diesmal mit ganzer Kraft, am Griff der Haustür. Eisen knirschte, der Riegel des Schlosses verbog sich und hüpfte aus der Führung. Die Tür sprang auf.

Sergejitsch eilte hinein, packte das leichte Gewicht der Uhr und zog die Kette daran nach unten. Das schwere Gewicht sauste vom Boden nach oben, so dass es schallend am Gehäuse anstieß.

»Gerade noch rechtzeitig«, seufzte Sergejitsch.

Er verließ das Haus und versuchte, die Tür zurück in den Rahmen zu drücken, aber der verbogene Riegel des Schlosses ließ sich nicht mehr schließen. Da zog Sergejitsch den Hackklotz vom Fenster heran und blockierte die Haustür damit, kein Windstoß würde sie so öffnen. Und Diebe gab es hier nicht, niemand streifte hier zwischen den Häusern herum!

23

Sergejitsch hatte schon drei Stunden geschlafen, die nackten Arme wegen der übermäßigen Wärme über der Bettdecke verschränkt. Der Ofen hatte die Luft im Zimmer überhitzt. Sogar in der Küche war es jetzt warm. Er hatte fest geschlafen, aber ein lautes Klopfen an der Tür brachte ihn dazu, die Augen aufzuschlagen, noch bevor er richtig wach wurde.

»Wer ist da?«, fragte er verschlafen.

»Mach auf! Schnell! Ich bin's, Paschka!«, sagte hastig die vertraute Stimme.

»Ist jemand hinter dir her?«, fragte Sergejitsch, während er ihn hereinließ.

»Ich weiß nicht, ich hab mich nicht umgeschaut! Aber sie haben das Haus ausgeraubt, und anscheinend sind sie noch drin! Ich habe ein Geräusch gehört!«

»Man hat dich ausgeraubt?«, fragte Sergejitsch verständnislos, während er die Kirchenkerze auf dem Tisch anzündete.

»Wieso ist es denn so heiß hier?«, fragte Paschka verwundert.

»Das war ein Versehen.« Sergejitsch zog sich Hosen an und aus Gewohnheit einen Pullover über das T-Shirt. »Also, was ist da bei dir los?«

»Die Tür wurde aufgebrochen! Ich weiß nicht, was sie gesucht haben … Vielleicht Essen!«

Erst jetzt verflog der Schlaf allmählich aus Sergejitschs Kopf.

»Die Tür?«, fragte er zurück. »Ja und?«

»Und was?« Verschreckt starrte Paschka Sergejitsch an. »Sie können einen doch auch umbringen! Wer streift denn jetzt durch verlassene Dörfer? Nur Banditen, denen ein Menschenleben keine Kopeke wert ist!«

»Hm.« Sergejitsch holte tief Luft. »Komm, wir schauen nach!«, schlug er nach einer Pause vor.

»Was redest du da!«, sagte Paschka erschrocken. »Wenn schon nachsehen, dann lieber am Morgen! Ich übernachte bei dir, ja?«

»Na gut«, stimmte Sergejitsch zu. »Schlaf hier! Da, leg dich aufs Sofa!«

Er löschte die Kerze. Sein Gast legte sich hin und schnarchte fünf Minuten später. So, wie es nach schlechtem Wodka vorkommt, abgehackt und laut.

Am Morgen machten sie sich auf zu Paschka. Sergejitsch

nahm sein Beil mit, für alle Fälle. Im Gehen überlegte er, dass es logischer gewesen wäre, Petros Geschenk mitzunehmen: Eine Granate, das war eine echte Waffe, doch was war ein Beil? Ein Beil hielt eine Kugel nicht auf! Aber weiß der Teufel, wohin er diese Granate gelegt hatte. Vielleicht war sie unter das Büfett oder den Schrank gerollt? Denn er hatte doch in alle Ecken geschaut, ohne sie zu finden. Wo konnte sie hingeraten sein?!

Die Tür zu Paschkas Haus war noch immer mit dem Hackklotz blockiert, der Klotz lag jetzt nur auf der Seite.

»He, ist da jemand?«, rief Paschka von der Schwelle aus. Er rollte den Klotz mit dem Fuß fort, öffnete die Tür ein wenig und rief wieder: »Ist da jemand, frage ich?«

Als Antwort Stille. Nur über ihren Köpfen flog eine Krähe vorbei und krächzte etwas herunter.

»Da ist niemand«, brummte Sergejitsch überzeugt. »Was sollten sie da machen, selbst wenn sie etwas gestohlen hätten?«

Paschka öffnete die Tür noch weiter, sah hinein, lauschte und trat ein. Sergejitsch folgte ihm.

Im Zimmer war alles in Ordnung. Die Schubladen im Büfett geschlossen, die Tür zur Küche zu, keinerlei Spuren von Diebstahl oder Raub.

»Schau noch mal nach«, bat Sergejitsch, »ob alles von Wert da ist.«

Paschka huschte in die Küche und zog die Tür hinter sich zu, damit sein Gast nicht hinter ihm herkam. Fast sofort erschien er wieder.

»Nein, alles ist an seinem Platz«, seufzte er ratlos. »Dann verstehe ich es nicht!«

»Es ist kalt bei dir!« Sergejitsch drehte sich um und sah auf die Wanduhr.

Paschka warf Kohle in den Ofen im Zimmer, stellte zwei Gläser auf den Tisch und schenkte Selbstgebrannten ein. Dann brachte er noch Speck.

»Los, zum Aufwärmen!«, sagte er.

»Weißt du …« Nachdem Sergejitsch ein halbes Glas getrunken hatte, sah er Paschka schuldbewusst ins Gesicht. »Bei dir wurde nichts gestohlen! Niemand hat hier etwas geraubt! Die Tür habe ich aus Versehen kaputtgemacht!«

»Wie, du?«, fragte Paschka fassungslos.

»Ich hatte Angst um dich! Habe mich gefragt, wo du bist. Dachte, dir ist vielleicht etwas zugestoßen. Als ich herkam, warst du nicht da. Im Fenster habe ich deine Uhr gesehen, und sie war kurz vor dem Stehenbleiben, das schwere Gewicht war fast am Boden! Ich habe an der Tür gerissen, sie ist aus dem Schloss gesprungen, ich habe das Gewicht hochgezogen und die Tür mit dem Klotz verschlossen! Sonst wärst du ohne genaue Zeit dagestanden!«

Paschka füllte noch einmal die Gläser. Er öffnete den Mund, als wollte er etwas sagen. Er sagte es aber erst nach einer Minute:

»Du bist ein Dummkopf, Sersch! Was zum Teufel brauche ich hier die genaue Uhrzeit? Du wirst mit deiner Uhrzeit noch verrückt! Du brauchst die Minuten, aber die Tage bemerkst du nicht! Du hast nicht mal gemerkt, als der dreiundzwanzigste Februar war! Weißt du noch? Bei mir ist das Wichtigste der Kalender!« Paschka wies auf die Wand rechts über seinem Bett. »Siehst du! Ich achte auf den Tag und das Datum, nicht auf die Uhrzeit!«

Sergejitsch versank in Nachdenken und kam sich tatsächlich wie ein Idiot vor.

»Verzeih mir«, sagte er. »Das Schloss repariere ich dir! Ich weiß nicht, wieso es so gekommen ist.«

Dann dachte er weiter über den Kalender nach. Darüber, dass er wirklich keinen Kalender zu Hause hatte. Weder einen Abreißkalender noch einen an der Wand oder auf dem Tisch. Dabei waren Tage doch tatsächlich wichtiger als Stunden!

Er trank noch ein halbes Glas von dem Selbstgebrannten, trat an Paschkas Bett und betrachtete den Kalender. Er sah, dass alle Tage auf dem Kalenderblatt, bis auf einen, den letzten, mit rotem Buntstift durchgestrichen waren.

»Also ist heute der Achtundzwanzigste? Dienstag?«

»Heute ist schon der Erste«, antwortete Paschka. Er kam zu ihm, kniete sich aufs Bett und strich den letzten Februartag mit einem dicken roten Buntstift durch. »Erster März! Klar?«

»Klar«, flüsterte Sergejitsch. »Entschuldige nochmals.«

»Zum Teufel mit dir!«, seufzte Paschka verärgert. »Ich habe ein Ersatzschloss, das repariere ich selbst! Das Wichtigste habe ich ja vergessen, dir zu sagen!« Er wandte sich um und setzte sich auf sein Bett, dessen Metallrost quietschte. »Übermorgen gibt es einen Waffenstillstand! Für einen Tag! Postfrieden!«

»Wie …?« Sergejitsch starrte ihn an.

»Na, so heißt es, ›Postfrieden‹ – in allen Dörfern der grauen Zone fahren sie dann die Post aus! Offenbar hat sich so viel angesammelt, während die Post hier zu war! Also, einen ganzen Tag lang wird es ruhig sein.«

»Es ist doch in der Gegend schon fast eine Woche lang ruhig!«, bemerkte Sergejitsch nachdenklich.

»Sergejitsch, du bist wohl taub geworden! Hast du gestern Morgen nicht gehört, wie sie Melkobrodowka mit Mörsergranaten überschüttet haben?«

»Nein, das habe ich nicht gehört«, gestand Sergejitsch und fuhr sich mit dem Zeigefinger ins rechte Ohr, wie um zu prüfen, ob es vielleicht verstopft war. »Aber bis Melkobrodowka sind es an die fünfzehn Kilometer! Hört man das hier etwa?«

»Du hast es gut!« Paschka winkte ab. »So hätte ich's auch gern: nichts hören, nichts sehen und nicht wissen, was für ein Wochentag draußen ist!«

24

Am Tag des »Postfriedens« wachte Sergejitsch besonders früh auf. Am Abend hatte er den Wecker auf sechs Uhr morgens gestellt. Vor dem Fenster war es noch dunkel, als er sich aus der großen Kolchose-Milchkanne wusch, mit einem harten, früher weißen, im Lauf der Zeit gelb gewordenen Frotteetuch abtrocknete und dann im Bewusstsein der Besonderheit dieses Tages beschloss, sich zum Frühstück zwei Eier zu kochen.

Der Ofen erkaltete jetzt langsamer, selbst dann, wenn die letzte Wärme aus der verbrannten Kohle fort war. Und er wurde schneller warm, weil sich die Hauswärme wegen des anbrechenden Frühlings länger hielt.

Sergejitsch schüttete einen halben Eimer Kohle in den

Ofen, und schon zwanzig Minuten später kochte sprudelnd das Wasser im Topf mit den Eiern. Sergejitsch hielt sich in der Nähe der kochenden Eier auf, bis er annahm, dass es Zeit war, den Topf von der Ofenplatte zu nehmen. Wohin sollte er sich auch entfernen? Nur in den Hof. Aber dort war es, ungeachtet des Frühlings, kalt und grau. Den Frost hatte der Februar mit sich ins kalendarische Grab genommen. Aber das Frostige war aus der Luft im Hof noch nicht verschwunden, und jetzt versuchte die Märzsonne, es zu erwärmen.

Als er gefrühstückt hatte, marschierte Sergejitsch in den feuchten und grauen Morgen hinaus auf die Straße.

Paschka erwartete ihn, auch wenn sie gar nicht verabredet hatten, dass Sergejitsch so früh zu ihm kommen würde.

»Willst du Kaffee?«, fragte Paschka anstelle eines Grußes seinen Gast.

Sergejitsch nickte.

Bis elf saßen sie am Tisch. Mal schwiegen sie, mal unterhielten sie sich über alles und nichts, das hieß, über Vergangenes, das sie unvermittelt mit Gedanken über das heutige, andere Leben unterbrachen.

Um elf traf auf Paschkas Handy eine SMS ein. Sergejitsch fuhr zusammen, er hatte ja nie gehört, was für ein Klingelton Paschka über das Eintreffen einer SMS informierte. Es war ein doppelter Glockenschlag! Unwillkürlich dachte Sergejitsch an die Glocke, die zwischen verkohlten Balken und all dem anderen, was von der explodierten Kirche noch übrig war, auf der Erde lag.

»Also, gehen wir!«, sagte Paschka, nachdem er seine Nachricht gelesen hatte.

Draußen bemerkte Sergejitsch, dass Paschka den Fellkragen, der den ganzen Winter aufrecht gestanden und seine Ohren vor dem Frost geschützt hatte, heruntergeklappt hatte.

›Ja‹, dachte er. ›Es ist schon Frühling.‹

»Wir müssen vielleicht warten.« Paschka sah sich zu Sergejitsch um. »Sie sind gerade erst nach Karusselino gekommen.«

»Liegt Karusselino etwa in unserer Zone? In der grauen?«, fragte Sergejitsch verwundert.

»Der Karte nach ja, aber eigentlich ist es natürlich in der DVR, sie haben sich nur dort irgendwie über die Route geeinigt! Vielleicht haben sie dafür bezahlt. Post wollen doch alle bekommen!«

Sergejitsch dachte im selben Moment, dass er selbst überhaupt keine Post brauchte. Nur vielleicht eine Zeitung zum Lesen! Aber er hatte ja schon seit zehn Jahren nichts mehr abonniert. Früher hatte er die Nachrichten dem Fernseher entnommen. Dann verschwanden die Nachrichten zusammen mit dem Strom. Jetzt schienen ihm diese Nachrichten nicht mehr besonders nötig zu sein. Was änderten sie? Trotzdem war eine Zeitung etwas Angenehmes. Sie raschelte zwischen den Fingern und half, sich abzulenken …

Sergejitsch und Paschka gingen hinaus an den Anfang der ehemaligen Schewtschenko- und heutigen Leninstraße. Dorthin, wo der Weg von Karusselino zu ihrer Dorfstraße wurde.

Der Schnee war von den Feldern noch nicht verschwunden, daher musste man die Augen stark anstrengen, um den Feldweg auszumachen und vom Acker zu unterscheiden. Man konnte den Weg auch aus der Nähe nur daran erkennen, dass er ein wenig bucklig war und irgendwann zwischen ihm und den Feldern zu beiden Seiten Gräben für den Regen ausgehoben worden waren. Sie warfen jetzt eine Art Schatten, der die Grenzen des Fahrwegs hervorhob.

»Glaubst du, die Post kommt durch?«, fragte Sergejitsch, ohne den Blick vom Weg zu lösen.

»Wieso nicht? Minen sind hier keine«, antwortete Paschka.

Sergejitsch schwieg und begann, den Horizont zu studieren. Dort gab es ja Schützengräben, Unterstände, Befestigungen! Nur war von hier mit bloßem Auge nichts zu sehen.

»Da ist sie!«, rief Paschka froh. Er streckte den Arm aus und wies mit dem Zeigefinger, wo man hinsehen musste.

Sergejitsch starrte hin. Tatsächlich sah er unterhalb des Horizonts einen Punkt, der sich bewegte.

Die Entfernung von Karusselino nach Malaja Starogradowka war nicht groß, Luftlinie zwei Kilometer, die Straße entlang jedoch dreieinhalb. Aber der Weg war so, dass man vorsichtig fahren musste, langsam, um nicht in die Gräben zu rutschen. Und auch die Jahreszeit war so, dass man nicht schnell fuhr – am sichersten war es im Trauermarschtempo. Es dauerte wohl fünf Minuten, bis Sergejitsch sich davon überzeugt hatte, dass ein Postauto zu ihnen kam. Und nicht irgendeines, sondern ein Lastwagen, der im Gelb-Blau der ukrainischen Flagge gestrichen war. Es war seltsam, dieses Auto, das auch noch aus Richtung der DVR zu ihnen fuhr, hier zu sehen. Zuerst war Sergejitsch eigenartig und dann auch froh zumute, als brächte es den Frieden anstelle der Post. Aber konnte man etwa Frieden in so einem Auto bringen? In einem Panzer konnte man Frieden bringen, ja!

»Und was, wenn es Pakete für die gibt, die nicht mehr am Leben sind?«, fragte sich Paschka laut.

»Die schicken wir zurück«, sagte Sergejitsch achselzuckend, erstaunt darüber, dass sein Feindfreund solche einfachen Postregeln nicht kannte.

»Schicken wir sie sofort zurück, oder überprüfen wir das erst?«, wandte Paschka sich an ihn.

»Ich weiß nicht.« Sergejitsch schüttelte den Kopf. »Sie werden es uns vermutlich sagen.«

Jetzt konnte man schon die Schrift auf dem Lastwagen lesen: »UKRPOSCHTA«. Sergejitsch wandte den Blick nicht mehr von dieser Aufschrift. Freudiges Staunen hatte ihn gepackt, er war wie hypnotisiert.

Das Auto hielt neben ihnen. Zwei Männer mit ängstlichen Gesichtern saßen in der Fahrerkabine. Der Fahrer öffnete die Tür.

»Malaja Starogradowka?«, fragte er und hielt krampfhaft ein Papier in seiner Hand fest.

»Ja«, bestätigte Paschka kopfnickend.

Beide Männer stiegen aus. Zu viert gingen sie zur hinteren Tür des Lastwagens. Der Eisenbolzen klirrte, der Fahrer nahm ihn am angeschweißten Griff, zog ihn aus seinem Loch heraus und öffnete den rechten Türflügel. Im Innern lagen gelbe, wasserdichte Säcke. Der Fahrer zog den nächstliegenden Sack zu sich her und packte ihn an seinem zugebundenen oberen Ende.

»Das ist eurer.« Er wies mit dem Kopf auf den Sack.

Dann streckte er sich nach dem nächsten Sack und zog den ebenfalls vor bis zur Tür.

»Der geht weiter, nach Swetloje!«, sagte er.

»Was, nur einer?«, fragte Paschka verwundert und unzufrieden. »Und Pakete?«

»Nein, Pakete haben wir nicht aufgehoben. Die haben wir zurückgeschickt. Das sind nur Briefe, die nicht verderben. Hier, unterschreiben Sie!« Er hielt Paschka ein Blatt hin. »Da, wo das Häkchen ist. Und tragen Sie Ihren Nachnamen ein!«

Paschka unterschrieb.

Der Kollege des Fahrers breitete eine Karte aus und begann, darauf den Weg nach Swetloje zu studieren.

»Fahren Sie hier geradeaus!«, sagte ihm Sergejitsch. »Dann am Ende der Straße links und vor der zerstörten Kirche wieder rechts und weiter geradeaus!«

Paschka sah den Kollegen des Fahrers plötzlich eindringlicher an.

»Sag mal, habt ihr vielleicht Wodka dabei?«, fragte er ihn freundschaftlich, wie einen alten Bekannten.

Der Fahrer und sein Kollege sahen den Fragenden aufmerksam an, warfen sich Blicke zu.

»Mit was willst du bezahlen?«, fragte der Fahrer.

»Mit Rubeln.«

»Dann tausend Rubel die Flasche«, teilte der Fahrer mit.

»Und es ist kein Fusel?« Paschka griff in die hintere Hosentasche und zog dort einen Packen russischer Rubel heraus.

»Wir trinken ihn selbst«, erklärte der Kollege des Fahrers ein wenig gekränkt. »Haben ihn aus Slowjansk.«

Paschka bezahlte. Der Kollege des Fahrers holte fünf Flaschen aus der Fahrerkabine.

Paschka verteilte die Halbliterflaschen in seine Manteltaschen – er steckte je eine in die Seitentaschen und in die Innentaschen. Wohin er die fünfte packte, hatte Sergejitsch nicht bemerkt, nur waren Paschkas Hände mit einem Mal wieder frei.

»Wollt ihr vielleicht noch etwas?« Der Fahrer lächelte dienstfertig. »Vielleicht Zigaretten?«

»Nein danke!«, wehrte Paschka ab. »Rauchen, das schadet doch der Gesundheit! Wodka trinken – das ergötzt die Seele!«

»Ja, dann ergötzt euch.« Der Fahrer nickte.

Furcht und Schrecken, die anfangs auf seinem Gesicht zu lesen waren, hatten sich verflüchtigt. Man sah, dass die Postler etwas anderes erwartet hatten. Und dann hier gleich so ein Auftakt, mit fünf verkauften Flaschen Wodka.

Paschka und Sergejitsch blickten dem Postauto hinterher, bis es verschwunden war.

Paschka hob den Postsack hoch. Man sah ihm Enttäuschung an, über das geringe Gewicht des Sacks oder darüber, dass keine Pakete dabei waren.

»Komm«, seufzte er. »Wir sortieren bei mir zu Hause.«

Sergejitsch stapfte in der Reifenspur des Postlasters. Dabei blieb er vielleicht anderthalb Meter hinter Paschka zurück und dachte daran, dass nun schon das zweite Auto in diesem Jahr durch ihr Dorf gefahren war. Es waren stille, frohe Gedanken, bis sie zu jenem ersten Auto zurückwanderten, das in einer Winternacht bei Paschka erschienen war. Zu den Leuten, die Paschka angeblich einen ausländischen

Wagen ohne Papiere für wenig Geld hatten verkaufen wollen!

›Nein, von den normalen Autos war das hier eindeutig das erste in diesem Jahr!‹ Er verwarf die unerfreulichen Erinnerungen und kehrte in Gedanken zu dem Postlaster zurück. ›Wenn alles vorbei ist, dann wird jeden Tag dieses Auto kommen, und niemand wird es beachten. Wie früher. Der Mensch staunt ja auch nicht über den Sonnenaufgang. Weil die Sonne jeden Tag aufgeht. Manchmal freut er sich daran, aber so, dass man alles stehen und liegen lassen und an den Rand des Gartens laufen würde, um zu schauen? Nein, das gibt es nicht.‹

»He«, rief er Paschka plötzlich hinterher. »Und woher hast du Rubel?«

»Die Brüder helfen.« Paschka drehte sich im Gehen um. »Ich ihnen und sie mir! Man muss doch irgendwie überleben!«

25

Paschka öffnete den Sack höchstpersönlich. Genauer, er versuchte, ihn mit aller Kraft seiner Finger aufzuknoten. Aber der Knoten erwies sich als nicht zu lösen, es war ein Einmalknoten. So einen knotete man nicht auf, das hatte Sergejitsch sofort erkannt. Schließlich wurde auch Paschka die Vergeblichkeit seiner Bemühungen klar, er nahm ein Messer und schnitt den ganzen Knoten mitsamt dem Schildchen einfach ab. Dann schüttete er mit ziemlich unzufriedener Miene den Inhalt des Sacks auf den Tisch.

Die Briefe raschelten angenehm geheimnisvoll, als sie auf den Tisch fielen. Die Umschläge trugen die verschiedensten Handschriften, Straßen erschienen auf den Umschlägen nur zwei: Lenin oder Schewtschenko. Dabei wusste ja keiner der Absender, dass jetzt bei ihnen im Dorf alles umgekehrt war, die Lenin jetzt Schewtschenko hieß und die Schewtschenko – Lenin!

Sergejitsch lächelte und fing einen verständnislosen Blick von Paschka auf. Der faltete schon den leeren Sack zusammen.

»Den kann man noch brauchen«, sagte er und trug ihn fort in die Küche, wo bei ihm alles »Brauchbare« aufbewahrt wurde, hinter der Tür, die er niemals offen stehen ließ.

Als er an den Tisch zurückkam, schob er die Briefe, die an den Rand des Tisches gefallen waren, zur Mitte hin, drehte den obersten Brief mit der Adresse nach oben und sah wieder seinen Gast an, nun ernst und ruhig.

»Wir teilen sie nach Straßen auf«, sagte er. »Dann trägst du deine aus und ich meine!«

Sergejitsch nickte.

Paschka sortierte die Briefe eigenhändig, und neben dem großen Briefberg wuchsen jetzt zwei kleine: »Lenin« und »Schewtschenko«. Zwei Briefe legte er beiseite: Sie trugen als Adresse »Mitschurinweg«.

Sergejitsch stand daneben und sah zu, wie Paschka aufmerksam jeden Umschlag las, als versuchte er, sich an die Gesichter der Adressaten zu erinnern. Dabei dachte Sergejitsch, dass es ihm selbst auch gefallen hätte mitzusortieren.

»Oh!« Paschka hielt plötzlich inne und drehte sich zu ihm um. »Schau, was ich da habe!« Er wies mit dem Blick auf den Brief in seiner Hand. »Los, tanz, Sersch!«

»Was?«, fragte Sergejitsch erstaunt und verärgert. »Was soll das? Wie kommst du darauf?«

»Der Brief ist doch für dich!«, erklärte Paschka.

»Wenn er für mich ist, dann gib ihn mir!«

»Nein, erinnerst du dich nicht? Wenn du den Brief willst, tanz!«, wiederholte Paschka. »Hast du etwa nie für Pistontschik getanzt?«

Es war, als hätte man Sergejitsch mit kaltem Wasser übergossen. Er blinzelte. Er sah ihren Postboten Pistontschik aus der fernen Vergangenheit vor sich, der schon morgens betrunken die Post austrug. Natürlich war er nicht immer betrunken gewesen, und nicht immer trug er Post aus, aber oft. Regelmäßig – so war es richtiger! Und tatsächlich, wenn er etwas brachte, besonders wenn er betrunken war, so gab er es einem erst, wenn der Empfänger getanzt hatte. Alle tanzten vor ihm, selbst alte Frauen, vom Leben gebeugt. Vielleicht war das ja auch gut – Gymnastik braucht der Mensch, aber nicht jeder macht sie freiwillig am Morgen!

Sergejitsch dachte auch an Pistontschiks Begräbnis vor acht Jahren. Pistontschik war mit seinem Freund Witjok auf dem Traktor zum Angeln gefahren. Auf dem Rückweg waren sie auf dem Feld umgekippt – die Felder gingen hier alle bergauf oder bergab. Oben war eine Kuppe und unten die Senke, manchmal mit einem See oder kleinen Fluss. Der Traktor war also am Hang gekippt. Witjok war am Leben geblieben, aber Pistontschik wurde zu Tode gequetscht. Alle alten Frauen des Dorfes kamen zum Begräbnis und weinten. Die Jüngeren hatten ihn für einen Clown und Säufer gehalten, sie beachteten auch seinen Tod nicht besonders. Umso mehr, als die neue Postbotin Ira – sie stammte aus Swetloje und kam zu ihnen ins Dorf mit dem Fahrrad gefahren – allen sofort gefiel, mit ihrer Fröhlichkeit und den Jäckchen mit Ausschnitt, die sie im Sommer trug. Sie hatte den Verstorbenen gleich in den Schatten gestellt, auch Sergejitsch hatte seit damals, seit dem Tag seines Begräbnisses, wohl zum ersten Mal wieder an ihn gedacht. Und das nur wegen Paschka.

»Tanzt du nun oder nicht?« Paschka begann, böse zu werden, aber nicht echt, so, wie Erwachsene mit Kindern böse werden.

Sergejitsch verzog das Gesicht. Er kam sich wie ein Idiot vor und hüpfte auch ein paarmal idiotisch mit ausgebreiteten Armen, als tanzte er zu einer unhörbaren Ziehharmonika.

»Nimm nur, nimm!« Paschka lächelte.

Sergejitsch legte, um seine Gleichgültigkeit zu demonstrieren, den an ihn adressierten Umschlag an den Rand des Tisches und beobachtete weiter Paschkas Hände.

Die Stapel der sortierten Briefe wuchsen ungefähr gleich schnell, denn auch die Straßen ihres Dorfes waren etwa gleich lang. Noch ein Brief fiel jenen zu, die in den Mitschurinweg gebracht werden mussten.

»Oh!« Paschka hielt inne und sah seinen Gast erneut schelmisch an. »Du musst noch mal tanzen!«

»Was, schon wieder?«, brummte Sergejitsch unwillig.

Er holte tief Luft, hüpfte aufs Neue ein paarmal, nahm den ihm entgegengestreckten Umschlag und erhielt im nächsten Moment gleich noch einen weiteren.

»Nimm, das ist ein Bonus! Auch für dich!«

Sergejitsch stopfte seine drei Briefe in die Jackentasche.

»So, die Arbeit muss man doch begießen?«, schlug Paschka vor.

Sie tranken jeder ein Glas Selbstgebrannten, aßen Speck mit Brot dazu, dann verabschiedete sich Sergejitsch. Er verließ das Haus und nahm den ganzen Stapel Briefe mit, die für die Bewohner der Leninstraße gekommen waren.

Zu Hause legte Sergejitsch Kohle im Ofen nach, dann schüttete er die Briefe auf seinen Tisch und korrigierte auf jedem Umschlag die Adresse. Überall ersetzte er mit violettem Kugelschreiber die Leninstraße durch die Schewtschenkostraße. Damit die Adressaten, wann immer sie ihre Briefe in die Hand nehmen würden, verstanden, dass sie nicht in derselben Straße wie früher wohnten, sondern in einer neuen! Und damit sie allen ihren Freunden und Verwandten, die Briefe schrieben, die neue Adresse mitteilten! Denn so wurde es doch gewöhnlich beim Ändern eines Straßennamens gemacht?

Dieser Märztag erschien Sergejitsch schon zur Mittagessenszeit sehr lang. Weil er voller wichtiger Tätigkeiten war. Und vermutlich, weil Waffenstillstand herrschte. Davon überzeugte er sich ebenfalls, indem er mehrmals auf die Stille im Hof lauschte. Sogar die Krähen schwiegen, obwohl, wer konnte ihnen das Krächzen verbieten?!

Sergejitsch begann, die Briefe ihren Hausnummern entsprechend auszulegen, und lief bald endlose Runden um den Tisch. Es gab ja mehr als achtzig Häuser in der Straße. Er wurde müde, er hatte schon den ganzen Tisch mit Umschlägen bedeckt, aber für einige Häuser reichte der Platz trotzdem nicht. Ein paar Briefe legte er daneben auf einen Stuhl und auf einen zweiten Stuhl. Das Sortieren verbrauchte viel Kraft. Mehr Kraft als Zeit. Aber danach, als Sergejitsch begann, die Umschläge richtig aufzustapeln, zuerst die letzten

Häuser, jene bei der Kirche, und dann nacheinander in abnehmender Reihenfolge, stieg in seinem Herzen ein Gefühl des Stolzes und der Befriedigung auf. Ihm wurde bewusst, dass es gerade so die echten Postboten machten, wenn sie die aus dem Gebiet oder dem Bezirk erhaltenen Säcke sortierten.

Sergejitsch nahm den Packen Briefe bis zur Nummer vierzig, zog sich an und ging an den Anfang der Straße. Mal warf er die Briefe in Postkästen, die am Zaun angenagelt waren, mal schob er sie einfach unter der Tür durch. Es war, als grüßte er jeden Nachbarn, jede Nachbarin, mühelos sah er ihre Gesichter vor sich und hörte ihre Stimmen. Allerdings wurde ihm davon schwer ums Herz, denn er wusste praktisch nichts darüber, wohin sie gezogen waren und was jetzt mit ihnen war. Aber sollten doch lieber die Briefe auf sie warten, als dass sie auf diese Briefe warteten! Denn es würde sie ohnehin nach Hause ziehen, sobald der Krieg zu Ende war. Und bis jetzt hatte ja ihr Dorf, Malaja Starogradowka, Glück gehabt. Gut, die Kirche war zerstört, aber in ihr wohnte ohnehin niemand, sie war das Haus Gottes, und Gott hatte von solchen Häusern in jedem Dorf eines oder zwei. Gut, es waren noch ein paar Raketen gefallen, aber nur eine davon hatte Schaden angerichtet. Sonst war alles in Ordnung. Ihr Dorf war fast heil. Man konnte zurückkommen und ruhig weiterleben!

Nachdem er fünf Briefe bei Nummer sechsunddreißig eingeworfen hatte, kehrte er in die siebenunddreißig zurück. Das heißt, nach Hause. Er verschnaufte ein wenig, saß zehn Minuten am Tisch und ging mit einem zweiten Packen Briefe erneut auf die Straße hinaus.

Als Sergejitsch nach der Erfüllung seiner neuen Postbotenpflichten nach Hause zurückkehrte, bemerkte er, dass es dämmerte. Die Luft verlor ihre Durchsichtigkeit, die Häuser wichen vor den Augen des Menschen, der durch die Straße ging, tiefer in ihre Höfe zurück.

Der Wecker zeigte fünf vor fünf. Sergejitsch zog ihn auf und stellte einen Topf Wasser auf den Ofen, er hatte beschlossen, Buchweizengrütze zu kochen.

Plötzlich war ihm nach Musik zumute. Mit einem schiefen Grinsen auf dem Gesicht erinnerte er sich, wie idiotisch er heute für Paschka getanzt hatte. Da fielen ihm auch wieder die Briefe ein. Er holte sie aus der Jackentasche, zündete zwei Kirchenkerzlein an und stellte sie zu der einen, die schon brannte, in das Glas auf dem Tisch hinein. Er zog das flackernde Licht zu sich her und öffnete den ersten Umschlag. Eine Neujahrskarte lag darin.

»Serjoscha, Glückwunsch zum neuen Jahr! Klugheit, Gesundheit und dass Frieden kommt! Deine Witalina und Angelina.«

»Na so was!«, entfuhr es Sergejitsch.

Noch einmal las er die in fein säuberlicher, zierlicher Handschrift verfassten Zeilen.

›Warum haben sie denn nicht früher zum neuen Jahr gratuliert?‹, dachte er, als er sich daran erinnerte, wie öde und alltäglich er vor zwei Monaten Neujahr begangen hatte, wie er einfach bis Mitternacht dagesessen, ein Gläschen Honigschnaps getrunken und sich schlafen gelegt hatte.

Er schob die Karte zurück in den Umschlag und hob ihn näher an die Augen. Er studierte den Stempel, und auf dem Stempel über der Marke stand: »Winnyzja 16. Dezember 2015«.

Er seufzte schwer. Die Gedanken gingen ihm aus, im Kopf trat gedankenlose Stille ein.

Er nahm einen anderen Umschlag in die Hand und erkannte, dass auch dieser von Witalina kam. Auf der Marke ein Stempel: »Winnyzja 12. Februar 2016«.

Der letzte Umschlag stammte wieder aus dem letzten Jahr, mit einem Datum im Dezember.

Sergejitsch öffnete die beiden Umschläge. Im einen war eine Karte mit Glückwünschen zum letztjährigen Tag der Sowjetischen Armee. Im anderen erneut Neujahrsglückwünsche, aber frischere: »Alles Gute zum neuen Jahr! Sei gesund und glücklich! Wenn du etwas brauchst, komm zu uns! Witalina und Angelina.«

»Wenn ich etwas brauche?«, fragte Sergejitsch sich selbst.

Und fand keine Antwort.

›Ich habe ihnen ja nicht ein einziges Mal gratuliert‹, dachte er nach einer Minute. ›Wie soll ich das von hier aus auch?‹

Sein Blick verriet ihn und fiel auf das Handy, das neben dem Wecker lag.

›Soll ich vielleicht anrufen?‹, überlegte er.

Er nahm das Telefon in die Hand und fand die Nummer. Fast zufällig drückte er auf die Taste »Anrufen« und hob das Handy ans Ohr.

»Hallo!«, ertönte die bekannte helle, so nahe und vertraute Stimme. »Hallo! Ich höre!«

Sergejitsch wollte etwas sagen, aber in seinem Hals steckte ein Kloß. Er versuchte, ihn hinunterzuschlucken, aber er schaffte es nicht, er verspürte nur Schmerz, nicht im Hals, sondern im Herzen. Sergejitsch drückte auf »Beenden« und ließ die Hand mit dem Telefon auf die Tischplatte sinken. Tränen stiegen ihm in die Augen. Der Mund hatte sich nach unten gezogen. Alles war schwer geworden, die Lider drückten auf die Augen, und auf seine Schultern hatte sich eine Last gelegt.

Sergejitsch ergab sich dieser Last und legte den Kopf auf die Arme. Das Telefon, das er in der rechten Faust hielt, klingelte plötzlich. Es klingelte so kläglich, als täte es ihm weh, als würde Sergejitsch es erdrücken.

Er lauschte lange auf das Klingeln, ein paar Minuten. Dann begriff er, dass das Telefon schon verstummt war und nur der Klang noch in seinen Ohren hing. Sergejitsch lauschte auf dieses Echo, bis es ebenfalls verstummte und wieder Stille eintrat.

26

Am dritten Märztag ließ die Sonne ihre Strahlen wie Muskeln spielen. Auf den Feldern hinter dem Gemüsegarten wurden die dunklen Flecken Erde größer, kamen langsam unter dem tauenden Schnee hervor, entwickelten Energie.

Zweimal ging Sergejitsch gleich morgens an den Rand des Gemüsegartens hinaus, das heißt, er ging in den Garten, um zu schauen, wie dort die Knospen an den Zweigen anschwollen. Von den letzten Bäumen des Gartens, von den Apfel- und Aprikosenbäumen, war es bis zum Rand des Gemüsegartens ein Katzensprung. Also ging er hin, wo er schon in der Nähe war. Am Feldrain blieb er stehen, der war hier breit, damit ein Fuhrwerk oder ein Traktor durchkam, wenn nötig. Sergejitsch stand da und sah zu dem Waldstreifen, der sich von Swetloje her aus der Senke nach Schdaniwka hinaufzog. Er suchte mit dem Blick den Gefallenen mit dem Ring im Ohr, aber ohne Fernglas konnte er überhaupt nichts erkennen. Dort, wo er früher gelegen hatte, war der Schnee allerdings noch nicht weg. Die Bäume des Waldstreifens schützten ihn vor der Morgensonne.

Sergejitsch hätte natürlich zu Paschka gehen und um das Fernglas bitten können, aber aus irgendeinem Grund war sein Interesse an dem Gefallenen jetzt geringer als zu der Zeit, als jener noch auf dem Schnee gelegen hatte. Obwohl das Mitleid mit ihm in seinem Herzen geblieben war und jedes Mal, wenn er, der Gefallene mit dem Ring im Ohr, plötzlich in seine Gedanken eindrang, fühlte Sergejitsch Bitterkeit. Bitterkeit und Schmerz.

Nachdem er eine Weile in der Märzsonne umhergestreift war, kehrte der Bienenzüchter in sein Haus zurück. Die Eingangstür ließ er ein paar Minuten offen stehen, damit die Luft im Haus sich mit der Luft des Hofes mischte. Dann schloss er die Tür und legte Haken und Riegel vor.

Er zog sich Mantel und Stiefel aus, setzte sich an den Tisch und nahm die drei Karten, die er von Witalina bekommen hatte. Er las sie noch einmal aufmerksam. Worte gab es nicht viele, daher vertiefte er sich mehr in die Schrift als in den Sinn der ohnehin verständlichen Glückwünsche. Er studierte sie mit einem Lächeln und zärtlichen Gefühlen. Woher diese Zärtlichkeit kam, darüber wunderte er sich selbst. Vermutlich von der Einsamkeit. Und davon, dass er drei Jahre nach Beginn des Krieges erfuhr, dass seine ehemalige Frau ihn nicht vergessen hatte. Und die Postkarten auch im Namen der Tochter unterschrieb.

Aufmerksam betrachtete er jeden Buchstaben auf der ersten, ältesten Karte. Eine gleichmäßige, runde Frauenschrift. Nicht wie die seine! Bei ihm war es, als versuchten alle Buchstaben, aus der Zeile zu flüchten, mal strebten sie jäh abwärts, mal aufwärts, geradeso wie das Feld hinter dem Gemüsegarten!

Auf der zweiten Karte, jener zum Tag der Sowjetischen Armee, war Witalinas Handschrift ein klein wenig anders, als hätte sie in Eile geschrieben. Die Buchstaben waren kleiner und nach rechts geneigt, dorthin, wohin die Zeile verlief. Vielleicht hatten sie keinen Strom gehabt, und sie hatte beim Schein einer Kerze geschrieben?

Die dritte Karte war wieder, wie die erste, mit gleichmäßiger, runder Handschrift geschrieben. Nur etwas unterschied sie von der ersten und auch der zweiten! Sergejitsch sah genauer hin.

»Ah!« Er lächelte.

Er begriff, dass auf den ersten beiden Karten Witalina für sich und für die Tochter unterschrieben hatte, aber auf der dritten hatte Angelina ihren Namen selbst mit Kugelschreiber geschrieben. Je mehr er auf den Namen seiner Tochter sah, desto mehr sah er den Unterschied zwischen ihrer Handschrift und der Handschrift seiner Exfrau. Aber gleichzeitig sah er auch viel Gemeinsames. Die Buchstaben a waren bei Frau und Tochter klein und glichen sich wie Zwillinge. Die e hingegen unterschieden sich!

Sergejitsch lächelte, voll eigenartiger Freude über seine Entdeckung.

›Was ergibt sich daraus also?‹, dachte er. ›Es ergibt sich, dass Verwandte nicht nur ähnliche Gesichter, Nasen und

Augen haben, sondern auch ähnlich Buchstaben schreiben?!‹

Er lehnte die Karten an das Glas mit den Kerzen. Nur nicht mit den Bildern nach vorne, sondern mit den Glückwünschen. Er aß zu Mittag und blickte dabei hin und wieder auf die Karten. Dann beschloss er, dass er Witalina auch eine Karte schreiben musste! Denn bald gab es einen rotmarkierten Tag im Kalender – den Internationalen Frauentag am 8. März! Gerade dazu würde er ihr gratulieren, ihr zu verstehen geben, dass er nicht verschollen war, dass er lebte.

Er zog die Tasche mit den Dokumenten aus dem Büfett, die er ganz unten, unter den Fotoalben und der Schatulle, aufbewahrte. Dort bei den Dokumenten lagen auch seine Urkunden für Siege bei Arbeitswettkämpfen und alle möglichen Briefe und Postkarten. Unbeschriebene Postkarten hatte er dort auch irgendwann gesehen!

Er schüttete alles auf den Tisch, blätterte die Papiere und Dokumente durch, aber er fand keine einzige passende Postkarte.

Er sah auf den Boden vor dem Büfett, auf die zwei Fotoalben mit Familienbildern. Er nahm eines, schlug es auf und erblickte die schwangere Witalina auf der Gartenbank. Das Farbbild brachte eine Art stille Freude in seine Gedanken.

Er begann, das Album von hinten her durchzublättern. Vor seinen Augen zog sein Leben rückwärts vorbei, Bild für Bild spulte es zurück bis zur Hochzeit, wie ein Kinofilm.

Bei den Hochzeitsfotos hielt er inne. Er vertiefte sich in das kleinste der Fotos, von der Größe einer Postkarte. Darauf sahen sie beide so zufrieden und glücklich aus, als hätten sie sich an Borschtsch sattgegessen. Lächelnd blickten sie den Fotografen an, als ob sie auch ihn gleich aufessen wollten.

Dieses Foto zog Sergejitsch heraus.

›Na und‹, dachte er. ›Darauf kann man ja auch schreiben!‹

Er nahm den Kugelschreiber und den Notizblock, auf dem er früher den Stand des Stromzählers notiert hatte. Er beschloss, zuerst ein wenig zu üben, lange hatte er nicht geschrieben! Und hier durfte er keine Fehler machen, er hatte nur dieses eine Foto, die anderen passten nicht ins Kuvert!

»Geliebte« …, schrieb er mit dem Kugelschreiber auf das Papier. Dann dachte er nach.

Irgendwie klang dieses Wort ungeschickt. Es schien unpassend. So viele Jahre Schweigen und auf einmal »geliebte«!

Er strich es durch und schrieb nach einer Minute »Verehrte« in eine neue Zeile. Und hielt ebenfalls inne.

›Was ist sie denn für eine verehrte?‹, dachte er. ›Das heißt, natürlich wird sie verehrt, von ihren Kollegen, ihren Nachbarn. Aber doch nicht von ihrem Ehemann, auch wenn es der Exehemann ist! Der Ehemann soll sie lieben, also Geliebte nennen.‹ Und wie sollte nun der Exmann seine Exfrau nennen? Vielleicht sollte er zwei getrennte Glückwünsche schreiben? Einen an Witalina, dann konnte sie ruhig die »verehrte« sein, und einen an die Tochter – die konnte er auf jeden Fall seine »geliebte« nennen, sie hatte ja nichts mit all den Auseinandersetzungen zwischen ihm und Witalina zu tun.

Aber da überfielen Sergejitsch weitere Zweifel.

›Nein, das ist nicht nett! Das ist, als würde ich sie in Gedanken voneinander trennen. Unsere Familie ist aber nicht in drei Teile zerfallen, sondern in zwei. Sie beide und ich.

Wenn die Familie vielleicht irgendwann wieder zusammenfindet, dann nicht aus drei Teilen, sondern aus zwei.‹

Der letzte Gedanke wühlte Sergejitsch auf. Er erhob sich vom Stuhl, ging zweimal um den Tisch herum, nahm Witalinas letzte Neujahrskarte in die Hand und las sie wieder. Er blieb bei den beiden Namen am Ende der Glückwünsche hängen. Und da hatte er eine Idee. Er setzte sich wieder an den Tisch.

»Geliebte Witalina und Angelina«, schrieb er und entspannte sich einen Augenblick lang, dann holte er tief Luft und fügte das Wort »Meine« ganz am Anfang der Anrede und ein kleines n hinzu.

Seine Glückwünsche fielen kurz aus, deshalb schrieb er sie auf der Rückseite des Fotos mit großen Buchstaben. Er beschriftete das Kuvert und vermerkte seine neue Postanschrift darauf: »Schewtschenkostraße 37«.

Er lächelte bei dem Gedanken, dass Witalina zu dem Schluss kommen könnte, er sei in die Nachbarstraße übergesiedelt!

27

Bis zum frühen Abend lag das beschriftete und zugeklebte Kuvert mit der Foto-Glückwunschkarte auf dem Tisch. Es fehlte eine Briefmarke darauf, aber viel wichtiger war, dass die Post fehlte, um den Brief abzuschicken. Der Laster der »Ukrposchta« war nach Swetloje gefahren und nicht zurückgekommen. Offenbar hatte er eine Route gehabt, die die graue Zone durchquert hatte, an einer Stelle war er hereingefahren, an einer anderen wieder hinaus. Der Fahrer und sein Kollege hätten den Brief ja vielleicht mitgenommen, wenn Sergejitsch darum gebeten und dafür bezahlt hätte. Aber da hatte er noch nicht an postalische Glückwünsche gedacht. Was sollte er nun machen? Wie den Brief zum Mutterland bringen? Denn dort arbeitete ja die Post und wurden auch Briefmarken verkauft!

Sergejitsch lächelte traurig. Er erkannte, dass ihm das »Mutterland« aus einem alten Film über sowjetische Polarforscher in den Sinn gekommen war. Aber seines war viel näher. An diesem Morgen war er ja zweimal hinausgegangen, um zum Mutterland zu blicken, oder zumindest in dessen Richtung. Es lag dort, hinter der Kuppe, hinter dem Horizont. Der Horizont verteidigte es sozusagen gegen die graue Zone. Nur, warum musste es sich gegen die graue Zone verteidigen? Die graue Zone überfiel niemanden! Deshalb war sie ja auch grau, weil sich nichts in ihr ereignete und sich fast niemand in ihr befand. Jenseits der grauen Zone lag ein weiterer Horizont, der ebenfalls bewaffnet war. Und da gingen nun beide Horizonte mit Waffengewalt gegen die graue Zone vor. Obwohl beiden die graue Zone völlig egal war, sie wollten durch sie hindurch den anderen treffen. Wenn die einen wie die anderen fortgingen, dann würde die graue Zone wieder zum Mutterland!

›Und wenn ich Petro frage?‹, dachte Sergejitsch. ›Er schickt das Kuvert bestimmt ab!‹

Ihm fiel ein, dass Petro ihm für alle Fälle seine Handynummer dagelassen hatte. Sergejitsch fand die Nummer und schickte eine SMS mit einem einzigen Wort: »Komm.« Im nächsten Moment kamen ihm Zweifel, ob er das hätte tun sollen. Petro würde über das tauende Feld, durch den Schlamm hierherwandern und erfahren, dass Sergejitsch ihn nur gerufen hatte, um ihm einen Brief zum Abschicken zu geben! Eine Glückwunschkarte zum Internationalen Frauentag? Er würde ja, wenn er kam, denken, dass etwas passiert war! Aber was konnte hier passieren? Dort drüben, weit hinter Swetloje, krachte es. Dort wurden sie beschossen. Während hier offenbar der Postfrieden andauerte. Nur wurde keine Post mehr ausgefahren.

Gegen Mitternacht, als Sergejitsch schon im Bett lag und an die dunkle Decke sah, klopfte es an der Tür.

»Na, was tut sich bei Ihnen?«, fragte Petro im Hereinkommen. Auf dem Kopf hatte er eine Skimütze, sonst trug er denselben Kampfanzug wie beim vorigen Mal. Und wieder hing die Kalaschnikow mit dem kurzen Lauf nach unten über seiner Schulter.

»Es ist ruhig«, antwortete Sergejitsch. »Nur die Post haben sie gebracht!«

Er zog sich an und brachte mit einem Streichholz Leben in eine halb abgebrannte Kirchenkerze, so dass sie den Tisch, die Karten und das beschriftete Kuvert beleuchtete. Und auch ihre Gesichter beleuchtete die Kerze, als sie sich einander gegenübersetzten.

»Habt ihr dort bei euch eine Post?«, fragte Sergejitsch.

Petro nickte.

»Könntest du eine Briefmarke kaufen und einen Brief abschicken?« Mit der Hand schob Sergejitsch das beschriftete Kuvert näher zu seinem Gast.

»Gut.« Der Soldat warf einen Blick auf die Adresse und steckte den Brief in seine innere Jackentasche.

»Es ist für meine Frau und meine Tochter«, erklärte Sergejitsch und gähnte unwillkürlich. »Und wie geht es bei euch? Ist es ruhig?«, fragte er aus Höflichkeit.

»Wenn es laut zuginge, hätten Sie es gehört!«, antwortete der junge Mann. »Bald kommt die Ablösung. Vielleicht sehen wir uns nicht mehr! Nächstes Mal schicken sie mich wahrscheinlich anderswo an die Front.«

»Aber das ist ja nicht weit weg?«

»Wer weiß das schon?« Petro zuckte die Achseln. »Die Front verläuft über mehr als vierhundert Kilometer! Ich wollte ein Geschenk für Sie organisieren, aber ich habe es nicht mehr geschafft.«

»Was für ein Geschenk?« Sergejitsch wurde hellhörig und dachte wieder einmal an die verschwundene Granate.

»Na gut, ich sage es. Aus der Überraschung wird ja nichts mehr. Ich wollte Ihnen einen Eimer mit grüner Farbe schenken. Für den Zaun! Damit Sie es hier fröhlicher haben!«

»Ach, das macht nichts«, winkte Sergejitsch ab. »Siehst du, während du nicht da warst, habe ich die Straße umbenannt! Und neue Schilder aufgehängt! Sie heißt jetzt nicht mehr Lenin!«

»Sondern wie?«

»Schewtschenko.«

»So ist es richtig!« Der junge Mann lächelte beifällig. »Schewtschenko ist besser als Lenin, er hat Gedichte geschrieben. Ich habe in meiner Kindheit auch Gedichte geschrieben, aber sie waren eher mittelmäßig.«

»Worüber hast du geschrieben?«, fragte Sergejitsch.

»Über Mascha, das Nachbarsmädchen. Ich war in sie verliebt.«

»Weißt du was, Petro«, Sergejitsch ging zu einem vertraulichen Halbflüstern über. »Ich zeige dir etwas! So etwas hast du noch nie gesehen! Willst du?«

Der Soldat wunderte sich über den Vorschlag und nickte.

Sergejitsch holte aus dem Büfett die Petro schon bekannte große Schatulle, stellte sie auf den Tisch und öffnete sie.

»Was ist das?«, staunte Petro.

»Warte, jetzt mache ich noch zwei Kerzen an, dann schaust du es dir richtig an!«

Als es im Zimmer heller geworden war, beugte sich der Soldat über die geöffnete Schatulle, in der seltsame Schuhe von gewaltiger Größe lagen.

»Siehst du, wie sie schimmern?« Sergejitsch beugte sich ebenfalls über die Schatulle. »Aus Straußenleder. Der Exgouverneur hat sie mir geschenkt. Er kam früher zu mir, um auf den Bienenstöcken zu schlafen und Kraft zu tanken.«

»Und Sie haben für die Schuhe extra so eine große Schatulle gemacht?« Petro sah den Hausherrn verwundert an.

»Also, es ist eher keine Schatulle, es ist ein Schuhkoffer«, korrigierte ihn Sergejitsch. »Schatullen sind gewöhnlich kleiner.«

»Ein Schuhkoffer?«, wiederholte Petro. »Gibt es das Wort etwa?«

»Es gibt doch Reisekoffer? Kleiderkoffer?«, antwortete der Bienenzüchter mit einer Gegenfrage. »Warum soll es keine Schuhkoffer geben.«

»Und auf Bienenstöcken zu schlafen ist gut für die Gesundheit?«, fragte der Soldat skeptisch, schon bei einem anderen Thema.

»Und ob!«, versicherte ihm Sergejitsch. »Ich weiß gar

nicht mehr, wie viele Wehwehchen ich mit Hilfe der Bienen kuriert habe! Meinen Nerven geht es gut, weil ich im Sommer oft auf den Bienenstöcken schlafe. Die Vibration der Bienen wirkt sich positiv auf die Nerven aus, verjüngt! Wenn sie dich vor dem Herbst noch einmal herschicken, dann komm vorbei! Und schlaf auf den Bienen!«

»Das mache ich!«, versprach Petro nachdenklich.

»Sag mal, ich überlege, mit meinen Bienen eine Zeitlang wegzufahren. Weißt du vielleicht, welcher Weg der beste ist, damit es keine Probleme gibt?«, fragte Sergejitsch unvermittelt.

»Welcher Weg?«, überlegte Petro laut. »Na der, der weniger vermint ist … Wahrscheinlich könnten Sie durch Karusselino zum DVR-Checkpoint, dann zum Checkpoint Zero, dann zu unserem, so kommen Sie raus!«

»Aber dort sind doch die anderen?«, fragte Sergejitsch, verwundert über den Rat.

»Sie sind doch für die einer von ihnen, ein Donezker! Bei uns durch die Stellung geht es gar nicht, und wenn man den Bogen über Swetloje und Gnutowka fährt, dann muss man dort auch nach rechts, nach Horliwka, abbiegen. Besser über Karusselino!«

Sergejitsch fiel ein, dass auch der Lastwagen der »Ukrposchta« über Karusselino in ihre graue Zone hineingefahren war. Das hieß, der Soldat wusste, wovon er sprach.

Sie saßen bis halb zwei und tranken jeder ein Glas Honigschnaps. Danach machte sich Petro auf den Rückweg. Sergejitsch wollte ihn bis zum Rand des Gemüsegartens begleiten, aber sein Gast erlaubte ihm nicht, weiter als bis zur Haustür mitzukommen. »Nicht nötig, ich gehe allein!«, sagte er streng. Dann räusperte er sich plötzlich, fuhr mit der Hand in die Jackentasche und hielt Sergejitsch einen Packen Streichhölzer hin.

»Ich bin doch nicht mit leeren Händen gekommen!«, sagte er und stapfte zum Tor, das in den Obstgarten führte.

28

Nach dem 8. März flogen die Tage schneller dahin. Davor hatten sie sich gezogen wie der Kleber »Moment« aus der Tube.

Sergejitsch hatte schon seine alten Sommerschuhe herausgeholt und gesehen, dass sich beim rechten die Sohle vorn an der Spitze löste. Er drückte die letzten Tropfen »Moment« in den Spalt, wo es auseinanderklaffte, dann stellte er ein 16-Kilo-Gewicht vorn auf den Schuh. Von dem Gewicht schmerzte ihm die Hand, obwohl er es doch gar nicht weit getragen hatte: von der Küche ins Zimmer!

»Das Alter ist keine Freude!«, murmelte er. Im nächsten Moment verzog er unzufrieden das Gesicht und widersprach sich selbst.

›Neunundvierzig, das ist noch nicht alt!‹, dachte er. ›Nur für den Pensionsfonds bin ich Invalide, aber sonst ist es für mich bis zum Alter noch himmelweit hin!‹

Darauf brummte er skeptisch, verwundert über diesen plötzlichen Anfall von Optimismus. ›Wieso treibt es mich von einem Extrem ins andere?‹, dachte er und schrieb seine emotionale Wankelmütigkeit dem vergangenen 8. März zu. Den ganzen Tag hatte er an seine Exfrau und seine Tochter gedacht. Wohl deshalb war seine Stimmung festlich gewesen, froh. Er hatte sogar beschlossen, seine Frau per Brief oder wenn sie sich sahen, um Verzeihung zu bitten. Dafür, dass er ihrer Tochter damals beim Amt einen anderen Namen gegeben hatte. Den Entschluss, sich zu entschuldigen, fasste er nicht unter dem Druck des Gewissens, sondern aus der Freude der Erinnerungen heraus. Denn als Erstes hatte Sergejitsch sich daran erinnert, wo und wie er auf Witalina aufmerksam geworden war. In der Gewerkschaftsleitung hatten sie ihm einen Einweisungsschein für das Sanatorium »Jubiläum« in Slowjansk gegeben. Allerdings hatten sie ihm sofort gesagt, dass Staublungen dort nicht behandelt wurden, aber die dortigen Ärzte bei der Aufnahme auf jeden Fall andere Krankheiten bei ihm finden würden, die dem Profil des Sanatoriums entsprachen. Und das taten sie tatsächlich. Sie verordneten ein ganzes Meer an Prozeduren. Vor allem eine Schlammbäderkur: Schlammpackungen auf den Rücken, Solebäder, Schlammwassermassagen. Sie warnten ihn davor, sich an den Salzseen selbst mit Schlamm einzuschmieren, das Herz konnte schlappmachen. Aber er war ja kein Dummkopf! Ohne ärztliche Anweisung machte er nichts! Dort, in der Wasserheilanstalt, bemerkte er, dass ringsum lauter Frauen waren, die Männer konnte man an den Fingern abzählen. Die Frauen warfen auch sofort ein Auge auf ihn, eine fröhliche Frauengesellschaft kurte dort. Nach dem Abendessen warteten sie im Hof des Hauptgebäudes auf ihn. »Junger Mann, wie heißen Sie?«, erkundigten sie sich kokett. Er nannte ihnen seinen Namen, und sie warfen ihm alle durcheinander ihre Namen hin: Mascha, Ira, Sweta und auf einmal – Witalina! Er staunte, sah die Trägerin des seltenen Namens an und verstand, dass sie nicht umsonst einen ungewöhnlichen Namen hatte. Sie hatte auch außergewöhnliche Augen, graugrün, eine kleine, gerade Nase und fein gemalte Augenbrauen. »Sie sind ein Mann, Sie müssen uns zum Sekt einladen!«, scherzte eine der Frauen, als sie Bekanntschaft schlossen. Und was hatte er getan? Er war sofort in einen Laden gegangen, hatte zwei Flaschen roten »Artjomowskoje« gebracht, und am Abend gingen sie zum Salzsee baden und tranken Sekt aus Plastikgläsern. Dort, in den Strahlen der untergehenden Sonne, betrachtete er die Frauen, die im Sanatorium kurten, genauer. Und er erkannte, dass Witalina von ihnen die interessanteste war. In jeder Hinsicht.

Er wohnte in einem Zweibettzimmer gehobenen Komforts zusammen mit einem Herzkranken aus Cherson. Der Herzkranke fuhr zwei Tage früher nach Hause, und da übersiedelte Witalina in sein Zimmer für die letzten zwei Tage seiner Kur. Sie stellten die Betten zusammen. Die Holzkante in der Mitte trennte sie natürlich, aber beide Nächte verbrachten sie gemeinsam. Und diese Nächte erwiesen sich als die besten seines Lebens. Er machte ihr sofort einen Heiratsantrag. Und sie fragte nur, wogegen man ihn im Sanatorium behandelte. Nachdem sie erfahren hatte, dass sie bei ihm hier nichts Besonderes gefunden hatten, nur eine leichte Stenokardie und irgendetwas mit den Gelenken, war sie mit der Ehe einverstanden. Erst beim Abschied hatte er sie danach gefragt, was sie im Leben machte. Es stellte sich heraus, dass sie als Sachbearbeiterin in einer Hausverwaltung arbeitete.

Die Nacht, die den März in zwei Hälften teilte, senkte sich schon auf das Dorf, auf Sergejitschs Hof.

Den Ofen hatte Sergejitsch gleich morgens eingeheizt, aber weniger für die Wärme als für das Frühstück und den Tee. Jetzt am Abend zündete er wieder Kohle an, nur stellte er nun im Garten gesammelte Zweige zeltförmig über der Kohle zusammen. So wurde die Kochplatte schneller heiß. Holz gab mehr Hitze als Kohle, wenn es brannte. Die Hitze war größer und kam schneller.

Mit einem Löffel kratzte Sergejitsch das hausgemachte Schmorfleisch aus dem Glas, das er in Swetloje als Geschenk bekommen hatte. Er warf es in den Topf, stellte ihn auf den Ofen und versank in Nachdenken über seine Lebensmittelvorräte – sie nahmen ab. Er musste entweder erneut nach Swetloje gehen oder den Soldaten um »humanitäre Hilfe« bitten oder einfach dasitzen und auf die Baptisten warten – vielleicht kamen sie wieder?

Da riss ihn plötzlich eine laute Explosion aus seinen Gedanken. Sie war nah und gewaltig. Die Scheiben zitterten und klirrten, während sie versuchten, aus den Fensterrahmen zu springen.

Sergejitsch hastete zum nächsten Fenster. Draußen war es finster. Er berührte mit der Hand die Scheibe, sie zitterte. Irgendwo ganz in der Nähe hatte es also eingeschlagen.

Er trat vor die Haustür und sah sich um. Nichts war zu sehen. Und das Donnern war auch schon vorüber. Nur in seinen Ohren hallte es noch.

»Morgen früh sehe ich nach«, beschloss Sergejitsch.

Was machte es für einen Unterschied? Was konnte er jetzt sehen? Die Hauptsache war, dass das Geschoss nicht in seinen Hof geflogen war. Und nicht in den des Nachbarn. Sonst gäbe es keine Scheiben mehr in den Fenstern!

Sergejitsch aß das Schmorfleisch ohne Appetit. Er legte sich ins Bett, aber einzuschlafen gelang ihm zunächst nicht. Erst um Mitternacht übermannte ihn der Schlaf.

Noch im Schlaf hörte er Motorengeräusche und Männerstimmen. Und dann ein Klopfen an der Tür. Immer lauter, bis dieses Klopfen ihn aufweckte. Sergejitsch stand auf und ging schwankend zur Tür.

»Wer ist da?«, fragte er heiser.

»Ich bin's, Paschka!«

Kaum hatte er die Tür geöffnet, drängten sich zwei hagere Männer in Kampfanzügen ins Haus. Nicht einmal ihre schmutzigen Stiefel zogen sie aus. Und Paschka kam hinter ihnen herein und blieb, wo er war, im Flur stehen. Er schaute finster drein, kaute auf den Lippen und schwieg.

Sergejitsch lief den Männern ins Zimmer hinterher. Sie öffneten gerade sein Büfett, den Schrank, einer rannte in die Küche.

»Was sucht ihr?«, fragte Sergejitsch, der jetzt endgültig wach war und spürte, wie wegen der Unbegreiflichkeit der Situation ein großer Zorn in ihm aufstieg.

Einer der Männer ging zurück in den Flur, nahm Sergejitschs Stiefel in die Hände und studierte die Sohlen. Dann trug er sie nach draußen, wobei er die Haustür offen stehen ließ. Er ging in die Hocke und drückte Sergejitschs Stiefel mit den Sohlen in den Schlamm vor der Tür. Dann kam er mit ihnen ins Zimmer zurück.

»Gibt es weißes Papier?«, fragte er und sah den Hausherrn dabei geringschätzig an.

»Nein«, knurrte Sergejitsch.

Der Mann sah in den offenen Schrank, dorthin, wo Handtücher und Bettwäsche in den Fächern lagen. Er zog einen Kissenbezug heraus, breitete ihn auf dem Boden aus und setzte die schmutzigen Stiefel darauf. Der Zweite ging in die Hocke und starrte auf den Abdruck, wobei er sich mit einer Taschenlampe leuchtete.

»Nein«, sagte er. »Nicht seine!«

»Was ist denn los?«, fragte Sergejitsch wieder, der begriffen hatte, dass gerade irgendeine Gefahr an ihm vorübergegangen war.

»Zieh dich an!« Der Erste warf ihm einen Blick zu. »Du kommst mit uns und hilfst!«

Vor dem Haus stand ein schwarzer Wagen einer ausländischen Marke. Beide Männer stiegen ein, einer setzte sich ans Steuer, der andere neben ihn. Der Beifahrer öffnete das Fenster und rief: »Los, kommt uns nach!«, und der Wagen fuhr Richtung Kirche davon.

Unter ihren Füßen quatschte der Schlamm. Paschka ging voraus, Sergejitsch folgte ihm.

»Was ist denn nun passiert?«, fragte Sergejitsch wieder.

»Wowka den Scharfschützen hat es zerrissen«, antwortete Paschka, ohne sich umzudrehen.

»Was für einen Wowka?«

»Na, Wladlen, du kennst ihn, aus Omsk. Wladlen ist sein Rufname, sonst heißt er Wowka.«

»Ah ja«, sagte Sergejitsch langsam. »Haben sie ihn direkt getroffen?«

»Nein, sie haben seine Stellung vermint. Anscheinend im Voraus. Er hat sich gestern Abend hingelegt, und die Mine ist direkt unter ihm explodiert.«

Fünf Minuten später blieben sie bei dem Auto stehen, am

Tor, das auf den Hof der Krupins führte. Die Männer in den Kampfanzügen standen im Hof. Einer wickelte schwarze Müllsäcke von einer Rolle und riss sie ab.

»Der ist für dich« Er hielt einen seinem Kollegen hin. »Der für dich! Und der für dich! Geht, und sammelt ein!«

Paschka nahm den Sack und ging hinters Haus. Sergejitsch drehte seinen Sack in den Händen.

»Der ist irgendwie klein!«, sagte er unzufrieden.

»Geh schon, wenn er voll ist, geben wir dir einen anderen!«

An der Stelle der Scharfschützenstellung war jetzt ein einen Meter tiefer Krater. Die Erde ringsum war aufgerissen, zerhackt, in Klumpen hier und da verstreut.

Sergejitsch blickte sich nach allen Seiten um. Er sah beim Obstgarten einen Halbstiefel mit einem weißen Knochen, der aus dem roten Fleisch herausschaute. Es würgte ihn, und er wandte sich ab. Er ging instinktiv in die entgegengesetzte Richtung, zum Feld. Zwanzig Schritte weiter blieb er stehen und sah zu Boden. Die Erde war schwarz, fett, und aus der Erde spross Gras, aber noch schwaches, zartes, nicht fähig, mit seinem Grün die ganze Schwärze zu verbergen.

Er tat noch zwei Schritte. Sein Blick blieb an einem menschlichen Ohr hängen, das zum Himmel hin offen dalag. Sein Rand war mit Blut überzogen.

Sergejitsch sah auf seine Hände, auf die sauberen Handflächen und Finger. Damit wollte er nicht ein Stück von einem Menschen nehmen. Er sah sich um, prüfte, ob er überwacht wurde. Paschka und der Zweite im Kampfanzug wanderten im Gemüsegarten herum; jener, der am Steuer gesessen hatte, war im Hof geblieben.

Sergejitsch ging in die Hocke, nahm einen Klumpen Erde in die Hand und zerdrückte ihn. Mit schmutzigen Fingern packte er das Ohr und warf es in den Sack.

»He, wir machen Schluss!«, hörte er vom Hof her.

Der Ordnung halber warf Sergejitsch ein paar Klumpen Erde in den Sack. Sonst sah der Sack mit einem einzigen Ohr so leer aus.

Er kehrte in den Hof zurück. Paschka und der zweite Mann trugen volle Säcke, mit blauem Band verschnürt.

»Das reicht!«, sagte jener, der am Steuer gesessen hatte, während er einen gleichgültigen Blick über die zwei vollen und den halbleeren Sack wandern ließ. »Ladet sie ein!«

Sie trugen die Säcke zum Wagen und legten sie in den Kofferraum. Die beiden im Kampfanzug setzten sich auf ihre Plätze. Und Paschka stieg unerwartet hinten ein.

»Fahr mit uns!«, schlug er Sergejitsch vor.

»Wohin?«, fragte der verwundert.

»Nach Karusselino. Dort gehen wir einkaufen!«

»Nein, ich fahre nicht«, brummte Sergejitsch. »Ich hab zu tun.«

»Soll ich etwas für dich kaufen?«, fragte sein Feindfreund ganz freundlich.

»Ein paar Laib Weißbrot, vielleicht irgendwelche Nudeln, ein Kilo Getreide …«

»Ich werde nicht viel nehmen, ich muss doch zu Fuß zurück!«, warnte Paschka, dann schlug er die Tür zu.

Das Auto fuhr bis zur Kirche und bog vor ihr rechts ab.

Sergejitsch wanderte nach Hause. In seinem Kopf herrschte Stille, aber als er beschloss zu überprüfen, ob es dieselbe Stille wie draußen war, erkannte er: Nein, draußen war die Stille lauter. Kriegsstille war draußen, und man hörte darin, ohne sich besonders anzustrengen, eine ferne Kanonade, etwas krachte und knallte, aber weit weg. Irgendwo hinter Swetloje. Weit hinter Swetloje.

29

Spätabends an diesem Tag, als schon der Wecker aufgezogen war und zwei Kirchenkerzen im Glas noch brannten, kam Paschka zu Sergejitsch. Als Sergejitsch die Tür öffnete, erschrak er zuerst – Paschka steckte statt im gewohnten Schafspelz in einer seltsamen roten Jacke, die ihm zu groß war.

»Was hast du dir denn da übergezogen?«, fragte er erstaunt. Sein Blick wanderte allerdings sofort von der Jacke hinunter zur Einkaufstasche in der Hand seines Gastes, aus der zwei Weißbrote herausschauten.

»Den Jungs wurde humanitäre Hilfe gebracht, und sie haben mit mir geteilt! Ich habe doch für den Frühling nur die alte Lederjacke und den Mantel. Und ihnen wurde ein ganzer Lastwagen mit Kleidung aus dem Kuban geschickt. So viel brauchen sie gar nicht! Die Jacke ist gut, sie ist anscheinend für Priester! Schau, auf dem Rücken ist ein weißes Kreuz!«

Paschka drehte sich um, damit Sergejitsch das Kreuz auf dem roten Rücken würdigen konnte.

»Ja, ja, ich sehe es! Zieh die Schuhe aus.« Sergejitsch nickte verstehend. »Wir essen etwas!«

»Gute Idee«, stimmte Paschka zu. »Ich war nämlich nur auf einen Sprung bei mir zu Hause und bin sofort zu dir gekommen!«

Sergejitsch zog aus der Einkaufstasche zwei Kilo Nudeln, ein Paket Hirse und zwei Weißbrote heraus.

Während er für alles im Küchenschrank Platz fand, blieb sein Blick an den letzten zwei Eiern hängen, die er in Swetloje gegen Honig eingetauscht hatte. Nudeln waren auch noch ein paar übrig, vielleicht reichten sie gerade für zwei.

Er ging ins Zimmer zurück, stellte Zweige aufrecht über der brennenden Kohle zusammen und setzte Wasser im Topf auf. Damit es fröhlicher und heller war, zündete er noch zwei weitere Kirchenkerzen an.

»Weißt du, Paschka …« Er sah seinem Gast ins Gesicht. »Morgen oder übermorgen fahre ich hier weg. Mit den Bienen. Bis August wahrscheinlich.«

Stille hing im Raum nach seinen Worten.

»Wohin, nach Winnyzja?« Nach zwei Minuten finsteren Schweigens kam Paschka zu sich.

»Nein, näher. Dorthin, wo nicht geschossen wird. Die Bienen hinauslassen.«

»Und ich bleibe hier allein?«

»Wieso allein, du hast Freunde dort, in Karusselino!«

»Einen gab es da, und der ist in unserem Dorf getötet worden … Die anderen dort sind Grobiane, mal ›Grüß dich Bruder‹, mal schicken sie einen zum Teufel! Komm, wir gedenken Wowkas. Also Wladlens. Hast du etwas da?«

Schweigend brachte Sergejitsch Honigschnaps und stellte ihn mit Gläsern auf den Tisch. In den Topf auf dem Ofen schüttete er die Nudeln.

»Also! Möge die Erde ihm leicht sein«, Paschka hob sein Glas.

»Ja«, stimmte Sergejitsch zu und trank die Hälfte seines Glases.

»Ich lasse dir den Schlüssel da«, sagte er nach der Pause, die sich gehörte. »Passt du ein bisschen auf?«

»Worauf ist denn hier aufzupassen?« Paschka sah sich um. »Bei dir gibt es doch nicht mal was zu stehlen, erst recht, wenn du in deinem Schiguli wegfährst!«

Sergejitsch war ein wenig gekränkt von diesen Worten. Er beschloss, Paschka zu erstaunen.

»Ich zeige dir etwas!«, sagte er bedeutungsvoll.

Er stellte den Schuhkoffer auf den Tisch und öffnete seinen lackierten Deckel.

»Hier!«

Paschka beugte sich über die Schatulle, und die Verständnislosigkeit auf seinem Gesicht verwandelte sich in ein Lächeln.

»Woraus sind die denn? Aus Krokodilleder?«, fragte er begeistert und berührte eine Schuhspitze mit dem Finger.

»Aus Straußenleder. Der Exgouverneur hat sie mir geschenkt. Er kam doch früher, vor dem Krieg, zum Schlafen auf den Bienenstöcken zu mir.«

»Also haben deine Nachbarn nicht gelogen ...« Paschka nickte. Vorsichtig zog er einen Schuh aus der Schatulle.

»Darf ich ihn mal anprobieren?«, fragte er.

»Ja, aber sie sind doch zu groß! Warte, ich lege einen Teppich auf den Boden!«

Teppich fand Sergejitsch keinen, deshalb breitete er ein Handtuch aus.

Paschka stellte die Schuhe auf das Handtuch und fuhr mit den Füßen hinein.

»So groß sind sie gar nicht«, sagte er.

»Was hast du denn für eine Größe?«, wunderte sich Sergejitsch.

»Vierundvierzig. Ich habe doch Plattfüße, das erhöht die Schuhgröße! Darf ich hier durchs Zimmer gehen?«

Sergejitsch gestattete es ihm.

Sein Gast ging vorsichtig um den Tisch herum und blickte immer wieder auf seine Füße, genauer, auf die Schuhe. Dann setzte er sich auf einen Stuhl, zog die Schuhe aus und stellte sie behutsam an ihren Platz zurück, in die Schatulle.

»Tauschen wir für alle Fälle die Telefonnummern aus!«, schlug Sergejitsch vor.

»Aber dein Handy ist doch leer!«

Sergejitsch biss sich auf die Unterlippe, um nichts auszuplaudern.

»Ich werde es dort aufladen«, sagte er dann. »Schreib mir einfach deine auf! Und noch etwas. Ich fahre über Karusselino. Werden deine ›Brüder‹ mich dort durchlassen?«

»Wieso nicht? Aber schau zu, dass sie dich am Ukro-Checkpoint nicht zurückschicken! Dort braucht man anscheinend einen Passierschein!«

»Einen Passierschein?« Sergejitsch erstarrte.

»Na, entweder einen Passierschein, oder du musst verhandeln. Vielleicht reicht auch dein Meldevermerk, und sie lassen dich raus? Das Wichtigste ist, dass du keine Angst vor ihnen hast! Besteh auf deinem Recht! Wenn sie pöbeln, dann pöbel zurück! Aber übertreib es nicht, und achte auf ihre Hände. Wenn sie nach der Kalaschnikow greifen, dann sei sofort still, und entschuldige dich! Sag, dass du wegen des Beschusses schwache Nerven hast!«

30

Tief in der Nacht kamen in Sergejitschs Traum Feuervögel geflogen, sie kamen mit einem Pfeifen und flogen gleich wieder hinaus. Ein ganzer Schwarm. Sergejitsch drehte sich von der rechten auf die linke Seite. Und da donnerte es irgendwo in der Ferne, dort, wo diese Vögel hingeflogen waren. Kaum aber schien dieses Donnern verstummt, da drangen neue Vögel in seinen Traum ein, pfiffen direkt über seinen geschlossenen Augen und flogen weiter. Und wieder donnerte es, nicht so sehr weit weg. Sergejitsch schien sogar im Bett zu schaukeln, wie im Boot auf dem Donez, wenn ein Motorboot vorbeifuhr.

Er schlug die Augen auf und blickte vorsichtig in die Dunkelheit des Zimmers. Irgendwo donnerte etwas, aber den Grund dafür konnte er in seinem eingeschränkten Zustand, zwischen Traum und echter Nacht, nicht begreifen.

Da pfiff wieder etwas, scheinbar über seinem Kopf, schwer und zischend. Das Haus erbebte.

Erschrocken sah Sergejitsch hoch zur Decke, ohne sie zu sehen. Es war ja dunkel, Nacht.

Im nächsten Augenblick ein Krachen, jetzt stärker als im Schlaf und, wie es schien, näher.

Er stand auf, zog sich an, ertastete die Streichhölzer auf dem Tisch und zündete eine Kerze an.

Wieder erbebte das Haus von oben bis unten. Sogar unter den Füßen wackelte es so, dass Sergejitsch das linke Bein ein wenig vorstellte, um stabil zu stehen.

Er ging zum Fenster, durch die offene Lüftungsklappe

wehte ihn feuchte Nachtluft an. Und gleich kam durch die Lüftungsklappe ein neuerliches Pfeifen. Da dachte Sergejitsch, es sei der Wind, der das Haus von innen schüttelte, als versuchte er, es aufzublasen. Er schloss die Lüftungsklappe, und es wurde ruhiger im Zimmer.

Mit nackten Füßen schlüpfte Sergejitsch in die Schuhe und trat vor die Haustür. Hier ließ ihn ein wildes, schreckliches Pfeifen und Krachen erstarren. Direkt über seinem Kopf flog ein Pfeifen in Richtung seines Gemüsegartens. Ein paar Sekunden später lang andauerndes Donnern.

›Was tun sie denn?‹ Sergejitsch blickte hinter sich, in die Richtung, aus der diese unsichtbaren Feuervögel geflogen kamen. ›Schießen sie etwa aus Karusselino?‹ Doch er zweifelte sofort daran. ›Wie können sie denn von dort schießen, wenn im Dorf noch ein Laden in Betrieb ist? Nein, wahrscheinlich aus Melowannaja, da gibt es keine Bewohner mehr.‹

Erregt bemerkte Sergejitsch auf einmal, dass er unterwegs zu seinem Garten war. Als trügen die Füße ihn von selbst dorthin. Erst am äußeren Rand des Gemüsegartens machte er halt. Er erstarrte bei dem Anblick, der sich ihm bot: Auf der anderen Seite, dort, wo Schdaniwka sich hinter der Kuppe verbarg, war ein roter Schein von der Erde bis zum Himmel, und immer wieder leuchtete es auf. Und nach jedem neuen Aufflammen drang ein, zwei Sekunden später ein Krachen an Sergejitschs Ohren.

Ins Gesicht wehte ihm ein eigenartiger, nicht starker, aber warmer Wind, erhitzt, als käme er aus einem Ofen. Ein Geruch hing in diesem Wind wie von angebranntem Kuchen oder noch etwas anderem, das man nicht rechtzeitig aus dem Ofen geholt hatte.

Über seinem Kopf wieder ein schweres Pfeifen.

›Rächen sie etwa Wowka, den Scharfschützen?‹ Plötzlich hatte Sergejitsch eine Erklärung.

Bedrückt kehrte er in seinen Hof zurück. Er ging zum Überwinterungsschuppen, und ihm schien, als würden die Holzwände des Schuppens zittern. Er legte die flache Hand daran – und tatsächlich. Er machte die Tür auf. Unruhiges Summen drang an seine Ohren. Tausende Bienen sausten im dunklen Schuppen umher, stießen sich an den Wänden. Ein paar Dutzend flogen sofort durch die Türöffnung in den Hof hinaus. Eine flog gegen Sergejitschs unrasierte Wange.

Er schlug die Tür zu.

»Ja, sie haben sich erschreckt«, flüsterte er und fühlte sich außerstande, den Bienen irgendwie zu helfen. Er hatte nichts, um sie zu beruhigen.

Er selbst, als denkendes Wesen ohne Flügel, kehrte ins Haus zurück, setzte sich an den Tisch und begann zu warten, bis diese ganze Schießerei aufhörte. Er wartete vier lange Stunden.

Vor dem Fenster begann es, hell zu werden, und alles verstummte mit einem Schlag. Nur die Vögel begannen aus irgendeinem Grund nicht zu singen. Und in den Ohren hallte noch das Echo des nächtlichen Krachens.

Sergejitsch zog sein Handy unter dem Kopfkissen hervor. Er schickte Petro eine SMS aus zwei Worten: »Am Leben?«

Nach ein, zwei Minuten kam die Antwort. Dieselben Worte, nur ohne das Fragezeichen.

»Gott sei Dank«, seufzte Sergejitsch und begann, seine Sachen zu packen. Für die Reise.

31

Sich reisefertig zu machen war dieses Mal keine schnelle Angelegenheit. Dabei verstand Sergejitsch sich ja gründlicher als andere aufs Packen. Aber Reisevorbereitungen waren nicht immer gleich. Hätte Frieden geherrscht und er sich für einen Sanatoriumsaufenthalt vorbereitet, dann wäre die Reisetasche innerhalb von zehn Minuten fertig gewesen, und jede Sanatoriumsschwester hätte ihm ein »Sehr gut« gegeben für seine Ordnung und die Auswahl. Jedes Ding, jedes Kleidungsstück, das er mitnahm, musste seiner Bestimmung dienen, dieser unumstößlichen Regel folgte Sergejitsch schon lange. Ein paarmal hatte das zu lustigen Ergebnissen geführt. So entdeckte er zum Beispiel gegen Ende eines Sanatoriumsaufenthalts, dass er die ganze Zeit ein und dieselben T-Shirts und Polohemden getragen hatte. Das hieß, drei, vier Hemden, jedes mit seiner dazugehörigen Krawatte von gedeckter Farbe – kokette Krawatten mochte Sergejitsch nicht –, waren sauber und unbenutzt geblieben. Dann trug er in den verbliebenen Tagen ein Hemd mit passender Krawatte von morgens bis zum Mittagessen und ein anderes am Nachmittag. Einmal trug er im Laufe eines Tages – am letzten, als alle sich verabschiedeten und einander Gesundheit wünschten – vier verschiedene, und jedes hatte eine andere Farbe. Worauf seine Tischnachbarin beim Abendessen bemerkte, er habe sein wahres Wesen vierundzwanzig Tage lang gekonnt verborgen! Genaueres hatte sie nicht erklärt, deshalb war Sergejitsch ratlos über sein »wahres Wesen«, das er selbst gern enträtselt hätte, nach Hause gefahren.

Jetzt, wo in naher und ferner Zukunft keinerlei Sanatorien vorgesehen waren, hatte es keinen Sinn, sich über die Vielfalt an sauberer Kleidung überhaupt Gedanken zu machen. Aber der Schiguli war ein geräumiges Auto, das hieß, Sergejitsch brauchte sich mit der Menge des Gepäcks nicht unbedingt einzuschränken. Es war, wie wenn man die Reisetasche nur halb füllte und sich dann fragte, was man vergessen hatte einzupacken. Außerdem konnte es bei diesen neuen Beschüssen noch passieren, dass eine Rakete das Haus Nummer siebenunddreißig traf. Dann wurde ohnehin alles, was er nicht mitnahm, zu Asche.

Drei Pullover, zwei Paar Hosen, Gummistiefel, ein Armvoll Socken von Woll- bis zu Sommersocken, ein Schal, die Anglerjacke, nicht so warm wie der Parka, aber dafür wasserdicht, das passte alles leicht in die große Tasche. Aber als Erstes legte er ganz unten in die Tasche zwei Bücher aus dem Büfett: Nikolai Ostrowski mit den Dollarscheinen und *Krieg und Frieden* mit Hrywni.

Er startete das Auto. Während der Motor wieder zum Leben erwachte, füllte Sergejitsch durch einen Schlauch aus einem Blechfass drei Kanister mit Benzin.

Als er den grünen Schiguli aus der Garage auf den Hof hinausfuhr, begann es, leicht zu regnen. Sergejitsch sah hoch zum Himmel, und der Regen fiel ihm direkt in die offenen Augen. Ihm schien, als wäre der Regen salzig, denn auch auf seine Lippen fielen Tropfen und auf die Zunge. Als wären es Himmelstränen und kein Regen. Als würde der Himmel an seiner Stelle weinen. Weil auch der Himmel nicht wusste, ob er, Sergejitsch, hierher zurückkommen würde, und wenn ja, wann. Und wenn er zurückkam, traf er dann alles wieder so an, wie er es jetzt verließ?

Während die Regentropfen auf ihn niederprasselten, betrachtete Sergejitsch die vertrauten Mauern, Bäume, Zäune, betrachtete seine kleine Welt, in der er bis jetzt seine Nöte und Probleme durchgestanden hatte, Tag für Tag, Nacht für Nacht. Das alles, die Bäume, die Tore, die Türen und Fenster, hatte ihn früher wie eine Festung, wie eine kugelsichere Weste geschützt. Dabei hatte er gedacht, es sei umgekehrt gewesen und er habe sein Haus, seinen Hof, seine Welt geschützt. Nein, er hatte sich geirrt. Erst jetzt, als er wegfahren musste, verstand er das.

Sergejitsch schaltete den Motor aus, er war genug aufgewärmt. Der Anhänger, der hochkant an der Wand in der Garage stand, musste herausgeholt und am Auto befestigt werden. Dann musste er die Bienenstöcke reisefertig machen, die Fluglöcher verschließen, damit die Bienen unterwegs nicht ausflogen, und dann einen nach dem anderen zum Anhänger tragen, sie mit einer Plane gegen den Regen schützen und mit Riemen festzurren. Außerdem durfte er nicht vergessen, ein paar Dutzend Gläser mit Honig ins Auto zu stellen. Honig war ja auch Geld, vielleicht hatte er sogar mit Geld mehr gemeinsam als Wurst oder Kleidung. Denn Wurst und Kleidung gab es von unterschiedlichem Wert, aber Honig, egal, ob von Buchweizen oder Wildblüten, hatte einen stabilen Preis. Wie der Dollar.

Der Nieselregen hörte nicht auf, aber er fiel ruhig und störte nicht. Für die Reise mit den Bienen war das gut. Bei heißem Wetter hätte Sergejitsch nachts fahren müssen, denn die Bienen wurden von den Erschütterungen nervös, und dann stieg die Temperatur in den Stöcken. Wenn sie zu sehr anstieg, konnte das zu ihrem Tod führen, besonders wenn es auch draußen heiß war. Aber hier gab es nicht mehr als zehn Grad, und der Regen, obwohl er warm war, sorgte für Abkühlung. Alles fügte sich so, wie es für die Reise nötig war!

Bei Paschkas Haus hielt Sergejitsch das Auto an und brachte seinem Feindfreund seinen Hausschlüssel vorbei. Aber Paschka nötigte den Gast, mit ihm vor der Abreise einen Tee zu trinken. Er versuchte, ihn auch dazu zu bewegen, auf die sichere Reise mit einem Gläschen anzustoßen, aber Sergejitsch lehnte ab. Schließlich überredete Paschka Sergejitsch, ihn bis zum Anfang der Straße mitzunehmen, bis zur Abzweigung nach Karusselino, damit er ihn anständig verabschieden konnte. Dann zog er seine rote Jacke mit dem weißen Kreuz auf dem Rücken an.

Als sie allerdings an der Abzweigung ankamen, entschied Paschka, dass er noch ein Stückchen weiter mit Sergejitsch fuhr. Er konnte sich nicht trennen.

Behutsam lenkte Sergejitsch das Auto hinunter in die Senke, wobei er sich von Zeit zu Zeit nach dem Anhänger umsah.

»Hast du Benzin auf Vorrat dabei?«, fragte Paschka, nachdem er die Luft im Innern geschnuppert hatte.

»Ja«, bestätigte Sergejitsch.

Vor der Steigung hinauf nach Karusselino hielt Sergejitsch das Auto an.

»Steig aus! Du musst doch zu Fuß durch den Matsch nach Hause!«, sagte er zu Paschka.

Der seufzte und blickte hoch zum verregneten Himmel. Ungern stieg er aus dem Auto. Sergejitsch stieg ebenfalls aus und blieb vor Paschka stehen.

»Färb sie um, oder beschmier sie!« Er wies mit dem Kopf auf Paschkas Jacke. »Sonst schießen sie wirklich auf dich! Du bist doch jetzt der einzige hellleuchtende Fleck im Umkreis!«

Paschka sah auf seine Jacke und verzog den Mund. Man sah, dass sie ihm gefiel.

»Na dann!« Sergejitsch streckte ihm die Hand entgegen.

In Paschkas Augen erschienen Tränen. Erst hob er Sergejitschs Hand seine Rechte entgegen. Dann hob sich seine Linke von selbst, und sie umarmten sich auf Männerart, fest. Sie drückten sich und ließen sich gleich wieder los.

»Halte durch, dort«, Sergejitsch nickte in Richtung ihres Dorfes, das jetzt mit seinen Gemüsegärten und Obsthainen wie von oben auf sie heruntersah. »In meiner Küche steht ein Dreiliterglas Honig auf dem Fensterbrett. Das habe ich für dich dagelassen. So!« Er seufzte streng, setzte sich, ohne noch etwas zu sagen, ans Steuer des Schiguli, und das Auto fuhr langsam, mit schmatzenden Reifen, über den schlammigen, nassen Feldweg.

Im Rückspiegel entfernte sich allmählich das weiße Kreuz auf Paschkas roter Jacke. Paschka ging nach Hause, mit gesenktem Kopf, vielleicht aus Schwermut wegen seiner beginnenden Einsamkeit oder weil er sorgsam im Matsch eine Stelle für jeden neuen Schritt auswählte.

32

Karusselino, in dem es vielleicht Leben gab oder auch nicht, lag hinter ihm. Die Höfe waren ihm leer erschienen, aber auf einem hatte gewaschene Bettwäsche im Wind geflattert.

Sergejitsch war langsam am Rand des Dorfes entlanggefahren, um die Bienen im Anhänger nicht zu beunruhigen. Die Scheibenwischer verteilten die Regentropfen, quietschten, wiegten ihn in den Schlaf. Er gähnte gerade zu ihrer Musik, als plötzlich hinter einer alten Bushaltestelle ein Mann im Kampfanzug auf die Straße trat und seine Kalaschnikow auf das herankommende Auto richtete.

Sergejitsch trat auf die Bremse. Bis zu dem Mann waren es noch zwanzig Meter. Sofort war seine Schläfrigkeit verflogen.

›Jetzt geht es los‹, dachte er niedergeschlagen und wartete darauf, dass der Mann im Kampfanzug zu ihm kam.

Aber der befahl ihm mit einer Geste, näher heranzufahren.

Sergejitsch kam der Aufforderung nach. Er kurbelte die Scheibe herunter.

»Woher? Wohin?«, fragte ihn der Mann mit der Kalaschnikow.

»Aus Malaja Starogradowka. Ich bringe meine Bienen fort.« Sergejitsch wies mit dem Kopf in Richtung Anhänger.

»Alles andere hast du schon fortgebracht?« Der Mann im Kampfanzug grinste.

»Wieso? Ich fahre auch wieder zurück, ich wohne doch hier. Soll ich meinen Pass zeigen?«

»Ich kenne dich ja, wozu vorzeigen!«, winkte der Mann

ab. »Ich habe einfach niemanden zum Reden«, beklagte er sich.

Sergejitsch wurde mutig.

»Kannst du mir vielleicht sagen, wie ich jetzt am besten nach Sajzewe komme?«, fragte er.

»Fahr Richtung Uglegorsk, aber vor der Stadt biegst du rechts ab. Weiter an den Bergwerken vorbei und geradeaus, und dort fragst du! Hier aus dem Dorf ist gerade gestern einer dorthin gefahren, um seine Rente zu holen! Wenn du es gewusst hättest, hättest du dich an ihn dranhängen können!«

›Wenn ich es gewusst hätte?‹, dachte Sergejitsch, als er sich, nun schon auf Asphaltstraße, von Karusselino entfernte. ›Woher soll ich hier etwas wissen? Vorgestern wusste ich noch nicht, dass ich heute fahre! Und heute weiß ich nicht, wo ich morgen bin ...‹

Eine Stunde später lag der Regen hinter ihm, der Himmel war heller geworden. Vor ihm zeichneten sich die Halden der Bergwerke ab. Sergejitsch hielt das Auto an und ging zum Anhänger, legte das Ohr an einen Bienenstock – die Wand des Bienenstocks war warm, sie vibrierte vom Summen der Bienen.

Er dachte nach. Zwei Tage Unterwegssein würde für die Bienen schwer. Er müsste sich beeilen. Aber schnell fahren konnte er auch nicht. Und der Asphalt war verteufelt schlecht, seit drei Jahren war er nicht ausgebessert worden.

Weiter fuhr Sergejitsch trotzdem ein wenig schneller. Rechts zogen sich die endlosen Ruinen irgendeiner Fabrik die Straße entlang. Vielleicht war sie von selbst zerfallen, vielleicht hatte sie etwas vom jetzigen Krieg abbekommen. Links ragten die rostigen Gerippe von Gewächshäusern auf.

›Nein, das war nicht der Krieg‹, begriff er. ›Das haben sie hier schon vor dem Krieg vor die Hunde gehen lassen!‹

Bald war der Zerfall am Straßenrand zu Ende, und Sergejitsch erblickte zu seiner Linken eine weiße Steinkirche mit dunkelblauen Kuppeln. Dahinter lag ein See. Am Ufer saß ein Mann mit einer Angel. Der Angler sah sich nach dem grünen Schiguli mit dem Anhänger um, während der vorbeifuhr, und wandte dann den Blick wieder seinem Schwimmer zu.

Sergejitsch beschlich plötzlich das seltsame Gefühl, als würde er durch einen Film fahren. Als wäre alles ringsum nicht echt, zu einem früheren Zeitpunkt aufgenommen, wie eine Wochenschau, und allein er war hier lebendig und nicht auf Zelluloid.

Er schüttelte den Kopf, um das alberne Gefühl zu verscheuchen. Plötzlich versetzte ihm ein anderer, noch üblerer Gedanke einen schmerzhaften Stich. Er hatte den Wecker zu Hause gelassen. Gestern Abend hatte er ihn aufgezogen und an seinem Platz stehen lassen, das hieß, er würde heute oder morgen stehenbleiben und verstummen. Dann gab es im Haus keine lebendige Zeit mehr, bis der Hausherr zurückkam, bis er ihn wieder aufzog. Vielleicht zog Paschka ihn ja auf? Nein, da kam er nicht von selbst drauf! Für ihn war das Wichtigste, im Kalender die vergangenen Tage durchzustreichen, ihm waren die Stunden piepegal! Und wenn er ihn anrief? Und darum bat? Aber aufziehen musste man den Wecker ja jeden Tag! Nein, Paschka würde nicht um des Weckers willen zu seinem Haus gehen, selbst wenn er es versprach. Natürlich war das dumm, sich so um die Zeit zu sorgen! Die Zeit spielte dort eine Rolle, wo jemand auf sie achtete und von ihr abhing. Wenn so jemand aber nicht mehr da war, dann starb auch die Zeit und verschwand.

Noch eine Kirche, diesmal aus roten Backsteinen, zog vorbei und blieb hinter ihm zurück. Vor ihm ragten zwei neue Halden auf, eine davon mit abgeflachtem Kegel.

Sergejitsch erinnerte sich daran, wie er in den Förderkörben in die Schächte eingefahren war, wie er über die Gefährlichkeit und Sinnlosigkeit seiner Arbeit nachgedacht hatte. Inspektionen der Arbeitssicherheit mussten ständig durchgeführt werden, doch was für eine Arbeitssicherheit gab es denn in den Schächten? Gar keine! Dafür wurde er von jeder Bergwerksleitung wie ein Gast zu Tisch gebeten, wie ein Bruder zum Trinken eingeladen, wie ein geliebter Verwandter verabschiedet. Jede Dienstreise hatte also einen bitteren und einen süßen Beigeschmack gehabt. Alle betrogen einander und umarmten einander. Sie betrogen einen gleichsam gezwungenermaßen, umarmten einen aus betrunkener Gutmütigkeit und sahen einem dabei fragend und manchmal eindeutig drohend in die Augen. Als wollten sie sagen: »Du reitest uns doch nicht rein?«

Die Zeit verstrich, die Straße wandte sich mal ein wenig nach links, mal nach rechts. Fünfstöckige Wohnblocks aus Chruschtschow-Zeiten zogen hier und da vorbei. Einzeln stehende Häuschen verbargen sich hinter grauen Holzzäunen. Manchmal kam plötzlich ein Gebäude ohne Fensterscheiben oder ein Aschehaufen anstelle eines Hauses vorbei. Aber Sergejitsch konnte ja nicht jede Ruine studieren und sich beim Fahren ablenken lassen. Er erfasste sie aus dem

Augenwinkel, und das war's. Es gab jetzt auch genug Autos auf der Straße! Allerdings waren sie alle so armselig wie seines. Glänzende ausländische Marken, wie sie vor dem Krieg vorbeigebraust waren und alle und jeden umgemäht hatten, waren nicht zu sehen.

Es begann, schon dunkel zu werden, als die Autos, die vor Sergejitsch fuhren, mit ihren roten Rücklichtern aufleuchteten und bremsten. Er trat ebenfalls aufs Bremspedal. Er fuhr noch etwa hundert Meter und sah, dass vor ihm gelbgestrichene Fahrbahnbegrenzungen aus Beton die Fahrspur verengten. Deshalb waren alle sehr vorsichtig unterwegs, sie wollten sich an den Betonhindernissen keine Schrammen holen. Auch Sergejitsch fuhr in zügigem Schritttempo und sah dabei aufmerksam auf den Boden vor sich. Im Augenwinkel bemerkte er Männer im Kampfanzug mit Kalaschnikows. Einer von ihnen musterte seinen Schiguli und den Anhänger mit den Bienenstöcken und hob dann sein Funkgerät zum Mund.

Das gefiel Sergejitsch nicht, im Rückspiegel behielt er die bewaffnete Versammlung im Blick. Ihm schien, als würden sie seinem Auto hinterherschauen.

Die unerfreulichen Vorahnungen bestätigten sich zehn Minuten später, als ein weiterer Mann im Kampfanzug mit Kalaschnikow auf der Brust Sergejitsch mit einer Handbewegung bedeutete, auf einen abgetrennten Stellplatz herauszufahren. Dann trat er zum Auto, öffnete selbst die Tür und blickte zu Sergejitsch ins Innere.

»Wohin geht's?«, fragte er brüsk.

Die Müdigkeit von der Reise und seine Furcht hinderten Sergejitsch daran, sich zu konzentrieren.

»Ich fahre die Bienen«, sagte er unsicher.

»Wohin fährst du sie?«

»In die Ukraine.«

»Was sollen deine Bienen dort?« Der Mann betrachtete den Anhänger. »Haben sie dort keine eigenen Bienen?«

»Ich komme aus der grauen Zone, aus Malaja Starogradowka«, begann Sergejitsch endlich, genauer zu erklären. »Bei uns wird geschossen. Wenn ich die Bienen zu Hause rauslasse, könnten sie wegen dem Geschieße wegfliegen. Dann verliere ich sie …«

»Ach so!« Der Mann im Kampfanzug lächelte, als hätte er tatsächlich etwas Neues erfahren. »Das heißt, die Bienen haben Angst vor Explosionen? Interessant! Hast du Papiere?«

»Jawohl.« Sergejitsch fuhr in die Innentasche seiner Jacke.

»Nein, ich brauch sie nicht! Ich sehe ja, dass du einer von uns bist. Dort, den Ukros zeigst du sie! Obwohl sie dich mit den Bienen vielleicht nicht durchlassen. Hast du auch für die Bienen Papiere?«

Sergejitsch war ratlos.

»Nein, was braucht man denn da?«

»Ach, weiß der Teufel …« Der Mann zuckte die Achseln. »Hast du vielleicht eine Zigarette?«

»Ich rauche nicht.«

»Na, dann fahr, vielleicht schaffst du es heute noch!«, beendete der Mann mit der Kalaschnikow friedlich das Gespräch.

Erleichtert ließ Sergejitsch den Motor an und kehrte auf die verengte Spur zurück. Bald hörten die Betonhindernisse auf, und nach etwa einem weiteren Kilometer stieß er auf eine Schlange von Autos. Neben den Autos standen

Menschen, zu zweit, zu fünft. Sie blickten nach vorn und unterhielten sich.

»Ist das etwa eine Schlange für die Ausreise?«, fragte Sergejitsch, nachdem er zum Fahrer des vor ihm wartenden Tavria getreten war.

Der stand rauchend neben seinem Auto und drehte sich zu ihm um.

»Ja, die hier ist für die Ausreise, und danach kommt eine andere für die Einreise.«

Dann erklärte der Mann ihm alle Einzelheiten des Anstehens, erklärte, wie man die Überprüfung der Papiere und den Zoll durchlief. Auch von einer Vorzugsschlange erzählte er.

»Lassen sie Invaliden zweiter Klasse in die Vorzugsschlange?« Sergejitschs Augen leuchteten auf.

»Wahrscheinlich«, seufzte der andere nachdenklich. »Alle möglichen Invaliden lassen sie vor. Versuch es!«

Sergejitsch kehrte ans Steuer zurück, fuhr an der Schlange vorbei und stieß nach dreihundert Metern auf eine andere, kürzere, die Vorzugsschlange.

»Was für Waren haben Sie dabei?«, fragten die DVR-Zöllner, zwei rundgesichtige Burschen mit von Wodka oder Schlaflosigkeit roten Augen.

»Es gibt keine Waren. Ich fahre Bienen.«

»Und außer Bienen ist da in den Bienenstöcken sicher nichts drin?«, fragte der eine listig und kniff die Augen zusammen.

»Sie können nachsehen!«

»Das werden wir auch!«, sagte der, der die Augen zusammengekniffen hatte, und sie gingen zum Anhänger.

»Soll ich die Riemen lösen?«, fragte Sergejitsch giftig, müde von der Reise. »Oder legen Sie ein Ohr dran?«

Einer legte wirklich sein Ohr an einen Bienenstock und lauschte.

»Sie summen, die Mistdinger!«, sagte er und sah sich nach seinem Kollegen um.

»Überprüf das bei jedem Einzelnen! Vielleicht gibt es in drei davon Bienen und in drei davon Schmuggelware?«

Der Erste ging an allen sechs Bienenstöcken entlang, lauschte an jedem. Danach ließen sie Sergejitsch in Ruhe.

Die Passkontrolle dauerte etwa zehn Minuten. Ein Mann im Kampfanzug, der hinter einem Fensterchen saß, nahm Sergejitschs Pass und begann, daraus etwas in seinen Computer einzutippen. Dann verschwand er mit dem Pass, und Sergejitsch verbrachte ein paar aufgeregte Minuten. Er hatte sich jedoch umsonst Sorgen gemacht, sie gaben ihm den Pass zurück. Man konnte nicht sagen, dass sie es besonders feindselig taten, auch nicht besonders freundlich. Ein Arm im Tarnanzug legte einfach Sergejitschs Pass auf die Durchreiche des Fensterchens. Der Diensthabende sah ihn schon nicht mehr an, sondern blickte zu jenen, die hinter Sergejitsch in der Schlange standen.

Die ukrainischen Soldaten am Checkpoint Zero warfen einander Blicke zu, als sie den Anhänger mit den Bienenstöcken sahen.

»Wieso fahrt ihre alle eure Bienen heraus?«, fragte einer Sergejitsch.

»Wieso alle?«, fragte Sergejitsch verwundert. »Nur ich!«

»Sie sind heute der Fünfte mit Bienen!«, sagte der Soldat. »Nur hatten die anderen mehr Bienenstöcke!«

»Die sind vielleicht gesund, ich bin Invalide zweiter Klasse!«, gab Sergejitsch zurück. »Ich habe Silikose.« Er strengte sich an und hustete bemüht.

»Schon gut, ich weiß, was Silikose ist! Bin selbst aus Kajutowo! Geben Sie mir Ihren Passierschein!«

Das Wort »Passierschein« entging Sergejitsch, weil er sich gerade daran erinnerte, dass er unterwegs an Kajutowo vorbeigefahren war. Der Name hatte ihm gefallen, und er hatte dort auch irgendwo eine Halde und den Förderturm des Schachtes daneben gesehen.

»Den Passierschein!«, wiederholte der Soldat.

Diesmal hatte Sergejitsch den Soldaten gehört und geriet in Aufregung. Vor Aufregung hustete er stärker, und gleich hörte man auch schon die Silikose in voller Blüte, als wollte sie selbst Sergejitsch ihr Vorhandensein beweisen.

»Ich wohne doch nicht dort«, sagte Sergejitsch hastig, als der Hustenanfall vorüber war, »ich bin doch aus der grauen Zone. Malaja Starogradowka, neben Karusselino.«

Der Soldat musterte ihn zweifelnd. Er wandte den Blick zu seinem Kollegen und hielt ihm den Pass hin. Der blätterte ihn durch, fand den Meldevermerk und hob das Funkgerät an den Mund.

»Wanja, überprüf das Donezker Malaja Starogradowka!«, sagte er in die schwarze Seifenschale seines Funkgeräts. Im nächsten Moment richtete er den Blick wieder auf den Bienenzüchter. »Und wieso reisen Sie durch die Sonderregionen der Gebiete von Donezk und Luhansk aus?«

»Das hat mir doch euer Petro geraten! Er hat gesagt, das sei sicherer!«

»Hm, ja, sicherer«, sagte der erste Soldat ironisch.

»Was denn für ein Petro?«, wollte plötzlich der zweite wissen.

»Na, von eurer Armee, aus der ukrainischen, er kommt zu mir übers Feld zu Besuch!«

»Und wie ist sein Nachname?«

»Weiß ich nicht, er ist aus Chmelnyzkyj …«

»Wie, er kommt allein zu Ihnen in die graue Zone?«

»Ja, allein. Er hat auch mein Telefon zum Aufladen mitgenommen und mir seine Nummer gegeben.«

Der strenge Soldat verlangte das Handy von Sergejitsch und verschwand, wobei er auch den Pass mitnahm. Der zweite Soldat befahl ihm, auf den betonierten Abstellplatz herauszufahren, um den Platz für den nächsten Wagen frei zu machen.

Sergejitschs Stimmung rutschte in den Keller. In seinem Kopf wurde es förmlich dunkel, und erst in diesem Moment erkannte er, dass es Abend war, tiefer Abend. Der Platz des Checkpoints wurde von den Scheinwerfern der in der Schlange stehenden Autos beleuchtet, und es war unmöglich, diese Autos zu zählen. Ihre strahlende Scheinwerferkette schlängelte sich bis in weite Ferne, jene Ferne, aus der auch Sergejitsch hergekommen war.

Er ging zu den Bienen und legte sein Ohr an den nächsten Bienenstock. Das Summen der Bienen kam ihm erschöpft, hoffnungslos vor. Aufgeregt blickte er dorthin, wo der Soldat verschwunden war, und sah ihn. Mit müden, unsicheren Schritten kam der Uniformierte auf ihn zu. Als er Sergejitsch erreicht hatte, streckte er ihm den Pass und das Handy hin.

»Fahren Sie«, sagte er. »Und zeigen Sie beim nächsten Posten dieses Papier vor!«

Sergejitsch steckte den Pass, das Telefon und das Papier, das er doppelt faltete, in die Jackentasche.

»Danke!«, sagte er und suchte mit dem Blick nach dem zweiten Soldaten, um sich auch von ihm zu verabschieden.

Aber er fand ihn nicht.

Am Straßenrand der Gegenfahrbahn standen Autos mit ausgeschalteten Scheinwerfern. Neben ihnen gingen Leute umher und unterhielten sich leise. Jemand telefonierte mit einem Handy. Sergejitsch fuhr sorgsam, ohne stark zu beschleunigen, auf seiner Spur und ließ all die vom Krieg in eine neue Schlange gestellten Reisenden hinter sich zurück. Nach einer Weile hörten die Wagen am Rand der Gegenseite auf, und vor ihm lag eine vollständig leere Straße im Licht seines Schiguli. Entgegen kam ihm schon niemand mehr, und auch im Rückspiegel waren keine Lichter zu sehen. Sergejitsch schaltete das Fernlicht ein und verspürte eine seltsame, fast freudige Erregung. Als würde er, ganz jung, in die Freiheit, ins Leben hinausfahren, dessen Grenzen und Gefahren er noch nicht kannte.

Obwohl er wusste, wie unangemessen diese jugendliche Erregung war, schöpfte er aus ihr Beruhigung und den Glauben daran, dass alles gut werden würde. Die DVR-ler ebenso wie die ukrainischen Soldaten lagen hinter ihm. Hinter ihm lag das Krachen naher und ferner Kanonaden. Hinter ihm lag der Krieg, an dem er nicht teilnahm, dessen Einwohner er nur war. Kriegseinwohner. Ein keineswegs beneidenswertes Los, für den Menschen aber viel besser erträglich als für Bienen. Wären die Bienen nicht gewesen, dann wäre er nirgends hingefahren, er hätte Mitleid mit Paschka gehabt, ihn nicht allein zurückgelassen. Aber die Bienen, sie verstanden doch überhaupt nicht, was Krieg war! Die Bienen konnten sich nicht von Frieden auf Krieg umstellen und von Krieg auf Frieden wie die Menschen. Die Bienen konnten zwar fliegen, aber sie flogen nicht weiter als fünf Kilometer, das hieß, sie waren hilflos in jeder Hinsicht außer in ihrer Haupttätigkeit, für die sie von der Natur und Gott bestimmt waren, dem Nektarsammeln. Und deshalb war er unterwegs. Er brachte sie dorthin, wo es still war, wo die Luft sich langsam mit der Süße aufblühender Gräser füllte, die bald von blühenden Kirschbäumen, Aprikosenbäumen, Apfelbäumen und Akazien Verstärkung erhalten würden.

Sergejitsch gähnte und sah zufällig auf das Tachometer. Er drosselte die Geschwindigkeit.

Am nächsten Checkpoint hielten sie ihn nur etwa drei Minuten auf. Studierten lediglich den Pass und das Papier, das man ihm zuvor gegeben hatte. Dann hielt er noch zweimal bei Schildern, die eine verschärfte Straßenkontrolle ankündigten. Dort verlief auch alles glatt. Schon zwei Stunden später erfassten seine Scheinwerfer ein großes Schild am Straßenrand: »Sie erreichen das Gebiet Saporischschja.« Eigentlich war ja nichts besonders Freudiges an diesen Worten, sie versprachen nicht die Erfüllung irgendeines geheimen Kindertraumes, aber als dieses Straßenschild hinter ihm zurückblieb, traten Sergejitsch Tränen in die Augen, und es war, als würde ihm eine zentnerschwere Last von den Schultern fallen. Er sah kurz auf das Tachometer und drückte wieder auf das Bremspedal. »Mach langsam!«, ermahnte er sich selbst und starrte mit müdem Blick auf die vom Fernlicht seiner Scheinwerfer gutbeleuchtete leere Straße, zu deren Seiten Aprikosenbäume wuchsen – die gewöhnlichen Weggefährten südukrainischer Autofahrer. In zwei, drei Monaten würden alle, die nicht faul waren und für ihre Kinder nichts zum Mitbringen hatten, auf dem Heimweg neben diesen Bäumen anhalten und reife orangefarbene Aprikosen vom Gras auflesen, drei in eine Tüte oder Schachtel, eine in den Mund.

33

Helle, warme Morgensonne erfüllte das Wageninnere des Schiguli, in dem Sergejitsch nachts, nachdem er an den Straßenrand gefahren war, auf seinem Fahrersitz eingeschlafen war. Wäre nicht die Sonne gewesen, hätte er noch weitergeschlafen, ungeachtet seiner unbequemen Lage, denn er hatte die Rückenlehne des Sitzes nicht vollständig nach hinten geklappt.

Ein Lastwagen rumpelte vorbei, gleich hinter ihm ein Bus. Sie weckten Sergejitsch endgültig auf.

Er stieg aus und sah sich um. Felder und Straße, sonst nichts.

Er füllte einen Kanister Benzin in den Tank, knetete gründlich seinen vom Schlaf schmerzenden Rücken, sah nach dem Anhänger und setzte sich sofort hinters Steuer. Sein Gewissen trieb ihn wieder auf die Straße.

Nach einer halben Stunde bot ein Wegweiser die Wahl an: links nach Melitopol oder geradeaus nach Wessele. Richtung Wessele gefiel Sergejitsch nicht nur wegen des fröhlichen Namens. Kastenwagen und Laster vor ihm gaben schon blinkend zu verstehen, dass sie nach Melitopol wollten.

Und wenn sie alle nach Melitopol fuhren, dann würde er auf jeden Fall die andere Richtung wählen! Nach der Gabelung kam ihm ein Leiterwagen, der von einem grauen Pferd gezogen wurde, entgegen. Auf dem Leiterwagen saß ein Mann, und hinter seinem Rücken standen drei große Milchkannen. Sergejitsch lächelte. Er hatte richtig entschieden.

Von jetzt an betrachtete er die Felder aufmerksamer. Mal auf der einen, mal auf der anderen Seite zogen dahinter die Dächer von Bauernhäusern vorbei. Links blitzte die Kuppel einer Kirche in der Ferne auf. Hier war es, das Leben in all seiner Schönheit, seinem Gleichmaß und seiner Stabilität, seiner Sorgenfreiheit und Ruhe!

Rechts am Horizont lugte ein Wäldchen hinter dem Feld hervor. Und gerade jetzt öffnete sich auch eine Abzweigung auf einen Feldweg.

Sergejitsch bog auf ihn ein. Das Auto erbebte und verlangte ein noch langsameres Tempo, der trockene Feldweg war hart, jede Unebenheit warf das Auto hoch.

Als Sergejitsch das Wäldchen erreichte, stellte sich heraus, dass es gut gepflegt und für Picknicks hergerichtet war. Es gab sogar einen grobgehauenen Tisch mit zwei in der Erde verankerten Bänken, daneben eine Grube für Müll. Eine breite Feuerstelle, Kiefern und Birken und etwas weiter weg ein paar hohe Eichen.

Der Ort gefiel ihm. Er fuhr noch ein Stück, ließ den Tisch für die Picknicks hinter sich und parkte das Auto unter der nächsten Eiche. Dann eilte er zum Anhänger und legte das Ohr an einen Bienenstock.

»Gleich, haltet noch ein bisschen durch!«, flüsterte er.

Er löste die Riemen von den Bienenstöcken, zog die Plane

herunter und rückte den äußersten Bienenstock von seinem Nachbarn weg, damit er ihn von beiden Seiten mit den Händen packen konnte. Er holte tief Luft, hob den Bienenstock leicht an und verharrte so ein paar Augenblicke, in denen er begriff, dass er diesen Bienenstock nirgends hintragen konnte. Die Kraft in seinen Händen war irgendwohin verschwunden, in den Schlüsselbeinen zog es, die Schultern schmerzten. Er setzte den Bienenstock wieder ab, sanft, ohne ihn fallen zu lassen.

›Gut‹, dachte er. ›Ich muss ein bisschen verschnaufen. Vielleicht klappt es beim nächsten Versuch!‹

Sergejitsch spazierte ein wenig durch das Wäldchen und entdeckte dabei trockene, für ein Feuer geeignete Kiefern- und Birkenzweige. Er überlegte, sofort aus dem Kofferraum das eiserne Dreibein mit dem Haken für den Teekessel herauszuholen und den Reiseteekessel gleich auch, aber seine Gedanken wanderten wieder zu den Bienen. Er musste doch zuerst die Bienenstöcke vom Anhänger nehmen. Nur – allein schaffte er es nicht. Er brauchte Hilfe!

Er kuppelte den Anhänger ab, zog aus dem Kofferraum einen Zwanzigliterwasserkanister heraus und legte ihn auf die Rückbank. Dann setzte er sich ans Steuer und fuhr zurück zur Straße.

Auf ihr fuhr Sergejitsch ein paar Kilometer zurück in die Richtung, aus der er gekommen war, bis in der Ferne die Kirchenkuppel aufleuchtete, die er zuvor erblickt hatte. Die Straße, die zu der Kirche führte, fand er schnell, und es war eine gute, asphaltierte Straße. Dort bog Sergejitsch ab.

Wie er vermutet hatte, führte ihn die Straße zum Dorf, nur kam man hier gleichsam vom falschen Ende ins Dorf, denn als Erstes empfing einen der Friedhof, hinter ihm stand dann schon die Kirche, und erst danach begannen die Häuser mit ihren Gemüse- und Obstgärten.

Der Anblick von einem Dutzend frischer, mit Kränzen und Blumen bedeckter Gräber brachte Sergejitsch auf den Gedanken, dass dies entweder ein großes Dorf war oder hier viel gestorben wurde.

Ein paar Minuten später erreichte die Straße einen kleinen, runden Platz. Hier erhob sich ein solides einstöckiges Gebäude aus weißem Stein, mit einem Schild: »Bei Nadja«. Rechts von diesem kleinen Laden saßen an einer Bushaltestelle zwei Männer. Noch weiter rechts begann eine kleine Straße, allerdings glich ihr Asphalt einem Kostromskoi-Käse, er war übersät mit kleinen und großen Löchern.

Sergejitsch parkte zwischen der Bushaltestelle und dem kleinen Laden. Er verschloss das Auto und ging zu den Männern.

»Guten Tag!«, sprach er sie an. Er sah, dass beide eine geöffnete Flasche Bier in der Hand hielten.

»Auch einen guten!«, antwortete der eine.

»Ich brauche Hilfe, ich muss meine Bienenstöcke vom Anhänger herunterheben«, erklärte er. »Es ist nicht weit von hier, auf der anderen Seite der Schnellstraße. Ich bezahle mit Honig!«

Der, der auf seinen Gruß geantwortet hatte, schüttelte ablehnend den Kopf.

»Wir helfen nicht«, sagte er.

»Wartet ihr auf den Bus?«, erkundigte sich Sergejitsch, um das Gespräch fortzusetzen. Er hoffte, wenn er mit ihnen ins Reden kam, würden sie schon freundlicher werden.

»Nein, auf einen Freund. Der Bus aus der Kreisstadt kommt erst am Abend.«

»Ich würde euch hinbringen und wieder zurückfahren! Ein Kilo Honig für jeden!«

Der Zweite, Schweigsame, blickte gleichgültig zu Sergejitsch. Er setzte die Bierflasche an den Mund und nahm ein paar Schlucke, wobei er den Fremdling nicht aus den Augen ließ.

»Bist wohl zu deinen Verwandten gekommen?«, fragte der Erste, nachdem er einen Blick auf das Kennzeichen des Autos geworfen hatte.

»Nein.«

»Was dann, bist du ein Flüchtling?«, forschte der Erste weiter.

»Wieso bin ich ein Flüchtling? Ich bin aus der grauen Zone gekommen, um meinen Bienen eine Pause von den Beschüssen zu verschaffen.«

»Zu uns hier sind drei Flüchtlinge gekommen.« Der zweite Mann war plötzlich munter geworden. Seine Stimme war dünn wie die eines Schuljungen, sie passte überhaupt nicht zu seinem von Wind und Sonne verbrannten und den Jahren des Dorflebens gezeichneten Gesicht. »Sie wurden geduldet, bis sie angefangen haben zu klauen. Und dann hat die Polizei sie mitgenommen und irgendwohin gebracht!«

»Aber ich bin ja kein Flüchtling, ich bleibe nur vorübergehend«, sagte Sergejitsch und fühlte sich nicht wohl dabei. ›Wieso rechtfertige ich mich?‹, dachte er. Und er fragte in jetzt geschäftsmäßigem Ton: »Wie sieht es denn bei euch mit Wasser aus? Gibt es eine Pumpe?«

»Nein«, antwortete der Gesprächige. »Da, frag im Laden!«

Sergejitsch nickte den Männern schweigend zu, holte seinen Plastikkanister aus dem Auto und betrat den Laden. Dort war alles wie in jedem Dorfladen. Es gab Brot, Getreide, Salz, Zucker, Tee, Kaffee, Gewürze, Konserven, einen Kühlschrank mit Glastür und in seinen Fächern Butter, Käse, Wurst. Hinter dem Ladentisch stand eine Frau mit einem runden Gesicht und einem Kopftuch. Sie sah dem Eintretenden entgegen. Ihr Blick war ruhig und stellte keine Fragen.

»Sind Sie Nadja?«, entfuhr es Sergejitsch ungeschickt.

»Nadja ist gestorben, jetzt ist ihr Mann der Chef. Ich bin hier die Verkäuferin.«

»Ach so! Entschuldigen Sie«, Sergejitsch seufzte tief. »Kann man bei Ihnen Wasser holen?« Er hob den Kanister ein wenig höher, um zu zeigen, was er im Sinn hatte.

»Das können Sie, Sie können aber auch welches kaufen«, antwortete sie gutmütig.

Sie nahm den Kanister und verschwand hinter der Tür im Nebenraum.

Sergejitsch betrachtete die Waren unter dem Glas des Ladentischs, dann schaute er sich die Regale an, auf denen Fisch- und Fleischkonserven standen.

Er hielt nach Honig Ausschau. Einfach so, aus Gewohnheit. Die Preise auf den großen und kleinen Honiggläsern stärkten gewöhnlich sein Selbstvertrauen. Im Gegensatz zu normalen Käufern gefiel es ihm, wenn er sah, dass der Preis für Honig nach oben ging. Hier sah er jedoch gar keinen Honig.

Die Verkäuferin kehrte aus dem Nebenraum zurück, kam um den Ladentisch herum und stellte den Kanister mit Wasser vor ihm auf den Boden.

»Man kann es sofort trinken«, erklärte sie ihm. »Unser Wasser ist artesisch, aus einem Tiefbrunnen.«

»Danke!«, sagte Sergejitsch. »Komische Vögel haben Sie hier«, platzte er plötzlich heraus und wandte sich kurz Richtung Tür. »Ich habe sie um Hilfe gebeten, aber sie wollen nicht! Sitzen da und trinken Bier!«

»Die an der Haltestelle?«, fragte die Verkäuferin nach.

Er nickte.

»Da haben Sie die Richtigen gefragt!« Sie lachte ohne Bosheit. »Die brauchen nur eine Flasche Wodka am Abend und Bier am Morgen. Das ist alles, was sie interessiert!«

»Vielleicht wissen Sie jemanden, der helfen könnte? Jemand hier aus der Nachbarschaft?«

»Was ist denn zu tun?«

»Ich habe Bienenstöcke hergebracht, habe etwa sechs Kilometer von hier, auf der anderen Seite der Fernstraße, beim Wäldchen einen Platz zum Aufstellen gefunden. Allein kann ich sie aber nicht vom Anhänger heben. Man müsste wenigstens zu zweit sein. Ich würde mit Honig bezahlen.«

»Wir haben hier gar keinen Honig ...« Die Verkäuferin blickte nachdenklich durch ihren Laden. »Es gibt einen Imker, aber der bringt seinen Honig nach Odessa. Er sagt, dort ist das Geschäft einträglicher. Und wenn ich dir helfe? Wie viel Honig gibst du mir dafür?«

Eine solche Wendung des Gesprächs hatte Sergejitsch am allerwenigsten erwartet. Er bewegte die trockenen Lippen, als rechnete er irgendeine Summe im Kopf aus.

»Drei Kilo gebe ich Ihnen!«, sagte er dann schnell. »Ich bringe Sie selbst hin und fahre Sie wieder zurück! Ich kann warten, bis der Laden zumacht!«

»Wozu warten?« Die Frau zuckte die Achseln. Sie richtete ihr geblümtes Kopftuch, das am Hinterkopf so geknotet war, dass es die braunen Haare verbarg. »Fahren wir lieber jetzt, solange der Bus aus der Kreisstadt nicht da ist. Bevor der Bus kommt, gibt es ohnehin keine Kunden!«

Sie fuhren schweigend, und Sergejitsch fühlte sich irgendwie seltsam dabei, dass neben ihm auf dem Beifahrersitz eine Frau saß. Eine praktisch unbekannte, freundliche Frau mit rundem Gesicht und Augen, die entweder grau oder graublau waren. In einer Jacke, die bis zu den Knien reichte wie ein Mantel, und mit einem Kopftuch, das sie, bevor sie ins Auto gestiegen war, anders gebunden hatte, so dass sie jetzt nicht mehr wie eine Verkäuferin aussah.

»Wie heißen Sie denn?«, fragte Sergejitsch unsicher.

»Galja.«

»Ich bin Sergej. Wir brauchen bestimmt nicht lange. Ruckzuck, schon sind wir zurück!«

Als sie zu zweit den ersten Kasten vom Anhänger hoben, staunte Sergejitsch über Galjas körperliche Kraft. Der Bienenstock kam ihm federleicht vor, und das hieß, die Hauptlast der Bienenbehausung mit all ihren Bewohnerinnen hatte Galja übernommen. Sie trugen den Bienenstock zwanzig Meter weiter weg und stellten ihn auf den von Sergejitsch ausgewählten Platz. Genauso leicht nahmen sie auch die übrigen Bienenstöcke vom Anhänger und stellten sie wie Damesteine auf einem Brett auf: drei näher zum Wald hin, in jeweils zwei Meter Abstand voneinander, und die drei anderen ein paar Meter davor aufgereiht, aber versetzt. Damit alle Bienen den gleichen Rundumblick hatten.

Sergejitsch holte zwei Litergläser mit Honig aus dem Kofferraum.

»Das müssten genau drei Kilo sein!« Er wies mit dem Kopf auf die Gläser, dann runzelte er nachdenklich die Stirn. »Vielleicht nehmen Sie welchen zum Verkaufen?«, fragte er plötzlich. »Ich habe noch mehr!«

»Also«, sagte Galja unentschlossen und verstummte einen Augenblick. »Wir machen es so, dass es auch dir etwas nützt ... Ich bezahle dir den Honig in Lebensmitteln! Du musst hier doch etwas essen?«

Er nickte.

»Wie viel würden Sie denn für den Honig geben?«, fragte er.

»Siebzig Hrywni das Kilo, passt das?«, schlug Galja vor.

»Ja«, stimmte Sergejitsch zu. »Und wie viel nehmen Sie?«

»Für den Anfang zehn Kilogramm, und dann, je nachdem, wie er sich verkauft!«

Nachdem Sergejitsch das zweite Mal aus dem Dorf zurückgekehrt war, in dessen Zentrum der kleine Laden »Bei Nadja« stand, und sich an Brot mit Wurst sattgegessen und artesisches Wasser getrunken hatte, dachte er voller Wärme und Gelassenheit an diesen Tag zurück, dessen letzte Stunden anbrachen. Auch der Tausch seines Honigs gegen Lebensmittel stimmte ihn froh. Er hatte nicht für die ganze Summe, die sie für den Honig ermittelt hatten, Essen aussuchen können. Da erklärte ihm Galja, dass er jetzt in ihrem Laden, wie bei der Bank, ein Guthaben liegen hatte! Fünfhundertsechzig Hrywni, die er jederzeit in Lebensmitteln erhalten konnte! So ein Guthaben war dasselbe wie ein Schlüssel zum Kühlschrank! Ein ungewohntes oder, genauer, vergessenes Gefühl der Stabilität erfasste Sergejitsch und vertrieb die Erschöpfung, die sich schon ein paarmal schwer auf seine Schultern hatte legen wollen. Er saß da, und in seinem Ohr hing noch immer ein Echo des Bienensummens. Mindestens eine halbe Stunde hatte er neben den Bienenstöcken verbracht, sich auf das Gras zu ihnen gesetzt und mal das eine, mal das andere Flugloch beobachtet, wie die Bienen herauskamen, wie sie sich umsahen, wie sie ihre neue Umgebung studierten, kleine Erkundungsflüge unternahmen und sich gleichzeitig von der langen und für sie mühevollen Reise beruhigten. Ihr Summen schien sich jetzt verändert zu haben, es wirkte leiser. Genau so, wie das menschliche Herz direkt nach einem Lauf wie verrückt klopft und seine Schläge, wenn der Läufer sich ein Weilchen hingesetzt hat, zum normalen, ruhigen Rhythmus zurückkehren.

Die Dunkelheit senkte sich vom Himmel auf Sergejitsch, auf die Bienenstöcke, auf das Wäldchen. Eine dichte und leicht feuchte Dunkelheit.

Sergejitsch zündete unter dem eisernen Dreibein ein kleines Feuer an und hängte den Teekessel mit Wasser an den Haken. Er beschloss, vor dem Schlafen einen Tee zu trinken.

Zum Schlafen legte er sich in dieser ersten Nacht ins Auto. Im Kofferraum lag zwar sein Zelt, aber ein Berg anderer Sachen deckte es zu. Er würde es morgen früh aufstellen und diese Nacht sozusagen noch unterwegs verbringen. Seine Rückenlehne ließ sich tief, bis auf die Rückbank hinunterklappen. Er würde leicht einschlafen – mit einer solchen

Erschöpfung auf den Schultern konnte es gar nicht anders sein.

34

Ein Bienensummen, das seine Ohren erfreute, füllte den Raum der Klänge ringsum. Inmitten der Sonnenstrahlen träumte Sergejitsch, er würde in seinem Garten auf den Bienenstöcken liegen, auf dem Stroh, das auf den Bienenbehausungen ausgebreitet war. Er schlief und tankte solche Energie und Kraft von den Bienen, dass er danach auch im Alleingang ein Haus hätte bauen oder einen Teich mit der Schaufel hätte ausheben können! Er träumte, er schliefe süß und hellhörig und unzertrennlich von seinen Nektar bringenden Schützlingen.

Als etwas Fremdes mehrfach seine Nase berührte und störte, fuhr sich Sergejitsch nicht mit der Hand ins Gesicht, sondern öffnete die Augen und wurde wach. Allzu leicht zerriss das dünne Häutchen seines unter den Sonnenstrahlen schwach gewordenen Schlafs und entließ ihn wie ein Küken aus dem Ei in den neuen Tag. Auf seiner Nase erblickte Sergejitsch eine kleine Biene. Müde und reglos saß sie da. Er erkannte, dass es keine Arbeitsbiene war, sondern eine Drohne. Eine Drohne hatte riesige Augen und sah besser als gewöhnliche Bienen, aber sie sah nur das, was für sie wichtig war. Mit einer Handbewegung verscheuchte Sergejitsch sie von seiner Nase, und sie fiel ins Gras. Dann sah er nach allen Seiten und versuchte, in Gedanken den gestrigen Abend mit dem heutigen Morgen zusammenzubringen. Das ging nicht ohne Mühe, aber als er sich auf dem Erdboden aufsetzte, begriff er, dass er im Schlafsack auf dem Gras neben den Bienenstöcken aufgewacht war. Da erinnerte er sich, wenn auch undeutlich, wie er noch in der Nacht aus dem Auto ausgestiegen war und sich das schmerzende Kreuz gerieben hatte, wie er aus dem Kofferraum den Schlafsack herausgezogen hatte. Wie er dafür auch das Zelt hatte herausschaffen müssen, da der Schlafsack unter dem Zelt gelegen hatte.

Sergejitsch kroch aus dem Schlafsack, rollte ihn zusammen und ließ ihn auf der Erde liegen. Dann stellte er sein Zelt auf, genau zwischen den Bienenstöcken und dem Anhänger, und legte die Schlafsackrolle hinein. Aus dem Kofferraum brachte er eine kleine Papp-Ikone des heiligen Nikolaus ins Zelt. Er bestimmte für sie einen Platz in der linken Ecke und stellte eine Kerze im Glas vor dem Heiligen auf. Danach machte er Feuer und hängte den Teekessel mit Wasser darüber.

Er frühstückte ohne Eile, zur silbernen Musik der Bienen. Nur grob schnitt er das Weißbrot und die Wurst, die er bei Galja gegen Honig getauscht hatte, damit sie sich angenehmer und schwerer kauten. Er kaute das dicke, weiche Wurstbrot, fühlte sich ungewohnt leicht dabei und dachte, dass nun ein anderes Leben begann, friedlich und frühlingshaft, unter Sonne und Bäumen, nicht weit von harmlosen, manchmal freundlichen Menschen entfernt und ganz nah bei seinen Bienen, die auch jetzt, während er kaute, arbeiteten. Sie arbeiteten für ihn und wollten nichts Besonderes im Gegenzug. Nur Liebe und Sorgfalt. Und Liebe hatte er genug für sie, so wie auch Kenntnisse und Erfahrung, und – wie ginge es ohne – Sorgfalt! Sorgfältig war er vielleicht mehr als andere Imker. Den ganzen Winter hatte er für seine Bienen gesorgt, sie vor dem Krieg beschützt, vor dem Explosionslärm, vor der Kälte. In Gedanken und in der Realität, die allerdings nicht besonders von ihm abhing.

Als er gefrühstückt hatte, holte er aus dem Kofferraum seines Schiguli alles heraus und breitete es direkt auf der Erde unter dem in den Himmel ragenden Kofferraumdeckel aus. Ohne Eile begann er, seine Reisehabseligkeiten zu sortieren. Eine Tasche mit Küchenutensilien trug er ins Zelt. Die Liter- und Halblitergläser mit Honig reihte er im Gras auf und zählte sie. Er hatte eigentlich nicht wenig von der süßen Währung mitgenommen, wenn man es in Kilogramm umrechnete. In Geld übersetzt, war es allerdings nicht ganz so viel. Vorausgesetzt auch, dass man ihm den Honig in Geld, nicht in Wurst und Brot bezahlte. Aber dann dachte er, dass alles doch ausgezeichnet und viel besser war, als es hätte sein können, und es keinen Grund zur Sorge gab. Denn der Frühling war in vollem Gange, um die Erwärmung der Erde kümmerte sich die Sonne, und für die Wärme musste er nicht bezahlen. Die Bienen erkundeten natürlich die Örtlichkeit, legten sich ihre Routen zurecht, und jetzt mussten sie sich um nichts anderes mehr kümmern, als zur Arbeit zu fliegen!

Später tauchte in Sergejitsch der Wunsch auf, kurz ins Dorf zu fahren. Er stellte sogar in Gedanken eine Einkaufsliste zusammen, überlegte, je ein Kilo verschiedenes Getreide zu holen, um Grütze im Topf zu kochen. Aber dann kam ihm selbst der Verdacht, dass er keine Lebensmittel brauchte, sondern die Verkäuferin sehen wollte. Um seinen Wünschen besser zu widerstehen, errechnete er, wie viel

Benzin er für eine solche Fahrt brauchte. Es kam natürlich eine Summe in Kopeken heraus, aber Benzin konnte man an der Tankstelle nicht mit Honig bezahlen! Selbst wenn sie Honig nahmen, erschien das Benzin sofort teuer. Also verzichtete Sergejitsch auf die Fahrt. Er beschloss, sie auf morgen zu verschieben, wenn er Käse und Wurst aufgegessen haben würde, wenn er tatsächlich frisches Brot wollte!

Sergejitsch beruhigte sich und freute sich sogar darüber, dass es nun für den nächsten Tag einen Plan gab. Er breitete neben dem nächsten Bienenstock die alte Decke aus, unter der er immer die Gegenstände im Kofferraum vor fremden Blicken verbarg, legte sich darauf und döste.

Abends, als die Dämmerung den Himmel auf die Erde senkte, erschien neben dem Bienensummen in Sergejitschs Klangumgebung ein anderes Geräusch. Dieses Geräusch schwoll langsam an, wurde immer lauter, bis es ihn dazu brachte aufzustehen. Hinter den Bäumen, dort, wo die Straße lag, auf der er zu diesem gemütlichen versteckten Winkel gekommen war, blitzte von Zeit zu Zeit das helle Gelb eines Motorradscheinwerfers auf.

Sergejitschs Miene verfinsterte sich. Er ging näher zum Feuer, wo sein kleines Beil für unterwegs auf dem Gras lag. Wer mochte hier im Dunkeln herumfahren?

Der Scheinwerfer folgte dem Feldweg und leuchtete nun direkt auf Sergejitschs Bienenstand, sein Zelt, sein ganzes Sommerlager. Das Knattern des Motors verdrängte mit seinem Lärm das Summen der Bienen.

Als das Licht des Scheinwerfers Sergejitsch erreichte, verließ er schnell den Bereich, in dem er sichtbar war. Da erlosch auf einmal der Scheinwerfer, der Motor verstummte, und in der Stille erklang die Stimme von Galja aus dem Laden.

»Serjoscha! Bist du da?«

»Ja, ja«, sagte er im Näherkommen und verbarg ungeschickt das Beil hinter seinem Rücken.

Im diffusen Licht des Feuers war zu sehen, dass Galja eine Tragetasche vor sich abgestellt hatte.

»Ich habe dir Kartoffeln gebracht! Du isst wahrscheinlich nicht viel Frisches, Selbstgekochtes.«

»Danke!« In Sergejitschs Stimme lag erstaunte Dankbarkeit. »Damit habe ich nicht gerechnet. Mit niemandem habe ich jetzt gerechnet ...«

Sie breiteten die alte Decke etwas näher beim Feuer aus und setzten sich zu zweit darauf. Galja zog aus der Tragetasche einen in eine alte Jacke gewickelten Topf, packte ihn aus und übergab ihn Sergejitsch.

»Da ist ein Löffel, innen drin!«, sagte sie.

Sergejitsch hob den Deckel von dem Aluminiumtopf, fand den Löffel und begann, heiße, gekochte, großzügig mit Sahne übergossene Kartoffeln zu verschlingen. Er aß gierig und dachte gleichzeitig über Galjas Freundlichkeit nach, ihre Fürsorglichkeit, die sie dazu brachte, nach der Arbeit mit warmem Essen hierherzufahren.

»Und du, wohnst du allein?«, fragte er plötzlich.

»Ja«, antwortete sie, ohne den Blick vom Feuer zu wenden.

»Hast du keinen Mann?«

»Ich hatte einen, aber jetzt nicht mehr. Er ist gestorben.«

›Gut‹, dachte Sergejitsch, sagte es aber nicht. Dann schämte er sich sogar für diesen Gedanken und warf einen vorsichtigen Blick auf die Frau, die neben ihm saß, wie um zu überprüfen, ob sie seinen Gedanken nicht gehört hatte.

Sie schwiegen eine Weile.

»Wie geht es im Laden?«, fragte er.

»Wie immer.« Sie zuckte die Achseln. »Das Brot reicht nicht für alle, und es wird weniger Wurst gekauft. Sie ist teurer geworden.«

»Warum reicht denn das Brot nicht?«, erkundigte sich Sergejitsch. »Holt die Armee welches?«

»Nein, wir bestellen wenig! Um das Übriggebliebene nicht wegzuwerfen. Soll es lieber für die, die zu spät kommen, nicht mehr reichen!«

»Ja«, stimmte er ihr zu. »Brot muss man morgens holen …«

»Das war früher, dass man morgens gegangen ist … Ja, die alten Frauen kommen morgens. Sie sind es auch, die das ganze Brot kaufen. Wurst brauchen sie nicht.«

Das folgende Schweigen dauerte länger, und Sergejitsch wollte es nicht brechen. Weil sich zu der knisternden unaufdringlichen Musik des Feuers der kaum hörbare Chor der Bienenflügel gesellte, der von den Bienenstöcken herüberklang. So gemütlich wurde es Sergejitsch davon, dass er sich nicht dazu durchrang, mit Worten oder auch nur mit Flüstern die Aufmerksamkeit seiner fürsorglichen Besucherin auf diese Musik zu lenken. Aber sie, so schien es, schwieg ebenfalls gern. Und das hieß, sie musste diese Musik auch hören. Selbst wenn sie dabei ihren eigenen Gedanken nachhing.

35

Nach drei auf dem Motorroller gebrachten einfachen, aber warmen Abendessen, von denen das letzte Sergejitsch, der sich nach Fleisch sehnte, mit seinen üppigen, frischen Truthahnfrikadellen besonders rührte, sagte Galja, das nächste von ihr geplante Abendessen könne sie nicht herbringen. Nicht, weil sie nicht wollte oder es mühsam war, in der Dunkelheit mit dem Motorroller auf der Schnellstraße zu ihm zu fahren, sondern weil sie das geplante Gericht unmöglich ohne Verluste zu Sergejitsch bringen konnte. Sergejitsch begriff erst, was sie meinte, als das süße Wort »Borschtsch« aus ihrem Mund kam.

Sie saßen wie gewohnt auf der Decke vor dem Feuer. Galja schwieg, und Sergejitsch verschlang Frikadellen mit Nudeln, als Galja das Gespräch auf den nächsten Abend brachte. Ihre Stimme klang so schön im Halbdunkel, als spräche nicht Galja, sondern einfach eine Stimme, wie im Märchen. Sergejitsch lauschte ihr wie Musik, bis das Wort »Borschtsch« erklang und aus der Musik gesprochene Worte wurden.

»Ist ja auch nicht nötig«, bemerkte er, weil er dachte, Galja würde sich dafür rechtfertigen, dass sie morgen nicht kam und ihm nichts zu essen brachte.

»Das meine ich nicht«, sagte sie sanft, als wäre ihr Gegenüber in diesem Moment zum Kind geworden, mit dem man behutsamer reden musste. »Ich dachte, vielleicht kommst du zu mir? Die Nachbarn haben ein Kalb geschlachtet, ich habe schon eine Schulter bei ihnen gekauft. Die werde ich nach allen Regeln der Kunst kochen, mit Bohnen, sie auf kleinem Feuer schmoren. Ich werde ein paarmal aus dem Laden nach Hause laufen und danach sehen …«

»Warum nicht?«, sagte Sergejitsch ungezwungen, und ein Lächeln erstrahlte auf seinem Gesicht.

Galja wartete, bis er die Nudeln mit den Frikadellen aufgegessen hatte, dann packte sie ohne Eile alles ein. Das Knattern des Motorrollers verstummte in der Ferne. Das Feuer erlosch. Sergejitsch legte nichts mehr nach, er begab sich in sein Zelt, kroch in den Schlafsack und schlief sofort ein.

Am nächsten Abend kam er früher, als sie verabredet hatten, ins Dorf. Er hatte sein Handy mit leerem Akku und das Ladekabel mitgebracht.

»Bei Nadja« war geöffnet, in zwei der vergitterten Fenster brannte heimeliges Licht.

Sergejitsch parkte sein Auto auf dem gewohnten Platz zwischen dem Laden und der Bushaltestelle und betrat den Verkaufsraum. Galja bediente gerade zwei Frauen in Mänteln.

»Also, von welcher möchten Sie: ›Jüdische‹ oder ›Brusilower‹?«, versuchte Galja, das Ganze zu beschleunigen.

»Von der, die frischer ist, und fett soll sie nicht sein!«, antwortete die eine.

»Ist der wirklich ›antialkoholisch‹?«, erkundigte sich die zweite über etwas, das Sergejitsch nicht sah und nicht verstand.

»Das ist er! Mit jungen Brennnesseln!«, versicherte ihr Galja.

»Dann nehme ich ein Glas!«

»Brauchen Sie eine Tüte?«

»Nein, eine Tasche haben wir!«

Die Frauen packten ihre Einkäufe in eine Stofftasche und gingen hinaus.

»Oh, du kommst früh!« Galja hatte Sergejitsch erblickt.

»Ich habe ja nichts zu tun, bei den Bienen ist alles in Ordnung.«

Sein Blick wanderte über den Ladentisch und blieb an den Halblitergläsern mit Honig hängen, die schön gleichmäßig rechts von Galja auf dem Ladentisch aufgereiht standen. Ein Preisschild, das auf einem Glas klebte, teilte mit: »Antialkoholischer Honig. 76 Hrywni«. Sergejitsch betrachtete den Honig genauer und sah kleine grüne Teilchen darin.

»Von wem ist der?«, fragte er. »Verkauft noch jemand hier Honig?«

»Das ist deiner!«, sagte Galja lächelnd. »Ich habe ihn nur für den Verkauf aufbereitet! Habe mit heißem Wasser abgebrühte junge Brennnesselblätter hineingebröselt. Damit er attraktiver wird …«

»Und wieso ›antialkoholisch‹?«, fragte Sergejitsch verständnislos.

»Ich sage doch, damit es die Leute attraktiv finden! Ich habe mir kürzlich ein Buch besorgt: ›Richtig verkaufen‹. Ich habe viel gelernt! Möchtest du es lesen?«

»Nein«, sagte Sergejitsch kopfschüttelnd. »Ich mag das Verkaufen nicht.«

»Das ist klar!« Galja nickte verständnisvoll. »Und ich muss es, um zu überleben. Also in dem Buch gibt es verschiedene Regeln, und eine davon lautet: ›Verkaufen Sie keine Ware einfach als Ware. Verkaufen Sie sie als etwas, das die Leute kaufen wollen!‹ Das heißt, man muss für die Ware neue Eigenschaften erfinden, damit das Interesse des Käufers steigt. Damit er zum Beispiel eine Wurst nicht einfach als Wurst kauft, sondern als besondere Wurstsorte zum Abnehmen. Verstehst du?«

»Ich habe nie im Handel gearbeitet.« Sergejitsch weigerte sich höflich, das Gespräch über dieses Thema fortzusetzen. Obwohl in ihm sofort die Frage nach dem Preis für seinen Honig aufgekommen war. Der erschien ihm ziemlich hoch! Aber Galja musste besser wissen, was für einen Preis sie ansetzte.

»Komm, ich bringe dich zu mir nach Hause. Dort kannst du dich hinsetzen, ausruhen, bis ich komme. Du kannst fernsehen!«, schlug sie vor.

Sie führte ihn in ihr Haus, das in der Nähe war, öffnete die Tür, schaltete Licht im Flur ein und eilte zurück zur Arbeit.

Allein in dem fremden Haus, stand Sergejitsch eine Minute reglos da und lauschte auf die Geräusche, auf das Haus selbst. Dann zog er die Schuhe aus und ging ins Wohnzimmer. Das große quadratische Zimmer, in dem er sofort das Licht einschaltete, schreckte ihn zuerst durch seine Sauberkeit und eine gewisse künstlich betonte Gemütlichkeit der Einrichtung ab. An zwei Wänden hingen Teppiche in dunkelroten Farben, auf dem Boden lag ebenfalls ein sehr großer Teppich, in der Ecke rechts stand ein riesiger Fernseher auf einem zierlichen Zeitungstischchen mit schrägen, für die Stabilität leicht ausgestellten Füßen. Auf dem Esstisch lag ein rotes Tischtuch und in der Mitte auf dem Tisch die Fernbedienung des Fernsehers. Es gab ein Büfett fast wie seines und daneben einen Kleiderschrank mit Spiegeltür.

Also eine vollkommen gewohnte und vertraute Einrichtung, nur mit Teppichen.

Sergejitsch setzte sich an den Tisch, legte die Hände auf das Tischtuch und roch plötzlich den Duft von Borschtsch. Der Duft führte ihn in die Küche.

Auf dem Gasherd, neben dem die rote Gasflasche stand, die ihn nährte, köchelte Borschtsch in einem großen Emailletopf. Sergejitsch hob den Deckel, und ein wundersames Aroma schlug ihm ins Gesicht, erfüllte seine Nase, brachte seine Gedanken zum Stillstand.

Er legte den Deckel zurück an seinen Platz, trat vom Herd weg und leckte sich mit der Zunge die trockenen Lippen. Er kehrte ins Zimmer zurück, fand dort eine Steckdose und steckte sein Handy zum Aufladen ein.

Zehn, fünfzehn Minuten später schaltete Sergejitsch das Handy ein, überprüfte die Liste der eingegangenen SMS und sah die letzte kurze von Petro, mit den zwei Wörtern: »Am Leben.«

›Wie es ihm jetzt wohl geht?‹, fragte er sich beunruhigt.

Wieder tippte er: »Am Leben«, und setzte ein Fragezeichen dahinter, schickte die SMS ab und kehrte an den Tisch zurück.

Fünf Minuten später piepste das Handy und teilte mit, dass eine Antwort gekommen war.

»Am Leben«, las Sergejitsch und nickte erleichtert.

Der von Galja gekochte Borschtsch überwältigte Sergejitsch restlos. Es schwammen sowohl getrocknete Steinpilze als auch Bohnen und Stücke von Kalbfleisch darin. Er aß ihn gemessen, ohne Hast, dabei sah er von Zeit zu Zeit Galja an, denn zum ersten Mal aßen sie gemeinsam zu Abend, nicht so wie an den vorangegangenen Abenden am Feuer, wo sie ihm Essen gemacht hatte und selbst einfach dagesessen war.

Galja hatte zum Borschtsch eine Flasche Wodka herausgeholt. Sie tranken ohne Trinksprüche, jedes Mal ein halbes Gläschen. Außerdem hatte sie ein paar Knoblauchzehen geschält, die auf einem kleinen Teller neben der Wodkaflasche lagen. Abwechselnd griffen sie nach diesen Zehen, mal nahm er eine, tunkte sie ins Salzfass und steckte sie in den Mund, mal Galja.

Es entspann sich kein Gespräch, das schien nicht notwendig zu sein. Nach dem dritten Teller merkte Sergejitsch, dass er genug hatte. Obwohl ihm gleichzeitig der Gedanke kam, dass er, um der Gastgeberin eine Freude zu machen, auch einen vierten Teller bewältigen würde. Er entschied bereits, dass er nicht ablehnen würde, wenn sie ihm noch mehr anbot. Aber Galja, die selbst ihren zweiten Teller leergegessen hatte, gähnte und sah ihn schuldbewusst an.

»Irgendwie bin ich müde«, sagte sie. »Heute habe ich mich abgerackert …«

»Na, dann fahre ich jetzt«, erklärte Sergejitsch und wollte vom Tisch aufstehen.

»Wohin willst du denn fahren? Du hast doch getrunken …«

»Gibt es bei euch etwa Verkehrspolizisten im Dorf?«, fragte er besorgt. Dabei sah er hinüber zur Flasche auf dem Tisch, sie war leer. Zu zweit hatten sie einen halben Liter Wodka getrunken.

»Im Dorf nicht, aber bei der Auffahrt auf die Schnellstraße stehen sie manchmal. Bleib lieber hier!«

Er blieb. Galja machte überall das Licht aus, und so leicht fiel es Sergejitsch, sich auszuziehen und ins Bett zu legen, dass er sich selbst wunderte. Noch mehr wunderte er sich, als er ihren warmen Körper neben sich an seiner Haut spürte.

›Ja, sie hat es wohl nicht umsonst gemacht‹, dachte er und wandte sich ihr zu.

Sie legte ihre Hände auf Sergejitschs Schultern und zog ihn zu sich, auf ihren warmen Körper. Und es gelang ihm so gehorsam, dass er zu denken aufhörte und sich ihren Wünschen hingab, die er mit erstaunlicher Leichtigkeit in ihren Bewegungen und ihren Berührungen lesen konnte.

Danach verließ sie beide die Liebesenergie, und als Galja ihre flache Hand nachdrücklich an seine linke Seite legte, ließ er sich auf das Bettlaken gleiten. Er legte sich neben sie und ließ zärtlich seine Rechte auf ihrem Bauch.

Als Sergejitsch ein paar Stunden später in der Dunkelheit erwachte, verließ er vorsichtig das Bett und schlich auf Zehenspitzen aus dem Schlafzimmer. Im Wohnzimmer hob er sein Telefon vom Boden auf und sah nach der Uhrzeit. Halb fünf. Er dachte an die ohne Aufsicht gelassenen Bienen. Eben an sie dachte er, nicht an den Anhänger oder seine Sachen, die man viel leichter stehlen konnte als die Bienen. In diesem Augenblick packte ihn nur die Sorge um die Bienen, weil ohne sie der Sinn seines Lebens und überhaupt der Sinn seiner Abreise aus Malaja Starogradowka verlorenging. Dieser Zustand erschreckte ihn allein schon in seiner Vorstellung, auch wenn Sergejitsch ihn nie zuvor erlebt hatte. Er zog sich im Wohnzimmer an, schlüpfte im Flur in seine Schuhe, steckte das aufgeladene Telefon mit dem Ladekabel in die Jackentasche und nahm den Autoschlüssel in die Hand. Er verließ das gastfreundliche Haus und schloss sorgsam die Tür hinter sich.

36

Er erwachte in seinem Zelt vor Kälte. Seine Hand tastete abwärts auf der Suche nach der hinuntergerutschten Decke und traf auf eine Jackentasche. Er hatte in Kleidern geschlafen und nicht im Schlafsack, sondern auf ihm. Ohne die Augen zu öffnen, fuhr er mit der Hand in die Jackentasche und hielt inne, als seine Finger das warme Handy umklammerten, wie um sich zu wärmen.

Sergejitsch verließ das Zelt und ging zum Auto, wo er die Tür überprüfte. Sie war offen. Er verschloss sie. Erst dann wandte er sich den Bienenstöcken zu, und in diesem Moment bemerkte er eine Klangwelt um sich herum, als hätte jemand sein Gehör, das über Nacht ausgeschaltet gewesen war, wieder eingeschaltet. Die Welt um ihn herum summte zart und unaufdringlich. Dieses Summen fiel mit der Bewegung der Bienen zusammen, die leicht und fast gewichtslos aus den Fluglöchern losflogen. Gewohnheitsmäßig suchte sich Sergejitsch mit dem Blick eine Biene aus und verfolgte, wie sie sich einen halben Meter über das Flugloch erhob und in gerader Linie weiter Richtung Feld davonflog.

Sergejitsch war beruhigt. Er machte Feuer, füllte Wasser in den Teekessel und hängte ihn an den Haken des Dreibeins. Er versank in Nachdenken über Galja, erinnerte sich an den gestrigen Abend, den aromatischen Borschtsch mit den großen Bohnen und zartem Kalbfleisch, die Nachricht von Petro mit der allerwichtigsten Botschaft: »Am Leben.«

Dann erinnerte er sich vorsichtig, als könnte jemand seine Gedanken belauschen, wie er sich in ihrem Schlafzimmer ausgezogen hatte, wie er sich ins weiche Bett gelegt hatte, erinnerte sich an die Hitze ihres Körpers und die Kraft ihrer Arme. Und natürlich erinnerte er sich an seine Flucht. Auch wenn er das Wort »Flucht« sofort gleichsam innerlich durchstrich. Aber er konnte es einfach nicht durch ein anderes ersetzen, er fand kein anderes Wort. Der Gedanke tauchte in ihm auf, dass Galja gekränkt sein könnte, denn es war nicht gerade erwachsen, ohne sich zu verabschieden aus dem Bett einer Frau zu verschwinden.

›Ich muss mich entschuldigen‹, entschied er. ›Warum bin ich denn fortgegangen? Weil ich Angst um meine Bienen bekommen habe. Ich habe keinen Wachhund, niemand bleibt bei meinen Sachen und bei den Bienenstöcken … Sie wird es verstehen.‹

Sie verstand es tatsächlich. Er fuhr gegen zwölf zu ihr, nahm für sie ein Glas Honig und drei Kirchenkerzen als Geschenk mit, etwas anderes hatte er nicht zum Schenken. Er erklärte es ihr direkt im Laden, als keine Kunden da waren, hastig und verworren, aber Galja stoppte ihn mit einem verstehenden Lächeln und beruhigte ihn.

»Geh und iss etwas, es ist noch Borschtsch übrig! Ich komme auch gleich!« Sie gab ihm den Schlüssel. »Hier, nimm das noch. Schneide dir ein Stück ab, den Rest legst du in der Küche in den Kühlschrank!«

Er nahm den Schlüssel und die Stange Räucherwurst und ging zu ihrem Haus.

Unterwegs kam ihm eine bekannte Gestalt entgegen. Sergejitsch wunderte sich über das Gefühl, dieses Gesicht zu kennen, aber die Erinnerung flüsterte ihm sofort ein, wo er es schon gesehen hatte. Es war einer jener zwei Männer, die es abgelehnt hatten, ihm zu helfen.

Er nickte dem Mann im Vorbeigehen zu. Der nickte ebenfalls, ohne seinen Schritt zu verlangsamen.

Galjas Haus kam Sergejitsch dieses Mal wärmer vor. Er zog Schuhe und Jacke aus und ging mit der Wurst direkt in die Küche. Er öffnete das Ventil an der Gasflasche, entzündete eine Gasflamme, holte den gestrigen Topf mit Borschtsch aus dem Kühlschrank und stellte ihn zum Aufwärmen auf die Flamme.

Galja erschien etwa zehn Minuten später.

Sie setzten sich ganz familiär zum Mittagessen, als wäre er hier zu Hause. Ohne Wodka.

»Ist dort bei dir alles in Ordnung?«, fragte sie sachlich.

Sergejitsch nickte und kaute ein Stück Fleisch zu Ende. »Das Wasser ist aus, ich müsste den Kanister füllen.«

»Dann nimm dir.«

»Der Kanister ist im Auto.«

»Fahr bis ans Gartentor, um nicht unnötig zu schleppen.«

Dann tranken sie Tee. Sergejitsch strich sich eine dicke Schicht Butter aufs Brot. Als hätte er sich nicht sattgegessen.

»Und wohin fährst du von hier aus?«, fragte Galja plötzlich.

»Wann? Im Herbst?«, fragte er zurück und sagte, ohne eine Antwort abzuwarten: »Nach Hause.«

»Nach Hause?«, fragte sie verwundert. »Denkst du denn, im Herbst ist der Krieg vorbei?«

»Kaum«, seufzte Sergejitsch. »Aber dort sind Haus und Hof …«

»Hast du Gemüse ausgesät?«, fragte Galja.

»Nein.« Er sah sie nachdenklich an. »Ich säe nichts mehr im Garten. Ich habe Angst. Dort könnten nicht hochgegangene Raketen und Granaten sein. Weißt du, wie leicht sie in die Erde eindringen? Die Erde schließt sich sofort über ihnen, so dass man nicht sieht, wohin sie gefallen sind. In Swetloje, einem Dorf nicht weit von uns, ist ein alter Mann in seinem Gemüsegarten in die Luft geflogen. Aber dort sind sie dickköpfig. Sie bestellen trotzdem ihre Gemüsegärten.«

»Das ist doch schrecklich! Warum denn dorthin zurückkehren?«

»Ich weiß nicht, dort habe ich mein Haus, und zu seinem Haus kehrt man immer zurück … So bin ich eben. Wäre ich anders, dann würde ich jetzt in Winnyzja leben und hätte keine Probleme!«

»In Winnyzja?«, wiederholte Galja respektvoll. »Wie würdest du denn dort einen Platz für dich finden? Das ist doch kein Dorf.«

»Meine Exfrau ist dort. Und unsere Tochter. Sie haben mich schon vor dem Krieg verlassen. Meine Frau hat es auch nach Hause gezogen, sie konnte sich bei uns nicht einleben …«

»Und hat sie wieder geheiratet?«

»Wer weiß«, Sergejitsch zuckte die Achseln. »Sie hat mir nichts gesagt.«

Während Galja das Geschirr spülte, schaltete er den Fernseher ein und fand Nachrichten.

»Die Ersten stellen sich bereits ab fünf Uhr für einen biometrischen Pass an«, sagte der Sprecher, und auf dem Bildschirm erschien eine endlose Schlange vor einem modernen Verwaltungsgebäude mit großen Fenstern.

Sergejitsch schaltete den Fernseher ab, aus Mitleid mit den Leuten, die in dieser Schlange standen.

»Was gibt es?« Galja sah aus der Küche heraus.

»Nichts Gutes«, antwortete er. »Die Staatsmacht verhöhnt die Leute, wie früher! Nur ist jetzt noch der Krieg dazugekommen.«

37

Der Beginn des Sommers verlangsamte den Lauf der Zeit. Mehr Lärm erschien in der Natur, die Vögel sangen morgens lauter, aber der Klang der Bienenflügel verlor sich durch diesen Lärm nicht. Dieser Klang war für Sergejitsch nicht nur der Beweis für die Anwesenheit und Gesundheit seiner Bienen, sondern auch der Beweis für seine eigene Anwesenheit. Denn er, Sergejitsch, war sozusagen nicht nur Herr des Bienenstandes, sondern auch gleichsam Vertreter der gesetzlichen Interessen der Bienen. Interesse hatten die Bienen natürlich nur eines – Honig zu sammeln. Die Regeln innerhalb ihres Lebens, die Beziehung der Arbeiterbienen zu den Drohnen, zu den Wächterbienen, all diese Alltagsfragen waren, wie bei den Menschen, ihre Privatangelegenheiten und betrafen Sergejitsch nicht. Ihn hätte nur der unerwartete Tod oder das Verschwinden der Königin betroffen, aber Gott sei Dank ging in seinen Bienenstöcken mit den Königinnen alles glatt. Sie lebten, arbeiteten, starben, wie und wann es die Natur vorgesehen hatte, und übergaben den Staffelstab der nächsten Schicht, die im selben Bienenstock geboren war. Sergejitsch achtete nur im Sinn der Bienengesundheit auf die Ordnung. Die Wespen, die regelmäßig versuchten, sich bei den Bienen unter dem Dach des Kastens einzunisten, verjagte und tötete er, er schleuderte den Honig, wofür er mit der Entdeckelungsgabel die Waben öffnete, goss ihn in Gläser, sammelte Wachs und Bienenbrot ein. So fiel sein Lebenssinn mit seiner Arbeit zusammen, und Lebenssinn gab es hierbei mehr als Arbeit. Die Hauptarbeit erledigten die Bienen, und sie fragten ihn nicht um Rat, was sie wie machen sollten. Weder um Rat noch um Erlaubnis.

Galjas kommerzielle Erfindung, dass Honig »antialkoholisch« sein konnte, hatte auch in den Nachbardörfern Erfolg. Im Kofferraum seines Schiguli, der die Rolle des Portemonnaies spielte und mit einem kleinen Schlüssel verschlossen werden konnte, sammelte sich Geld an und half Sergejitsch, zuversichtlicher in den nächsten Tag zu blicken. Galja kam jedes Mal auf dem Motorroller zu ihm, wenn sie ihn länger als drei Tage nicht gesehen hatte. Aber das war nicht oft, denn zwei-, dreimal in der Woche versuchte Sergejitsch, im Dorf zu erscheinen. Er füllte seinen Kanister mit Wasser, aß bei Galja zu Abend und deckte sich bei ihr – nicht mehr auf Honigguthaben, denn das war schon lange aufgebraucht – mit Tee, Wurst und Käse ein. Nachdem Galja die erste Probepartie Honig verkauft hatte, begann sie, ihm den Honig im Voraus mit Geld zu bezahlen. Ihre Beziehung wurde aber deshalb nicht geschäftlich, sondern blieb freundschaftlich und herzlich. Galja selbst erkundete und fand die zulässige Distanz in ihren Beziehungen, sie wollte nicht aufdringlich erscheinen, aber doch das, was sie brauchte, aus der Beziehung mit dem ihr sympathischen Mann bekommen. Sergejitsch widersetzte sich nicht. Er hätte sich auch Weiterem nicht widersetzt, aber die quasi unabhängige Gleichberechtigung, die sich zwischen ihnen etabliert hatte, passte ihm vollkommen. Es gab für ihn nicht zwei Zuhause, also sein Zelt und ihr Haus, sondern nur eines, sein eigenes. Auch die Erde unter den Bienenstöcken und um sie herum erschien ihm als vorübergehend seine. Deshalb durfte er sich auch nicht weit oder lange von dort entfernen. Das verstand Galja zweifellos. Aber trotzdem versprach sie sich von Zeit zu Zeit zufällig, so dass Sergejitsch ihren heimlichen Wunsch spürte. Den Wunsch, dass er gemeinsam mit den Bienen zu ihr zog. Er zu ihr ins Haus, und die Bienen in ihren Garten.

Als die Bienen begannen, die Honigwaben zu verschließen, machte Sergejitsch sich Sorgen, weil er keine Honigschleuder hatte. Er bat Galja, mit dem Imker des Dorfes, der seinen Honig in Odessa verkaufte, zu reden. Der Imker erwies sich als anständig. Ein paar Tage später brachte er persönlich auf einem Anhänger eine Honigschleuder, schaute interessiert in Sergejitschs Stöcke hinein und half, den Honig zu schleudern – fast hundert Kilo kamen zusammen! Sergejitsch bezahlte den Imker in Geld, nicht in Honig. Es wäre albern gewesen, dem Bienen-Bruder Honig anzubieten. Aber der Imker nahm von dem Geld, das Sergejitsch ihm anbot, nur fünfzig Hrywni. »Fürs Benzin!«, sagte er. Er drückte Sergejitsch zum Abschied fest die Hand und sah ihm mit herzlichem Mitgefühl in die Augen. Dabei hatte er Sergejitsch gar keine Fragen gestellt. Das hieß, Galja hatte ihm das Wesentliche erzählt, was Sergejitsch von den anderen unterschied und warum er sich hier befand.

Am Abend, allein mit seinem neuen Honig und den Bienen, machte Sergejitsch es sich auf der Decke am Feuer bequem. Er holte aus dem Kofferraum ein Fläschchen Honigschnaps, einen Plastikbecher und sein Handy. Es dämmerte schon, deshalb schien das Feuer heller. Er füllte sich seinen Becher zur Hälfte und wählte Paschkas Nummer. Aus irgendeinem Grund war er überzeugt, dass es, weil er sich außerhalb der grauen Zone befand, nicht möglich war, von hier einfach so in ihrem Dorf anzurufen. Aber nach dreimaligem Klingeln klickte etwas im Telefon.

»Bist du es etwa?«, fragte Paschka heiser und verwundert.

»Ja, ja, ich bin's, grüß dich! Wo bist du denn? Zu Hause?«

»Zu Hause, vor dem Fernseher …«

»Was, es gibt Strom?«, rief Sergejitsch aus.

»Ich mache nur Spaß, es gibt keinen Strom!«, beruhigte ihn Paschka schnell. »Alles beim Alten, es wird nur öfter geschossen.«

»Wohin schießen sie denn?«

»Na ja, wohin? Aufeinander. In den Nächten. Manchmal so tief, dass man es sehen kann! Das macht Angst! Und dann – ›wumm‹ auf der anderen Seite!«

»Verstehe«, seufzte Sergejitsch. »Warst du in letzter Zeit mal bei mir?«

»Was soll ich denn bei dir ohne dich?«

»Na, schauen, ob alles in Ordnung ist«, half ihm Sergejitsch auf die Sprünge und spürte, wie Ärger in ihm hochstieg.

»Dort ist alles in Ordnung«, sagte Paschka. »Vor einer

Woche bin ich vorbeigegangen. Alles heil, nur nach Mäusen riecht es! Es gibt eben keine Katzen mehr im Dorf!«

»Du könntest ein bisschen durchlüften«, riet ihm Sergejitsch, was eigentlich eine Bitte war.

»Das muss man spät oder früh machen, wenn die Luft frisch ist. Tagsüber in der Sonne ist es hier so stickig. Beim nächsten Mal lüfte ich! Kein Problem. Ich überlege dauernd, ob ich doch mal zum Baggersee zum Baden gehe. Rüber nach Swetloje ...«

»Bist du verrückt geworden?«, entfuhr es Sergejitsch. »Du wirst noch erschossen! Pass auf dich auf! Bei mir im Büfett steht unten rechts hinter den Papieren eine Flasche Blutwurzschnaps, die kannst du trinken!«

»Dafür vielen Dank!«, antwortete Paschka. »Bei mir ist nämlich schon alles aufgebraucht, und die Jungs aus Karusselino haben einen neuen Kommandanten. Aus dem Kuban, er ist streng. Jetzt kommen sie nicht mehr, und ich habe auch Angst, dorthin zu gehen ... Wann kommst du zurück?«

»Hier ist es gut«, sagte Sergejitsch und fühlte sich sofort schuldig vor Paschka. »Für die Bienen ist es gut. Und der Honig verkauft sich. Ich bleibe noch. Wenn ich zurückfahre, bringe ich etwas mit.«

»Tu das, tu das, nur möglichst bald!«, bat Paschka.

Nach dem Telefongespräch wurde Sergejitsch traurig. Als hätte er mehr erwartet. Vielleicht mehr Neuigkeiten oder mehr Freude von Paschka darüber, dass man an ihn gedacht hatte. Aber er hatte weder Neuigkeiten erhalten noch Freude gehört. Wahrscheinlich war Paschka böse auf ihn, es ging ihm schlecht dort allein. Geschosse flogen über seinem Kopf, und er hatte niemanden zum Reden.

›Ich hätte besser Witalina angerufen‹, dachte Sergejitsch nach einer Weile.

Aber das Telefon steckte schon in der Jackentasche, und wieder herausholen wollte er es nicht.

38

Am Morgen wurde Sergejitsch vom vertrauten Knattern des Motorrollers geweckt.

Er kam aus dem Zelt. Die gewohnte Sonne stand nicht am Himmel, der Himmel war von Wolken überzogen.

»Ich habe dir zwei Eier gekocht.« Galja stellte eine Tasche auf das Gras neben dem erloschenen Feuer, deren Inhalt sich eindeutig nicht auf zwei Eier beschränkte.

Sie zog eine Schachtel Streichhölzer aus der Tasche ihrer warmen dunkelblauen Jacke – Sergejitsch sah diese Jacke zum ersten Mal an ihr –, sammelte ringsum ein paar kleine Zweige und entzündete sie gekonnt mit einem einzigen Streichholz. Dann begann sie, verschiedene Päckchen aus der Tasche herauszuholen.

Ihre Munterkeit übertrug sich auf Sergejitsch, und schnell machte er sich ans Werk. Er goss Wasser in den Teekessel, ging zu den Bäumen und brachte dickere Zweige fürs Feuer, holte aus dem Zelt die zusammengerollte Unterlage und breitete sie am gewohnten Platz aus.

Die noch warmen gekochten Eier erinnerten Sergejitsch an seinen Marsch nach Swetloje, als er sich auf den vereisten und verschneiten Weg dorthin gemacht hatte, um Honig gegen Eier zu tauschen. Aber da legte Galja auf eine Zeitung auch noch Wurstbrote heraus, aufgeschnittenen Käse, eine Plastikschale mit Erdbeeren und zwei Streichholzschachteln, eine mit Salz, die zweite mit Zucker.

Sie aßen gemeinsam. Galja sah von Zeit zu Zeit auf ihre Armbanduhr.

»Hast du es eilig?«, fragte Sergejitsch.

»Um halb acht bringen sie Ware, ich muss sie annehmen«, erklärte sie ihre Unruhe.

»Und was bringen sie?«

»Morgens Wurstwaren und Milchprodukte, gegen Mittag Fischkonserven und Alkohol.«

»Wie verkauft sich denn der Honig so?«

»Gut! Ich kann jetzt auch ein paar Gläser mitnehmen, damit ich nicht umsonst …«

»Ja, natürlich!« Sergejitsch nickte. »Danke an den … an euren Imker! Ich hatte vor, wegen der Honigschleuder bei ihm vorbeizufahren, aber er hat sie mit seinem Wagen hergebracht und mir auch noch schleudern geholfen.«

»Ja, er ist in Ordnung«, stimmte Galja zu. »Nur ein bisschen geizig, aber heutzutage überlebt man ja ohne Geiz nicht! Warum rufst du mich nicht an?«, fragte sie plötzlich.

»Ach, irgendwie … Es klappt nicht. Ich kann nicht«, gestand Sergejitsch. »Ich kann überhaupt nicht am Telefon reden. Wahrscheinlich fürchte ich mich deshalb auch davor. Meine frühere Frau kann ich auch nicht anrufen, ich habe es versucht, aber es geht nicht. Ich habe meinen Kumpel in unserem Dorf angerufen, und es ist auch irgendwie ein dummes Gespräch geworden. Wenn man etwas Konkretes zu sagen hätte …«

»Ja«, stimmte Galja zu. »Reden, wenn man zusammensitzt, das ist besser. Wenn die Stimme nicht vom Körper getrennt ist, wenn man den Menschen sieht.«

Sergejitsch stand auf, als er den Dampf über dem Teekessel bemerkte. Er sah zum Himmel, als wollte er das weitere Schicksal dieses Dampfs verfolgen. Tatsächlich interessierten ihn die Wolken, und er dachte flüchtig an den Regen, den es, wenn nicht jetzt, so auf jeden Fall noch vor dem Mittag geben würde.

Bald packte Galja ihre Sachen für den Aufbruch. Sergejitsch half ihr, eine Tasche mit zwei Litergläsern Honig mit Gummiriemen auf dem Gepäckträger zu befestigen. Er gab ihr auch sein Handy und das Ladekabel mit, bat sie, es im Laden in die Steckdose zu stecken, und versprach, gegen Mittag zu kommen.

Gegen elf begann der Regen, aber er erwies sich als so dünn und leicht, dass selbst das Feuer ihn nicht beachtete, gar nicht zu reden von den Bienen. Allerdings fiel natürlich die Lufttemperatur ein wenig, und Sergejitsch kramte einen Pullover und die orangefarbene Kappe mit der Aufschrift »FK Schachtjor« aus seinen Sachen. Er setzte sie auf und zog sie bis zu den Ohren herunter. Gegen den Nieselregen half sie. Und da bekam Sergejitsch Lust, sich genauer im Spiegel zu betrachten. Aber woher ihn nehmen, diesen Spiegel? Er sah sich nach dem Auto um, setzte sich ans Steuer und drehte den Rückspiegel so, dass er sich darin sah. Genauer betrachtete er sich aber dann nicht, allzu alt geworden kam er sich selbst vor. Auch die Haare standen unter der Kappe unordentlich in alle Richtungen ab, wie bei einem Penner.

Die Tropfen schlugen stärker an die Scheibe. Sergejitsch

ließ den Motor an, schaltete die Scheibenwischer ein und fuhr unter ihrer quietschenden Musik zum Laden.

Galja gab ihm ein Stück Sülze, reichte ihm einen süßen Tee und zahlte ihm das Geld für zwei Kilo Honig aus.

»Gibt es bei euch im Dorf vielleicht einen Friseur?«, fragte Sergejitsch, während er das geladene Handy einsteckte.

»Nein, wir haben hier keinen. In der Kreisstadt Wessele gibt es mehrere. Einer ist gleich, wenn man hineinfährt, rechts in dem kleinen Wohnblock. In einer Viertelstunde ist man dort.«

»Und etwas, wo man sich waschen kann?« Sergejitschs Stimme klang trauriger und bittender. »Haben sie da in Wessele vielleicht auch ein Badehaus?«

»Wozu ein Badehaus?« Galja sah ihn mitfühlend an. »Ich habe einen Boiler, also auch eine warme Dusche!«

Nach der Einladung zur Dusche wurde Sergejitsch lebhaft und geschäftig.

»Dann fahre ich jetzt zum Haareschneiden und anschließend hierher zurück unter die Dusche!«

»Nur zu, nur zu!« Galja lächelte. »Hast du etwa Geburtstag?«

Sergejitsch schüttelte den Kopf.

Zwanzig Minuten später erblickte er am Straßenrand das Schild »Wessele« und das Wappen mit zwei Stierköpfen. Vor ihm standen mehrere fünfstöckige Wohnblocks aus Chruschtschow-Zeiten. Der erste rechts war nicht an seiner, sondern in einer Parallelstraße. Den Friseursalon fand er mühelos. Es waren keine Kunden darin, und die schlanke junge Frau im dunkelblauen Kittel, die an einem Maniküretischchen saß, hob beim Klang der sich öffnenden Tür den Blick von ihrem Tablet.

»Vielleicht auch Haarewaschen?«, schlug sie vor, als Sergejitsch schon auf dem Friseurstuhl Platz genommen hatte.

»Nein danke«, antwortete er.

»Und was möchten Sie für einen Schnitt?«

»Möglichst kurz, damit man sich nicht zu kämmen braucht.«

Die junge Frau wählte den passenden Aufsatz für ihren Apparat, und acht Minuten später erblickte Sergejitsch im großen Spiegel vor sich sein erneuertes Bild, an dem ihm jetzt fast alles passte, außer den unregelmäßigen Stoppeln auf seinen Wangen und am Kinn.

»Möchten Sie rasiert werden?«, erriet die junge Friseurin.

Ihr Kunde nickte.

Verjüngt trat Sergejitsch auf die Straße hinaus. Seine Wangen brannten angenehm von Eau de Cologne, wie auch der Nacken, über den das Mädchen ebenfalls mit dem Rasierer gefahren war und den sie dann aus einem grünen Fläschchen besprüht hatte. Am Ende war es ihm sogar unangenehm, dass er für all das Schneiden und Rasieren nur dreißig Hrywni bezahlt hatte.

Er setzte sich ins Auto, ließ den Motor an und ertappte sich bei dem Gedanken, dass es nicht richtig war, in eine Stadt zu fahren und nur ihren Rand zu besuchen! Er beschloss, ein wenig durch die Straßen zu fahren und sich die Kreisstadt näher anzusehen.

Er kehrte auf die Hauptstraße zurück, kam an einem Holzkirchlein mit vergoldeten Kuppeln, dann an einer Bank vorbei. Ein Supermarkt mit dem lustigen Namen »Wakula«

zog vorüber. So erreichte er das andere Ende des Städtchens, worauf er kehrtmachte und zurückfuhr.

Keine Stunde später saß er sauber und mit gewaschenem Kopf bei Galja am Tisch, den ein Tischtuch bedeckte. Darauf lag der Hausschlüssel, den Galja ihm wieder so leichthin übergeben hatte, als wäre er ihr Mann. Dabei hatte sie ihn gebeten zu warten, bis sie von der Arbeit kam. Sie hatte versprochen, schnell ein Abendessen zuzubereiten. Galja war wirklich schnell, aber dafür war sie auch eine Hausfrau. Alles machte sie schmackhaft und schnell, alles außer dem Borschtsch, für den ihr keine Zeit zu schade war, weil man einen echten Borschtsch nicht schnell kochen konnte.

So kam es nun jedes Mal, dass Sergejitsch, wenn er in ihrem Haus war, über Galja nachdachte. Zum Nachdenken hatte er immer etwas, sie gab ihm einfache und verständliche Anlässe zum Überlegen. Denn eine Frau gab immer mehr Anlässe zum Überlegen als ein Mann.

›Ja, sie ist eine gute Frau‹, dachte er. ›Sie kocht großartig. Und es ist nicht gerecht, dass sie allein in diesem Haus leben soll. Ohne Mann, also sinnlos! Aber sie ist schon sehr einfach. Auch ihr Name ist einfach – Galja. Und das Leben mit ihr wäre wohl auch zu einfach.‹

Bei diesen Gedanken stieg in Sergejitschs Erinnerung von selbst ein anderes Gesicht auf, das seiner Exfrau Witalina. Er erinnerte sich an ihre schönen Kleider, ihre eigenartigen »Winnyzjer« Ansprüche: an ihn, an sein Heimatdorf, an das ganze Leben mit ihm. Alles, was ihn einst an seiner Exfrau geärgert hatte, erschien ihm plötzlich in der Erinnerung als kindliche Launen, die nach Jahren bei den Eltern ein wehmütiges Lächeln hervorrufen.

Er seufzte und tauschte das Denken gegen den Fernseher ein. Er fand eine Krimiserie ohne Anfang und Ende und begann zu verfolgen, wie die Helden sich gegenseitig beschossen und einander jagten. In seinem Kopf glättete und beruhigte sich alles. So saß er inmitten von Schüssen und Bremsenquietschen, bis Galja eintraf.

Weder vor noch während des Essens sprach sie ihren Wunsch aus, der für Sergejitsch schon gewohnt war. Er wunderte sich sogar. Sein neuer Haarschnitt gefiel Galja. Sie strich mit der flachen Hand über seinen Igel und lächelte, bis er genug davon hatte und sie stoppte. Danach wollte Galja wissen, wie ihm die Kreisstadt gefallen hatte. Ob er das Hufeisen-Denkmal gesehen hatte, in Geschäfte hineingegangen war.

Sergejitsch rühmte Wessele, um ihr eine Freude zu machen. Er fügte auch noch hinzu, dass dort anständige Menschen lebten, wobei er nicht die ganze Einwohnerschaft im Sinn hatte, sondern die freundliche junge Friseurin.

»Ja, die Menschen sind anständig bei uns! Hier wie dort. Dreißig von uns fahren zur Arbeit zu ihnen in die ›Prodmasch‹-Fabrik. Vielleicht sind es jetzt auch schon mehr! Sie vergrößern sich.«

Galja pries noch eine Weile die Kreisstadt und vergaß dabei auch ihr eigenes Dorf nicht. Sie verstummte erst, als Sergejitsch vom Tisch aufstand und damit zeigte, dass er sich zum Gehen anschickte. Da erschien Bestürzung auf ihrem Gesicht. Sie hatte wahrscheinlich gedacht, dass er bis zum Morgen bleiben würde. Offenbar verstand es sich für sie von selbst, dass ein Mann, der im Haus einer Frau eine Dusche nimmt, dort auch über Nacht bleibt.

Aber Sergejitsch dankte ihr für das warme Wasser und das Abendessen, verabschiedete sich herzlich, fast innig, sagte »Bis bald!« und ging.

Vor dem Zaun stand sein grüner Lada Schiguli. Die abendliche Dunkelheit löschte seine Farbe aus. Jetzt war der Wagen einfach dunkel und glänzte matt an manchen Stellen, spiegelte das Licht des beinahe vollen Mondes. Irgendwo in der Nähe hörte man ein lautes Gespräch auf der Straße. Zwei Männer stritten über Fußball. Sergejitsch schnappte das Wort »Dynamo« auf. Er fuhr sich mit der Hand an den Kopf und prüfte, ob er nicht etwa die Kappe mit dem »Schachtjor«-Logo trug. Dabei lachte er innerlich über sich selbst, denn er wusste noch gut, dass er sie ins Zelt geworfen hatte.

Er fuhr auf den Laden »Bei Nadja« zu, als plötzlich im Licht seiner Scheinwerfer eine Gestalt mit erhobener Hand vor dem Auto auftauchte. Er trat auf die Bremse. Das Auto stoppte abrupt, und Sergejitsch stieß gegen das Lenkrad.

Erbost stieg er aus und wollte schon den Idioten, der sich da vor sein Auto warf, mit Flüchen überschütten.

Der Grund für Sergejitschs verdorbene Stimmung war kleiner als er und hielt sich mit Mühe auf den Beinen.

»Bring mich nach Wessele, Bruder!«, bat er.

»Bis zur Schnellstraße kann ich dich mitnehmen.« Sergejitschs Ärger hatte sich in Mitleid verwandelt. Es war sinnlos, sich über Betrunkene zu ärgern.

»Dort hält keiner mehr.«

»Und wer bezahlt mir das Benzin?«

»Das Benzin?«, fragte der Betrunkene. »Hast du denn kein Geld? Du bist doch aus Donezk!«

Sergejitsch war sprachlos.

»Na steig ein«, sagte er nach kurzem Überlegen. »Ich bringe dich hin!« Die letzten Worte klangen wie eine Drohung aus seinem Mund.

Aber der Mann bemerkte das nicht. Er kam zum Auto und fiel auf den Beifahrersitz.

»Wer hat dir denn gesagt, dass ich aus Donezk bin?«, fragte Sergejitsch, als sie aus dem Dorf hinausfuhren und Kirche und Friedhof hinter ihnen lagen.

»Das wissen doch alle.« Sein Fahrgast zuckte mit den Schultern. »Bei dir läuft es doch wie geschmiert! Klim hat Galja aus dem Laden ein Jahr lang den Hof gemacht, hat nichts gebracht, und kaum erscheinst du – gehört sie dir! … Bei euch läuft man jetzt ja nicht den Frauen nach!«

Er gähnte.

»Ja, und?«, fragte Sergejitsch. »Wenn ich von dort bin, heißt das, ich bin ein Mistkerl?«

»Wer weiß das schon.« Der Fahrgast winkte ab.

»Wenn ich ein Mistkerl bin, warum bringe ich dich dann bis Wessele, obwohl ich dort nicht hinmuss?«

»Was willst du von mir? Ich habe nicht gesagt, dass du ein Mistkerl bist. Ich habe gesagt, du bist aus Donezk …«

Sein Passagier gähnte wieder und ließ den Kopf auf die Schulter fallen. Er schlief ein.

Sergejitsch erreichte die Schnellstraße und fuhr in Richtung Wessele. Hier waren schon mehr Autos unterwegs. Die Lichter der entgegenkommenden Autos begannen, ihm in den Augen weh zu tun. Als rechts der fünfstöckige Wohnblock mit seinen leuchtenden Fenstern auftauchte, hielt er an und weckte seinen Passagier.

»Wir sind da«, sagte er nur.

Der riss den Kopf hoch, starrte durch die Windschutzscheibe und wandte sich dem Fahrer zu.

»Kannst du noch ein bisschen weiter, kennst du den Supermarkt ›Wakula‹?«

Sergejitsch grinste. Das hätte man sich kaum so ausdenken können: Erst fuhr er auf Galjas Rat hierher, um einen Haarschnitt zu bekommen, und am Abend brachte er eben hierher einen örtlichen Trinker, als hätte er angefangen, als Taxifahrer zu arbeiten.

Er fuhr seinen Passagier zum Supermarkt. Der erstaunte ihn zum Abschied – er gab ihm zehn Hrywni fürs Benzin.

»Wie heißt du denn?«, fragte Sergejitsch den Mann, als der sich aus dem Auto hievte.

»Ljocha«, sagte der und drehte sich zu ihm um. Sergejitsch betrachtete sein Gesicht genauer. Ein ganz normales Gesicht. Man sah, dass er sich morgens rasiert hatte.

»Ljocha, ich bin nicht aus Donezk! Ich bin aus der grauen Zone. Verstehst du? Ich habe mein ganzes Leben in den Minen gearbeitet, ich habe niemanden getötet und nichts gestohlen!«

»Was willst du von mir?« Ljocha zuckte mit den Schultern. »Ich habe doch nichts … Das sind die«, er wies mit dem Kopf irgendwo hinter sich. »Die sagen es … Und auch im Fernsehen …«

Zurück fuhr Sergejitsch ohne Eile. Er dachte an Galja, an das Dorf, an die anderen Dorfbewohner, die, wie sich jetzt herausstellte, über ihn redeten.

Wieder stachen ihm die Scheinwerfer der entgegenkommenden Autos in die Augen und blendeten ihn. Sergejitsch hatte Angst, seine Abzweigung auf den Feldweg zu verpassen. Er beugte sich über das Lenkrad und starrte angestrengt nach vorn.

39

Noch eine Sommerwoche verging. Viel Summen von Bienenflügeln, viel Sonne, drei Treffen mit Galja gab es darin sowie Galjas Borschtsch, ohne Blick auf die Uhr zubereitet, auf kleinem Feuer geköchelt, mit großen weißen Bohnen, deren Schale an den Zähnen aufplatzte und die auf der Zunge schmolzen. Das Abendessen bestand dann auch nur aus Borschtsch, aber natürlich reichte Galja schwarzes Roggenbrot, Wodka und Knoblauch dazu, wie es sich gehört.

An jenem Abend, es war ein Freitag, fühlte Sergejitsch sich so wohl im Haus bei Galja, dass er erschrak: Noch zwei, drei solcher Abendessen, und er würde nicht mehr in sein Zelt zurückkehren wollen, in dem die Erde ihn jede Nacht durch die dünne Hülle des Schlafsacks und den Zeltboden hindurch hart in die Rippen stieß. Schweigend würde er sich hier einleben, ohne die Hausherrin um Erlaubnis zu bitten. Denn er wusste auch so, was sie wollte, und ihr Wunsch in Bezug auf ihn war ja berechtigt. So hatte es das Gesetz der Natur eingerichtet, dass alle Lebewesen paarweise leben wollten. Alle außer den Bienen!

Während sie am Tisch saßen, prasselte der Regen vor dem Fenster. Es war, als würden die Tropfen absichtlich alarmierend an die Scheiben trommeln und sie erschrecken, damit Sergejitsch über Nacht bei Galja blieb. Es geschah wieder irgendwie von selbst. In dieser Nacht wachte er nicht mehr aus Sorge um die Bienen auf. Auch darum kümmerte sich der Regen, denn wenn es regnete, blieben die Bienen in ihren Bienenstöcken. Sie mochten den Regen nicht. Sie blieben in den Bienenstöcken, aber sie waren zornig, deshalb schaute der Imker auch in dieser Zeit lieber nicht in ihr Haus hinein, denn sie konnten ihn stechen. Sie waren zornig, weil der Regen sie am Arbeiten hinderte!

Am Morgen hatte Sergejitsch es auch nicht eilig. Nach dem Frühstück bat Galja ihren Gast, ihr im Keller zu helfen. Betonstufen führten Sergejitsch zwei Meter tief hinunter in einen großen unterirdischen Raum, in dem unter einer Gewölbedecke eine schummrige Glühbirne aufflammte.

Auf Bitten der Hausherrin rückte er drei leere Fässer aus der rechten Ecke in die linke und trug gleichfalls leere, hölzerne Kisten in den Hof hinaus. Er stieg wieder hinunter und begriff, dass Galja seine Hilfe eigentlich gar nicht brauchte. Sie hätte das alles ohne besondere Anstrengung selbst machen können. Hatte sie ihm also ihren Keller zeigen wollen? Wahrscheinlich schon.

Seine Vermutung wurde bestätigt, als er ein weiteres Mal hinunterstieg und auf einem leeren Regal im schummrigen Licht der Glühbirne eine Flasche und zwei Gläschen erblickte, die mit einem dunklen Getränk gefüllt waren.

»Kirschlikör«, sagte Galja sanft. »Ich habe ihn letztes Jahr gemacht. Probier!«

Sie tranken den süßen und nicht sehr starken Obstlikör in einem Zug. Dann umarmte Galja ihn, ihre süßen Lippen, die nach Kirsche schmeckten, berührten seinen Mund. Sergejitsch widersetzte sich nicht, umarmte sie und drückte sie an sich. Aus irgendeinem Grund empfand er Mitleid mit ihr, als hätte jemand sie unverdient gekränkt.

»Du bist so ruhig«, flüsterte sie ihm ins Ohr. Ihr Flüstern war warm. »Mit dir könnte ich leicht zusammenleben.«

40

An einem frühen, verregneten Morgen hörte Sergejitsch das vertraute Knattern und schaute aus dem Zelt. Er dachte, Galja würde ein Frühstück bringen. Dann dachte er noch, dass sie bei solchem Wetter im Zelt frühstücken mussten statt am Feuer.

Nachdem Galja ihre zweirädrige Knatterkiste unter einem Baum abgestellt hatte, kam sie fast ins Zelt gerannt. Sergejitsch ließ sie herein und sah verwirrt auf ihre Hände. Nichts hatte sie dabei, weder Tüte noch Tasche.

»Um neun müssen wir zur Abzweigung gehen!«, sprudelte sie atemlos hervor. »Sie haben Witja Samojlenko im Donbass getötet, wir bereiten ihm einen Empfang!«

»Was für einen Empfang, wenn sie ihn getötet haben?«, fragte Sergejitsch verständnislos.

»Hast du denn im Fernsehen nicht gesehen, wie sie in der Westukraine ihre Gefallenen empfangen? Auf den Knien, links und rechts der Straße! Sollen wir es ihnen etwa nicht gleichtun?«, erklärte sie, als sie wieder zu Atem gekommen war. »Das ganze Dorf kommt!«

»Na, wenn das ganze Dorf kommt«, sagte Sergejitsch nachgiebig und nickte.

Gegen halb neun fuhren sie durch den Regen dorthin,

wo die Straße zum Dorf von der Schnellstraße abzweigte. Sie stellten den Motorroller unter einen Aprikosenbaum und blieben selbst auch ein wenig dort stehen, um nicht unnötig nass zu werden. Zu ihren Füßen auf dem nassen Gras lagen dunkel gewordene herabgefallene Aprikosen. Sergejitsch hob ein paar heile vom Boden auf, rieb sie mit der flachen Hand ab und reichte sie Galja. Geschickt öffnete sie eine überreife Frucht in der Mitte, so dass der Kern fast von selbst heraussprang.

»Sie sind süß.« Galja leckte sich die Lippen ab und sah Sergejitsch zärtlich an.

Mehrere Autos kamen vom Dorf her zur Abzweigung und fuhren an den Straßenrand. Sergejitsch sah sich um und wurde unruhig: Kolonnen von Menschen in dunklen Jacken und Umhängen bewegten sich zu Fuß unter Regenschirmen am Straßenrand entlang, näherten sich vom Dorf wie auch von der Kreisstadt her, zu der es von hier ohne Auto doch ziemlich weit war. Sergejitsch fiel ein, dass es, wenn man nach Wessele fuhr, irgendwann Wegweiser zu anderen Dörfern gab. Vielleicht kamen diese Leute ja von dorther.

Er fühlte sich unwohl und fror. Der Regen konnte damit nichts zu tun haben, der Regen war nicht kalt.

»Und danach?«, fragte er Galja.

»Danach? Wann?«

»Na, wenn wir den Gefallenen empfangen haben?«

»Wir gehen auf den Friedhof. Trauergottesdienst in der Kirche, Beerdigung, Leichenschmaus, wie man es eben so macht.«

Galja beruhigte Sergejitsch, weniger mit ihren Worten als mit ihrer warmen, gutherzigen Stimme. Aber nicht lange.

Unter den Zweigen ihres Aprikosenbaums suchten drei Frauen in dunklen Kopftüchern Zuflucht. Eine von ihnen musterte Galja und Sergejitsch feindselig.

Sergejitsch wandte den Blick ab, aber er spürte weiter ihre Anwesenheit. Auch ringsum wurden es mit jeder Minute mehr Menschen. Sie standen in Grüppchen zu fünft, zu sechst, manche allein, und alle blickten hin und wieder zur Schnellstraße, in die Richtung, aus der vor nicht so langer Zeit Sergejitsch selbst gekommen war und aus der man den Gefallenen brachte.

»Vielleicht gehen wir lieber nicht zum Leichenschmaus?«, flüsterte Sergejitsch, während er sich zu Galja umdrehte.

»Ach, eine halbe Stunde wenigstens, sie haben doch eine Plane gegen den Regen über den ganzen Hof gespannt …«

Sergejitsch seufzte. Zum ersten Mal fühlte er sich hier derart fremd und fehl am Platz. Diese Leute, es waren schon etwa zweihundert, kannten einander und kannten den, der zum letzten Mal zu ihnen zurückkehrte, damit sie feierlich von ihm Abschied nehmen und ihn der Heimaterde übergeben konnten. Aber er, Sergejitsch, war hier ein Außenstehender. Er wollte ihre Trauer nicht mit seiner Anwesenheit stören, der Tod eines vertrauten Menschen konnte ja verschiedene Gefühle hervorrufen. Er hätte jetzt lieber im Zelt bei seinen zornigen Bienen gesessen. Sergejitsch war an Menschen nicht mehr gewöhnt. Drei Jahre mit Paschka in ihrem verlassenen Dorf hatten ihn gelehrt, dass es wenig, sehr wenig Menschen geben konnte und daran gar nichts Schlechtes war. Im Gegenteil, die Menschenleere half, sich und sein Leben besser zu verstehen. Hier aber gab es jetzt Hunderte unbekannter Gesichter, die durch Nachbarschaft und das tägliche Leben miteinander verbunden waren. Wer war er für sie? Wozu brauchten sie ihn?

Die zu beiden Seiten der Straße Stehenden begannen, ihre Regenschirme zusammenzuklappen. Sofort wanderte Sergejitschs Blick zu ihnen. Bei den Wartenden regte sich etwas. Die Grüppchen lösten sich auf, die Menschen, die unter den Bäumen Schutz gesucht hatten, traten heraus an die Straße. Galja zog Sergejitsch am Jackenärmel.

»Komm!«, flüsterte sie.

Sergejitsch blickte zur Schnellstraße hinüber. Die, die vor der Abzweigung standen, sanken bereits auf die Knie, und das geschah sehr langsam, nicht wie gewöhnlich in der Kirche, wo auf Kommando des Popen sich alle gleichzeitig auf dem Holzboden auf die Knie fallen ließen.

Er und Galja standen am Rand der Straße zum Dorf, etwa fünfzig Meter nach der Abzweigung. Auf der anderen Seite des Asphalts standen ebenfalls Frauen und Männer, die Gesichter nass und finster. Ein Mann trug statt einer Kappe eine von einer Jacke abgetrennte grüne Kapuze auf dem Kopf. Er kniete bereits, eingerahmt von zwei Frauen, die ebenfalls knieten.

Sergejitsch war wie erstarrt. Er stand noch, links von ihm kniete Galja, rechts ein etwa fünfzehnjähriger Junge und weiter daneben vermutlich dessen Eltern. Sie waren auch noch jung.

»Mach schon!«, rief Galja ihn flüsternd.

Aber er drehte sich in die Richtung, aus der sie den Gefallenen erwarteten. Auf der Straße erschien ein langsam fahrender, dunkelgrüner UAZ-Kleintransporter, dahinter rollten mehrere tarnfarbene Jeeps. Sergejitsch starrte auf den alten Transporter, der vor der Abzweigung leicht abbremste.

Galja zupfte Sergejitsch nervös am Hosenbein. Er biss sich auf die Lippe. Warum sollte er sich mit ihnen gemeinsam hinknien? In den Schmutz? Vor langer Zeit hatte er einmal gekniet, als sein Vater ihn für seine Prügeleien in der Schule bestrafte. Ein paarmal hatte er in der Kirche gekniet. Auf die Knie zwang man die, die schwächer waren! In der Kirche waren alle schwach vor Gott! Dort war es klar. Aber auch da hatte ihm das nicht gefallen.

»Serjoscha!«, drang von unten Galjas angespannte, zornige Stimme zu ihm.

Sergejitsch seufzte schwer und laut, schließlich sank er neben Galja nieder. Und erkannte, dass mehrere Augenpaare auf ihn gerichtet waren. Es waren kalte, feindselige Blicke von Menschen, die auf der anderen Straßenseite knieten, sie bohrten sich wie Messer in ihn. Auch der Junge rechts neben ihm warf ihm aus dem Augenwinkel einen schiefen Blick zu, aber da erreichte sie der grüne Wagen, und alle senkten die Blicke zum Asphalt, neigten die Köpfe. Auch Sergejitsch neigte den Kopf, er erschlaffte, fühlte sich von allen Kräften verlassen, zu Boden geworfen, als hätte ihn die muskulöse Hand Gottes in den Rücken gestoßen, und er war gestürzt, zusammengebrochen, zu nichts geworden, hatte seinen Namen, seinen Stolz verloren.

»Niemand zwingt den Donbass in die Knie!« Es fielen ihm die Worte ein, die irgendjemand vor drei Jahren in Karusselino an eine Bushaltestelle geschrieben hatte.

›Zum Teufel, sie haben es doch getan!‹, dachte er und schüttelte sofort darauf den Kopf, erschrocken über das, was er gedacht hatte, so fremd und gefährlich kam es ihm vor.

›Was mache ich denn da? Die Menschen trauern!‹ Sergejitsch blickte in eine Pfütze auf dem Asphalt und sah sein Spiegelbild. Es war verschwommen, dunkel, finster wie dieser ganze Tag, an dem die Sonne sich weigerte, die Menschenwelt zu wärmen und zu beleuchten. Sie weigerte sich oder konnte es nicht.

Der Transporter entfernte sich in Richtung Dorf. Alle, auch Sergejitsch, sahen ihm hinterher und hatten es nicht eilig, sich von den Knien zu erheben. Auch die restliche Straße entlang, so weit Sergejitsch sehen konnte, knieten Männer, Kinder und Frauen regungslos, nur ihre Köpfe neigten sich, wenn der Wagen mit dem Gefallenen sich ihnen näherte.

Die Zeit war stehengeblieben. Der Regen, den keiner beachtete, hatte aufgehört, aber die Wolken rissen nicht auf. Schritte tönten auf dem nassen Asphalt, Menschen verließen den Ort, gingen zur Abzweigung, zum Dorf, andere erhoben sich, streckten sich, ächzten. Machten sich hinter dem Transporter ebenfalls auf den Weg ins Dorf oder holten erst ihre Fahrräder, Motorroller und Mopeds, die sie unter den Bäumen abgestellt hatten. Diejenigen, die in Autos gekommen waren, hatten es nicht eilig. Sie waren schon in ihre Schigulis und Moskwitschs gestiegen, fuhren aber vorerst nicht los.

Sergejitsch stand hastig auf und half Galja, auch aufzustehen. Sie warf ihm einen Blick voller Bedauern zu, sagte aber nichts. Sie kehrten zum Motorroller unter dem Aprikosenbaum zurück. Galjas Miene war düster. Er fand noch eine überreife, aber unversehrte Aprikose, hob sie auf, rieb sie ab und bot sie ihr an, aber Galja schüttelte den Kopf. Er aß sie selbst, und es schmeckte süßlich nach Bier, die Aprikose hatte schon angefangen zu gären.

»Ich gehe nicht hin!«, sagte Sergejitsch fest, als er fertiggekaut hatte.

Galja nickte. Fünf Minuten später knatterte sie auf dem Motorroller davon, als auch die Autos schon begannen, sich vom Straßenrand zu lösen.

Sergejitsch ging an der Schnellstraße entlang nach Wessele. Ein Bus fuhr an ihm vorbei, dahinter zwei Lastwagen. Der Lärm der vorbeifahrenden Wagen tat ihm in den Ohren weh und bedrückte ihn. Erst als er auf den Weg zu den Bienen, zu seinem Wäldchen eingebogen war, wurde es ringsum stiller. Allein auf dem Feldweg zu gehen, der nirgendwo sonst hinführte als in die Felder, gefiel Sergejitsch. Das war sein Weg, der Weg zu seiner vorübergehenden Zuflucht und zur Zuflucht seiner Bienen. Sonst war dort niemand und sollte auch niemand sein.

Er stellte sich Hunderte Menschen mit düsteren, nassen Gesichtern vor, die auf dem Asphalt zum Friedhof und zur Kirche gingen, er sah Galja unter ihnen, mit gesenktem Kopf. Es tat weh, als würde jeder Einzelne extra auf ihn treten, während er auf dem Asphalt lag, auf den man ihn – für welche Sünden? – geworfen hatte.

41

In der linken Ecke des Zeltes brannte die Kerze im Glas vor Nikolaus dem Wundertätigen, der die Größe einer Postkarte hatte und gewöhnlich mit Sergejitsch im Handschuhfach des Schiguli reiste. Auf die weiche Zeltleinwand prasselten dicke Regentropfen. Sergejitsch hob hin und wieder den Kopf und lauschte auf das Unwetter, aber dann wandte er den Blick wieder zurück zu dem Wundertätigen, dessen bärtiges Gesicht durch das züngelnde Flämmchen zum Leben erwachte.

Sergejitsch gab sich der Trauer hin und irrte im Geist durch die Ruine der Kirche am Ende seiner heimatlichen Straße, durch die leeren, leblosen Häuser der fortgezogenen Nachbarn, durch den Explosionskrater vor dem Haus der Mitkows im Mitschurinweg, durch den der kürzeste Weg von der Lenin zur Schewtschenko führte. Der Abschied von Paschka tauchte in der Erinnerung auf, und der Weg nach Karusselino. Auch Karusselino selbst zog vorbei, genau wie damals, als er es vorsichtig und ängstlich mit dem Auto durchquert hatte, den Anhänger mit den Bienenstöcken im Schlepptau.

Die Flamme im Glas brannte unsicher und schwach. Die regennasse Zeltplane wehte sie mit Feuchtigkeit an und ließ das Licht nicht aus der Ecke entweichen.

Sergejitsch versuchte, seine Trauer auf den gefallenen Soldaten Samojlenko zu konzentrieren, von dem er nichts wusste, außer dass er im Donbass gefallen war. Er versuchte es, aber seine Gedanken sprangen zu dem Soldaten Petro, der mit der Granate als Gastgeschenk zu ihm gekommen war. Sie sprangen auch zu dem Erschossenen mit dem Ring im Ohr, der den halben Winter auf dem Feld lag und den weder die einen noch die anderen dort wegholen und der Erde übergeben wollten, wie es sich gehörte. Er erinnerte sich an die Explosion, die den Scharfschützen aus Omsk zerrissen hatte, der sich am Rand des Krupin'schen Gemüsegartens sein Lager eingerichtet hatte. Sergejitsch schüttelte den Kopf und seufzte. Er holte zwei Gläschen und eine Flasche heraus. Ein Glas füllte er bis an den Rand und stellte es unter das Pappbild des Heiligen. In das zweite füllte er etwas weniger und trank es selbst aus.

»Möge die Erde ihm leicht sein«, flüsterte er.

Ihm schien, als würden seine Worte ein eigenartiges Echo auslösen. Sein Flüstern wiederholte sich gleichsam, zuerst hinter seinem Rücken, dann rechts von ihm. Er sah sich vorsichtig um, musterte seine Umgebung mit Augen, die sich an das Halbdunkel gewöhnt hatten, und blickte dann wieder zur Kerze.

Sie war fast ganz heruntergebrannt. Noch ein klein wenig, und ihr gelblicher Stummel würde auf dem Grund des Glases zerlaufen und verlöschen.

Und da sprangen Sergejitschs Gedanken von selbst zu dem ihm unbekannten Samojlenko.

Er begann, ihn sich vorzustellen, aber in seiner Vorstellung erschien nur ein tot daliegender Soldat in Uniform. Ohne Gesicht und selbst ohne Hände, mit ausgebreiteten Armen. Auf schwarzer Erde, die sich gerade erst vom Schnee befreit hatte. Und er sah gleichsam, wie aus der schwarzen Erde Gras herausspross und das Schwarz der Erde langsam verschwand. Das Gras schoss empor, wurde buschig, breitete sein Grün aus, überdeckte damit die Schwärze, und der Soldat verschwand, er verschmolz mit dem Gras, wurde von ihm überzogen, wurde unsichtbar.

Sergejitsch breitete seinen Schlafsack aus. In dem Augenblick erlosch die Kerze.

Er schloss die Augen, und das Knien an der Straße kam ihm wieder in den Sinn, die endlose Menschenmenge, dazwischen er selbst und Galja.

›Wozu das alles?‹, dachte er. ›Er ist doch kein Held, kein Kosmonaut!‹

Ein lange zurückliegendes Begräbnis tauchte in seiner Erinnerung auf, als man einen aus ihrem Dorf zurückgebracht hatte, der im Krieg in Afghanistan gefallen war. Ja, das ganze Dorf war zu dem Begräbnis gekommen. Auf dem Friedhof wurden lange Reden gehalten. Es wurde viel geredet. Aber auf die Knie war niemand gegangen. Alle hatten aufrecht gestanden. Nur die Mutter des Gefallenen wollte sich auf das frische Grab werfen und es umarmen. Aber man hatte sie zurückgehalten. Man hatte sie zur Seite geführt, und während sie von den Verwandten und Nächsten umringt wurde, hatten die Soldaten Salven aus ihren Kalaschnikows in den Himmel gefeuert und das Grab mit Trauerkränzen bedeckt.

›Gott sei mit ihm‹, dachte Sergejitsch, im Geist gleichzeitig bei jenem Soldaten aus dem Afghanistan-Krieg und bei diesem aus dem Donezker Krieg. Sie verschmolzen in seinen Gedanken.

Irgendwann döste er ein. Ein Förderkorb zog ihn hinunter, in den Schacht der Träume. Er sah sich in diesem Förderkorb neben den Bergarbeitern, nur war er selbst im schwarzen Talar, mit einem silbernen Kreuz auf der Brust. Der Talar hatte einen Gürtel, an dem eine Gasmaske befestigt war. Auf der einen Seite hing die Gasmaske, auf der anderen eine Feldflasche mit Wasser. Zehn Minuten kroch der Korb abwärts, ehe er auf dem schwarzen Grund anhielt. Als Erste verließen ihn die Bergarbeiter, Sergejitsch im Talar folgte ihnen. Da erklang ein Chor, ein Männerchor, und begann, Gott zu preisen. Es waren laute, gedehnte, sogar grobe, gekränkte, zornige Stimmen, und doch sangen sie Wort für Wort alles richtig.

Sergejitsch lauschte ihnen.

Und der Chor sang weiter: »Und kraft deiner Gnade vertilge meine Feinde, und vernichte alle, die mich bedrängen, denn ich bin dein Knecht!«

Durch den Traum drangen Stimmen zu Sergejitsch, die falsch waren, mit dem Chor nicht harmonierten, schrien. Im Traum blickte er sich um, sah die unregelmäßigen schwarzen Kohlewände, die dunklen Gesichter der im Chor singenden Bergleute, auf deren schwarzer Kleidung mächtige silberne Kreuze blitzten. Nein, sie öffneten alle gleichzeitig die Münder und stimmten gleichmäßig in das gemeinsame Psalmodieren ein. Jene Stimmen, die nicht ihnen gehörten, kamen von oben, aus unsichtbarer Höhe herunter. Von der Erdoberfläche. Sergejitsch sah hinauf und starrte in einen Dunstschleier, hinter dem wie durch eine Wolke aus Staub ein Scheinwerfer leuchtete.

»Fuck, was ist mit ihm los?«, erklang wieder, noch lauter, eine grobe Männerstimme. »Na los, komm raus, Scheiße!«

Jetzt gingen Sergejitsch die Augen auf, sein Blick wandte sich vom Traum nach außen, langsam folgte auch sein Bewusstsein, und er kam zu sich.

»Wer ist da?«, fragte er heiser.

»Komm raus, dann siehst du's!«, antwortete dieselbe Stimme.

Sergejitsch stand auf. Er warf einen Blick in die Zeltecke,

wo das jetzt unsichtbare Kartonbild stand. Er nahm eine neue Kerze, zündete ein Streichholz an, stellte das brennende Kerzlein ins Glas, und jetzt waren sie zwei im Zelt, mit lebendig gewordenen Gesichtern.

Jemand packte Sergejitsch aus der Dunkelheit am Arm und zog, als versuchte er, sein Herauskommen aus dem Zelt zu beschleunigen. Sergejitsch wäre fast hingefallen, aber er befreite seinen Arm mit einer abrupten Bewegung und taumelte zurück, wobei er zu erkennen versuchte, wen er da vor sich hatte und wie viele es waren. Vor dem dunkelblauen Himmel erblickte er zwei Gestalten.

»Was wollt ihr?«, fragte er kalt, ohne einen Hauch von Furcht.

»Dir geb ich's …«, hörte er eine junge, betrunkene Stimme, und die eine Gestalt versuchte taumelnd, Sergejitschs Gesicht mit der Faust zu erreichen.

Die Faust hätte ihn auch getroffen, aber der zweite Mann, der anscheinend älter war, zog den Schwankenden zurück und versuchte, ihn vom Prügeln abzuhalten.

»Was willst du hier? Wegen dir haben sie Saschka erschossen, du Hund!«

»Walik, beruhige dich!«, forderte ihn der Zweite auf.

»Wieso soll ich mich beruhigen, Michalytsch?« Der Junge drehte sich zu dem Älteren um. »Bist du im Schützengraben beschossen worden? Aber ich! Hat dich ein Einschlag erwischt? Nein! Du hast in der Zeit den Kindern in der Schule Märchen erzählt! Aber mich hat es erwischt, verdammt! Und wo war er? Er hat auf der anderen Seite der Front gesessen!!« An seinen letzten Worten schien der Bursche fast zu ersticken.

Sergejitschs Augen hatten sich an die Dunkelheit gewöhnt. Jetzt sah er auch die Gesichter seiner ungebetenen Gäste.

»Ich war zu Hause und habe auf überhaupt niemanden geschossen«, brachte er heiser heraus. Seine Nase fing den Geruch von Wodka auf.

»Du warst zu Hause?« Der Junge riss den Kopf wieder hoch. »Wieso bist du nicht dort, zu Hause in Donezk, geblieben? Wieso hast du dich hier reingedrängt?«

»Ich bin nicht aus Donezk«, erwiderte Sergejitsch. »Ich bin aus der grauen Zone!«

»Hörst du, er ist nicht aus Donezk!«, wiederholte der Ältere.

»Bei denen ist der ganze Donbass graue Zone!« Der betrunkene Walik wandte sich an Michalytsch. »Wieso ist er nicht zum Begräbnis gekommen? Hat nicht beim Leichenschmaus getrunken?«

»Ich bin hier fremd«, erklärte Sergejitsch. »Passe nicht dazu … Aber ich habe auf den Toten getrunken, sein Andenken geehrt …«

»Wo hast du auf ihn getrunken?« Der Junge verzog misstrauisch das Gesicht. Da sah Sergejitsch auf seiner rechten Wange eine Narbe, die quer übers Gesicht lief.

»Da.« Sergejitsch wies mit dem Kopf auf sein Zelt. »Ich habe auch eine Kerze für sein Seelenheil angezündet, wie es sich gehört.«

Aber er bemerkte, dass der Junge ihm nicht zuhörte, sondern auf das Beil sah, das beim Feuer lag. Nur der Ältere hörte ihm zu, den der Junge Michalytsch genannt hatte.

»Na kommt rein und schaut!«, schlug Sergejitsch vor, drehte sich um und trat gebückt ins Zelt.

An den Lauten hinter sich erkannte er, dass seine Einladung angenommen wurde.

Er setzte sich auf seinen Schlafsack, Michalytsch hockte sich neben ihn. Der Junge war draußen unter dem Nachthimmel geblieben.

Michalytsch warf einen Blick auf die Kerze und die Ikone. Sein Blick wurde freundlicher.

»Kommt er nicht rein?«, fragte Sergejitsch.

»Er raucht wahrscheinlich eine«, bemerkte Michalytsch. »Eigentlich war er ein normaler Junge. Ich habe ihn in Geschichte unterrichtet.«

»Vielleicht trinken wir auf den Toten?«, schlug Sergejitsch vor.

Michalytsch stimmte zu. Er mochte fünf oder auch sieben Jahre jünger als Sergejitsch sein. Sergejitsch holte die Flasche und sein Glas, füllte es und reichte es dem Geschichtslehrer.

Der bekreuzigte sich, leerte es in einem Zug und gab das Glas zurück. Sergejitsch schenkte sich ein, wandte sich zu dem von der Kerze beleuchteten heiligen Nikolaus, bekreuzigte sich und trank aus.

»Ihr Hunde!«, hörte man draußen plötzlich einen verkrampften Schrei. Sergejitsch fuhr zusammen und sah Michalytsch fragend an. Der schüttelte den Kopf, seufzte und winkte ab, wie um zu sagen: »Da ist nichts zu machen!«

In diesem Moment krachte es draußen. Seltsame Geräusche ertönten, als würde jemand mit einem Stock dicken Karton durchschlagen oder auch mit einem Brecheisen etwas Dickeres, vielleicht Blech.

Sergejitsch sprang auf, aber der Lehrer, der sich ebenfalls erhoben hatte, stellte sich ihm in den Weg.

»Geh nicht! Bleib hier!«, sagte er. »Halt dich raus!«

»Worauf schlägt er da ein?«, fragte Sergejitsch und begriff im selben Moment, dass der Kriegsheimkehrer sein, Sergejitschs, Auto zerstörte.

Er versuchte, den Lehrer aus dem Weg zu schieben, aber der packte ihn an den Schultern und drängte ihn zurück, stieß ihn wieder auf den Schlafsack hinunter. Michalytsch hatte starke Hände.

»Ich bitte dich.« Die Stimme des Lehrers klang angespannt, nervös. »Er ist vollkommen durchgedreht. Explosionsgeschädigt! Den hält man jetzt nicht mehr auf!«

»Und wenn er auf meine Bienen losgeht?«, schrie Sergejitsch. »Was soll ich dann machen? Mich hier verstecken? Ich habe keine Angst!«

Es gelang ihm, den Lehrer zur Seite zu stoßen und fast den Zeltausgang zu erreichen, aber da packte Michalytsch ihn erneut am Arm und zog ihn mit aller Kraft zu sich. Wieder krachte Sergejitsch auf seinen Schlafsack, und der Lehrer setzte sich im selben Moment neben ihn.

»Komm, trinken wir lieber!«, sagte er fest. »Zum Totengedenken!«

Er streckte die Hand aus und nahm zu Sergejitschs Überraschung das Glas mit Honigschnaps, das für den Gefallenen bei der Kerze stand.

»Gieß du dir ein, und ich trinke für ihn! Zum Gedenken! Saschka ist auch mein Schüler gewesen!«

Schwer atmend und mit nervösen Blicken zum Zeltausgang füllte Sergejitsch sein Glas. Er merkte, dass seine Hand zitterte.

Das Krachen draußen verstummte plötzlich. Ohne sein

Glas zum Mund zu führen, versuchte Sergejitsch wieder aufzustehen, aber der Lehrer schüttelte den Kopf.

»Tu's nicht!«, bat er. Ja, er bat.

Sergejitsch ergab sich. Seufzend trank er zwei kleine Schlucke und einen großen, mit dem er das Glas leerte.

»Sitzen wir noch ein bisschen, warten wir«, sagte Michalytsch. »Ich kenne ihn. Er raucht jetzt und beruhigt sich. In zehn Minuten hole ich ihn und bringe ihn nach Hause …«

Sergejitsch sah dem Lehrer im Halbdunkel in die Augen, bitter und misstrauisch.

»Für dich wäre es tatsächlich besser wegzufahren!«, sagte Michalytsch und senkte die Augen, als er Sergejitschs Blick nicht mehr aushielt.

»Aaaaaah!!«, heulte Walik hinter dem Zelt plötzlich wie eine Feuerwehrsirene auf. »Mein Auge, Scheiße!!!! Mein Auge!!!«

Michalytsch sprang nach draußen. Sergejitsch wollte sich von seinem Schlafsack erheben, aber als er statt der Schreie das Geheul dieses Walik hörte, blieb er unter dem Zeltdach.

Wagentüren schlugen, ein Motor sprang an und röhrte auf, als vermutlich wegen der Eile das Gaspedal durchgedrückt wurde. Das Röhren des fremden Motors entfernte sich langsam. Als es ganz verstummt war, blieb in Sergejitschs Ohren nur ein eigenartiger, schmerzhafter Ton zurück, der manchmal in ein Pfeifen überging.

›Der Blutdruck?‹, dachte Sergejitsch erschrocken.

Endlich verließ er sein Zelt. Am Himmel leuchteten Sterne, eine dünne Mondsichel war zwischen ihnen zu sehen, wie hinaufgeworfen und im Himmel steckengeblieben. Jetzt kam Sergejitsch die Nacht überhaupt nicht dunkel vor. Er sah die Bäume, sah das Zelt. Nachdem er ein paar Schritte auf seine Bienenstöcke zugegangen war, erblickte er seinen Schiguli und erkannte ihn nicht wieder. Er trat näher. Der explosionsgeschädigte Kriegsheimkehrer hatte mit dem kleinen Beil alle Scheiben eingeschlagen. Scherben knirschten kläglich unter den Füßen. Von der Frontscheibe waren nur Reste übrig, oben und unten von den Schlägen des Beils nach innen gedrückt. An der Fahrertür war es, als hätte es nie eine Scheibe gegeben. An der Tür dahinter sah das zerschlagene Glas wie ein Spinnennetz aus.

Sergejitsch lief um sein Auto herum und verspürte einen stechenden Schmerz im Herzen. Er sah zu den Bienenstöcken und lauschte. Ihm schien, als würde das vertraute Summen der Bienen an sein Ohr dringen. Da entdeckte er eine Kerbe von einem Beil an der Seite des vordersten Bienenstocks. Offenbar hatten Waliks Kräfte nach der Zerstörung des Autos nicht gereicht, um die Bienenstöcke zu zerschlagen!

»Ja, Gott sei Dank«, flüsterte Sergejitsch.

Die Reste der Frontscheibe, die noch oben, unten und seitlich von den Rändern des Metallrahmens hingen, ließen sich mühelos herausziehen. Dann ging er zu den Türen über. Mechanisch, ohne Eile, entfernte er alle Scheibenteile, die nicht vom Schlag des Beils herausgeflogen waren. Er schnitt sich in die rechte Handfläche und übergoss die Wunde mit Honigschnaps. Sie brannte, aber das Blut tropfte weiter auf die Erde. Da öffnete Sergejitsch die Heckklappe, deren Scheibe ebenfalls fort war, nahm einen Wattebausch aus dem Verbandskasten und drückte ihn auf die Wunde, fand im Kasten auch einen Einmalhandschuh, den er über die rechte Hand zog. Jetzt blutete es nicht mehr. Dafür spürte er plötzlich Blutgeschmack im Mund, auf der Zunge. Es war, als käme ihm dieser Geschmack, der ihm seit der Kindheit vertraut war, wo sie ihm bei jeder Prügelei vor der Schule entweder die Ober- oder die Unterlippe zerschlagen hatten, als Erinnerung daran auf die Zunge, dass die Gefahr nicht vorüber war. Die Gefahr weiterer Besuche des traumatisierten Kriegsheimkehrers oder von jemand anders, aber mit denselben betrunkenen Vorwürfen.

»Für dich wäre es besser wegzufahren!« Die letzten Worte des Lehrers fielen ihm ein, der den einstigen Schüler ja zu seinem Bienenstand hergebracht hatte.

Sergejitsch zog das Handy heraus und sah auf die Uhr. Halb eins. Er wählte Galjas Nummer.

»Nicht möglich!«, hörte er die vertraute, verschlafene Stimme. »Ich schlafe schon …«

»Galja, kann ich vorbeikommen? Es ist sehr wichtig!«, bat er.

»Ja, natürlich. Komm! Ich setze Teewasser auf!«

Er setzte sich ans Steuer. Das Auto sprang leicht und folgsam an, als wäre es überhaupt nicht gekränkt darüber, dass ein fremder Mensch seinen ganzen Zorn, seinen ganzen Schmerz und Hass an ihm ausgelassen hatte.

42

Als Sergejitsch sich dem Dorffriedhof näherte und schon die Umrisse der Kirche vor dem dunklen Himmel sah, raste ihm ein Rettungswagen mit Blaulicht und Sirene entgegen. Sergejitsch gelang es noch, an den Straßenrand auszuweichen und den Wagen vorbeizulassen, und ihm schien, als hätte in der Fahrerkabine neben dem Fahrer der Lehrer Michalytsch gesessen.

›Na so was‹, dachte er verwundert. ›Warum fährt er ins Krankenhaus?‹

Er parkte seinen Schiguli vor Galjas Zaun, stieg aus und blickte nachdenklich auf die Straßenlaterne. Als er das Tor öffnete, quietschte es zu laut, er hielt es fest und schloss es behutsam hinter sich. Es war schließlich Nacht!

Eine Stunde später quietschte es wieder, als sie beide vom Hof auf die Straße heraustraten. Galja hatte nasse Augen, Tränen liefen ihr über die Wangen.

»Was willst du denn jetzt machen? Mit so einem Auto?«, flüsterte sie bekümmert.

»Er hat auch versucht, die Bienenstöcke zu zerstören, aber er hatte nicht genug Kraft!«, entgegnete Sergejitsch seufzend.

»So ein Unglück«, sagte Galja langsam. »Mit ihm werden wir noch unsere Not haben. Er hat ja letzte Woche auch dem Buchhalter des Dorfrats eine Handgranate in den Hof geworfen. Gut, dass sie nicht explodiert ist! Er hat seine Wasserrechnungen nicht bezahlt. Er hat hohe Schulden! ... Aber wenn er betrunken ist, schreit er, dass wir alle ihm etwas schulden, nicht er uns!«

»Was soll ich nun machen?«, wiederholte Sergejitsch ein weiteres Mal seine Frage.

Er hatte schon zweimal Galja um ihren Rat gefragt. Im Haus, beim Tee. Sie hatte nur mit den Schultern gezuckt und ihn kummervoll angesehen wie einen verstorbenen Verwandten.

»Fahr lieber weg, wenigstens für eine Weile«, sagte sie schließlich. »Vielleicht verhaften sie ihn, sperren ihn ein … Dann rufe ich dich sofort an. Fahr nur nicht weit weg, bei Melitopol gibt es schöne Plätze, mit Sanatorien, einem kleinen Fluss …«

Sergejitsch wandte seinen nachdenklichen Blick von Galja zur Straßenlaterne, die einen Lichtkegel auf die Straße und auf einen Teil von Galjas Zaun mit dem Tor warf. Dieselbe Laterne beleuchtete auch gut das schwer ramponierte Auto, und Scham und Schmerz durchdrangen Sergejitsch bei seinem Anblick. Die Kränkung bedrückte ihn von innen und irgendwie auch von oben, vom Himmel her, und ließ ihn den Rücken krümmen. Er fürchtete schon im Voraus die Blicke der anderen Fahrer, er fürchtete sich vor den Verkehrspolizisten und vor einfachen Passanten, die beim Anblick seines scheibenlosen Schiguli einen Stein von der Straße aufheben und nach ihm und seinem Auto werfen konnten.

›Bis zum Sonnenaufgang sind es drei Stunden, und auch in den ersten paar Stunden nach Sonnenaufgang gibt es auf der Straße kaum Autos‹, dachte Sergejitsch. ›Ich muss mich beeilen, ich muss möglichst schnell abfahren!‹

Auf dem Weg zu seinen Bienenstöcken hörte er durch seine scheibenlosen Fenster das Knattern des Motorrollers, auf dem Galja ihm hinterherfuhr. Gemeinsam stellten sie den Anhänger auf die Räder. Sergejitsch verschloss die Fluglöcher der Bienenstöcke, dann stellten Galja und er sie Wand an Wand auf den Anhänger. Sie zogen die Riemen fest und packten seine übrigen Habseligkeiten in den Kofferraum.

»Kannst du nachher schauen, ob ich nichts vergessen

habe?«, bat Sergejitsch Galja. »Wenn du etwas findest, nimm es mit, und heb es auf! Ich komme doch zurück?«

»Du kommst zurück, du kommst auf jeden Fall zurück!«, beruhigte Galja ihn.

Erst als er ihre Versicherungen hörte, begriff Sergejitsch, dass er sie nicht hatte fragen, sondern, im Gegenteil, beruhigen wollen. Aber anscheinend war etwas in seiner Stimme anders herausgekommen.

Und wieder, nur schon langsamer und behutsamer, fuhr er vor zur Straße. An der Abzweigung hielt er an und schaltete den Motor aus.

Er und Galja umarmten sich in der nächtlichen Stille am Straßenrand. Sie standen zwei Minuten so da und schwiegen.

»Ruf an, wenn du ein Plätzchen für dich gefunden hast«, flüsterte Galja ihm ins Ohr. »Wenn es nicht sehr weit weg ist, dann komme ich und bringe Lebensmittel!«

Er nickte, fuhr mit der Nase über ihre Wange und blieb an ihrem kleinen kalten Ohr hängen. Er spürte die Kälte des goldenen Ohrrings und nahm den süßlich-bitteren Duft ihrer Haare so deutlich wahr, dass ihm Galja in diesem Augenblick der nächste und liebste Mensch schien. Er wollte sie nicht loslassen, aber die Umarmung löste sich, und Galja trat zurück.

Er setzte sich ans Steuer und sah sich nach Galja und ihrem Motorroller um. Er winkte und fuhr los.

Die leere Straße beruhigte Sergejitsch und lullte ihn fast ein, aber er wollte nicht schlafen. Er kam zur großen Gabelung: geradeaus nach Donezk, rechts nach Melitopol. Hinter ihm lagen auch andere Abzweigungen, die bestimmt zu winzigen, stillen Winkeln führten, wo man sowohl das Zelt als auch Bienenstöcke aufstellen konnte und wo sich vermutlich niemand in sein und der Bienen stilles Leben einmischen würde, das niemanden störte. Aber die Straße rief ihn mit ihrer Menschenleere weiter, als würde »weiter« auch »besser« bedeuten. Plötzlich blitzte ein großer Wegweiser im Licht seiner Scheinwerfer auf, und dort, ganz oben über dem Pfeil, der die Hauptrichtung bezeichnete, erschien die Aufschrift »Simferopol«.

›Was, bin ich schon fast bis zur Krim gekommen?‹, dachte Sergejitsch erschrocken. Aber es war ein freudiger Schreck, als hätte er zehn Hrywni auf der Straße gefunden.

Der Krimtatare Achtem fiel ihm ein, mit dem er sich vor vielen Jahren auf dem Kongress der Bienenzüchter angefreundet hatte. Er hatte ja vor gar nicht langer Zeit, im Winter, an ihn gedacht. Und sogar versucht, ihn anzurufen. Offenbar war er ihm nicht umsonst eingefallen!

›Was, wenn ich zu ihm fahre?‹, dachte Sergejitsch. ›Seine Adresse habe ich dabei. Das Notizbuch liegt im Kofferraum ganz unten bei den anderen Papieren und Dokumenten. Es heißt, dass die Tataren gastfreundlich sind, auch wenn sie nicht unseren Glauben haben! Sie werden mich aufnehmen! Und was brauche ich schon? Ich muss nicht zu ihnen ins Haus, ich brauche nur mein Zelt aufzustellen und die Bienenstöcke!‹

Da kam Zuversicht in Sergejitsch auf, Zuversicht, dass er jetzt einen Plan hatte. Auch alles Weitere, das ihn am Ende dieses Weges erwartete, wusste er. Denn dort auf der Krim gab es Felder und Wälder und Berge. Sowie erstaunliche Luft, wie Achtem in Slowjansk immer gern gesagt hatte. Die Menschen waren still und fügsam. Und dort war kein Krieg.

Diese Menschen hatten die russische Armee selbst gerufen, und die war gekommen und sicherte dort jetzt die Ruhe. War das nicht das Paradies für die Bienen, und auch für ihn?

Er fuhr schneller, um zu dieser frühen Stunde möglichst nah an die Krim heranzukommen, bevor sich die Kleinlaster und Urlauber auf den Weg machten, die ebenfalls auf die Krim fuhren, bloß mit ihren Menschen- und nicht ihren Bienenfamilien. Aber die Krim freute sich ja über jede Familie! Und über eine aus Bienen erst recht. Die Krim war ein süßer Ort. Sergejitsch war dort noch nie gewesen, aber er spürte den Geschmack der Halbinsel nach jeder Erwähnung auf der Zunge, und dieser Geschmack war honigsüß.

43

Den Kontrollpunkt Tschongar passierte er relativ schnell. Mitfühlende Menschen in der Autoschlange vor der administrativen Grenze zur Krim blickten sich nach seinem ramponierten Auto um, nach dem Kennzeichen, nach seinem düsteren Gesicht, das aussah, als durchlebte er in Gedanken gerade den eigenen Tod. An sein Ohr drang das Wort »Flüchtling«, mal flüsternd, mal in normaler Lautstärke gesagt, und jedes Mal war es von einem Blick oder einer Geste in seine Richtung begleitet, wovon ihm noch schwerer ums Herz wurde. Das Fehlen der Frontscheibe, überhaupt das Fehlen aller Scheiben, machte ihn verwundbar, für Steine wie auch für Worte. Auf dem Weg hierher waren nur ein paar Steinchen durch die Räder der vor ihm fahrenden Autos im Wageninneren gelandet, und Gott sei Dank hatte ihn kein einziges davon im Gesicht getroffen. Das Wort »Flüchtling« aber flog mehrere Dutzend Mal in sein Auto und surrte weiter in seinen Ohren, wie ein lästiger Mückenschwarm, den man schwer verscheuchen und vor dem man sich in einem Auto mit eingeschlagenen Scheiben nicht schützen kann.

Sergejitsch fuhr langsam an der Schlange vorbei, um sich bei einem eventuellen Zuruf »Was wird das denn?« entschuldigen und ans Ende der stehenden Kolonne zurückkehren zu können. Aber niemand regte sich auf. Er erntete nur die gleichen, anfangs verwunderten, dann mitfühlenden Blicke, und immer richtete sich der erste Blick auf sein Gesicht, der zweite auf das Autokennzeichen, als würde das den Grund für die Misere des Autobesitzers erklären.

Der ukrainische Grenzbeamte blätterte in Sergejitschs Pass, studierte den Meldevermerk und sah dann auf das daneben stehende Auto mit dem Anhänger, das gerade von zwei Zöllnern etwas aufgeregt, ja ängstlich umrundet wurde.

»Bleiben Sie lange?«, fragte der Grenzbeamte.

Sergejitsch zuckte die Achseln.

»Einen Monat vielleicht.«

»Fahren Sie! Nehmen Sie nur keinen der Fußgänger zu den Russen mit. Das ist verboten. Dafür können Sie bestraft werden!«

Als Sergejitsch seine Autotür öffnete, traten die Zöllner sofort zurück und gingen, anscheinend erleichtert, zu einem neuen, dunkelblauen Volvo weiter, der hinter dem Lada Schiguli an den Kontrollpunkt gefahren war.

Die Anspannung fiel aber einfach nicht von Sergejitsch ab. Mit zitternden Fingern umfasste er das Lenkrad fester und sah nach vorn, wo in beiden Fahrtrichtungen Leute mit Einkaufstrolleys, Koffern, Taschen und Rucksäcken am Straßenrand gingen. Er überquerte eine Brücke. Auf der breiten, silberfarbenen Überdachung des sich nähernden Kontrollpunkts konnte er »Russland. Internationaler PKW-Grenzübergang Dschankoj« lesen. Er erinnerte sich daran, dass ihm auf der Zufahrtsstraße nach Tschongar ein Umspannhäuschen aufgefallen war, auf das jemand mit schwarzer Farbe geschrieben hatte: »18 km bis zu den russischen Okkupanten«.

›Ich bin also nur 18 Kilometer gefahren‹, dachte er.

Der Offizier des russischen Kontrollpunkts, in gebügelten Hosen, gebügeltem Hemd und Mütze, bedeutete ihm mit einer Geste, wohin er fahren sollte. Sergejitsch bemerkte, wie die versteinerte Gleichgültigkeit im Gesicht des Offiziers, je näher er dem Auto kam, zu versteinerter Verwunderung wurde.

»Wieso ist das Auto in einem solchen Zustand?«, fragte er streng, während er an die Fahrerseite herantrat.

»Sie haben mir die Scheiben eingeschlagen. Ich habe es nicht geschafft, neue einzusetzen«, begann Sergejitsch, sich mit zitternder Stimme zu rechtfertigen. Der Offizier trat zwei Schritte zurück und betrachtete das Autokennzeichen.

»Sind Sie etwa unter die Banderowzy* geraten?«, fragte er.

Sergejitsch nickte. Er nickte nicht einmal wegen der Frage, sondern wegen der plötzlich freundlicheren Stimme.

* Allgemeine Bezeichnung für radikale ukrainische Nationalisten, die gegen den Einfluss Russlands und gegen die russische Sprache in der Ukraine auftreten. Nach Stepan Bandera, einem der Anführer der ukrainischen Nationalisten in der Westukraine, als diese zu Polen gehörte.

»Gehen Sie mit Ihren Papieren dort hinüber!« Der Offizier deutete mit dem Blick auf ein Schalterfenster unter dem Schild »Grenzkontrolle«.

Der Grenzbeamte nahm träge den abgegriffenen ukrainischen Pass in die Hand. Er blätterte darin, studierte den Meldevermerk, und erst danach sah er hoch zum Inhaber des Ausweises. Er kniff die Augen leicht zusammen. Der Grenzbeamte war ungefähr dreißig, nicht älter. Die ernste Miene passte nicht zu ihm, es war, als müsste er sich anstrengen, um diesen Gesichtsausdruck beizubehalten.

Er erhob sich ein wenig von seinem Computertischchen und sah durch das Schalterfenster zum Auto mit dem Anhänger.

»Ihres?«, fragte er.

»Ja.«

»Dieses Dorf, Malaja Starogradowka, liegt das in der Republik Donezk oder in der Ukraine?«

»Dazwischen«, antwortete Sergejitsch vorsichtig. »Es ist in der grauen Zone.«

»Na so was!«, sagte der Grenzbeamte. Ohne ein weiteres Wort verließ er seine Kammer und verschwand.

Sergejitsch hörte Schritte und Stimmen hinter sich. Er drehte sich um und sah, dass seine »bewegliche Habe«, das Auto mit dem Anhänger, von gleich drei Soldaten kontrolliert wurde. Ein Schäferhund schnüffelte am Anhänger und wurde von seinem Hundeführer aufmerksam beobachtet, der dabei mit dem Finger vorsichtig über die Kerbe in einem der Bienenstöcke fuhr.

Sergejitsch wurde nervös. Er sah sich um und überprüfte, ob alle Autos so kontrolliert und beschnüffelt wurden oder nur seines. Doch den anderen Autos, die am Kontrollpunkt standen, ließen die Russen nicht so viel Aufmerksamkeit zuteilwerden.

Er trat vom Schalterfenster zurück und wollte schon zum Auto gehen, wagte es aber nicht. ›Soldaten soll man nicht stören!‹, beschloss er. ›Sollen sie doch kontrollieren! Ich habe ja nichts zu verbergen!‹

Einer der Offiziere drehte sich zu ihm um, als habe er seine Gedanken gehört.

»Stellen Sie das Auto dorthin!«, sagte er kalt und wies auf eine Stelle etwas abseits der Überdachung.

Beim Wegfahren hätte Sergejitsch fast einen roten Mazda mit Dnepropetrowsker Kennzeichen gestreift.

»Schau doch, wo du hinfährst, Donezk-Arsch!«, hörte er hinter sich. Er drehte sich aber nicht einmal um.

Er stellte das Auto dort ab, wo man ihm gesagt hatte, dann kehrte er zum Schalterfenster zurück. Plötzlich hörte er wieder Schritte hinter sich.

»Sergej Sergejitsch, kommen Sie mit uns!«

Er drehte sich um und erblickte zwei Männer in Zivil, ebenfalls jung und ernst.

Sie blieben vor einem einstöckigen Fertighäuschen stehen, das man wahrscheinlich hertransportiert und mit einem Kran abgesetzt hatte.

»Geben Sie uns Ihre Handys«, verlangte einer.

Sergejitsch gab ihm gehorsam sein Telefon.

»Haben Sie nur das?«

»Ja.«

Einer der beiden ging mit dem Telefon weg, der zweite bat Sergejitsch einzutreten.

In dem kleinen Kabuff setzte sich der Mann in Zivil an einen Tisch und wies mit dem Blick zum Stuhl auf der anderen Seite.

In der Hand des Beamten lag Sergejitschs abgegriffener Pass.

»Wohin fahren Sie?«, fragte er und blätterte im Pass, ohne seinen Gesprächspartner anzusehen.

»Auf die Krim«, antwortete Sergejitsch.

»Das weiß ich schon, aber wohin genau?«

»Ich habe eine Adresse, ein Bekannter von mir wohnt in der Nähe von Bachtschissarai. Er ist auch Bienenzüchter. Ich fahre ja nicht meinetwegen, sondern wegen der Bienen. Damit sie in Ruhe fliegen können, damit der Honig …«

»Wie heißt Ihr Bekannter, wie lautet seine Adresse? Sie verstehen schon, dass Sie in einen anderen Staat einreisen, nach Russland?«

»Ich habe die Adresse bei mir, hier ist sie.« Sergejitsch faltete das doppelt zusammengelegte, aus seinem Notizbuch herausgerissene Blatt auseinander und hielt es ihm hin.

»So, so.« Der Beamte nickte. »Gut. Und was ist mit Ihrem Auto passiert?«

»Sie haben mir die Scheiben eingeschlagen. Ich habe im Gebiet Saporischschja einen Zwischenstopp eingelegt, bei Wessele, wollte dort den Sommer verbringen …«

»Und Sie wurden dort schlecht aufgenommen?«

Sergejitsch nickte.

»Weil Sie aus dem Donbass sind?«

Sergejitsch nickte abermals.

»Ja«, seufzte der Mann. »Bei euch geschehen furchtbare Dinge! Gott sei Dank waren wir mit der Krim rechtzeitig dran … Würden Sie Journalisten von diesem Vorfall erzählen?«

»Journalisten?«, fragte Sergejitsch nach.

»Ja genau. Bei solchen Sachen darf man nicht schweigen!«

»Ich werde darüber erzählen«, sagte Sergejitsch etwas zögerlich.

»Womit wurde auf das Auto eingeschlagen? Mit Baseballschlägern?«

»Mit einem Beil«, präzisierte Sergejitsch. »Auf die Bienenstöcke mit den Tieren auch!«

»Bleiben Sie kurz sitzen, ich komme gleich wieder!«

Der Mann verließ das Zimmer. Im nächsten Augenblick kam eine Frau in Militäruniform herein. Sie stellte eine Tasse Tee und eine Zuckerdose vor Sergejitsch hin.

Er gab zwei Löffel Zucker in den Tee und rührte um. Angst und Überraschung verflogen, und er spürte, wie der Tee die unangenehme Kälte aus seinem Körper und den Gedanken vertrieb, eine innere Kälte, die nichts mit der Lufttemperatur in der gleißenden Sommersonne zu tun hatte.

Sergejitsch trank langsam und genoss seinen Tee, während er sich beruhigte. Daher empfing er auch den an seinen Tisch zurückkehrenden Mann in Zivil mit einem freundlichen Blick.

Der Beamte breitete eine Karte des Donbass vor Sergejitsch auf dem Tisch aus.

»Trinken Sie nur, trinken Sie! Und suchen Sie Ihr Dorf – wo ist es? Die Journalisten werden in etwa zwanzig Minuten hier sein!«

Sergejitsch fand Malaja Starogradowka und zeigte darauf. Der Mann markierte den Wohnort mit einem roten Stift. Dann erkundigte er sich nach dem Leben in der grauen Zone und nach Paschka, den Sergejitsch selbst erwähnt hatte.

Während des Gesprächs fühlte sich Sergejitsch immer wieder unwohl, so sehr, dass er beschloss, diesem eindeutig nicht zivilen Menschen in Zivil nichts von Petro, dem ukrainischen Soldaten, zu erzählen. Auch von dem Toten, der den ganzen Winter auf dem Feld gelegen hatte, sagte er nichts. Dafür erzählte er von dem Heckenschützen aus Sibirien, der von einer Mine in die Luft gesprengt worden war, und von den Männern aus Karusselino, die Paschka besucht hatten, bis sie einen anderen Kommandanten bekamen. Und von den ihm unbekannten Typen, die während des Winters versucht hatten, Paschka ein gestohlenes Auto zu verkaufen. Und davon, dass im Nachbardorf, das ebenfalls in der grauen Zone lag, alles anders war, dass dort Leute lebten und Kinder durch die Straßen liefen.

Der Beamte nickte, hörte aufmerksam zu und schrieb hin und wieder etwas auf seinen Notizblock. Sergejitsch wurde warm, und er entspannte sich. Der süße Tee ließ ihn sogar ein paarmal vergessen, wo er war und warum. Das Gespräch plätscherte einfach vor sich hin wie zwischen zwei Reisenden, die sich nicht kannten und einander in einem Zugabteil wahre und weniger wahre Geschichten erzählten.

Ihr Gespräch endete, als die Offizierin wieder ins Büro hereinschaute und nickte. Der Beamte erhob sich schwungvoll.

»Die Journalisten sind da!«, teilte er Sergejitsch mit.

Sie gingen hinaus in die warme Sonne, vorbei an der Überdachung, unter der Beamte die Grenzabfertigung von

Autos und Menschen bei der Einreise vornahmen, vorbei an weißen Bürocontainern mit Schalterfenstern für die Passkontrolle.

Neben dem grünen Lada Schiguli drängten sich an die fünf Personen. Zwei Männer mit Kameras filmten das Auto und den Anhänger mit den Bienenstöcken aus verschiedenen Perspektiven. Eine junge Frau mit einem Mikrophon in der Hand brachte sich bei Sergejitschs Anblick in Stellung. Sie wusste offenbar schon, wer hier wer war.

»Sind Sie bereit zu erzählen?«, fragte sie ihn, kaum war er bei ihr angelangt.

»Ja«, antwortete er zögernd.

»Also, geht zur Seite!«, befahl sie ihren Kollegen, dann wandte sie sich an Sergejitsch: »Sie stellen sich da hin, vor Ihr Auto! Genau hier. – Bereit?«

Die letzte Frage war an die beiden Männer mit den Kameras gerichtet.

»Also, Sergej Sergejitsch, Sie sind aus dem Donbass zu uns gekommen! Erzählen Sie uns, warum!«

Die Frage traf ihn unvorbereitet. Er drehte sich halb zu seinem Anhänger um und zeigte mit der Hand darauf.

»Die Bienen, verstehen Sie … Bei uns wird geschossen, ich lebe in der grauen Zone … Auf der einen Seite die Ukrainer, auf der anderen die Russen!«

»Stopp! Stopp!«, platzte einer der jungen Männer, die danebenstanden, ins Interview. »Nein, so geht das nicht! Wiederholen Sie das Ganze noch einmal, nur ohne ›Russen‹. Wo sollen denn bei euch ›Russen‹ herkommen?«

»Auf der einen Seite die Ukrainer«, wiederholte Sergejitsch etwas langsamer und mit keineswegs überzeugter

Stimme, »auf der anderen Seite ... aus der Richtung von Karusselino, die Separatisten ...«

»Was ist mit Ihrem Auto geschehen?«, unterbrach ihn die junge Frau mit dem Mikrophon, das sofort wieder vor seinem Mund war.

»Es wurde zertrümmert«, seufzte Sergejitsch betrübt und voll aufrichtigem Schmerz. »Im Gebiet Saporischschja, ich habe da einen Zwischenstopp eingelegt ...«

»Wie viele waren es? Warum haben sie Sie angegriffen?«

»Es war nur einer. Ein Kriegsverletzter. Hatte zu viel getrunken beim Leichenschmaus für einen Soldaten, den die Russen getötet haben.«

»Stopp!«, mischte sich der junge Mann wieder ein, der aus Sergejitschs Sicht eigentlich auch aufgrund seines Alters nicht das Recht hatte, ältere oder fremde Personen zu unterbrechen. »Es reicht, Ljuda! Wir machen es ohne Text! Nur die Bilder! Nehmt das Summen der Bienen in den Bienenstöcken auf! Und die Spuren des Beils! In Großaufnahme!« Er zeigte auf den beschädigten Bienenstock.

Die junge Frau nickte, ließ die Hand mit dem Mikrophon sinken und ging, ohne ein Wort zu Sergejitsch zu sagen.

Sergejitsch sah, wie die beiden Kameramänner ihre Objektive an seinem Auto und den Bienenstöcken entlangführten, wie sie durch die fehlende Frontscheibe, ebenfalls mit ihren Objektiven, ins Innere des Autos schauten, wie sie ihm Blicke zuwarfen, in denen weder Mitleid noch Interesse lag. Gleichzeitig näherte sich dem Anhänger ein Grenzbeamter mit einem Gerät, das einem Miniaturfeldspaten glich. Er fuhr mit diesem Ding die Bienenstöcke ab und lauschte dessen elektronischem Piepsen.

»Sie stören uns!«, teilte ihm der junge Journalist mit. »Wir brauchen noch ein paar Minuten!«

Der Grenzbeamte trat ein Stück zurück, blieb aber in etwa drei Meter Entfernung.

Die Journalisten gingen, ohne sich zu verabschieden. Auch der Grenzbeamte verschwand, nachdem er die Bienenstöcke schnell mit seinem Gerät überprüft hatte. Der Mann, mit dem sich Sergejitsch im Büro unterhalten hatte, brachte ihm sein Handy zurück, seinen Pass sowie den Zettel mit Achtems Adresse und bat ihn, an das vorige Schalterfenster zurückzukehren und das Formular für die Einreise auszufüllen.

Der Aufenthalt am Grenzkontrollpunkt neigte sich eindeutig seinem Ende zu. Beim Ausfüllen der Migrationskarte wurde Sergejitsch nervös. Doch der Grenzbeamte sah die Karte an, dann stempelte er beide Hälften, trennte sie voneinander und gab ihm eine davon zusammen mit dem Pass zurück. Er wünschte ihm eine gute Reise und bat ihn, den im Pass liegenden Teil nicht zu verlieren.

Als Sergejitsch schon hinter dem Lenkrad saß und erleichtert aufatmete, sah er im Augenwinkel, dass der Beamte, mit dem er mindestens eine Stunde im Büro zugebracht hatte, sportlichen Schritts auf ihn zueilte. Dabei winkte er und forderte ihn zum Warten auf.

Für alle Fälle stieg Sergejitsch aus dem Auto.

»Verzeihen Sie.« Der Beamte schnappte nach Luft. »Ich habe etwas für Sie.« Er griff in die Tasche seines Sakkos. »Die Journalisten haben für die Reparatur Ihres Autos gesammelt!« Er hielt Sergejitsch ein Bündel Geldscheine hin. »Sie haben mich gebeten, Ihnen auszurichten, dass sie sich mit Ihnen für die Rubrik ›So war es – so ist es‹ noch in Verbindung setzen werden. Na dann, guten Aufenthalt!«

Fassungslos ließ Sergejitsch die Rubelscheine durch seine Finger gleiten und versuchte zu begreifen, wie viel Geld man für ihn gesammelt hatte. Aber sein Kopf funktionierte nicht, seine Gedanken und Gefühle waren völlig durcheinander.

»Danke«, schrie er dem in sein Fertighäuschen zurückkehrenden Mann hinterher.

Der drehte sich im Gehen um und nickte.

44

Beim Wegweiser an der Abzweigung nach Sewastopol und Bachtschissarai wurde Sergejitsch warm ums Herz. Er musste nicht nach Sewastopol, aber allein dass er sich dieser legendären Stadt näherte, freute ihn. Und Bachtschissarai war schließlich der Endpunkt seiner Reise. Nicht Bachtschissarai selbst, sondern das Dorf Kujbyschewo, in dem Achtem lebte.

Die Sonne schien mal auf die Hände, die auf dem Lenkrad lagen, mal auf den Beifahrersitz. Langweilig wurde Sergejitsch auf der kurvigen Straße nicht.

Ein Wolga mit einem seltsamen Anhänger stand am Straßenrand und zog Sergejitschs Aufmerksamkeit auf sich, genauso wie ein Tatare mit dunklerem Teint, der daneben auf einem Klappsessel saß. Auf dem Anhänger glänzte ein runder Apparat mit der Aufschrift »Samsa«.

›Vielleicht *Hamsa*? Sardellen?‹, dachte Sergejitsch, der das einzige ihm bekannte Wort, das diesem hier ähnlich war, hervorgekramt hatte.

Auf jeden Fall war ihm klar, dass in dem runden Gerät etwas Essbares war, das der Tatare verkaufte. Sofort wollte Sergejitsch etwas zwischen die Zähne haben, egal, was, nur salzig sollte es sein. Ob Samsa oder Hamsa! Er war aber bereits an dem Wolga mit dem Anhänger vorbeigefahren.

Von nun an sah er aufmerksamer nach vorne. Seine Erfahrung sagte ihm, dass ihn hier am Straßenrand noch weitere Essensverkäufer erwarten könnten.

Nach etwa zehn Minuten erblickte er tatsächlich einen ähnlichen Apparat auf dem Anhänger eines UAZ-Geländewagens. Daneben stand auch hier ein schmächtiger Mann mit orientalischen Zügen und dunklerem Teint und rauchte. Er trug kurze Hosen, ein langärmliges Hemd und eine Mütze, die ihn vor der gleißenden Sonne schützte.

Sergejitsch bremste.

»*Samsa?*«, fragte Sergejitsch den Tataren. »Und was ist das eigentlich? Fisch?«, hakte er nach.

»Hühnchen!« Der Tatare lachte. »Es ist eine große Teigtasche mit Fleischfüllung! Lecker!!! Hundert Rubel!«

Während er noch nicht wusste, wie er auf den Preis reagieren sollte, zog Sergejitsch das Geld, das er für neue Autoscheiben bekommen hatte, aus der Tasche. Es waren Tausenderscheine.

»Vielleicht zwei?«, fragte der Tatare, als er den Packen Rubelscheine sah.

»Nein, eines!«

Sergejitsch aß das erste Samsa seines Lebens direkt beim Auto. Es war saftig und sättigend, auf der Zunge blieb der Geschmack einer kräftigen Fleischbrühe zurück. Sergejitsch konnte nicht widerstehen und kaufte noch eines. Er verschlang es unter dem zufriedenen Blick des Tataren.

»Sie wissen nicht zufällig, wo hier Kujbyschewo liegt?«, fragte er den Samsa-Verkäufer zu guter Letzt.

»Wieso zufällig, ich weiß es genau! Für uns heißt das Albat. Sie müssen durch Bachtschissarai, dann kommt gleich ein Wegweiser nach Jalta. Auf dieser Straße sind es noch etwa zwanzig Kilometer!«

Sergejitsch sah bereits Bachtschissarai vor sich, als plötzlich eine Biene zusammen mit einem Windstoß ins Wageninnere geflogen kam. Sie flog schwerfällig herein, an ihren Beinchen die gelbe Last des Blütenstaubs, und erstarrte gleichsam vor Schreck in der Luft, genau neben Sergejitschs linkem Ohr.

Er griff nach der Fensterkurbel, dann lachte er lauthals über sich selbst. Die Macht der Gewohnheit! Als hätte die Hand nicht gewusst, dass keine Scheiben mehr da waren!

Die Biene bekam von dem Lachen offenbar Angst. Sie flog weg, oder der Gegenwind trug sie davon.

Sergejitsch drehte sich um, als wollte er ihr hinterhersehen, und erblickte seine Bienenstöcke auf dem Anhänger.

»Haltet noch ein bisschen durch, ich lasse euch bald raus!«, flüsterte er.

45

»Achtem?«, fragte die Frau um die vierzig in einer schwarzen, für den Sommer viel zu warmen Bluse und einem bis zum Boden reichenden schwarzen Rock. Um den Kopf hatte sie ein lila Tuch gebunden. »Wissen Sie es denn nicht?«

»Was weiß ich nicht?« Sergejitsch sah abwechselnd auf die Hausherrin, die ihm die Tür geöffnet hatte, und den braunen Mischlingshund, der immer noch herumsprang und den Besucher ankläffte, aber nicht gerade mit aller Gewalt an der Kette zog, die ihn an der Hundehütte festhielt. Diese stand am Weg vom Gartentor zu einem lauschigen, hohen Laubengang, unter dem ein offenbar erst vor kurzem gestrichener blauer Holztisch hervorleuchtete. Als Sergejitsch an der Hundehütte vorbeigegangen war, hatte der Hund nicht einmal seine feuchte Nase herausgestreckt.

»Und woher kommen Sie?«, fragte die Hausherrin und fixierte den Unbekannten mit einem schüchternen, unsicheren Blick.

»Aus dem Donbass komme ich.«

»Tatsächlich?«, fragte sie erschrocken. »Aus Donezk?«

»Nein, mein Haus steht in der grauen Zone. Aber was ist mit Achtem? Wo ist er?«

»Woher kennen Sie ihn denn?« Die Frau schien etwas ruhiger zu werden, allerdings reagierte sie nicht auf seine Fragen.

»Von einem Bienenzüchterkongress in Slowjansk. Wir haben uns ein Zimmer im Hotel geteilt. Ich bin auch Imker, bin mit meinen Bienen gekommen …«

Sie warf einen Blick über seine Schulter, dorthin, wo der mit roten Ziegelsteinen gepflasterte Weg zum Gartentor führte.

*»Anam, kim anda?«**, ertönte eine helle Stimme, und in der Tür hinter der Frau tauchte ein etwa siebzehnjähriges schlankes, langhaariges Mädchen in Jeans und T-Shirt auf.

* Krimtatarisch: »Mama, wer ist da?«

»Donbastan babaniñ tanişi«[*], antwortete sie und wechselte dann direkt wieder ins Russische: »Achtem ist nicht hier. Sie haben ihn verschleppt. Vor zwanzig Monaten schon …«

Sergejitsch erstarrte, als er das hörte. Er trat einen Schritt zurück, sah sich um, und sein Blick traf den des Mischlingshundes, der wieder zu bellen begann.

»Was wollen Sie von ihm?«, fragte die Frau.

»Ich dachte, ich könnte meine Bienenstöcke hier irgendwo aufstellen. Damit die Bienen in Ruhe fliegen können. Und ich wollte neben den Bienen im Zelt wohnen.«

»Unser Bienenstand befindet sich hinter den Weingärten am Fuß des Berges.« Die Stimme der Hausherrin wurde freundlicher und leiser.

»Das sind doch Achtems Bienen?«, fragte Sergejitsch nach.

»Ja, Ajsche und Bekir kümmern sich um sie.« Sie deutete mit dem Kopf nach hinten, wo gerade noch ihre Tochter gewesen war. »Aber mehr Bekir, mein Sohn.«

»Entschuldigen Sie.« Sergejitsch war es unangenehm. »Ich habe ja nicht gewusst, was mit Achtem …«

Er seufzte, machte eine resignierte Geste, drehte sich um und wollte gehen.

»Warten Sie!«, hielt ihn die Frau zurück. »Wie heißen Sie?«

»Sergej.«

»Ich heiße Ajsylu. Bleiben Sie hier. Sie können Ihre Bienenstöcke zu unseren stellen … Ich wusste nichts von

* Krimtatarisch: »Ein Bekannter deines Vaters aus dem Donbass.«

Ihnen … Achtem hat nie von Ihnen erzählt … Wollen Sie vielleicht mit uns zu Mittag essen?«

»Nein, ich habe schon Mittag gegessen. Ich sollte so schnell wie möglich die Bienen rauslassen!« In Sergejitschs Stimme lag aufrichtige Besorgnis.

»Ja natürlich.« Sie nickte. »Warten Sie kurz. Ich muss nur meiner Tochter noch etwas sagen, dann zeige ich Ihnen den Weg. Ich fahre mit Ihnen. Es ist in der Nähe!«

Ajsylu schlug die Hände über dem Kopf zusammen, kaum waren sie zu zweit aus dem Hof auf die Straße getreten. »Was ist mit Ihrem Auto passiert?«, fragte sie verwundert.

»Das war ein Betrunkener«, erklärte Sergejitsch widerwillig. »Mit einer Kriegsverletzung, und da kam dann noch der Leichenschmaus, sie haben seinen Kumpel getötet. Die Wut hat ihn gepackt …«

Ajsylu setzte sich behutsam und vorsichtig ins Auto und schnallte sich sofort an.

»Jetzt geradeaus, bis zur Moschee, dann nach links!«, sagte sie.

Eine alte Frau mit zwei Ziegen kam ihnen entgegen. Sie trat zur Seite, machte dem Auto den Weg frei, nickte Ajsylu zu und sah interessiert den Fahrer an.

»Das ist Sawije, unsere Nachbarin«, erklärte Achtems Frau.

»Ajsylu, Sawije. Ungewöhnliche Namen habt ihr hier«, meinte Sergejitsch.

»Meinen Namen findet man tatsächlich nicht mehr.« Ajsylu lächelte kaum merklich, als sei ihr plötzlich etwas eingefallen. »Meine Mutter hat mir den Namen im Gedenken an ihre jüngere Schwester gegeben. Die ist noch als Kind während der Deportation gestorben.«

Sergejitsch bekam das Gefühl, im Ausland gelandet zu sein, in einem märchenhaften orientalischen Land, in dem die Menschen andere Gesichter hatten, eine andere Haut, auch andere Kleidung. Er sah sich nach allen Seiten um und entdeckte Unterschiede bei den Zäunen, Gartentoren und Häusern.

»Hier nach links, genau hier!« Ajsylu lenkte seine Aufmerksamkeit wieder auf den Weg.

Er bog ab, und vor ihm wuchs gleichsam ein verblüffender Berg aus dem Boden, den fast bis zum Gipfel dichter grüner Wald bedeckte. Darüber leuchtete gelber Fels.

»Na so was!«, entfuhr es Sergejitsch.

»Der Mangup«, sagte Achtems Frau sanft. »Dort hat sich mein Großvater vor den Deutschen versteckt. Nach dem Krieg haben ihn aber die sowjetischen Soldaten geschnappt und erschossen. Genau hier, neben der Kadyrow-Klinik, wo die Drogenabhängigen behandelt wurden.«

»Gibt es hier etwa viele Drogenabhängige?« Sergejitsch wandte sich verwundert ihr zu und riss seinen Blick von dem mächtigen Berg los, der in der Ferne und in seiner ganzen seltsamen Kolossalität zugleich direkt über ihnen aufzuragen schien.

»Nein. Hier bei uns nicht. Sie wurden aus anderen Städten hergebracht. Doktor Kadyrow behandelte sie in der Privatklinik. Er ist nach Kiew gezogen, heißt es, als die Russen gekommen sind. Die Russen haben ihm verboten, Drogenabhängige zu behandeln. Das Gebäude dort rechts war die Klinik!«

»Und was ist da jetzt?«

»Nichts.«

Der Berg vor ihnen schien eigentlich immer noch in weiter Ferne, doch der Feldweg ging kaum merklich, aber stetig bergauf. Auf der rechten Seite wuchsen in geraden, quer zum Weg verlaufenden Reihen Weinstöcke. Weiter oben, wo die Weingärten endeten, begann der Wald.

»Dort nach rechts und dann noch ein kleines Stück.« Ajsylu wies ihm mit der Hand den Weg.

Oberhalb der Weingärten endete der Feldweg hinter einer Rechtskurve und verwandelte sich in einen Pfad. Was von unten wie dichter Wald ausgesehen hatte, entpuppte sich als weitläufiger, leicht abschüssiger Hang, auf dem Sergejitsch unter Mandel- und Feigenbäumen gelbe, blaue und grüne Bienenstöcke erblickte. Er zählte mindestens zwei Dutzend.

Ajsylu nickte. »Da sind wir!«

Als sie aus dem Auto stiegen, hielt Sergejitsch sofort nach einem Platz für seine Bienenstöcke Ausschau. Achtems Bienenstöcke standen etwas weiter hinten in drei unregelmäßigen Reihen. Er konnte seine also auch dorthin stellen, nur etwas näher zum Feldweg und zur Kurve.

»Entschuldigung, würden Sie mir helfen, die Bienenstöcke herunterzuheben?«, bat er Ajsylu.

»Ja, natürlich!«

Er fuhr ein Stück weiter vor, näher an Achtems Bienenstand heran. Ajsylu kam zu Fuß hinterher. Sie hoben die Bienenstöcke herunter und stellten sie so auf, wie Sergejitsch es wollte. Dann zeigte Ajsylu ihm den kleinen Schuppen mit den Imkerwerkzeugen. Er befand sich hinter dem Bienenstand und war von einem Haselnussstrauch verdeckt. Vom Pfad aus war er nicht zu sehen.

»Hier, nehmen Sie.« Sie hielt ihm den Schlüssel des Vorhängeschlosses hin. »Dort finden Sie alles, was Sie benötigen. In der Nähe gibt es Wasser aus einer Quelle!« Sie zeigte mit der Hand in Richtung des Berges. »Schauen Sie, dort ist ein Weg! Es sind vielleicht dreihundert Meter bis zur Quelle!«

»Danke!« Sergejitsch sah Ajsylu ergeben an wie ein Hund, der nach drei Tagen Hungern gerade gefüttert worden war. Gleich darauf fragte er: »Hat die Polizei Achtem etwa nicht gesucht?«

Ajsylu lachte bitter auf. In ihren Augen glänzten Tränen.

»Die Kosaken haben ihn verschleppt. Vielleicht haben sie ihn nach Russland gebracht. An dem Tag wurden drei Personen bei uns verschleppt. Sie sind zusammen im Auto nach Bachtschissarai in die Moschee gefahren. Das Auto hat man gefunden. Ein Junge hat gesehen, wie sie in einen Kleinbus hineingestoßen wurden …«

»Das geht doch nicht«, seufzte Sergejitsch und bemerkte, wie hilflos seine Worte klangen. Hilflos und dumm. Er fühlte sich ebenfalls hilflos, als würde auch in seinem eigenen Leben nichts von ihm selbst abhängen. Als säße er auf dem schneebedeckten Feld neben dem getöteten Burschen mit dem goldenen Ring im Ohr, als würden von oben Raketen und Granaten niederprasseln und mal weiter weg, mal in der Nähe explodieren, manchmal sogar so nah, dass der Lärm wie geschmolzenes Eisen in die Ohren floss.

»Kommen Sie vorbei, wenn Sie etwas brauchen! Sie kennen die Adresse«, sagte Ajsylu zum Abschied und sah ihn an, als wäre er ein Kind. Vielleicht spürte oder hörte auch sie seine Hilflosigkeit.

Sie ging zur Kurve des Feldwegs, der nach unten führte, sie entfernte sich anmutig und langsam, während sich die Luft rundherum mit dem Summen von Bienen füllte. Das riss Sergejitsch aus seinen Gedanken. Er begriff, dass es Achtems Bienen waren, die summten und umherflogen, seinen eigenen Bienen hatte er den Weg in die Freiheit noch nicht geöffnet!

Abrupt lief er los zu den Bienenstöcken, zu seinen vom Schicksal gebeutelten Bienen-Flüchtlingen.

46

Die Sonne stand lange am Himmel, erstaunlich lange. Auch die Erde hatte sich bereits von ihr abgewandt und auf die Seite gelegt. Daher hing die Sonne jetzt nicht mehr in der Mitte des Firmaments, sondern an dessen Rand. Dennoch schien sie weiter, als habe sie beschlossen, nicht unterzugehen, bevor Sergejitsch nicht seine Bleibe eingerichtet hatte. Er schlug die Eisenheringe in den steinigen Boden und spannte an allen Seiten mit den Schnüren seine Segeltuchbehausung, dann holte er seine Habseligkeiten und die Kleidung aus dem Auto und brachte sie ins Zelt.

Der Schrei eines Vogels durchdrang plötzlich die warme Abendstille, ein heller Schrei wie von einer Pioniertrompete. Sergejitsch hob den Kopf und sah zu den Bäumen in der Nähe. Er versuchte, sich diesen Vogel anhand seines Schreis vorzustellen, aber es gelang ihm nicht. Die Vögel, die er kannte, schrien anders. Die Vögel, die er kannte, schrien eigentlich überhaupt nicht, sondern krächzten, zwitscherten, sangen, trällerten oder pfiffen. Der Schrei des Vogels regte Sergejitschs Gedanken an, er lauschte der klingenden, idyllischen Stille seiner Umwelt. Blätterrascheln, der Hauch des Windes, das Summen der Bienen und andere leise, kaum hörbare Laute verwoben sich zu dieser friedlichen sommerlichen Stille.

Während er lauschte, fiel Sergejitsch auf, dass die Sonne nun doch unterging. Kaum war sie am Horizont verschwunden, wurde die Stille lauter und greifbarer. Man konnte sie streicheln wie eine Katze oder einen Hund, sie war warm und umschmeichelte Sergejitsch, als ob sie auch ihn um Teilnahme bat an ihrem Leben und ihren Geräuschen. Als sich seine Augen an das Fehlen der Sonne gewöhnt hatten, begab er sich ruhig auf die Suche nach etwas, womit er Feuer machen konnte. Nachdem er Zweige, kleine Äste und sogar zwei Bretter gesammelt hatte, zündete er ein Streichholz an, und dieses Zischen floss ebenfalls in die Stille ein, wurde zu einem Teil von ihr, eine Note in ihrer unendlichen Musik.

Dann kochte das Wasser im über dem Feuer hängenden Teekessel auf. Sergejitsch, von seinem Umzug und der Schönheit der Umgebung aufgekratzt, zog seine Runden und suchte weitere Zweige für das Feuer, das viel zu gefräßig war.

Als er morgens die Augen aufschlug, hatte er keine Zweifel mehr daran, im Paradies gelandet zu sein. Er war in einem Märchen, in dem die Natur dem Menschen nicht nur diente, sondern ihn bediente, in dem die Sonne mit dem

Untergehen wartete, bis der Mensch sein Tagwerk verrichtet hatte. In dem ein Luftzug wie ein unsichtbares Glöckchen klang. In dem man unabhängig und unsichtbar sein konnte und in dem jedes Lebewesen, selbst Bäume und Weinreben, eine Stimme hatte.

Der Weg, den Ajsylu ihm gezeigt hatte, führte ihn zu einer Quelle, wo er sich wusch und dabei endgültig aufwachte. Das murmelnde Geplätscher wurde nur vom Singen der Vögel übertönt. Vor dem Hintergrund des Vogelgesangs kam in Sergejitsch die unerklärliche Überzeugung auf, dass alles Schlechte hinter ihm lag und vor ihm die verdiente Ruhe sowie ein Leben im Einklang mit den Bienen, also auch im Einklang mit der Natur.

Zwei Plastikflaschen mit Quellwasser nahm er mit und stellte sie zum Auto, dessen grüne Farbe sich im kräftigeren Grün der Umwelt verlor. Den Plastikkanister ließ Sergejitsch im Auto, denn zwanzig Liter von der Quelle zum Zelt zu schleppen hätte er nicht geschafft. Er verspürte den Wunsch, seinen Lada Schiguli zu waschen, den Staub und Schmutz der Fahrt wegzuschrubben, damit er glänzte. Es gab aber keinen Grund, das Auto zu waschen und auf Hochglanz zu bringen. Autos werden gewaschen und poliert, wenn sie neu sind, wenn man in die Stadt fahren muss oder auf Besuch. Wäre der Schiguli aus Fleisch und Blut und nicht aus Blech gewesen, hätte es ihm sicher nicht gefallen, so gesehen zu werden oder Aufmerksamkeit zu erregen. So wie ein Erwachsener, der im Suff ein Veilchen verpasst bekommen hat, nicht hinausgehen und auf Bekannte treffen will.

Sergejitsch erinnerte sich an das Geld für die Autoscheiben, das sie ihm bei der Einreise auf die Krim im Namen der

Journalisten gegeben hatten. Und er erinnerte sich an die teilnahmslosen, unverschämten Journalisten. Das Geld und die Journalisten passten irgendwie nicht zusammen, aber es gab ja die seltsamsten Dinge auf der Welt!

›Ich werde es reparieren‹, versprach Sergejitsch in Gedanken den Wohltätern, die ihr Mitleid mit Geld zum Ausdruck gebracht hatten. ›Zuerst leben wir uns hier ein, dann lasse ich es reparieren.‹

Sergejitsch grinste über seine Gedanken, weil er sich dabei ertappte, dass er gleichzeitig für sich, für das Auto und auch für die Bienen dachte. Als wären sie alle eine Familie, die dieselbe Sprache sprach. So war es ja auch. Er hatte jetzt keine andere Familie als die Bienen. Das Auto, das war Blech! Aber das, was von seiner Menschen-Familie übrig war, lebte weit weg von hier in Winnyzja. Sie lebten dort und beklagten sich nicht, dass Sergejitsch ihnen fehlte. Er dachte natürlich an sie. Beide, seine Frau wie auch seine Tochter, waren nicht nur in seinen Gedanken, sondern auch in seinem Herzen. Seine Frau war zwar eigentlich »ehemalig«, aber die Tochter war doch eindeutig nicht ehemalig. Kinder waren immer die eigenen, egal, wo sie lebten und wie oft man sich mit ihnen gestritten hatte! Angelina war schon sechzehn! Sie hatte wahrscheinlich schon einen Verehrer. Ob sie wohl dem Verehrer von ihrem Vater erzählte?

An diesem Tag wurde es schnell warm, das spürte Sergejitsch am Kopf. Er suchte seine orangefarbene Kappe. Er drehte sie in den Händen hin und her und erinnerte sich daran, wie er früher jedes Spiel von »Schachtjor« im Fernsehen angeschaut hatte. ›Wo sie jetzt wohl spielen?‹, fragte er sich. ›Auf jeden Fall nicht in Donezk. Dort haben sie andere Sorgen als Fußball!‹

Am Nachmittag war ihm danach, ein bisschen die Gegend zu erkunden. Er entschied, bis zum Dorf Kujbyschewo zu spazieren. Von Achtems Bienenstand, bei dem nun seine Bienenstöcke standen, konnte der Weg nicht weit sein. Ajsylu und er hatten am Vorabend ja nur etwa zehn Minuten hierher gebraucht. Sergejitsch ging zum Feldweg und sah das Dorf wie auf einer Handfläche ausgebreitet vor sich liegen. Im heißen, orangegelben Sonnenlicht zitterte das Dorf in der flirrenden Luft. Selbst die Hausdächer zitterten und tanzten hin und her. Außerdem hatte Sergejitsch jetzt den Eindruck, dass das Dorf doch nicht so nah war. Er meinte, hoch oben auf dem Berg zu stehen. Nur die Tatsache, dass der Weg nach unten gerade und nicht beschwerlich war, ließ ihn trotz der plötzlich aufgekommenen Zweifel aufbrechen. Er wollte nicht daran denken, dass er später den Weg wieder zurückgehen musste. Für sein Alter und seine nicht augenscheinliche Invalidität, an der Sergejitsch manchmal selbst zweifelte, war er noch recht kräftig. Seit er auf die Krim gekommen war, hatte er nicht einmal husten müssen! Mit der Atmung hatte er überhaupt keine Probleme! Die Luft hier fühlte sich wie Tee mit Butter an: Atme sie, trink sie, iss sie – ganz wie du willst! Wäre jetzt nur Paschka hier. Er würde sich aus Gewohnheit nach etwas Negativem umsehen und sich sehr schnell wie ein Dummkopf fühlen, weil es hier nichts Negatives gab. Die Menschen waren gut, die Natur, die Luft und die Sonne ebenso!

Bald war Sergejitsch es leid, sich Paschka hier vorzustellen, und holte stattdessen seine Frau Witalina und seine Tochter in die Weingärten. Er stellte sich vor, wie sich beide hier, wo es einfach überall schön war, umsahen. Auch Witalina würde wahrscheinlich nach etwas Ausschau halten, das sie kritisieren konnte, aber die Tochter, die gar nicht nach der Mutter kam, würde vor Glück tanzen. Sie war sehr sensibel, und wenn ihr die Mutter nicht sagte, wie sie sich verhalten sollte, konnte man an ihrem Gesicht alle Gedanken und Gefühle ablesen! Jetzt kam plötzlich noch Galja aus dem Geschäft »Bei Nadja« hinter dem nächsten Ahornbaum hervor und gesellte sich zu den beiden Frauen, die Sergejitsch in Gedanken begleiteten und früher seine Familie gewesen waren. Sie sah sie alle nachdenklich an, auch Sergejitsch, und ihr Gesicht drückte keine Freude oder glückliche Gelassenheit aus. Sie war über irgendetwas beunruhigt. Sergejitsch wollte erfahren, warum sie in dieser Stimmung war. Was mit ihr los war. Aber vor seiner Frau und seiner Tochter war es ihm unangenehm, mit Galja zu sprechen.

Plötzlich klingelte das Handy in seiner Tasche. Sergejitsch zog es heraus, sah auf das Display und erstarrte – es war Galja. Als würde sie spüren, dass er an sie dachte.

»Ja! Hallo! Grüß dich!«, sagte Sergejitsch wie aus der Pistole geschossen.

»Grüß dich, Serjoschka! Wo bist du?«

»Auf der Krim. In Kujbyschewo. Das ist bei Bachtschissarai.«

»Weißt du, warum ich anrufe? Walik ist blind geworden. Er hat schon davor wegen seiner Kriegsverletzung auf einem Auge nichts gesehen.«

»Welcher Walik?« Sergejitsch hatte keine Ahnung, von wem sie sprach.

»Der, den deine Biene ins Auge gestochen hat. Der deinen Schiguli zertrümmert hat.«

»Ah. Und was weiter?«

»Ich dachte nur, dass du besser nicht hierher zurückkommen solltest …«

»Ich wollte auch …«, setzte Sergejitsch an und verstummte. Er hatte ihr eigentlich sagen wollen, dass er das gar nicht vorgehabt hatte, dachte aber dann, das würde so klingen, als habe er nie vorgehabt, jemals wieder zu ihr zurückzukehren.

»Ist es schön da?«, fragte Galja einfach weiter.

Sergejitschs Blick wanderte wieder nach unten zum Dorf, zu den Zypressen und den Dächern der Häuser.

»Ja, sehr schön! Und die Sonne ist so heiß!«

»Und die Bienen?«, fragte sie interessiert.

»Den Bienen gefällt es auch! Sie summen herum. Komm doch her! Im Zelt ist es natürlich nicht so gemütlich … Aber es ist schön hier, friedlich!«

»Bei uns hier ist es auch schön und friedlich«, antwortete Galja, und ihre Stimme wurde noch wärmer. »Vor September lässt mich mein Chef nicht auf Urlaub gehen, und im September müssen die Kartoffeln ausgegraben und die Tomaten eingemacht werden … Aber ich würde für eine Woche kommen.« Die letzten Worte hatten verträumt geklungen, wie von einem jungen Mädchen.

»Na, dann mal los!«, unterstützte Sergejitsch Galjas Traum.

47

Sergejitsch war bereits das dritte Mal in Achtems Haus. Genauer gesagt bei Ajsylu, seiner Frau. Dieses Mal war völlig unerwartet Bekir, der zwanzigjährige Sohn von Achtem und Ajsylu, im blauen Lada Niwa seines Vaters bei Sergejitsch aufgetaucht und hatte ihm mitgeteilt, dass die Mutter ihn zum Abendessen erwarte. Ihm war nichts anderes übriggeblieben, als einzusteigen und mitzufahren. Als er vor zwei Wochen das erste Mal in ihrem Haus gewesen war, hatte er die Situation als unangenehm empfunden, und dieses Gefühl hatte ihn bis zur Rückkehr in sein Zelt nicht mehr losgelassen. Vermutlich lag das an der Abwesenheit des Hausherrn, obwohl Achtem bei Tisch nicht ein einziges Mal erwähnt wurde. Beim ersten Mal wurde während des Essens auch kaum gesprochen. Ajsylu erklärte dem Gast nur ganz kurz, was Yantyk und Imam Bayildi waren – Teigtaschen mit Hackfleisch und gefüllte Auberginen. Sergejitsch begann, sich wahrscheinlich auch deshalb unwohl zu fühlen, weil Ajsylu ihm keinerlei Fragen zu seiner Person und seinem Leben stellte, obwohl er es erwartet hatte und sich sogar während der ruckeligen Fahrt im Lada Niwa hinunter ins Dorf überlegt hatte, was er erzählen konnte und wollte und was lieber nicht. Sohn Bekir und Tochter Ajsche schwiegen höflich bei Tisch, nur die Mutter sprach, vom Hof und den Nachbarn. Und davon, dass Bekir ihn unbedingt nach Katscha ans Meer fahren würde, wo die Datschas der Einwohner von Sewastopol malerisch auf den Felsen über dem Meer standen. Dorthin sei der Weg am kürzesten, und es seien auch weniger Leute am Strand, obwohl es auch in anderen Dörfern am Meer derzeit nicht viele Erholungsuchende gebe.

Es war nicht das erste Mal, dass Ajsylu vom Schwarzen Meer sprach, und ihre Stimme klang dabei seltsam und sehnsüchtig. Sie erwähnte, dass sie selber auch ans Meer wolle, es aber nie klappen würde. Einmal gestand sie, dass sie bereits seit fünf Jahren nicht mehr am Meer gewesen war, obwohl Achtem es vorgeschlagen und seine Freunde aus Sankt Petersburg mit dem Auto nach Katscha gebracht hatte. Die Freunde waren vor etwa vier Jahren bei ihnen gewesen, hatten in einer Touristenherberge gewohnt und Wanderungen in den Bergen unternommen. Aus Petersburg hatten sie eine große Schachtel »Rachat Lokum, Turkish Delight«, mitgebracht, die sie bei ihrem Besuch als Geschenk überreichten, was zu viel Gelächter führte. »Rachat Lokum« wurde dort in Sankt Petersburg in jedem Laden verkauft. Die Freunde hatten nicht bedacht, dass man es sehr lustig finden könnte, wenn jemand aus dem Norden orientalische Süßigkeiten in den Süden mitbrachte und dann noch Krimtataren schenkte.

Auch dieses Mal, als Ajsylu das Meer erwähnte, nickte Bekir entschlossen.

»Wir fahren bald, am besten nach dem Wochenende!«, versprach er seiner Mutter. »Und du kommst mit. Ajsche bleibt zu Hause auf dem Hof.«

Beim Wort »Hof« horchte Sergejitsch auf. Er hob den Kopf.

»Wann habt ihr vor, den Honig zu ernten? Wird es nicht Zeit?«, fragte er Bekir.

»In den nächsten Tagen«, räumte der ein. »Wir können Ihren miternten.«

»Ja, das wäre gut.« Sergejitsch nickte. »Ich habe nur keine Gläser.«

»Wir haben viele.« Bekir winkte ab.

»Was macht ihr mit dem Honig? Verkauft ihr ihn hier?«

»Es gibt ein paar Läden, die von Tataren betrieben werden«, antwortete Bekir. »Ihnen bringe ich Honig. Den Rest kaufen Zwischenhändler. Sie geben uns weniger für den Honig, kaufen dafür aber viel.«

Sergejitsch hielt es für unpassend, darum zu bitten, seinen Honig ebenfalls den tatarischen Läden anzubieten. Sonst würde er Ajsylu und ihrer Familie das Geschäft verderben. Den Honig billig an Zwischenhändler verkaufen wollte er nicht, aber vielleicht blieb ihm nichts anderes übrig? Da fiel ihm plötzlich ein, dass er noch Rubel hatte, nicht gerade wenige! Die Rubel, die sie ihm an der Grenze für die Reparatur der Autofenster zugesteckt hatten. Hatten sie nicht gesagt, sie würden sich noch einmal für irgendeine Fernsehsendung mit ihm in Verbindung setzen? Aber was hatte er von so einer Sendung? Absolut gar nichts!

Seine Gedanken machten ihn nervös. Ajsylu bemerkte das.

»Wir werden Ihnen helfen«, sagte sie sanft. »Vielleicht kauft Ihren Honig jemand von unseren Freunden, der ein Geschäft hat oder auf der Straße nach Sewastopol handelt? Die Moskauer lieben unseren Honig, weil er von der Krim, aus den Bergen kommt! Wenn sie mit dem Auto unterwegs sind, kaufen sie auch manchmal drei Gläser.«

›Von der Krim, aus den Bergen‹, wiederholte Sergejitsch

in Gedanken und lenkte sich von seinen Sorgen ab. Er überlegte, dass er diesen Honig auch zurück in die Ukraine bringen und dort zu Geld machen konnte. Dort würde er ihn vielleicht teurer verkaufen.

Sergejitschs Gesicht hellte sich auf, was Ajsylu beruhigte, aber plötzlich war ihr Blick hochkonzentriert.

»Lieber Sergej«, begann sie fast flüsternd, und sofort erstarrten Bekir und Ajsche, als wüssten sie, dass diese Stimme ihrer Mutter etwas Wichtiges ankündigte. Sergejitsch hob aufmerksam den Kopf.

»Ich wollte Sie bitten ... Sie sind doch ein Russe aus dem Donbass ... Vielleicht könnten Sie nach Simferopol zum FSB fahren und nach Achtem fragen? Ihnen wird man Auskunft geben. Mich lassen sie nicht mal bis zur Tür, aber mit Ihnen werden sie sprechen, Sie sind für die ja einer der Ihren ...«

Sergejitsch, der gerade ein Stück Teigtasche mit Fleisch im Mund hatte, erstarrte und hörte auf zu kauen. Drei Augenpaare sahen ihn aufmerksam und erwartungsvoll an. In den Augen von Ajsche glänzten die aufsteigenden Tränen. Sergejitsch selbst packte die Angst. Eine seltsame, kaum zu erklärende Angst. Eine physische Angst, die die Gesichtsmuskeln erstarren ließ. Gedanken rief diese Angst keinerlei hervor, er saß eine oder zwei Minuten wie gelähmt da, dann zuckte er mit den Schultern und begriff, dass die Angst nachgelassen hatte.

»Ich bin aber kein Russe, ich bin Ukrainer«, sagte er leise und nicht sehr deutlich.

»Sie sprechen aber dort Russisch«, sagte Ajsylu, und ihre Stimme wurde etwas lauter.

»Ja, Russisch«, antwortete er. »Aber ich …«

Sergejitsch suchte nach Worten, wie er am besten erklären konnte, dass er Angst hatte und keine Lust verspürte, zu irgendwelchen Leuten zu fahren, die Repräsentanten der Macht waren, erst recht der russischen Staatsmacht. Was hatte er dort verloren? Wozu sollte er dorthin? Mit einem ukrainischen Pass und einem ramponierten Auto!

»Ich kenne den Weg nicht«, murmelte er schließlich.

»Bekir würde Sie hinbringen«, sagte Ajsylu. »Aber wenn Sie nicht können, macht es nichts …«

Dieses Abendessen ging früh zu Ende, und Sergejitsch, der Tee mit Baklava abgelehnt hatte, lehnte auch Bekirs Angebot ab, ihn zum Bienenstand hinaufzufahren. Er sagte, er wolle zu Fuß gehen.

Die Sterne leuchteten hell über Kujbyschewo und Albat. Den Sternen war es egal, über wem sie leuchteten, wem sie die Nacht mit ihren punktförmigen Lämpchen erhellten. Im Dorf war es ruhig. Nur manchmal bellte ein Hund, dem zwei oder drei weitere mit Bellen antworteten.

Sergejitsch spazierte bis zur Moschee, die er bisher nur von oben gesehen hatte. Aus der Nähe sah sie hübsch aus, wie aus einem Märchen, war aber nicht allzu groß. Der warme Wind wurde bei der Moschee stärker und blies ihm ins Gesicht. Er schmeckte für Sergejitsch auch ein bisschen nach dem Salz des Meeres. Er dachte daran, dass er das Schwarze Meer in ein paar Tagen sehen würde. Vielleicht würde er sogar darin schwimmen. Er hatte zwar keine Badehose dabei, aber wer würde es bemerken, wenn er in der Unterhose ins Wasser ging? Niemand! Wen kümmerten schon alte Männer? Von wem wurden sie denn noch gebraucht, außer von sich selbst? Nun, ihn brauchten vielleicht noch seine Bienen. Sonst niemand. Selbst seine Exfrau brauchte ihn nicht, seine Tochter offenbar auch nicht sehr. Sonst würde sie anrufen und fragen, wie es ihm ging und was er machte.

Die über dem Dorf hängende Dunkelheit war vom Berg her aufgezogen, an dessen Fuß Achtems Bienenstand lag. Sergejitsch ging langsam auf das Dunkel zu, als wäre es ihm vertraut, als könnte er mit geschlossenen Augen darin sein Zelt finden und seine Bienen hören.

Ein Wolga kam auf ihn zu und blendete ihn mit seinen hellen Scheinwerfern. Aus dem Auto dröhnten Musik und Gelächter. Sergejitsch trat an den Straßenrand und wartete. Er blickte dem Auto hinterher, das die Musik und das Gelächter mit sich nahm, an das andere Ende des Dorfes, zum Fluss Belbek.

Als er bei seinem Platz ankam, entfachte er ein Feuer und hängte den Teekessel mit Wasser darüber. Im Zelt zündete er eine Kerze im Glas an und beschloss aus irgendeinem Grund, den Tee drinnen zu trinken, als wollte er nicht, dass ihn jemand in der Dunkelheit beobachtete.

Er hatte das Gefühl, dass Ajsylu ihn nach dem heutigen Abendessen nicht mehr einladen würde. Dass sie Bekir nicht mehr mit Ayran und Samsa zu ihm schicken würde. Vielleicht würden sie ihn jetzt auch nicht mehr ans Meer bringen.

Seine Gedanken wanderten von selbst zu Achtem, zu ihrer Begegnung auf dem Bienenzüchterkongress in Slowjansk vor vielen Jahren. Die Gedanken wanderten dorthin, als wollten sie Sergejitsch beweisen, dass zwischen ihm und Achtem keine besondere Freundschaft entstanden war. Sie waren nur Zimmernachbarn und Tischnachbarn beim Mittagessen gewesen, hatten sich abends in derselben Runde unterhalten und Anekdoten erzählt. Sie hatten Wodka getrunken. Einzig Achtem hatte keine Anekdoten erzählt und keinen Wodka getrunken, so schien es Sergejitsch jedenfalls. Aber er hatte den Anekdoten zugehört und gelacht. Er war damals vielleicht fünfundzwanzig Jahre alt gewesen, ungefähr so alt wie Sergejitsch. Das bedeutete, dass sie auch jetzt gleich alt waren. Falls er am Leben war.

›Ist er am Leben?‹, fragte sich Sergejitsch. Und er verspürte einen Stich im Herzen. Er dachte an Ajsylu, daran, dass Achtem schon seit fast zwei Jahren verschwunden war.

Er trank von seinem Tee und betrachtete die brennende Kerze. Dabei bemerkte er, dass der Kerze irgendetwas fehlte. Es fehlte die Ikone vom heiligen Nikolaus, dem Wundertätigen.

›Wo ist Nikolaus denn?‹, fragte sich Sergejitsch.

Er erinnerte sich daran, wie er hastig seine Sachen zusammengepackt und in den Kofferraum geworfen hatte.

»Irgendwo da muss er sein«, flüsterte er. »Morgen werde ich ihn finden«, versprach er sich oder der Kerze oder dem Heiligen.

48

Bis zum Mittagessen zogen Schäfchenwolken über den Himmel und spendeten der Erde manchmal Schatten.

Dieser Tag unterschied sich durch nichts Besonderes von den vorangegangenen, aber Sergejitsch konnte sich nicht an das alltägliche sommerliche Glück auf der Krim gewöhnen. Daher schien ihm auch, dass die Welt um ihn herum mit jedem Tag fröhlicher klang, dass die Bienen und Vögel beschwingter flogen.

Auf dem Weg, der nach oben zur Quelle führte, wäre er beinahe über einen Igel gestolpert, der sich nicht schnell genug verkrochen hatte. Sergejitsch ging in die Hocke und schubste den Igel, der sich vor Schreck zusammengerollt hatte, zur Seite. Als er dann mit zwei Plastikflaschen voll Wasser zurückkehrte, war der Igel spurlos verschwunden, dafür hüpfte ein rotbraunes Eichhörnchen über den Pfad.

Vor dem Mittagessen sah Sergejitsch in seine Bienenstöcke. Die Bienen hatten schon fast alle Waben verschlossen.

Er sah auch in Achtems Bienenstöcke, wo sich ihm das gleiche Bild bot.

Sergejitsch dachte nach. Er beschloss, am nächsten Morgen selbst ins Dorf hinunterzugehen, sollte Bekir bis zum Abend nicht mit dem Auto vorbeikommen.

Aber Bekir hatte den Honig nicht vergessen. Gegen drei Uhr, als es am heißesten war, hörte Sergejitsch Motorenlärm und ging ans Ende des Bienenstands. Der blaue Lada Niwa mit dem Anhänger fuhr zielstrebig den ausgetrockneten Feldweg hinauf und wirbelte eine gelbe Staubwolke auf, die in die schnurgeraden Reihen der Weinreben zog.

Die Honigschleuder und das Holzbrett, an dem die Füße der Schleuder zur Stabilität festgeschraubt wurden, hoben Bekir und Sergejitsch mit Leichtigkeit vom Anhänger.

Sie fanden ein einigermaßen ebenes Plätzchen, wo sie die Honigschleuder aufstellten. Bekir brachte aus dem Schuppen vier Dreißigliterplastikfässer und etwa ein Dutzend kleine, ineinandergestapelte Eimer, ebenfalls aus Plastik. Sie begannen mit Sergejitschs Honig.

»Ich brauche kein Fass!«, sagte Sergejitsch. »Ich bin an kleine Gefäße gewöhnt!«

Sie kurbelten abwechselnd. Sergejitsch betrachtete den bernsteinfarbenen Honig, der aus den Waben geschleudert wurde und an die stählerne Innenwand flog. Dabei lächelte er. Sechs Fünflitereimer füllten sie mit seinem süßen Gold. Und zusätzlich zwei Einlitergläser. Dann begannen sie, Achtems Honig zu schleudern.

Sein Honig war dunkler. Vermutlich deshalb erschien er Sergejitsch schwerer. Er wollte ihn probieren und vergleichen.

Ein passender Augenblick kam jedoch erst ein paar Stunden später, als sie den Honig aus allen Bienenstöcken gewonnen hatten. Bekir füllte drei Plastikfässer und einen halben Eimer mit seinem Honig. Dann trug er einen nicht vollen Eimer zur Decke beim Feuer und stellte einen anderen unter den Auslaufhahn der Schleuder. Aus dem Stahlhahn floss noch ein dünner gelber Strahl von zähflüssigem Honig, der das Sonnenlicht reflektierte, als sei er aus purem Gold.

Aus seinem Auto holte Bekir eine Tüte mit Fladenbroten. Eines davon riss er entzwei und tunkte ein Stück in den nicht vollen Eimer mit Honig. Dann hielt er es Sergejitsch hin.

Der steckte das Fladenbrot mit dem Honigrand in den Mund und begann, zu kauen und sich dabei auf den Geschmack zu konzentrieren.

»Backt bei euch jeder selbst sein Brot?«, fragte er Bekir, als sie schon Tee tranken.

»Wir schon und andere Tataren auch. Russen und Ukrainer kaufen es in der Bäckerei.«

»Ist das Brot aus der Bäckerei etwa nicht lecker?«

»Es geht«, antwortete Bekir. »Ihr Brot ist aber Gräberbrot.«

»Warum ›Gräberbrot‹?«

»Weil sie die Bäckerei auf unserem alten Friedhof gebaut haben.«

»Ach so«, erwiderte Sergejitsch verständnisvoll.

»Bedienen Sie sich. Nehmen Sie Brot und Honig!« Bekir wies mit dem Kopf zum Eimer mit dem Honig und der Tüte mit den Fladenbroten.

Sergejitsch aß mit Vergnügen, tunkte das Brot ein und trank Tee dazu.

»Weißt du was«, sagte er plötzlich. »Sag deiner Mutter … Sag ihr, dass ich es machen kann … In Simferopol nach Achtem fragen …«

Bekirs Augen begannen zu leuchten.

»Ich werde es ihr sagen! Danke! Ich werde Sie selbst hinbringen!«, sprudelte es aufgeregt aus ihm heraus. »Sie müssen nur Ihre Ausweispapiere mitnehmen! Ohne Papiere wird man nicht hineingelassen!«

49

Sergejitsch war lange in keinem Lada Niwa mehr gefahren. Jetzt, auf dem Beifahrersitz neben Bekir, fühlte er sich unsicher und unwohl. Er hatte den Eindruck, viel zu hoch zu sitzen. Außerdem kam ihm vor, dass Bekir zu stark lenkte, aber der musste ständig nach links oder nach rechts manövrieren, weil die Straße am Fluss Belbek entlangführte und seinem Verlauf folgte.

»Fahr nicht zu schnell«, bat er Bekir, worauf Achtems und Ajsylus Sohn lächelte, aber die Geschwindigkeit verringerte.

»Der Niwa ist robust!« Bekir sah zu seinem Beifahrer. »Genau das, was man für die Straßen auf der Krim braucht!«

Als sie auf die Fernstraße von Sewastopol nach Simferopol gelangten, musste Bekir die Geschwindigkeit wieder reduzieren, obwohl diese Straße viel gerader war. Sie reihten sich ohne Mühe in den dichten Verkehr ein, der sich auf die Hauptstadt der Krim zubewegte, aber den Rest des Weges bis zur Stadt schaukelte vor ihnen das Hinterteil eines LKWs, und an ihrem Hinterrad klebte ein Jeep mit Anhänger, auf dem stolz ein chinesischer Jet-Ski thronte.

»Zum Meer geht es aber nach dort?« Sergejitsch deutete mit dem Kopf nach hinten.

»Ja, dort ist Sewastopol, und weiter geht die Straße nach Foros und nach Jalta. Rechts wäre Katscha!«

Sergejitsch nickte. Vor ihm tauchten die fünfstöckigen Wohnblocks der Stadt auf. Er erinnerte sich an das Ziel ihrer Fahrt und wurde nervös.

»Wie soll ich am besten mit ihnen reden?«, fragte er Bekir.

»Ich weiß es nicht.« Bekir zuckte mit den Schultern. »Die Hauptsache ist, keine Witze zu machen! Sie verstehen keine Witze. Ich werde zwei Häuserblocks entfernt stehen bleiben, damit sie uns nicht gleich sehen!«

Fünfzehn Minuten fuhren sie bereits in der Stadt, ohne

ein Wort zu reden. Statt des LKW-Hinterteils war nun ein Trolleybus vor ihnen, der mit seinen Oberleitungsstangen wedelte. An der nächsten Kreuzung bog der Trolleybus nach links ab, sie hingegen nach rechts.

Kurz darauf kam der hellblaue Lada Niwa in eine ruhige und schattige Straße mit wenig Verkehr.

»Da sind wir!« Bekir hielt das Auto an der Gehsteigkante an. »Es ist in der Nähe. Da ist die Nummer eins.« Er zeigte auf das Eckhaus rechter Hand. »Sie haben die Nummer dreizehn. Sagen Sie, wenn Sie hineingehen, dass Sie zur Bürgerstelle wollen!«

Die ersten Schritte auf der Straße fielen Sergejitsch schwer. Er begann sogar zu husten, als wollte der Körper sein Mitleid erwecken und ihn bitten, keine Dummheiten zu machen oder zu sagen. Von Husten und Angst geplagt, ging Sergejitsch unsicher voran und sah auf den Boden, als fürchtete er, dass jemand neben ihm ging und ihn bereits verfolgte. Er sah aus dem Augenwinkel, dass rechts keine Häuser standen, nur Bäume, und die hielten gleichsam Schritt mit ihm, blieben nicht hinter ihm zurück. Abrupt blieb Sergejitsch stehen. Er blickte auf die Bäume, dann hinter sich. Da war niemand. Er schüttelte den Kopf und versuchte, seiner Gedanken und Gefühle Herr zu werden.

Sein Ziel war die Adresse Iwan-Franko-Boulevard dreizehn, ein Gebäude, das riesig, aber nicht hoch war, dafür wie eine Spinne mit rotem Bauch und weißem Rücken in die Breite ging. In der Mitte befand sich unter dem Portikus mit mehreren Säulen der Haupteingang, der etwa zwei Meter in Richtung Fahrbahn vorsprang. Vor den Stufen hinauf zur Tür zögerte Sergejitsch einen Augenblick, aber plötzlich öffnete sich die billige Plastiktür, und ein kleiner Mann mit einer Mappe in der Hand schoss heraus. Er drückte sich an Sergejitsch, der ihm nicht rechtzeitig Platz machte, vorbei und verschwand.

Dieser kleine, irgendwie lustige, aber auch bedauernswerte Mann rief bei Sergejitsch ein inneres Lächeln hervor, oder war es die billige Tür, auf jeden Fall überwand er die letzten beiden Stufen bis zur Schwelle dieser seriösen Institution mit Leichtigkeit und befand sich, ehe er sich's versah, drinnen, direkt vor einem bewaffneten Soldaten, der die Ein-und-aus-Gehenden kontrollierte.

»Wohin wollen Sie?«, fragte der Soldat kühl.

»Ich muss zur Bürgerstelle«, brachte Sergejitsch seinen Satz vor.

»Eine Mitteilung machen oder eine Beschwerde vorbringen?«

Auf diese Frage konnte Sergejitsch nicht antworten, aber der Wachhabende erwartete auch gar keine Antwort. Vielleicht war das der übliche Witz, der hier an diesem Wachposten wegen der Langeweile und des eintönigen Herumstehens entstanden war?

»Ihre Papiere!«

Auf diese Forderung war Sergejitsch vorbereitet.

»Ukraine?«, wunderte sich der Soldat und begann, in dem abgegriffenen, dunkelblauen Pass zu blättern, bis zur Seite mit dem Meldevermerk. »Gebiet Donezk?«

Sergejitsch nickte.

Danach studierte der Soldat die im Pass liegende Migrationskarte über die Einreise in die Russische Föderation.

»Asyl bekommen Sie keines!«, sagte er entschieden, als

wüsste er genau, warum dieser Besucher beim FSB erschienen war. »Neunzig Tage, dann geht es nach Hause! Verstanden?«

»Ich brauche euer Asyl nicht! Ich bin in einer anderen Angelegenheit hier!«

»In welcher denn?« In der Stimme des Soldaten schwang ein wenig Müdigkeit mit.

»Ein Mann ist verschwunden. Vor zwei Jahren. Er wurde verschleppt ...«

»Dann müssen Sie zur Polizei!«

»Seine Frau hat mich gebeten, zu Ihnen zu fahren ...«

»Seine Frau hat Sie gebeten?« Der Soldat klang plötzlich wieder munter. Offenbar hatte er ein derartiges Argument noch nicht oft gehört. »Wie heißt er?«

»Achtem Mustafajew.«

»Ein Tatare?«

Sergejitsch nickte.

Der wachhabende Soldat verzog das Gesicht.

»In welchem Verhältnis stehen Sie zu ihm? Oder stehen Sie in irgendeinem Verhältnis zu seiner Frau?« Er blickte wieder auf den dunkelblauen Pass des Besuchers und blätterte bis zur Seite mit dem Ehevermerk.

»Warten Sie hier!«, sagte er im Befehlston. Er ging, und an seine Stelle trat ein anderer wachhabender Soldat.

Sergejitsch stand unruhig da und lauschte dem Quietschen der auf- und zugehenden Eingangstür. Alle, die ein und aus gingen, trugen Zivil, Anzug und Krawatte. Und das trotz des Sommers, trotz der Hitze! Der Soldat nickte den Vorbeigehenden zu und sah träge auf die vorgezeigten Dienstausweise.

Vom unnützen Herumstehen wurden Sergejitschs Beine

schwer. Er blickte sich suchend nach einem Stuhl oder einer Bank um, fand aber nichts. Er schnalzte unzufrieden mit der Zunge, worauf er sofort einen irritierten Blick des Soldaten kassierte. Er seufzte. Er hatte schon gewusst, warum er nicht hierherfahren wollte. Aber was jetzt? Der Soldat hatte seinen Pass mitgenommen, also musste er stehen bleiben und warten!

Der erste Wachhabende kam nach etwa fünfzehn Minuten zurück, als sich zu den unangenehmen Gefühlen in Sergejitschs Beinen auch noch ein nervöser Hungeranfall hinzugesellt hatte.

»Kommen Sie mit!«, rief der Soldat Sergejitsch zu. »Lass ihn durch! Ich habe ihn schon registriert!«, wandte er sich an den anderen Wachhabenden.

Sergejitsch stieg ein paar Stufen hinauf und folgte dem Soldaten durch einen grau wirkenden, langen Flur, vorbei an hohen Holztüren. Am Ende des Flurs bogen sie nach links ab und gingen an noch etwa einem Dutzend Türen vorbei, dann blieb der Soldat vor einer Tür stehen und klopfte an. Gleich darauf öffnete er die Tür einen Spaltbreit und steckte den Kopf hinein.

»Iwan Fjodorowitsch, da ist er!«

Er ließ den Besucher in das geräumige Büro eintreten, er selbst ging nicht hinein. Im Gegenteil, er schloss die Tür und ließ Sergejitsch alleine mit einem Mann zurück, der in dunkelblauem Anzug, hellblauem Hemd und roter Krawatte hinter einem Schreibtisch saß.

Sergejitsch sah sich nach der geschlossenen Tür um.

»Hierher, kommen Sie hierher!«, rief ihn der Mann höflich zu sich. »Sie wollten doch reden!«

»Ja, aber er hat meinen Pass«, sagte Sergejitsch ratlos.

»Ihr Pass ist hier.« Iwan Fjodorowitsch nahm den Ausweis mit Daumen und Zeigefinger und wedelte damit in der Luft. »Nehmen Sie Platz!«

Sergejitsch setzte sich hin. Der Stuhl mit den Armlehnen auf seiner Seite des Tischs erschien ihm sofort unbequem.

»Erzählen Sie. Woher kennen Sie also diesen Achtem?«, wollte Iwan Fjodorowitsch wissen.

Sergejitsch begann mit leicht müder Stimme, von dem lang zurückliegenden Bienenzüchterkongress in Slowjansk zu erzählen, von dem gemeinsamen Zimmer im Hotel und von den Gesprächen.

Iwan Fjodorowitsch hörte zu, blickte auf seinen Computerbildschirm und nickte.

»Sagen Sie, haben Sie noch Kontakt zu Ihrem Bekannten Petro?«, fragte er plötzlich.

Sergejitsch war perplex.

»Petro?«, fragte er nach. »Was für ein Petro?«

»Sie haben doch mit ihm SMS ausgetauscht.« Iwan Fjodorowitsch zog die rechte Seite des Bildschirms etwas näher zu sich, als würde er von dort etwas ablesen. »Sie haben ihn gefragt: ›Am Leben?‹, und er hat Ihnen geantwortet: ›Am Leben.‹ Und so ist das mehrmals gewesen …«

»Woher wissen Sie das?«, entfuhr es Sergejitsch.

»Denken Sie doch einmal nach! Besser gesagt, erinnern Sie sich, wie Sie Ihr Handy und Ihren Pass bei der Einreise nach Russland abgegeben haben? Erinnern Sie sich?«

Sergejitsch dachte nach. Alle Details jenes Tages fielen ihm wieder ein: das Umspannhäuschen mit der Aufschrift »18 km bis zu den russischen Okkupanten«, Tschongar, das

Fertigbauhäuschen, in dem der Mann in Zivil eine geschlagene Stunde mit ihm gesprochen hatte, die Journalisten bei seinem Auto mit den eingeschlagenen Scheiben, das Geld für die Reparatur …

»Wer ist also dieser Petro? Hm?«, wiederholte Iwan Fjodorowitsch nach einer höflichen Pause seine Frage.

»Ein Freund von mir aus dem Nachbardorf, das auch beschossen wird«, sagte Sergejitsch und griff mit der rechten Hand in die Hosentasche – das Handy war an seinem Platz.

»Und wer beschießt das Dorf?«

»Na, Unsere, die Separatisten«, sagte Sergejitsch unsicher.

»Eure Separatisten?«, fragte Iwan Fjodorowitsch nachdenklich. »Das bedeutet, dass Petro kein Separatist ist, wo doch die Separatisten auf ihn schießen?«

»Nein, er …«, setzte Sergejitsch gerade an, hielt aber inne, weil er begriff, dass er mit seiner Antwort eine Wahrheit preisgeben konnte, die hier keine Begeisterung auslösen würde. »Er lebt dort nur … Ich bin aber doch in einer anderen Angelegenheit bei Ihnen! Warum verhören Sie mich?«

»Wie meinen Sie?«, entgegnete Iwan Fjodorowitsch verwundert. »Ich bitte Sie! Das ist kein Verhör! Das ist ein Gespräch! Wo Sie doch sowieso zu uns gekommen sind, warum sollten wir Sie da nicht fragen? Sie müssen begreifen – Sie sind ein Ausländer, der aus einem Gebiet, in dem Kampfhandlungen stattfinden, zu uns gekommen ist. Hier steht geschrieben:« – er deutete mit dem Kopf zum Bildschirm, auf den Sergejitsch nicht sehen konnte – »›Einreise aus humanitären Gründen gewährt.‹ Das heißt, man hatte Mitleid mit Ihnen und Ihren Bienen und hat Sie deshalb nach Russland einreisen lassen. Daher würde ich Ihnen raten, auf Ihre Worte zu achten, damit Ihnen niemand grobe Undankbarkeit vorwerfen kann …«

»Wie käme ich denn dazu? Ich gebe keinen Ton von mir. Ich kümmere mich nur um meine Bienen!«

»Dann geben Sie auch weiterhin keinen Ton von sich, und zwar neunzig Tage lang! Was Ihren Achtem betrifft, sagen Sie seiner Witwe, dass sie sich mit der Polizei in Verbindung setzen soll. Mit diesem Fall hat die ›Selbstverteidigung der Krim‹* zu tun, oder es waren die Kosaken.«

Von all dem, was er gehört hatte, ließen die Worte »Sagen Sie seiner Witwe« sofort die Alarmglocken in Sergejitschs Kopf schrillen. Auf seine Stirn trat kalter Schweiß. Er sah seinem mittlerweile verstummten Gegenüber direkt in die Augen – sie waren kornblumenblau.

»Ist sie etwa Witwe?«, fragte Sergejitsch nach.

»Ich habe mich versprochen.« Iwan Fjodorowitsch versuchte zu lächeln, was ihm fast gelang. »Der Fall ist ja noch nicht geschlossen. Es liegen zwei Dutzend derartige Fälle bei der Polizei. Aber nicht bei uns! Also gehen Sie, hier ist Ihr Pass!«

Sergejitsch stand auf, nahm seinen Ausweis und überprüfte, ob die Migrationskarte darin lag.

»Nach rechts in den Flur und dann noch mal rechts«, sagte Iwan Fjodorowitsch zum Abschied.

* Selbstverteidigung der Krim – paramilitärische Gruppe, organisiert von Kosaken und anderen Krimbewohnern zur Verteidigung gegen einen möglichen Überfall ukrainischer Nationalisten auf die Krim. Entstand als Reaktion der prorussischen Krim auf die Ereignisse in Kiew 2013–2014.

Sergejitsch fiel es nicht leicht, allein durch den langen Flur zu gehen. Ihm schien, als würden gleich rechts oder links Türen aufgerissen und jemand ohne Gesicht, aber mit starken Armen zerrte ihn hinein. Aber die Türen zogen langsam an ihm vorüber, und obwohl er vorsichtig ging wie über ein Minenfeld, schaffte er es nicht oder gestattete es sich nicht, nach oben zu blicken zu den kleinen Tafeln an jeder Tür mit den Dienstgraden, Nachnamen und Anfangsbuchstaben der Vornamen. Aus irgendeinem Grund hörte er aus seiner fernen Kindheit die Stimme seiner Großmutter, die bis zu ihrem Tod erstaunlich klar geklungen hatte und unmöglich ihr Alter erraten ließ: »Sieh Ustim niemals in die Augen! Das ist gefährlich!«

Ustim war der Verrückte aus ihrem Dorf und meistens harmlos. Aber es brauchte ihm wirklich nur einer in die Augen zu sehen, dann ging er hinter demjenigen her und ließ ihn stundenlang nicht mehr in Ruhe. Wenn diese Person nach Hause kam, blieb Ustim draußen vor der Tür. Er saß dort und wartete, bis man ihn mit Drohungen und Geschrei vertrieb.

Vor Sergejitsch lag noch ein Flur. Er ging schneller und sah nur auf den Boden, bis er die Stufen hinunter zum wachhabenden Soldaten hinter sich gebracht hatte.

Erst draußen, zehn Meter vom Eingang des Gebäudes entfernt, drehte er sich um. Er bemerkte, dass er immer noch krampfhaft den Pass mit der Migrationskarte darin in der Hand hielt, und steckte ihn in die Tasche. Dann zog er sein Handy heraus, um auf die Uhr zu sehen, aber der Akku war leer.

Ohne Eile ging er zum Beginn des Boulevards, dorthin,

wo Bekir in der Hoffnung auf irgendwelche Neuigkeiten auf ihn wartete. Aber welche Neuigkeiten hatte er? Gar keine! Wenn man außer Acht ließ, dass dieser Fjodorowitsch Ajsylu »Witwe« genannt hatte. Danach hatte er zwar gesagt, er habe sich versprochen, aber konnte sich ein Mensch, der bei einer solchen Institution arbeitete, versprechen?

›Nein‹, dachte Sergejitsch im Gehen. ›Genau das hat er mir sagen wollen. Er hatte wahrscheinlich nicht das Recht, mehr zu sagen!‹

Der blaue Lada Niwa stand an seinem Platz. Bekir hatte sich daneben in den Schatten gestellt und aß Eis. Als er Sergejitsch sah, biss er automatisch ein größeres Stück von der Waffel ab, offenbar, um schneller mit dem Eis fertig zu werden.

»Das Auto ist offen, setzen Sie sich!«, rief er, nachdem er geschluckt hatte.

Drei Minuten später waren sie auf dem Rückweg. Wegen der Hitze hatte Bekir die vorderen Fenster heruntergelassen. Zusammen mit dem warmen Wind drang auch der Lärm der Stadt ins Auto.

Es war schwierig, sich dabei zu unterhalten.

Als sie auf die Fernstraße von Sewastopol nach Simferopol kamen, schloss Bekir das Fenster in der Fahrertür, und es wurde etwas ruhiger.

»Was haben sie zu Ihnen gesagt?«, fragte er schließlich.

»Nichts Konkretes«, sagte Sergejitsch, der beschlossen hatte, das Wort »Witwe« nicht zu erwähnen. »Mit mir hat einer in Zivil gesprochen. Er hat dazu geraten, sich mit der Polizei in Verbindung zu setzen. Er hat gesagt, dass es zwei

Dutzend solcher Fälle gibt und dass die Kosaken und die ›Volkswehr der Krim‹* schuld sind.«

»Mehr nicht?«

»Nein.« Sergejitsch schüttelte den Kopf.

»Trotzdem danke!«, sagte Bekir und seufzte. »Meine Mutter hat angerufen, sie erwartet uns zum Abendessen … Und sie bittet Sie, uns beim Abladen der Kohle zu helfen.«

»Kohle?«, fragte Sergejitsch. »Natürlich! Aber wozu braucht ihr Kohle?«

»Für den Winter, wir heizen mit Kohle!«

Sergejitsch schloss die Augen. Er dachte an seine eigenen Kohlevorräte. Seine Hände, die auf den Oberschenkeln lagen, fühlten gleichsam wieder die Wärme seines Ofens. Er lächelte. Plötzlich überkam ihn Müdigkeit, sowohl geistig vom Besuch im Amt mit den langen Fluren als auch körperlich von der Hitze, und er döste ein.

50

Nur wer von Kindesbeinen an mit Kohle zu tun hatte, kann einschätzen, wie viele Tonnen Kohle in einem Haufen liegen, den ein Kipplaster abgeladen hat. Dafür muss man weder Durchmesser noch Höhe des Haufens kennen, es reicht aus, die Kohle mit Kennerblick zu betrachten und in Gedanken zu wiegen oder mit den Kohlehaufen zu vergleichen, die im eigenen Haus schon verheizt worden sind.

* Anderer Name für selbstorganisierte oder von verschiedenen gesellschaftlichen Vereinigungen organisierte prorussische paramilitärische Gruppen auf der Krim.

»Das sind sicher fünf Tonnen!«, beharrte Bekir, während sie die Kohle in eine Schubkarre schaufelten, um sie dann hinter das Haus zu fahren und in den Kohlenkeller mit der kleinen Tür und dem abschüssigen Betonboden zu schütten. Der Keller war von jemandem gemacht worden, der alle Einzelheiten des Lebens mit Festbrennstoff kannte und verstand.

Sergejitsch schüttelte wieder den Kopf, sagte aber nichts mehr. Er sah doch, dass in diesem Haufen höchstens vier Tonnen lagen. Vielleicht in Wirklichkeit ein bisschen mehr, aber jetzt, da er auf den Anteil der Verunreinigungen achtete, die den Haufen schimmern ließen, und ihr Gewicht abzog, kam er in seinen Berechnungen nur noch auf vier Tonnen Kohle, nicht mehr. Da er hörte, wie sehr Bekir darauf bestand, recht zu haben, beschloss Sergejitsch, die Verunreinigungen nicht anzusprechen. Nachdem sie zehn weitere Schubkarren in den Keller gebracht hatten, wobei sie abwechselnd fuhren, blieb Sergejitsch, der die Müdigkeit in den Händen spürte, schließlich bei der eineinhalb Meter hohen Holztür stehen und wartete auf Bekir.

»Ist die Kohle bei euch immer so?«, fragte er nur.

Bekir begriff natürlich, was der Grund für die Frage war. Er wischte sich mit dem Handrücken den Schweiß von der Stirn und seufzte.

»Manchmal bringen sie gute Kohle, reine, aus Rostow. Die ist aber fast doppelt so teuer. Die hier ist aus dem Donbass. Sie haben versprochen, dass sie ohne Verunreinigungen wäre … Aber was sollen wir jetzt tun?« Er schüttelte den Kopf. »Das Geld haben sie im Voraus verlangt, und der Fahrer hat die Kohle abgeladen und ist weggefahren. Bei wem sollen wir uns beschweren?«

Sergejitsch nickte und packte die Schubkarre an den Griffen. Er fuhr sie über die abschüssige Rampe aus Beton, auf deren rechter Seite Stufen in den Keller hinunterführten. Nur gingen die Stufen bis zum Boden, die Rampe aber nicht. Die Kohle fiel nach unten. Er und Bekir warteten, bis sich der Kohlestaub gelegt hatte, dann stiegen sie die Stufen hinunter und schaufelten die Kohle weiter nach hinten, damit für die nächste Fuhre Platz war.

Gegen sieben Uhr abends waren sie fertig.

Beim Abendessen warf Ajsylu Sergejitsch immer wieder durchdringende Blicke zu. Manchmal wechselte sie mit ihrem Sohn und ihrer Tochter ein paar Worte auf Tatarisch, aber leise, mit gedämpfter Stimme, um den Gast nicht zu stören.

»Und sie haben noch nicht einmal eine Andeutung gemacht?«, fragte sie schließlich beim Teetrinken und schob den Teller mit Baklava näher zu Sergejitsch.

Er schüttelte den Kopf und seufzte.

»Es ist trotzdem gut, dass Sie gefahren sind!« Ajsylu sah den Gast wieder an. »Ausgesprochene Worte verschwinden nicht, sie bleiben! Vor allem Fragen! Die, mit denen Sie gesprochen haben, werden jetzt an Achtem denken!«

Sergejitsch warf ihr einen besorgten Blick zu, dann drehte er sich nach seinem Handy um, das in der Ecke am Rand eines dicken, dunkelroten Teppichs am Boden lag und lud.

›Das sollte ich nicht vergessen‹, dachte er. Wieder hörte er in Gedanken die Stimme von Iwan Fjodorowitsch aus Simferopol: »Sagen Sie seiner Witwe …« Sergejitsch blickte erneut zu Ajsylu. Er wollte etwas Positives zu ihr sagen. Aber was nur? Seine Schultern schmerzten und fühlten sich schwer an, seine Handgelenke taten ihm weh. Kohleschleppen war eben kein Zuckerschlecken!

»Ich fahre Sie«, bot Bekir an, als sich das Abendessen seinem Ende näherte.

»Nicht nötig.« Sergejitsch winkte ab. »Ich vertrete mir besser die Beine! Meine Hände haben heute gearbeitet, meine Beine aber nicht! Sollen sie ruhig ein bisschen gehen!«

Ajsylu begleitete ihn bis zur Tür und gab ihm beim Hinausgehen einen Packen Rubel.

»Für den Honig«, sagte sie. »Wir haben ihn zu einem guten Preis verkauft! Sowohl unseren als auch Ihren.«

Sergejitsch steckte das Geld, ohne zu zählen, in die Tasche.

Er verließ den Hof, ging auf dem ihm vertrauten Weg in Richtung Moschee und bog davor nach links ab.

Der Himmel senkte sich immer weiter, die Dämmerung wurde immer undurchdringlicher, aber echte Dunkelheit, wie Sergejitsch sie seit seiner Kindheit im Donbass kannte, gab es hier nicht.

Irgendwo bellte ein Hund. Von der anderen Seite drang eine weibliche Stimme ans Ohr des einsamen Wanderers, die jemanden bei einem seltsamen, nicht deutlich zu verstehenden Namen rief – vielleicht einen Hund oder eine Katze.

Bereits im Hinaufgehen entlang der Weingärten blieb Sergejitsch stehen und schüttelte betrübt den Kopf. Er hatte doch sein Telefon bei ihnen vergessen! Er hatte weder Lust noch die Kraft zurückzukehren. Außerdem brauchte er dieses Telefon gar nicht so dringend! Mit dem Telefon verhielt es sich wie mit dem Schlüssel seines in der Ferne zurückgelassenen Hauses, den er mit sich trug. Eigentlich war er wichtig, aber nutzlos.

Sergejitschs Gedanken wanderten in sein Heimatdorf, in sein Haus, zu Paschka. In seinem Rücken entfernten sich flimmernd die Lichter von Albat, das auf den Wegweisern Kujbyschewo heißt.

51

Nachts konnte Sergejitsch nicht schlafen. Zuerst ließen ihn die Igel nicht einschlafen – sie fauchten zu laut –, dann krochen quälende Gedanken in seinen Kopf. Sie drehten sich alle um dasselbe.

Hatte dieser Iwan Fjodorowitsch vom FSB Ajsylu aus Versehen oder absichtlich Witwe genannt? Und warum glaubte er, Sergejitsch, ausgerechnet jetzt in der Nacht endgültig den Worten des Geheimdienstlers, dass Achtem nicht mehr am Leben war? Nicht um Achtem tat es ihm leid, er erinnerte sich ja kaum an ihn, und wenn, dann wäre es ein ganz anderer Achtem gewesen, zwanzig Jahre jünger. Leid tat es Sergejitsch um Ajsylu und ihre Kinder. Aber wie konnte Ajsylu, wenn ihr Mann bereits seit zwei Jahren verschollen war, darauf hoffen, dass er noch lebte? Sie war doch eine kluge Frau und begriff: Wenn sie ihn verschleppt und sein Auto stehengelassen hatten, dann waren sie auf sein Leben aus gewesen, nicht auf den Lada Niwa oder Geld. Und wenn sie es auf sein Leben abgesehen hatten, dann hieß das, sie hatten es ihm auch genommen. Sonst hätte Achtem eine Möglichkeit gefunden mitzuteilen, dass er am Leben war.

Sergejitsch drehte sich auf die Seite, dann auf den Bauch. Er fand einfach keine bequeme Position. Er legte sich wieder auf den Rücken. Er schlief davon ein, dass er zu müde zum Denken war, schlief jedoch nicht lange, vielleicht drei oder vier Stunden. Als er die Augen öffnete, versuchten tausend Sonnenlichtnadeln, das Segeltuch zu durchdringen, kamen aber nicht durch. Daher störten sie auch die Augen nicht.

Sergejitsch zog Trainingshosen und T-Shirt an, kroch hinaus und befand sich im gleißenden Sonnenlicht. Er blinzelte, nahm die Decke und machte es sich im Schatten des nächststehenden Bienenstocks gemütlich. Umgeben vom leisen Summen der Bienen, wurde er endgültig wach. Dann entfachte er ein Feuer und goss Wasser aus seiner Plastikflasche in den Teekessel. Vom Rauch kitzelte es in der Nase, er musste niesen. Danach hörte er auch besser, als wären Korken aus seinen Ohren geflogen. Der Gesang der Vögel war nun näher, die Bienen summten melodischer.

Vor dem Hintergrund der plötzlich in seine Ohren eindringenden Natur erkannte er noch ein bekanntes Geräusch – das Motorengeräusch eines herannahenden Autos. Er ging zum Feldweg und erblickte den blauen Lada Niwa.

Bekir hielt sein Auto neben Sergejitsch an. Er gab ihm das vergessene Handy mit dem Ladegerät und dazu eine Tüte mit Fladenbroten und Gemüse. Er teilte Sergejitsch mit, dass im Dorf der Strom abgeschaltet worden sei, und fuhr zurück.

Sergejitsch wandte sich wieder seinem Feuer zu. Er aß die reichhaltigen Fladenbrote mit Tomaten und frischen Kräutern zum Frühstück und trank dazu Tee. Als er satt war, nahm er das Telefon zur Hand und bemerkte, dass es einen entgangenen Anruf anzeigte. Er studierte die Nummer und wunderte sich nicht schlecht, denn man hatte ihn aus Russland angerufen. Er sah das Pluszeichen, dann die sieben und dann eine lange, unbekannte Nummer. Sergejitsch zuckte mit den Schultern. ›Wahrscheinlich verwählt!‹, beschloss er. Für alle Fälle überprüfte er die SMS. Dort gab es keine neuen, bloß »Am Leben?« und »Am Leben«. Auf die letzte SMS hatte Petro allerdings nach wie vor nicht geantwortet. Daher schickte ihm Sergejitsch noch einmal die übliche kurze Frage. Da er an diesem Morgen das Handy nicht so schnell aus der Hand legen wollte, wählte er danach Paschkas Nummer.

»Warum rufst du an?«, hörte er dessen verwunderte Stimme.

»Du fehlst mir«, gestand Sergejitsch. »Wie läuft es so?«

»Bis jetzt ist es ruhig. Schon zwei Wochen lang. Aber davor haben sie über uns hinweggeballert. Es ist übrigens ein Priester vorbeigekommen, hat mir eine Ikone geschenkt und versprochen, dass sie die Kirche wiederaufbauen. Dann waren die Baptisten da und haben gesagt, dass sie Ende August Kohle für den Winter bringen! Gratis!«

»Dir?«

»Dir auch, wenn du bis dahin wieder hier bist! Sie haben gesagt, dass sie nur denen Kohle bringen, die geblieben sind!«

»Ich werde da sein.« Sergejitsch begann, sich Sorgen zu machen. »Steht das Haus noch?«

»Was soll mit ihm sein? Ich gehe doch manchmal bei dir vorbei! Ich habe deine Schuhe angezogen, die in der Schatulle! Diese Scheißteile sind so weich wie Hausschlappen!«

Sergejitsch lächelte.

»Geh vorsichtig mit ihnen um!«, bat er Paschka.

»Glaubst du, ich weiß das nicht?«, fragte Paschka. »Warst du schon am Meer?«

»Ich bin hier weit weg vom Meer, aber sie werden mich hinbringen! Sie haben es versprochen!«

»Na gut, ruf hin und wieder an! Allein ist es hier bescheiden! Gut nur, dass die Kumpels aus Karusselino wieder bei mir vorbeikommen. Ihr russischer Kommandant ist getötet worden, jetzt hat wieder einer von den Ortsansässigen das Kommando. Und ich gehe um Brot und Wodka zu ihnen. Sonst würde ich verrückt werden!«

Nachdem er mit Paschka genug geplaudert hatte, wollte Sergejitsch noch Witalina anrufen, hatte sich aber nicht überlegt, was er ihr sagen wollte.

Inzwischen hatte er unter seinen Sachen im Kofferraum den heiligen Nikolaus aus Karton gefunden und stellte ihn in die linke Ecke des Zelts vor das Kerzenglas. Er fand auch zwei dicke Bündel Kirchenkerzen, die er ebenfalls ins Zelt schaffte und unter dem Kopfkissen versteckte.

Der Tag verging wie im Flug. In Gedanken hörte Sergejitsch immer wieder Paschkas Stimme, die ihm die Neuigkeiten mitteilte. Besonders freute ihn die Vorstellung, dass sein nichtsnutziger Feindfreund hin und wieder die Schuhe anzog, die er vom Gouverneur geschenkt bekommen hatte. Sie waren also auf ihrem Platz im Schuhkoffer. ›Wenn er bloß nicht in den Schuhen nach Karusselino geht!‹, dachte Sergejitsch plötzlich. ›Sonst sehen sie seine Separatisten-Freunde, ziehen ihm eins über den Schädel und nehmen sie sich! Das ist ihnen durchaus zuzutrauen!‹

Als es dunkel wurde, entzündete er innen im Zelt die Kerze vor dem heiligen Nikolaus, und draußen neben dem

Zelt fachte er das Feuer wieder an, damit es in seinem vorübergehenden Zuhause innen und außen heller wurde. Die Kerze im Glas brannte natürlich heimeliger als das Feuer auf der kleinen Lichtung. Das »äußere Zuhause« brauchte aber auch kein Feuer zur Beleuchtung. Das diente eher der Gemütlichkeit und Wärme und dazu, dass Sergejitsch Tee kochen oder eine Grütze zubereiten konnte. Er spazierte bis zum Feldweg, der nach unten führte, zu den obersten Reihen der Weingärten, um vor dem Schlafengehen auf die abendlichen Lichter von Albat zu sehen. Er blieb an der gewohnten Stelle stehen, sah aber keine Lichter. An diesem Abend war unten in der Ferne kein Dorf – für die Augen war es nicht vorhanden. Doch Sergejitsch wandte den Blick nicht von dem unsichtbaren Dorf, dessen Straßenlaternen und wie Glühwürmchen leuchtende Fenster ihm vor dem Schlafengehen normalerweise Freude bereiteten. Er sah weiter dorthin und wunderte sich gleichzeitig darüber, wie das heute stromlose, unbeleuchtete Albat allmählich in der nicht undurchdringlichen Dunkelheit des Südens auftauchte. Wie etwas ohne Leben, wie weit entfernte Ruinen eines verlassenen Dorfes. So wie vermutlich sein Heimatdorf Malaja Starogradowka bei Nacht, wenn man es von Karusselino oder Schdaniwka aus betrachtete. Sergejitsch erinnerte sich an Bekirs Worte vom Morgen. Es gab also nach wie vor keinen Strom.

Er dachte über sein eigenes Leben ohne Strom nach. Anfangs war es natürlich ungewohnt gewesen, mühsam! Denn es war viel schwerer, sich an einen schwarzen Fernseher zu gewöhnen als an einen abgeschalteten Kühlschrank. Aber er hatte sich daran gewöhnt, und es war in Ordnung. Die Bienen lebten ja auch ohne Strom! Also waren die Menschen ebenfalls dazu in der Lage! Die Menschen konnten den Bienen ja wohl das Wasser reichen.

An dieser Stelle widersprach Sergejitsch sich selbst. ›Nein, die Menschen können den Bienen nicht das Wasser reichen!‹, beschloss er.

Dann dachte er an Ajsylu und ihre Kinder. Wieder berichtigte er sich: ›Es gibt Menschen, die den Bienen nicht das Wasser reichen können, und es gibt Menschen, die den Bienen gleichen. Menschen, denen die Bienen nicht das Wasser reichen können, gibt es wahrscheinlich nicht.‹ Sergejitsch beschloss, Ajsylu Kerzen zu bringen. Wer wusste schon, wann sie wieder Strom bekamen? Vielleicht morgen, vielleicht aber auch erst in einer Woche!

Er holte eines der Kerzenbündel, legte es in eine Tüte und spürte ein angenehmes Gewicht in der Hand, denn das Bündel war dick und schwer, es bestand aus etwa fünfzig Kerzen. Er ging zum Dorf und genoss die unerwartete abendliche Kühle.

Die ersten Häuser von Albat-Kujbyschewo jagten ihm mit ihren stummen, dunklen Fenstern ein wenig Angst ein. Sergejitsch sah ein paarmal nach oben zu den Straßenlaternen, als hoffte er, dort zumindest ein bisschen Licht zu entdecken. Aber um ihn herum herrschte Dunkelheit. Obwohl die Augen sich an die Dunkelheit gewöhnt hatten und bei der Orientierung halfen, ließen die fehlenden Lichter die abendliche Stille besorgniserregend wirken. Das Dorf erschien jetzt zu still, als habe es sich vor Schreck in sich zurückgezogen. Auch die Hunde bellten nicht, und es fuhren keine Autos durch die Straßen!

Die Beine trugen Sergejitsch von selbst zur Moschee.

Dort bog er nach rechts ab. Als er den Hof von Ajsylu betrat, lauschte er noch einmal den Geräuschen der Umwelt. Und er begriff, dass die Welt ringsum den Atem anhielt. Er ging zum Eingang hinauf und legte das Ohr an die Tür. Im Haus schliefen sie noch nicht. Er hörte Schritte oder vielleicht das Knarzen der Dielenbretter. Zuerst wollte er klopfen, dann überlegte er es sich anders. ›Nein, sonst bitten sie mich noch herein! Sie sind sehr gastfreundlich …‹

Er legte die Tüte mit den Kerzen auf den Boden. Dann schlug er dreimal mit der Faust gegen die Tür und eilte zum Gartentor.

Als er bereits auf der Straße war, hörte er, wie die Haustür aufgesperrt wurde und jemand die Kerzentüte aufhob, die dabei raschelte.

Den Rückweg legte er unbeschwert zurück, aber nicht, weil die Hände jetzt frei waren. Die Freude über die vollbrachte gute Tat erfüllte seine Gedanken und verlieh ihm förmlich Kraft. Daher war auch der Aufstieg zurück zum Bienenstand weder für den Körper noch für den Kopf eine Last.

52

Seit der Nacht trommelte der Regen auf das Segeltuchdach. Sergejitsch hatte diesen Regen zuerst für einen Traum gehalten. Er atmete auch ohne Beschwerden im Schlaf, die Luft wurde immer frischer. Als er am Morgen jedoch die Augen öffnete, hörte er den gleichen Regen und atmete die gleiche, von Feuchtigkeit getränkte frische Luft ein. Nur die Freude, die er im Traum empfunden hatte, war plötzlich weg. Wieder einmal dachte er, dass Träume nur bewegte Bilder waren, zu denen der Ton häufig aus dem wahren Leben kam.

Er hatte das schon oft so erlebt, seitdem der Krieg ausgebrochen war. Sergejitsch erinnerte sich an einen weit zurückliegenden Traum aus dem späten Frühling des Jahres 2014, als in den Fenstern von Malaja Starogradowka noch Licht brannte, in der Nähe aber schon Explosionen donnerten. Er hatte geträumt, dass er, klein und barfuß, über das gepflügte Feld nach Hause gelaufen war. Wind und Regen trafen ihn von hinten im Rücken, über ihm waren schwere Wolken, die jemand mit Donner und Blitz vor sich herjagte. Wie er so über das gepflügte und bereits bestellte Feld rannte, sanken seine Füße ein, aber die Angst half, sie aus der Erde zu ziehen, um sich in Sicherheit zu bringen. Beim Laufen blickte er sich um und sah, wie gleichzeitig in der Nähe und scheinbar auch in der Ferne leuchtend helle Blitze im Zickzack in die Erde einschlugen, und es war, als würde die Erde von jedem Einschlag beben und er beim Rennen dieses Zittern des Bodens spüren. Er wandte den Blick wieder nach vorne, in Richtung seines Dorfes, und sah, dass andere leuchtend helle Explosionen, die ganz und gar nicht wie Blitze wirkten, vor ihm die Erde gen Himmel spritzen ließen. Da blieb er im Traum stehen, sah sich nach allen Seiten um und fragte sich, wohin er nun laufen sollte. Genau in diesem Moment war er im Frühling 2014 aufgewacht. Der Traum war weg gewesen, aber die Explosionen, genau die, die er im Traum gehört hatte, waren geblieben. Ihr Donnern hatte bis zum Morgengrauen angedauert.

Sergejitsch rieb sich mit den Fingern die Schläfen und strich dann mit den Handflächen seine grauen Haare glatt, die er sich erst vor kurzem in der Kreisstadt Wessele hatte schneiden lassen. Er kroch aus seinem Schlafsack und beruhigte sich.

Barfuß trat er aufs Gras. Die ersten Regentropfen brannten auf seinen Schultern und seiner Brust, doch sie brannten angenehm, erfrischend. Der Regen war überhaupt nicht kalt. Aber woher sollte auch auf der Krim im Sommer kalter Regen kommen.

Bei der feuchten Feuerstelle verstand Sergejitsch, dass er mit dem Teetrinken warten musste.

Plötzlich hörte er Stimmen, Schritte und das Knacken von Ästen. Er sah sich um. Auf dem Pfad, der von den Weinreben am Zelt und den Bienenstöcken vorbei zur Quelle führte, stapften mehrere Burschen und Mädchen mit Rucksäcken und durchsichtigen Regenumhängen. Als sie Sergejitsch bemerkten, blieben sie stehen. Ein Mädchen zog ihr Handy heraus und fotografierte Sergejitsch in Unterhose. Sie lächelte schuldbewusst, als sie ihm in die Augen sah.

»Entschuldigen Sie, wir sind Touristen«, wandte sich einer der Burschen an Sergejitsch. »Kommen wir auf diesem Weg nach Baschtanowka?«

»Ich weiß es nicht«, antwortete Sergejitsch. »Ich bin nicht von hier.«

»Woher kommen Sie?«

»Aus dem Donbass.«

Der Bursche wurde hellhörig und warf einen besorgten Blick auf das Zelt, dann nickte er, und sie stapften weiter.

Sie raschelten mit ihren Umhängen an Sergejitsch vorbei, ohne ihn noch einmal eines Blickes zu würdigen.

Sergejitsch begann zu frieren. In seiner Brust pfiff etwas,

das sich dann mit dem vertrauten Husten seinen Weg nach draußen bahnte. Er kroch hastig in sein Zelt, trocknete sich mit einem Handtuch ab und zog sich an. Er bemerkte, dass die Kerze vor dem Heiligen niedergebrannt war, zündete aber keine neue an.

Gegen Abend hörte der Regen auf, und das nasse Gras trocknete wieder. Die Sonne schaffte es noch, die Luft zur Nacht hin zu erwärmen, bevor sie hinter dem Berg verschwand. Als sie schließlich untergegangen war, machte sich Sergejitsch zu den Weingärten auf, um auf Albat hinabzusehen. Und wieder waren an der Stelle des Dorfes keinerlei Lichter.

›Wie kann das sein?‹ Sergejitsch begann, sich Sorgen zu machen, und ging hinunter ins Dorf, ohne genau zu begreifen, warum, aber mit dem festen Vorsatz, zu Ajsylus Haus zu gehen und in die Fenster der Familie zu blicken.

An diesem Abend war in Albat Leben zu sehen und zu hören, vielleicht weil der Regen aufgehört hatte, vielleicht weil es noch nicht spät war. Sergejitsch begegneten gleich zwei Autos in den Straßen, und beide beleuchteten mit ihren Scheinwerfern die Zäune und Häuser. Dann ging jemand mit einer Taschenlampe in der Hand an ihm vorbei, und Hunde bellten. Eine Fledermaus flog direkt über seinen Kopf und schlug mit den Flügeln, nicht wie ein Vogel, sondern fester, als seien ihre Flügel aus Wachstuch.

Sergejitsch betrat den ihm vertrauten Hof und blieb in dem breiten, gemütlichen, von Weinreben überrankten Laubengang stehen. Die Weinblätter raschelten im sanften Wind.

Er näherte sich dem ersten Fenster neben der Tür und sah,

dass hinter den Tüllvorhängen im Haus Licht brannte. Es war nicht hell, aber ausreichend für das abendliche Leben. Er stellte sich auf die Zehenspitzen, sah hinein und erblickte drei dünne Kirchenkerzen, die auf dem Tisch standen.

Wieder wurde sein Herz von der Wärme der vollbrachten guten Tat erfüllt. Auf Sergejitschs Lippen erschien ein Lächeln. Langsam schlich er aus dem Hof.

Von der Straße aus sah er noch einmal zu Ajsylus Haus.

›Hier müsste man leben‹, dachte er. ›Es ist warm und ruhig, es gibt Weinreben …‹

Er machte sich auf den Rückweg, ohne Eile, blieb hin und wieder stehen und sah sich nach allen Seiten um. Wenn er hinter sich das Geräusch eines Motors vernahm oder sich gleißend helle Scheinwerfer näherten, wich er an den Straßenrand aus.

›Was, wenn ich dort alles verkaufen und mir hier etwas zulegen würde?‹, träumte er beim Verlassen des Dorfes vor sich hin.

Ein weiteres Mal sah er sich nach der behaglichen, friedlichen Dunkelheit um, in die der fehlende Strom Albat versinken ließ.

›Aber wem soll ich dort alles verkaufen?‹, dachte er. ›Wer möchte dorthin?‹

Dieser vernünftige Gedanke, der seine plötzlichen Wünsche zunichtemachte, schlug ihm seltsamerweise nicht allzu sehr aufs Gemüt.

»Wird schon werden«, flüsterte er als Antwort auf den Gedanken, als er an den Weingärten entlang hinauf zum Bienenstand ging. »Für jede Ware gibt es einen Käufer. Man muss nur lange genug warten!«

53

Als die Sonne sich auf den Berg legte, ging Sergejitsch wie gewohnt zu dem kleinen Felsvorsprung. Die letzten Strahlen schwachgelben Lichts fielen noch auf Albat. Wie ein Vergrößerungsglas ließen sie das Dorf näher erscheinen und seine Häuser, die grauen Schieferdächer neben roten und grünen Dächern, die niedrige Moschee und die Kirche besser sichtbar werden.

Der Tag schaltete das Licht langsam aus. Mit dem Untergehen der Sonne senkte sich der Schatten des Berges, der Schatten des scheidenden Sommertages ins Tal.

Das Dorf schien sich wieder zu entfernen. Sergejitsch stand auf dem Vorsprung über den Weingärten und dachte nach. Er wurde aus seinen Gedanken gerissen, als in der einsetzenden Dunkelheit die Straßenlaternen angingen, nicht gleichzeitig, sondern eine nach der anderen, und darauf auch Fenster hier und dort zu leuchten begannen.

›Na Gott sei Dank‹, dachte er erfreut.

Er bekam das seltsame Gefühl, als hätte er dem Dorf den Strom gebracht. Als hätte er nicht umsonst eine halbe Stunde oder länger hier gestanden, bis die Sonne untergegangen und die Luft schummrig geworden war. Er stand hier, um die nächtliche Stromversorgung von Albat zu überwachen.

Das abendlich erleuchtete Dorf sah romantischer und anziehender aus als bei Sonnenlicht. Der Schein der Straßenlaternen hob die Linien der Straßen hervor wie auch die durchaus eindrucksvolle Größe von Albat – es gab nicht weniger als zwei Dutzend Straßen und Gassen hier! Sergejitsch durchzuckte der Gedanke, dass er eben jetzt im Schein der Straßenlaternen dort unten das Dorf mit dem märchenhaften Namen Albat sah, der nicht auf den Ortsschildern stand. Albat lebte hinter den beleuchteten Fenstern der Häuser, atmete und sprach in seiner Albat-Sprache. Tagsüber oder abends vor Einbruch der Dunkelheit und dem Einschalten der Straßenlaternen sah er Kujbyschewo, das Russisch sprach und sich kaum von Malaja Starogradowka unterschied, wenn man die südliche Vegetation einmal außer Acht ließ.

Dieser Gedanke fesselte Sergejitsch und beschäftigte ihn noch weiter. Ohne Strom würde Albat auch nachts Kujbyschewo bleiben. Dann konnte man die ihm, Sergejitsch, selbst bekannte fehlende Behaglichkeit nur mit brennenden Kerzen vertreiben!

Seine Gedanken sprangen von selbst zu seinem eigenen Haus. Einen Moment lang wurde er traurig. Er erinnerte sich an seinen mitten im Zimmer stehenden Ofen, an die Wärme, die er ihm den ganzen Winter und einen Teil des Frühlings hindurch gespendet hatte. Aber der Ofen und das Haus waren weit weg und wurden von Paschka beaufsichtigt, und bei diesem Gedanken vertrieben die Lichter von Albat trotz allem die Traurigkeit und gaben ihm die ruhige Freude wieder, die das Leben ins Gleichgewicht brachte und die Illusion schuf, eben die Ruhe sei das Glück!

Sergejitsch hatte sich am abendlich erleuchteten Albat sattgesehen und machte kehrt, um sich Ruhe und Zufriedenheit bis zum Zelt und zum Bienenstand zu erhalten. Aber plötzlich zog eine entfernte Sirene seine Aufmerksamkeit auf sich. Es waren sogar mehrere, wenn ihm das Echo der Berge keinen Streich spielte. Er ging noch einmal zurück und sah in der Ferne hinter dem Dorf, auf der Straße, die am Belbek vorbei nach Albat führte, den Schein rot blinkender Alarmlichter. Mehrere Autos rasten auf die Häuser des Dorfes zu. Jetzt waren auch eindeutig mehrere Sirenen zu hören, und ihr Geheul wurde immer lauter, obwohl sie noch weit weg waren.

Die Autos tauchten die Straße mit ihren Scheinwerfern in helles Licht. Die Kolonne bog nach links ab, fuhr dann durch den Ort und hielt nach zwei weiteren Kurven an. Die Sirenen verstummten mit einem Mal, und die Alarmlichter wurden ausgeschaltet. In Albat wurde es wieder still, nur erschien Sergejitsch diese Stille jetzt beunruhigend.

Die Autos mussten irgendwo in der Nähe von Ajsylus Haus angehalten haben. Sergejitschs Besorgnis wuchs. Das Eindringen dieser Autokolonne in die friedliche Stille von Albat beunruhigte ihn.

Auf dem Handydisplay war es halb elf. Das war nicht früh, aber auch nicht spät. Genau die Zeit, zu der alle möglichen Unglücke geschehen, weil der Mensch der Welt der Dunkelheit, der Welt der Nacht schutzlos ausgeliefert ist.

›Warum sind es nur so viele Autos?‹, dachte er. ›Vielleicht ist es der Notarzt? Aber warum mehrere?‹

Er verspürte unangenehme Vorahnungen, die einen bitteren Geschmack auf der Zunge hinterließen.

›Ich gehe hin und sehe nach‹, beschloss Sergejitsch. Er beschloss es mit Nachdruck, damit seine Müdigkeit vom zurückliegenden Tag nicht gegen diesen Entschluss protestieren konnte.

Zuerst aber legte er Äste ins Feuer nach, damit klar war, dass er irgendwo in der Nähe war und nicht irgendein Tourist, der durch die Berge der Krim wanderte, in sein Zelt kroch, weil er es für herrenlos und verlassen hielt.

Als er unten im Dorf durch die erste Straße ging, überkam Sergejitsch das seltsame Gefühl, hier fremd zu sein. So als sträubte sich Albat gegen ihn. Eigentlich war alles wie immer: Die Straßenlaternen brannten, die Fenster waren erleuchtet, vielleicht sogar mehr als sonst zu dieser Zeit. Es war da aber noch etwas um ihn herum, was er vorher nicht bemerkt hatte oder was vorher nicht da gewesen war. Viel zu viele kleine, aber heftige Geräusche: Türen fielen ins Schloss, Stimmen riefen sich Wörter zu, die Sergejitsch nicht verstand – offenbar auf Tatarisch, aber viel zu laut für diese nächtliche Stunde. Plötzlich waren neben ihm noch drei Männer, die im Gehen laut miteinander sprachen und ihn überholten, ohne dem einsamen Wanderer auch nur die geringste Aufmerksamkeit zu schenken, dann verschwanden sie fast im Laufschritt hinter der Abzweigung.

Bevor er selbst dorthin, in Richtung Ajsylus Haus, abbog, verspürte Sergejitsch sein Fremdsein noch stärker, als ihn noch eine Gruppe von Männern einholte, von denen einer einen weißen Fes trug! Die Männer sprachen leise miteinander, und einer stieß ihn ein wenig von der Straße. Es war vielleicht keine Absicht gewesen, aber Sergejitsch blieb erschrocken stehen und verharrte vor irgendjemandes Zaun. Er sah noch weitere Männer ebenfalls in Richtung der Autos eilen.

Er stand ein paar Minuten da, dann setzte er seinen Weg fort, nur langsam und am Straßenrand, damit ihn niemand, der es eilig hatte, von der Straße stoßen konnte.

Bei einer Menschenmenge von ungefähr fünfzig Personen, genau neben Ajsylus Haus, machte er halt. Auch die

Autos standen hier und daneben ein Haufen Polizisten in Uniformen von undefinierbarer Farbe. Alle trugen sie darüber schwarze, kugelsichere Westen.

Jetzt begriff Sergejitsch, dass etwas Ernstes geschehen war. Aber was? Wen sollte er fragen? Die Tataren, die in ihrer Sprache lebhaft über etwas diskutierten? Oder die Soldaten, deren Muttersprache eindeutig Russisch war?

Sergejitsch berührte den ihm am nächsten stehenden Tataren an der Schulter. Der drehte sich um.

»Was ist hier los?«, fragte Sergejitsch.

»Warum interessiert dich das?«, entgegnete der Tatare verwundert. »Sie haben unseren Toten gebracht.«

»Achtem?«, vermutete Sergejitsch.

»Hast du ihn gekannt?«

Sergejitsch nickte.

»Ja, er ist es. Sie haben ihn gebracht, er war wohl irgendwo im Wald vergraben. Sie haben ihn schon vor langer Zeit umgebracht«, erklärte der Tatare.

Sergejitsch biss sich auf die Unterlippe. Er blickte zu Ajsylus Haus, in dem alle Fenster leuchteten.

»Und warum ist die Polizei gekommen?« Es war, als habe Sergejitsch diese Frage nicht dem Tataren, sondern sich selbst gestellt, ohne den Blick vom Wohnzimmerfenster in Ajsylus Haus zu wenden.

»Die Polizisten werden ein paar Tage bleiben.« Die Stimme des Tataren war abweisend geworden. »Bis wir ihn begraben haben. Sie haben Angst!«

»Wann ist das Begräbnis?«

»Morgen früh«, antwortete der Tatare, der offenbar das Gespräch nicht fortsetzen wollte und daher zu einer anderen Gruppe trat, die sich versammelt hatte und bei der auch der Mann mit dem weißen Fes stand.

Sergejitsch wandte sich in die entgegengesetzte Richtung. Im Hof sah er den blauen Lada Niwa hinter dem geschlossenen Einfahrtstor. Er lauschte und dachte, er würde Ajsylus Weinen aus dem Haus hören können, wenn er sich anstrengte. Aber viel zu viele fremde Geräusche erfüllten die Stille. Die Motoren der Autos brummten leise. Ganz vorne stand ein Kamaz-Polizeilastwagen, dessen Scheinwerfer mit voller Wucht ihr aggressives gelbrotes Licht auf die versammelten Tataren warfen. Aber die Menschen schenkten dem Licht keinerlei Aufmerksamkeit. Sie senkten den Blick zu ihren Handflächen, die sie auf Brusthöhe zum Himmel gedreht hatten, und sprachen mit vielen leisen Stimmen ein Gebet.

Vorbei an Sergejitsch, der den Atem anhielt, gingen drei Männer zu den Versammelten. Zwei von ihnen trugen eine hölzerne Bahre, der dritte etwas Grünes, das mehrfach gefaltet und entweder ein Überwurf oder eine Decke war.

Sergejitsch fühlte sich fehl am Platz. Langsam machte er sich auf den Rückweg, aber plötzlich hörte er hinter sich eilige Schritte.

»Bleiben Sie stehen«, befahl ihm eine Männerstimme in akzentfreiem Russisch.

Sergejitsch drehte sich um, direkt vor ihm stand ein kräftiger Mann in schwarzen Hosen und einer schwarzen Windjacke.

»Ihren Pass!«, forderte er.

»Wozu?«, fragte Sergejitsch erstaunt. »Mein Pass ist im Zelt versteckt.«

»In welchem Zelt?«

»Dort.« Er zeigte in Richtung der Weingärten. »Neben dem Bienenstand.«

»Sind Sie Imker?«

»Ja schon, aber ich bin nicht von hier, sondern aus dem Donbass.«

»Ach so«, sagte der Mann, als hätte er über Sergejitsch bereits Bescheid gewusst. »Warum sind Sie hergekommen?«

»Um nachzusehen. Ich habe die Sirenen gehört.«

»Also neugierig.« Der Mann nickte, aber sein Blick erschien Sergejitsch trotzdem misstrauisch und beunruhigt. »Gehen Sie, gehen Sie nach Hause! Sie haben hier als orthodoxer Christ nichts verloren!«

Im Gehen blickte sich Sergejitsch noch zweimal um und überprüfte, ob ihm der Mann nicht nachsah. Der Mann war verschwunden, die Tataren hingegen wurden immer mehr.

›Ich als orthodoxer Christ habe hier nichts verloren?‹, dachte Sergejitsch und sah auf den Boden. ›Bedeutet das, ich habe auf der Krim nichts verloren? Was soll das heißen? Selbst hier in Albat gibt es doch eine Kirche! Oder soll ich mit Tataren keinen freundschaftlichen Umgang pflegen? Hat er etwa das gemeint?‹

Ratlos blickte Sergejitsch auf die Weinreben zu seiner Rechten, an denen entlang der Feldweg hinauf zum Bienenstand führte.

Erst auf dem Felsvorsprung, von dem aus er so gern auf Albat hinuntersah, blieb er stehen und warf einen letzten Blick hinunter. Es gab aber nichts, worauf der Blick hätte fallen können. Die Dunkelheit an der Stelle des Dorfes kündete davon, dass der Strom wieder fort und Albat wieder zu Kujbyschewo geworden war.

54

Nachdem sich Sergejitsch am frühen Morgen mit Quellwasser aus der Plastikflasche gewaschen hatte, eilte er ins Dorf. Die Hälfte des Weges dachte er an nichts anderes als an das bevorstehende Begräbnis. Als er sich den ersten Häusern näherte, blieb er stehen und sah an sich hinunter. Er klopfte mit den Händen seine ungebügelten Hosen ab und schob das weiße Hemd tiefer hinein. Nur mit seinem leichten Sakko war er nicht zufrieden, das Grau passte nicht recht zu einer Trauerfeier, aber ein anderes Sakko hatte er nicht.

Als er in Ajsylus Straße einbog, bemerkte Sergejitsch den außerhalb des Hofs geparkten blauen Lada Niwa. Dahinter, dort, wo am Abend zuvor die Polizeiautos gehalten hatten, erhob sich nur der schwarze Kamaz-Lastwagen. Daneben standen träge drei Mitglieder der Berkut-Einheit* in Uniform, aber ohne Helme, und unterhielten sich über irgendetwas. Ihre schwarzen Plastikschlagstöcke, die links an ihren Gürteln hingen, baumelten bei jeder Bewegung friedlich hin und her.

Alle, die sich für das Begräbnis versammelt hatten, drängten sich jetzt im Hof. Die Haustür war weit offen. Die Menschen gingen ein und aus und sprachen leise auf Tatarisch. Sergejitsch blieb zwischen dem Gartentor und dem Haus stehen und hielt nach Bekir oder Ajsche Ausschau. Er

* Sonderpolizei zur Bekämpfung von Massenprotesten. Bekannt für ihre Härte gegenüber Protestierenden.

konnte sich nicht dazu durchringen, einfach näher zu treten. Plötzlich entdeckte er Bekir in der Tür und eilte zu ihm.

»Bekir, Bekir!«, rief er, als er bemerkte, dass der ins Haus zurückkehren wollte.

Achtems Sohn sah sich um und kam schnell zu ihm.

»Ist es in Ordnung, wenn ich auch auf den Friedhof gehe?«, fragte Sergejitsch vorsichtig.

»Ich komme gleich wieder, ich frage nur den Imam. Warten Sie hier!«, antwortete Bekir und verschwand im Haus.

Sergejitsch stand etwa fünf Minuten an der Tür und bemühte sich, den vorbeigehenden Tataren nicht im Weg zu stehen. Er fühlte sich schon wie eine Biene in einem fremden Bienenstock. Und er wusste, wie Bienen mit Fremden umgingen! Doch da erschien Bekir wieder in der Tür.

»Sie können kommen«, sagte er leise. »Aber wahren Sie Abstand, wenn an Papas Grab gebetet wird!«

»Emir Allahtan, başıñız sağ olsun!«[**], sagte ein alter Tatare, der zu Bekir getreten war.

»Dostlar sağ olsun!«[***], antwortete ihm Bekir und wandte sich von Sergejitsch ab.

Aus dem Haus wurde eine breite Bank gebracht und im Hof aufgestellt. Dann wurde die Bahre mit dem Leichnam, der in eine grüne Decke mit goldener arabischer Stickerei gehüllt war, darauf abgesetzt. Die versammelten Menschen stellten sich um die Bahre herum auf, wobei sie gebührend Abstand zum Verstorbenen hielten. Sergejitsch bemerkte, dass alle Fese auf dem Kopf trugen.

** Krimtatarisch: »Es ist der Wille Allahs, passen Sie auf sich auf!«
*** Krimtatarisch: »Mögen die Freunde gesund sein!«

Mit Erstaunen stellte er fest, dass es keine Frauen unter den Menschen gab, die gekommen waren, um sich von Achtem zu verabschieden. Nicht einmal Ajsylu oder Ajsche sah er.

Der Imam war bereits zur Bahre getreten, seine traurige, ernste Stimme ertönte im Hof, in einer Sprache, von der Sergejitsch kein einziges Wort verstand, aber er fühlte das Gesagte geradezu körperlich. Er brauchte auch dann keine Übersetzung, als die Tataren ihre Handflächen zum Himmel drehten und ihre Köpfe über die Hände senkten. Sie lasen das Gebet geradezu für ihre Handflächen, als könnte es sich von ihnen abstoßen und in den Himmel zu Allah fliegen.

Bei allem, was weiter folgte, fühlte sich Sergejitsch aufs Neue wie eine Biene in einem fremden Bienenstock. Er bildete den Schluss des Trauerzugs, an dessen Spitze Nachbarn und Freunde, sich regelmäßig abwechselnd, Achtem auf ihren Schultern trugen und die Bahre mit abgewinkelten Händen stützten. Auf dem Friedhof stand Sergejitsch etwas abseits, nicht so weit weg wie ein fremder Beobachter und nicht so nah wie ein Verwandter des Toten. Er hörte nur Tatarisch, das für ihn immer eingängiger klang, er begann sogar, einzelne Wörter zu unterscheiden, ohne ihren Sinn zu verstehen.

Drei Männer sprangen vor seinen Augen in das Grab, das ihm ziemlich schmal vorkam. Sie nahmen den in den grünen Stoff eingehüllten Leichnam in Empfang. Ihre Köpfe neigten sich langsam nach unten und verschwanden hinter dem Rand des Grabs unter der Erde.

Es wurde heiß. Die Sonne stand direkt über dem Friedhof. Irgendwo in der Nähe fiedelte eine unermüdliche Grille auf einer unsichtbaren Geige ihre endlose Melodie.

Sergejitsch lauschte. Die Grille hypnotisierte ihn und entrug seine Gedanken fort in einen unsichtbaren, weit entfernten Raum. Die Leichtigkeit in seinem Kopf fühlte sich an, als sei er leer. Nicht nur leer von Gedanken, sondern auch von allem anderen, was das Leben schwermachte, von Erinnerungen und Sorgen, die sich über Jahre angesammelt hatten und deren Schwere manchmal einen Schmerz verursachte, der den Augen Tränen abzupressen schien.

»Allah rahmet eylesin!«[*], vernahm er neben sich.

Sergejitsch sah wieder zu Achtems Grab, und in seinen Kopf kehrten die Schwere und die Gedanken zurück.

Die Männer sprachen wieder für ihre zum Himmel gedrehten Handflächen Gebete.

Dann, nach den Gebeten, verließen sie das Grab. Sergejitsch sah auf dem langgestreckten Grabhügel zwei kleine Holzpfosten, bei den Füßen und beim Kopf des Verstorbenen.

Während er den anderen hinterherging, dachte er die ganze Zeit darüber nach, ob seine Anwesenheit beim Leichenschmaus angebracht war. Dann kamen ihm plötzlich Zweifel, ob es bei Muslimen überhaupt einen Leichenschmaus gab. Vielleicht war bei ihnen alles anders? Schließlich war auch die Beerdigung bei ihnen ganz anders als bei den Russen und Ukrainern!

Als alle Teilnehmer der Trauerzeremonie durch das geöffnete Einfahrtstor in den Hof des Hauses zurückkehrten, blieb Sergejitsch draußen stehen. Er stand ein, zwei Minuten da und hielt nach Bekir Ausschau.

Aus dem Hof vernahm er jetzt den immergleichen Satz,

[*] Krimtatarisch: »Möge Allah seiner Seele Frieden geben!«

den er bereits auf dem Friedhof gehört hatte: »*Allah rahmet eylesin!*«

Die Tataren sagten diesen Satz zueinander und gingen dann zu den Nächsten, um diese Worte erneut zu wiederholen.

›Ganz genau wie Bienen!‹, dachte Sergejitsch.

Er beschloss, zurück zum Bienenstand zu gehen, zu seinen eigenen und den anderen Bienen, deren Summen er gleich gut verstand und natürlich besser als Tatarisch. Er drehte sich mit dem Rücken zum Hof, damit ihn niemand beobachten konnte, dann bekreuzigte er sich dreimal und dachte dabei an den Verstorbenen.

55

Seit Achtems Begräbnis war eine Woche vergangen. Das Wetter hatte sich beruhigt. An diesem Morgen wurde Sergejitsch von den Vögeln geweckt. Endgültig munter machte ihn dann die Sonne, als er nach draußen kroch und zu seinen Bienenstöcken ging, um nachzusehen, ob die Bienen umherflogen. Er sah auch nach Achtems Bienenstöcken. Dessen Bienen arbeiteten ebenfalls, der Tod ihres Besitzers hatte ihre Arbeit und ihre Pläne nicht gestört.

Sergejitsch trank Tee, frühstückte und begriff, dass er einkaufen gehen musste, da seine Essensvorräte zu Ende gingen.

Langsam und nachdenklich wanderte er den Weg hinunter ins Dorf. Er machte sich Sorgen, weil Bekir nach der Beerdigung seines Vaters nicht mehr zum Bienenstand gekommen war. Als sei die Verbindung zwischen Achtems Familie und Sergejitsch abgerissen. Als hätten sie sich von ihm abgewandt, nachdem sich Achtems trauriges Schicksal aufgeklärt hatte. Wie Sergejitsch es auch drehte und wendete, er landete immer in einer Sackgasse und wusste nicht, was er tun sollte. Was sollte er von Ajsylu und ihren Kindern denken, und was mochten sie von ihm, einem Menschen fremden Glaubens, denken? Natürlich war er auf die Krim gekommen, weil er Hilfe brauchte. Er war nicht allein gekommen, sondern mit den Bienen. Trotz des Kummers der Familie hatte er Hilfe bekommen und bekam sie immer noch. Nicht nur in Form von Fladenbroten und Abendessen, sondern auch seelischen Beistand. Er hatte sie sogar liebgewonnen, wie ein herrenloser Hund einen gutmütigen Menschen liebgewinnt, ihm hinterhergeht und dabei mit dem Schwanz wedelt. Aber plötzlich war der Tod in ihre Beziehung geplatzt. Und Ende. Stille. Er hatte niemanden mehr zum Reden. Als ob sie ihn vergessen hatten!

Auf seinem Rücken hüpfte ein leerer Rucksack. In seiner Hosentasche lagen die Rubel, die er für die Reparatur des Autos und für den von Ajsylu verkauften Honig bekommen hatte. Auch mit dem Verkauf des Honigs hatten sie ihm geholfen. Sie hatten sich also bis zum Begräbnis um ihn gesorgt! Vielleicht waren sie gekränkt, weil er beim Begräbnis erschienen war? Er war ja dort wirklich der einzige Fremde gewesen! Keiner von den örtlichen Russen und Ukrainern war gekommen, um von Achtem Abschied zu nehmen!

Sergejitsch schüttelte den Kopf. ›Vielleicht sollte ich doch bei ihnen vorbeischauen?‹, dachte er.

Es war klar, dass sie jetzt andere Dinge im Kopf hatten

als ihn. Sie waren in Trauer. Wie die Trauerzeit allerdings bei den Muslimen vonstattenging, wusste er nicht. Vielleicht bestand die Trauerzeit eben darin, dass sie Fremde und Andersgläubige meiden mussten?

›Dann würden sie mich höflich nicht ins Haus lassen‹, beschloss er. ›Sie werden es an der Tür erklären. Ich gehe wohl doch zuerst zu ihnen und erst dann in den Laden …‹

Er begann die Tage, die seit dem Begräbnis vergangen waren, an den Fingern nachzuzählen. Plötzlich begriff er, dass er nicht die Tage, sondern die Nächte zählte. Und nicht einmal die Nächte, sondern die Träume! Da erinnerte er sich an seinen letzten Traum, den von der vorigen Nacht. Ein schrecklicher Traum. Schrecklich und dumm. Er lebte in einem Bergwerksschacht, der verlassen und verschlossen war. Es gab allerdings Strom, der auf wundersame Art und Weise das schwache Licht in den Laternen am Leuchten hielt. Sergejitsch hatte dort das gleiche Bett wie zu Hause. Vielleicht war es sogar dasselbe Metallbett mit dem verchromten Kopf- und Fußende, wobei das Kopfende höher als das Fußende war. Oben auf den vier Bettpfosten saßen glänzende runde Kugeln, die bei Bedarf abgeschraubt werden konnten. Neben dem Bett, in etwa drei Meter Entfernung, stand eine Reihe Bienenstöcke, alle sechs, die er sein Eigen nannte. Heraus flogen Bienen, allerdings war Sergejitsch im Traum nicht klar, wohin sie flogen. Er saß bei dem Bienenstock, der am nächsten stand, und beobachtete dessen Flugloch. Er sah, wie die Bienen hinausflogen und wieder zurückkamen, wobei sie durch das Gewicht des gesammelten Blütenstaubs schwerfällig auf die Anflugbretter plumpsten. Sie brachten schwarzen Blütenstaub, schwarz wie Kohle. Sergejitsch sah ihnen zu, beobachtete sie und verstand es nicht. Vielleicht kamen ihm die Bienen wegen des dumpfen Lichts mal grau, mal schwarz vor, wie große Herbstfliegen. Nur am Summen, das er nie mit dem Summen anderer Insekten verwechselt hätte, erkannte er, dass es keine Fliegen waren, sondern Bienen.

Er hörte auf, über den Traum nachzudenken, als ihn seine Beine zur Moschee trugen. Er bog ab und sah vor sich, neben Ajsylus Zaun, einen dunkelblauen Kleinbus und einen Jeep in der gleichen Farbe mit ausgeschaltetem Alarmlicht auf dem Dach.

Als er zum Gartentor trat, stieg ein slawisch aussehender Mann aus dem Kleinbus und sah ihn fragend an. Er wollte offenbar etwas sagen, aber Sergejitsch schlüpfte durch das Gartentor, hastete zur Haustür und klopfte.

Die Tür wurde lange nicht geöffnet. Sergejitsch wollte den Hof schon wieder verlassen, da hörte er Schritte.

»Sie sind es«, sagte Bekir, der die Tür einen Spalt geöffnet hatte.

»Ich bin nur kurz gekommen«, flüsterte Sergejitsch beim Hineingehen. »Ich will eurer Mutter mein Beileid aussprechen!«

Der unerwartete Gast wurde an den Tisch gesetzt und mit Tee bewirtet.

»Entschuldigen Sie, wenn es nicht der passende Moment ist.« Sergejitsch sah in Ajsylus Gesicht und versuchte zu begreifen, was sich darin verändert hatte.

Ajsylu sah nicht gut aus, als habe sie nachts nicht geschlafen. In ihren Augen lag eine seltsame, kalte Ruhe. Ajsche setzte sich an den Tisch, aber nur kurz, dann verließ sie mit ihrer Tasse das Wohnzimmer. Sie blieben zu dritt zurück.

Auf einer Spiegelkommode stand eine Sergejitsch bekannte Kirchenkerze. Wäre der Spiegel nicht mit einem dunklen Tuch zugehängt gewesen, hätte sich darin das Licht der Kerze gespiegelt, das bei dem durch das große Fenster hereinfallenden hellen Sonnenlicht allerdings völlig nutzlos war.

»Mein Beileid«, sagte Sergejitsch und wandte seinen Blick von der Kerze zu Ajsylu. »Verzeihen Sie, dass ich Sie störe, dass ich gekommen bin …«

Ajsylu nickte.

»Danke«, sagte sie leise. »Auch dafür, dass Sie damals nach Simferopol gefahren sind. Wären Sie nicht gewesen, hätte man uns Achtem nicht zurückgegeben …«

Sergejitsch zuckte mit den Schultern.

»Sie haben es gewusst«, flüsterte er und sah Ajsylu dabei in die Augen. »Ich wollte Ihnen das vorher nicht sagen … Der Mann, mit dem ich gesprochen habe, hat Sie Witwe genannt …«

Zu seiner Verwunderung nahm Ajsylu diese Worte ruhig auf.

»Man darf sich nicht Witwe nennen, wenn der Mann nicht begraben ist«, sagte sie. »Aber jetzt kann ich das … Kommen Sie morgen. Zur Trauerfeier.«

»Sind etwa schon neun Tage vergangen?«, wunderte sich Sergejitsch.

»Sechs«, antwortete sie. »Morgen ist der siebte …«

»Die Trauerfeier ist bei euch am siebten Tag?«

»Am dritten, am siebten … am einundfünfzigsten.« Ajsylu blickte wieder zu ihrem nicht angerührten Tee, dann wandte sie sich an ihren Sohn: »Holst du ihn morgen ab?«

Bekir nickte.

Kurz danach brach Sergejitsch eilig auf. Weder Ajsylu noch Bekir hatten während des kurzen Gesprächs ihren Tee angerührt, also beschloss er, seinen auch nicht auszutrinken.

Bekir begleitete ihn zur Tür.

»Warum ist Ajsylu nicht aufs Begräbnis gegangen?«, fragte Sergejitsch ihn am Ende.

»Bei uns gehen Frauen und Kinder nicht aufs Begräbnis. Sie nehmen zu Hause Abschied«, erklärte ihm Bekir. »Ich hole Sie morgen gegen ein Uhr ab!«

56

Als Erstes sah sich Sergejitsch bei der Trauerfeier nach Alkohol auf dem Tisch um. Aber er fand keinen. Es gab nur Limonade und eine Art Obstsaft. Er wusste natürlich von dem Alkoholverbot für Muslime. ›Aber vielleicht ist das Trinken bei Trauerfeiern erlaubt? Trauerfeiern sind ja ein Sonderfall!‹, dachte er. Die Gäste verstummten, als er kam. Sie sahen ihn beim Hereinkommen an und nickten ihm zu. Direkt danach standen sie auf und verabschiedeten sich von Ajsylu auf Tatarisch. Sergejitsch freute sich darüber und dachte, dass er nun mit Achtems Familie alleine zurückbleiben würde, was bedeutete, dass er mit ihnen auf Russisch sprechen konnte. Aber im nächsten Augenblick betraten zwei Männer das Zimmer. Einen erkannte Sergejitsch, es war der Imam, der auf dem Friedhof der Vorbeter gewesen war. Er begrüßte Sergejitsch auf Russisch und schüttelte ihm die Hand. Am Tisch wurde nun wieder Tatarisch gesprochen. Sergejitsch fand sich damit ab und fühlte sich unwohl. Außerdem verspürte er aufgrund der Anspannung bohrenden Hunger. Ohne die Neuankömmlinge am Tisch weiter zu beachten, griff er nach einem Fladenbrot mit Käse und Kräutern.

Der Imam wandte sich plötzlich an Bekir und Ajsylu und begann, laut und, wie es Sergejitsch schien, streng zu sprechen. Seine Stimme brachte sogar Ajsche dazu, in der Tür zu erscheinen. Sie kam ins Zimmer, blieb stehen und hörte dem Imam zu.

Der deutete auf die brennende Kerze und fuhr fort, den Anwesenden etwas zu erklären. Ajsche rannte zur Spiegelkommode, beugte sich zur Kerze und blies die kleine Flamme aus.

Der Imam warf dem jungen Mädchen einen beifälligen Blick zu.

Fünf Minuten später ging er. Beim Gehen schüttelte er wieder Sergejitschs Hand, was diesen ein wenig beruhigte.

Kaum war die Tür hinter dem Imam ins Schloss gefallen, stand Ajsylu von ihrem Platz auf und ging zur Spiegelkommode. Sie strich ein Streichholz an, zündete die Kerze wieder an und kehrte an den Tisch zurück.

Da hörte Sergejitsch die Stimmen neuer Gäste im Flur. Er erhob sich, blickte Ajsylu traurig an, nachdem er auf sich aufmerksam gemacht hatte, nickte ihr zum Abschied zu und verließ den Raum. Im Flur trat er zur Seite, um zwei Männern und einer Frau den Weg zum Tisch freizumachen.

Hinter dem Zaun standen dieses Mal zwei Kleinbusse. Im ersten saßen Mitglieder der Berkut-Einheit in Uniformen, über denen sie schwarze kugelsichere Westen trugen.

Beim Hinaufgehen entlang der Weingärten dachte Sergejitsch, warum auch immer, über diese Polizisten in ihren kugelsicheren Westen nach. Er dachte darüber nach, dass auch Bienen und Ameisen ihre Aufpasser hatten, die auf die Ordnung achteten und die Familie vor fremden Eindringlingen schützten. Er dachte darüber nach, dass die Menschen gerade von den Bienen lernen könnten, wie man Ordnung aufrechterhielt. Bloß hatten die Bienen dank ihrer Ordnung und Arbeit in ihren Bienenstöcken den Kommunismus aufgebaut. Die Ameisen hatten einen echten, natürlichen Sozialismus erreicht, weil sie nichts produzierten, sondern nur gelernt hatten, Ordnung und Gleichheit zu wahren. Und die Menschen? Bei ihnen gab es weder Ordnung noch Gleichheit. Selbst die Polizei tat nichts und stand nur an Zäunen herum!

Vielleicht hätte Sergejitsch bis zum Bienenstand über Bienen, Ameisen und die Mitglieder der Berkut-Einheit vor Ajsylus Haus nachgedacht, aber plötzlich wurde er von Touristen auf massiven Mountainbikes abgelenkt. Sie kamen ihm bergab entgegen, und der, der mit einem gelben Rucksack auf dem Rücken vorausfuhr, grüßte Sergejitsch laut.

»Ihnen auch einen schönen Tag!«, antwortete ihm Sergejitsch. Dann blieb er stehen und blickte den Radtouristen nach.

Gegen fünf Uhr, als er bereits zum Wasserholen zur Quelle gegangen war, läutete im Zelt sein Handy.

Sergejitsch wunderte sich, stürzte ins Zelt und blickte auf das Display.

»Galja?«, flüsterte er.

»Serjoschka? Hörst du mich?«, ertönte ihre Stimme.

»Ja, ja!« Sergejitsch drückte den oberen Teil des Handys an sein Ohr.

»Wie geht es dir?«

»Alles in Ordnung! Es ist heiß. Wie geht es dir?«

»Bei uns ist etwas passiert.« Ihre Stimme klang betreten. »Walik ist ums Leben gekommen. Der, den deine Biene ins Auge gestochen hat!«

»Wie ist er ums Leben gekommen?«

»Er hat sich mit einer Granate in die Luft gesprengt. In letzter Zeit ging es ihm schon nicht gut. Wegen seiner Blindheit ist er gegen Pfosten und Passanten gelaufen. Und wenn er gegen jemanden gelaufen ist, hat er gleich eine Rauferei begonnen. Heute Morgen hat dann das ganze Dorf die Explosion gehört. Wir sind hingelaufen, ich habe das Geschäft offen stehen lassen. Er war da in seinem Hof …«

»Traurig«, seufzte Sergejitsch.

»Natürlich ist das traurig«, stimmte Galja zu. »Aber ich rufe an, weil du jetzt kommen kannst! Jetzt sagt schon niemand mehr etwas gegen dich …«

»Meinst du? Es wird niemand mehr etwas sagen?«

»Komm nur. Dann wird auch gleich alles ruhiger …«

57

Gegen Abend holte Sergejitsch eine Flasche Schnaps aus dem Kofferraum, nahm den Emaillebecher, aus dem er sonst Tee trank, und setzte sich neben einen der Bienenstöcke, die nicht ihm gehörten. Achtems Bienen schienen nichts gegen seine Anwesenheit zu haben. Er setzte sich und lauschte mit dem Becher in der Hand der Musik der Bienenflügel. Er nahm einen Schluck, worauf es im Mund warm wurde und ein wenig bitter zu schmecken begann. Das kam manchmal vor, wenn der Alkohol und der Honig keine gemeinsame Sprache fanden. Dieser bittere Honiggeschmack brachte Sergejitsch dazu, an Achtem zu denken. Er begriff, dass das traurige Schicksal des Tataren kein Zufall gewesen war. Offenbar hatte er sich in die Politik eingemischt und Kräften entgegengestellt, vor denen man auf der Hut sein und sich verstecken musste. Nicht umsonst wachten noch nach seinem Tod die Berkut-Leute vor seinem Haus und fuhren nicht weg!

»Warum habt ihr ihn nicht beschützt?«, flüsterte Sergejitsch und sah zu den Anflugbrettern, wo trotz des herannahenden Abends das Bienenleben tobte. »Warum habt ihr ihn gehen lassen?«

So saß er da, war traurig und kippte sich Schnaps in den Mund, um wieder und wieder den bitteren Honiggeschmack zu spüren. Er sah zu den anderen Bienenstöcken des Tataren und dachte an Bekir. »Er wird es schaffen«, flüsterte er. Da fuhr ihm plötzlich ein Schmerz wie ein Messerstich ins Herz. Er beneidete den verstorbenen Achtem. Er dachte daran, dass er selbst keinen Sohn hatte und seine Bienen, sollte ihm, Sergejitsch, etwas zustoßen, zu Waisen würden. Sie würden an Krankheiten und Parasiten sterben oder wegen fehlender Fürsorge verkümmern. Er hatte natürlich eine Tochter, aber in Wirklichkeit war sie nicht seine, sondern die seiner Exfrau Witalina. Und die Tochter hatte kein Interesse an den Bienen. Die Liebe zu den Bienen übertrug sich nicht durch die Muttermilch! Bei dem seltsamen Gedanken zuckte

Sergejitsch zusammen. Was hatte hier die Muttermilch zu suchen? Man könnte meinen, Witalina hätte etwas an seinen Bienen gelegen. Er seufzte und trank noch einen Schluck.

Galjas Anruf fiel ihm ein.

»Sie wartet doch«, flüsterte er. ›Hier kann ich sowieso nicht bleiben! Neunzig Tage und adieu! Wenn nicht zu Galja, wohin dann? Nach Hause? Das geht auch. Ich sollte sogar! Ende August bringen die Baptisten die Gratiskohle! Und Paschka hat gesagt, dass nur die Kohle bekommen, die vor Ort sind und dem Lastwagen ihr Hoftor öffnen.‹

Sergejitsch wollte noch einmal nachgießen und merkte, dass die Flasche leer war.

Er sah erneut zu den Anflugbrettern der Bienenstöcke. Die mit Blütenstaub an den Beinen zurückgekehrten Bienen drängten sich vor den Öffnungen, stießen sich gegenseitig weg und versuchten, als Erste nach drinnen zu gelangen.

»Warum benehmt ihr euch denn wie Menschen!«, sagte er vorwurfsvoll zu ihnen.

58

Jeden Abend ging Sergejitsch bei Einbruch der Dunkelheit auf den Vorsprung über den Weingärten und Albat. Er wollte sich an dem von Straßenlaternen und Fenstern beleuchteten Leben des Dorfes erfreuen, aber dazu kam es nicht. Offenbar hatten sie jetzt in der Gegend ernsthafte Probleme mit dem Strom! Statt des märchenhaften Albat sah er unten das schwarze Loch von Kujbyschewo. Er blickte in die Dunkelheit, seufzte und kehrte in sein Zelt zurück.

Dafür schlief Sergejitsch jetzt wieder besser. Die letzten Tage war er vor Sorge immer wieder aufgewacht. Schuld daran war der Honig gewesen! Die Waben in seinen Bienenstöcken und in den Bienenstöcken des verstorbenen Achtem waren fast voll. Die Bienen waren kurz davor, sie mit Wachspfropfen zu verschließen. Er musste also Bekir sagen, dass es wieder an der Zeit war, die Honigschleuder zum Bienenstand zu bringen. Aber Bekir war nach dem Begräbnis seines Vaters nicht mehr am Bienenstand aufgetaucht. Sergejitsch selbst war nach der Trauerfeier auch nicht mehr ins Dorf hinuntergegangen. Bis jetzt hatte er genug zu essen, und er wollte den Menschen, die um den verstorbenen Achtem trauerten, seine Anwesenheit nicht aufzwingen.

Es wäre natürlich interessant gewesen zu erfahren, wie lange die Trauerzeit bei den Muslimen dauerte. Ajsylu hatte gesagt, dass am dritten, siebten und einundfünfzigsten Tag Trauerfeiern stattfinden würden. Aber nach der Trauerzeit hatte er sie nicht gefragt. Und hier hatte er niemanden, den er fragen könnte. Er konnte ja nicht die Bienen fragen! Aber was, wenn Bekir in den nächsten Tagen nicht kam? Der Honig musste geschleudert werden! Sonst dachten die Bienen, dass sie für sich genügend Honigvorräte angelegt hatten, und flogen nicht mehr zur Arbeit aus! Wie sollte er ihnen später erklären, dass es sich um einen Fehler gehandelt hatte? Dass sie noch bis zum Herbst weiterfliegen mussten? Spürte Bekir etwa nicht, dass es an der Zeit war? Achtem hätte es gespürt! Und was, wenn er hinunter ins Dorf ginge und die Einwohner fragte, wer von ihnen Imker war? Um Ajsylu und Bekir nicht zu behelligen. Ein Imker würde doch einem anderen Imker immer helfen?

Als Sergejitsch am nächsten Morgen auf den Felsvorsprung hinaustrat, sah er ein Mädchen, das mit dem Fahrrad den Feldweg herauffuhr und mit Mühe in die Pedale trat. Verwundert beobachtete er sie aus der Ferne. Touristen fuhren in Gruppen, aber sie war allein.

Er stand da und ließ sich den Kopf von der Morgensonne wärmen, solange es noch nicht zu heiß dafür war. Dabei sah er der hartnäckigen jungen Radfahrerin zu, die bereits vom Rad gesprungen war und es jetzt nach oben schob. Er sah ihr zu, bis er Ajsche erkannte. Früher war sie allerdings nie hierhergekommen, daher wollte sie auch jetzt wahrscheinlich nicht zu ihm, sondern hatte irgendetwas zu erledigen. Wer wusste schon, was für Wege es hier gab?

Aber Sergejitsch wartete auf sie und ging nicht weg.

Als Ajsche ihn sah, erhöhte sie das Tempo. Und Sergejitsch bemerkte, wie schwer es ihr fiel, das Fahrrad zu schieben.

»Guten Tag«, sagte sie erschöpft und blieb in drei Meter Entfernung stehen.

Sergejitsch ging ganz zwanglos zu dem Mädchen hin. Er wartete, bis sie zu Atem gekommen war.

»Wie ist es so bei euch?«, fragte er.

»Meine Mutter bittet Sie, bei uns vorbeizukommen«, sagte Ajsche. »Möglichst bald!«

»Bald?«, wiederholte Sergejitsch verblüfft. »Dann bist du also meinetwegen heraufgekommen?«

Das Mädchen nickte.

»Ach je, ach je! Ich hätte euch meine Handynummer geben sollen! Ich bin so ein Dummkopf!« Sergejitsch wurde nervös und hektisch. »Warte hier! Ich komme gleich!«

Er hastete zum Bienenstand, zu seinem Zelt, schimpfte dabei über sich selbst und versuchte zu begreifen, warum er nicht sofort mit ihr losgegangen war. Warum hatte er sie gebeten zu warten, als müsste er etwas von seinen Sachen mitnehmen. Und warum hatte er ihnen nicht schon vorher seine Handynummer gegeben?

Er sah ins Zelt und beruhigte sich.

›Aber natürlich‹, beschloss er. ›Soll ich etwa mit leeren Händen gehen? Ihr Kerzenvorrat muss sich schon dem Ende zuneigen. Ich nehme noch welche mit!‹

Er zog fünf Kerzen aus dem Bündel, die er für sich zurücklegte. Die restlichen wickelte er in ein Papier ein und steckte sie in eine Tüte.

Etwa nach der Hälfte des Wegs bat Ajsche darum, auf dem Fahrrad ins Dorf hinunterfahren zu dürfen. Es war doch dumm, das Fahrrad den Berg hinunterzuschieben, wenn man darauf fahren konnte.

»Ja natürlich, fahr!«, sagte Sergejitsch.

Also rollte sie vorsichtig, immer wieder bremsend, mit dem Fahrrad den Weg hinab.

Als Sergejitsch bei der Moschee nach rechts abbog, fiel ihm als Erstes das Fehlen der Berkut-Leute auf. Die Straße, in der Ajsylus Haus stand, war leer, es gab weder Menschen noch Autos mit Alarmlichtern. Eigentlich hätte sich in Sergejitschs Gedanken Erleichterung breitmachen müssen, aber das Gegenteil trat ein, weshalb er das Tempo erhöhte, um schneller in den Hof mit den rankenden Weinreben zu kommen. Er schloss nicht einmal das Tor und ging direkt zur Haustür.

Ajsylu öffnete ihm. Sie begleitete ihn ins Wohnzimmer,

wo er gleich zur Spiegelkommode an der Wand sah. Der Spiegel war nach wie vor mit einem Tuch zugehängt, und eine Kerze stand am gleichen Ort wie beim letzten Mal. Allerdings war es eine andere Kerze, aus Stearin.

»Sie haben Bekir verhaftet«, teilte Ajsylu Sergejitsch mit, und in ihrer Stimme lag dumpfer, unterdrückter Schmerz – zu ihrem bisherigen Kummer, der ihrem Herzen bereits alles abverlangt hatte, war ein neuer hinzugekommen.

»Aus welchem Grund?« Fassungslos sah Sergejitsch sie an.

»Es hat eine Hausdurchsuchung gegeben. Der Ermittler hat gesagt, Bekir hätte eine Kirche ausgeraubt und Kirchenkerzen gestohlen. Aber die Kerzen hat uns jemand vor die Tür gelegt, als der Strom weg war«, sagte sie und blickte zu der Kerze, deren kleine Flamme vor dem Spiegel flackerte. »Bekir ist an dem Tag nach Belogorsk gefahren. Wie hätte er hier eine Kirche ausrauben können?«

Sergejitsch war wie vom Blitz getroffen.

»Das war nicht er! Das ist ganz klar!«, sagte er zögernd nach einer kurzen Pause. »Ich habe euch die Kerzen gebracht, es sind meine! Sie sind nicht geklaut! Bei uns wurde die Kirche bombardiert, da habe ich sie mitgenommen …«

Ajsylus Augen begannen zu leuchten.

»Es sind Ihre?«, fragte sie nach, als traute sie seinen Worten nicht.

»Hier, das sind die gleichen! Die habe ich euch mitgebracht!« Er zog das in Papier eingewickelte Bündel aus der Tüte, legte es auf den Tisch und packte es aus.

»Allah ist groß!« Ajsylu entfuhr ein Seufzer der Erleichterung. »Sie werden es ihnen doch sagen? Ja? Dass Sie es waren, der sie gebracht hat?«

»Natürlich! Das werde ich! Aber wem?«

»Sie haben ihn nach Bachtschissarai auf die Polizeistation mitgenommen.«

59

Am selben Tag fuhr Sergejitsch nach Bachtschissarai, Ajsche saß auf dem Beifahrersitz, damit sie ihm den Weg zeigen konnte.

»Zu wem wollen Sie?«, fragte der diensthabende Polizist.

»Zu Ihrem Vorgesetzten. Wegen eines Jungen aus Albat, Bekir ist sein Name ...«

»Heißt er Mustafajew?«, fragte der Polizist und grinste schief. »Was für ein Albat denn? Er ist aus Kujbyschewo! In welchem Verhältnis stehen Sie zu ihm?«

»In keinem.« Sergejitsch war verunsichert. »Ich wollte nur sagen, dass ich ihnen die Kirchenkerzen gegeben habe! Er hat keine Kirche ausgeraubt!«

»So ist das also?« Der junge Polizist sah dem Besucher aufmerksam in die Augen. »Verstehe. Warum wollen Sie dann zum Vorgesetzten? Sie müssen zu seinem Ermittler gehen. Weisen Sie sich aus!«

Sergejitsch hielt ihm seinen ukrainischen Pass hin, der auch schon bessere Tage gesehen hatte.

»Wieso haben Sie keinen russischen bekommen?«, wunderte sich der Polizist, als er ihn entgegennahm.

Er blätterte darin, studierte den Meldevermerk, dann sah er den Bittsteller noch verwunderter an.

»Wo ist das Blatt über die Einreise?«

Sergejitsch streckte ihm auch die Migrationskarte hin, die er doppelt zusammengefaltet hatte.

»Sie zollen Dokumenten keinen Respekt.« Der Polizist schüttelte den Kopf. »Warten Sie hier!« Er verschwand in den Tiefen des Flurs.

Zurück kam er nicht allein. Mit ihm kam ein etwa vierzigjähriger Mann mit kurzgeschnittenen Haaren, schwarzen Hosen und dunkelblauem Hemd. In der Hand hielt er Sergejitschs Pass und die russische Migrationskarte.

»Na dann.« Nach einem Blick in den Pass sah der Mann wieder zu Sergejitsch. »Gehen wir, Sergej Sergejitsch!«

Im Büro, in das ihn der Ermittler führte, standen drei mit Mappen und Papieren vollgestapelte Tische.

Der Mann mit den kurzgeschnittenen Haaren stellte sich so vor, dass sein Name nicht zu verstehen war, und setzte sich hinter den Tisch beim Fenster. Er bedeutete Sergejitsch, gegenüber Platz zu nehmen.

›Trifonow? Grifonow?‹, versuchte Sergejitsch, immer noch in Gedanken, das Gehörte zu entschlüsseln, wovon nur das erste Wort, »Ermittler«, verständlich gewesen war.

»Also, erzählen Sie.« Trifonow oder Grifonow sah ihm direkt in die Augen.

Sergejitsch berichtete von den Kerzen, seinem Dorf, der bombardierten Kirche und seinen Bienen. Der Ermittler hörte zu und nickte, seine Miene aber blieb versteinert und teilnahmslos, als glaubte er nicht ein einziges gehörtes Wort. Daher wurde Sergejitsch nervös.

»Ich sage die Wahrheit«, fügte er hinzu, als er seine Erzählung eigentlich schon beendet hatte.

»Sie haben Kirchenkerzen aus einer orthodoxen Kirche

Muslimen geschenkt? Was ist in Sie gefahren, sich so etwas Ungeheuerliches einfallen zu lassen?«, fragte der Ermittler, und seine Stimme klang so, als sei er über etwas wirklich Furchtbares entsetzt.

»Was ist denn dabei?« Sergejitsch zuckte mit den Schultern. »Sie hatten doch keinen Strom! Ich mache mit den Kerzen bei mir im Dorf abends auch Licht. Wir haben schon seit drei Jahren keinen Strom!«

Der Ermittler drehte sich um und sah zu einer Ikone der heiligen Mutter Gottes an der Wand.

Sergejitsch schluckte nervös. Er sah ebenfalls nach oben zur Ikone, dann blickte er auf das Porträt des russischen Präsidenten, das rechts daneben hing.

Trifonow-Grifonow zog aus einer Schublade mehrere Zettel und einen Kugelschreiber hervor. Dann schob er die auf dem Tisch liegenden Blätter beiseite, um vor dem Besucher Platz zu schaffen.

»Schreiben Sie!«, sagte er. »Schreiben Sie alles, was Sie mir erzählt haben, auf, aber mit mehr Einzelheiten.«

Sergejitsch ächzte über den Papieren.

»Macht es nichts, wenn Fehler drin sind?« Er blickte auf.

»Kein Problem, notfalls verbessern wir sie!«

Sergejitsch brauchte etwa zwanzig Minuten für die schriftliche Wiedergabe seiner Geschichte. Der Ermittler saß geduldig da und wartete. Dann nahm er die Zettel in die Hand, las die drei mit unregelmäßiger Handschrift vollgeschriebenen Seiten und verließ ohne ein Wort mit den Zetteln das Büro.

Sergejitsch sagte sich, dass der Mann jetzt Bekir holte. Er würde ihn herbringen und gehen lassen.

Aber etwa fünf Minuten später kam er allein zurück, ohne Zettel und ohne Bekir.

»Sie können gehen«, sagte er teilnahmslos.

»Soll ich draußen auf den Jungen warten?«, fragte Sergejitsch.

»Wie meinen Sie das?« Der Ermittler machte große Augen.

»Sie werden ihn doch gehen lassen, oder? Ich bin mit dem Auto da und kann ihn gleich nach Hause bringen …«

Der Ermittler schüttelte verwundert den Kopf.

»Sie sind schon komisch!«, sagte er nach einer Pause. »Warum mischen Sie sich in fremde Angelegenheiten ein? Hm? Glauben Sie etwa, die Kerzen sind das einzige Problem dieses Mustafajew? Das ist ein gerissener Kerl! Zwei Jahre lang ist er ohne Vollmacht mit einem fremden Auto gefahren und hat sich Behördenvertretern gegenüber unverschämt benommen …«

»Aber das ist doch das Auto seines Vaters!«, fuhr Sergejitsch empört dazwischen. »Den Vater haben sie umgebracht! Das wissen Sie doch!«

»Das Auto ist auf den Vater zugelassen, und der Vater hat dem Sohn keine Vollmacht gegeben. Der Sohn hat zwei Jahre lang russische Gesetze gebrochen!«

»Wie soll ein Ermordeter eine Vollmacht ausstellen?«, fragte Sergejitsch fassungslos und sah den Ermittler wie einen Idioten an.

Der schien seine Gedanken zu lesen, seine Augen funkelten böse.

»Ihr Tatare hat nur zwei Möglichkeiten«, zischte der russische Gesetzesvertreter, und all seine Mimik brachte seine

Verachtung für sein Gegenüber zum Ausdruck. »Entweder er geht ins Gefängnis oder zur Armee! Wenn er klug ist, geht er zur Armee. Dort werden sie ihm beibringen, die Staatsmacht zu respektieren. Oder zumindest zu fürchten. Wenn er nicht klug ist, dann …«

Der Ermittler sprach nicht zu Ende, als habe er beschlossen, dass er bereits genug gesagt hätte und jedes weitere Wort für sein Gegenüber zu viel der Ehre wäre.

»Was soll ich dann seiner Mutter ausrichten?«, fragte Sergejitsch schon leiser und eingeschüchtert.

»Richten Sie ihr aus, was Sie wollen«, schnitt ihm der Ermittler das Wort ab. »Überhaupt sind Sie hier ja ein Ausländer« – er reichte dem Besucher seinen blauen ukrainischen Pass mit der Migrationskarte –, »und wenn Sie die Russische Föderation in elf Tagen nicht verlassen, dann werden Sie auch hierhergebracht. Nur nicht ins Büro, sondern in eine Zelle!«

Auf dem Weg zurück nach Albat sah Sergejitsch immer wieder zu Ajsche hinüber und dachte darüber nach, ob er es ihr erzählen sollte oder nicht. Währenddessen sagte er nichts, und auch sie fragte ihn nichts. Sie saß ziemlich steif und angespannt da, als hätte sie Angst vor ihm. So kamen sie im Dorf an.

Als Ajsylu von Sergejitsch die Einzelheiten des Gesprächs mit dem Ermittler erfuhr, konnte sie kaum die Tränen zurückhalten.

»Sie wollen uns in die Knie zwingen«, sagte sie leise. »Den Sohn der Nachbarn haben sie zur Armee eingezogen, aber die Nachbarn haben ihn freigekauft. Die Verwandten haben mit Geld ausgeholfen. Jetzt ist er in Tschernihiw und studiert an der Universität …«

Ajsylu verstummte, stand vom Tisch auf und ging in die Küche.

»Wollen Sie vielleicht einen Tropfen trinken?«, fragte sie, als sie mit einem Teller belegter Brote ins Wohnzimmer zurückgekehrt war.

»Trinken Sie etwa Alkohol?«, fragte Sergejitsch erstaunt.

»Nein, aber es gibt welchen im Haus.«

Sergejitsch nickte. Ajsylu stellte ein Schnapsglas auf den Tisch, dann zauberte sie eine angebrochene Wodkaflasche hervor. Sie füllte das Gläschen und trug die Flasche weg.

Sergejitsch griff nach den belegten Broten. Er hatte sich schon so an die hausgemachten Fladenbrote gewöhnt, die er hier und am Bienenstand gegessen hatte, wenn Bekir ihm von zu Hause etwas zu essen mitgebracht hatte. Und plötzlich gab es Weißbrot und Käse?

»Ich habe keine Kraft«, seufzte Ajsylu, als sie bemerkte, wie der Gast das belegte Brot ansah. »Überhaupt keine Kraft ... Wenn Ajsche und ich allein bleiben würden ...«

»Vielleicht können Sie ja Bekir auch freikaufen?«, schlug Sergejitsch vor. »Mit dem Nachbarsjungen hat es doch geklappt!«

Sie zuckte mit den Schultern.

»Ich wollte Sie um etwas anderes bitten.« Sie sah Sergejitsch fester in die Augen. »Ajsche muss von hier fort.«

»Wohin?«

»Zu euch. Bei euch ist es besser.«

»Zu uns?« Sergejitsch geriet vor Schreck außer sich und sah Ajsylu an, als sei sie verrückt. »Bei uns wird geschossen, und es gibt keinen Strom!«

Er wurde nervös und spürte, wie seine Hand mit dem belegten Brot zu zittern begann. Er biss ab, nahm mit der Linken das Schnapsglas, führte es schnell zum Mund, um nichts zu verschütten, und leerte es in einem Zug.

Er aß sein belegtes Brot, und der Geschmack des Weißbrots erschien ihm seltsam.

»Ist das von der Bäckerei am Friedhof?«, fragte er.

»Wir haben keine andere«, antwortete Ajsylu. »Morgen mache ich Fladenbrote, für morgen ist Regen angesagt ...«

»Könnte ich noch ein Gläschen haben?«, bat Sergejitsch.

Ajsylu stand auf, brachte die Flasche, füllte sein Schnapsglas und trug die Flasche wieder zurück in die Küche.

›Es ist ein Kreuz mit euch Muslimen‹, dachte Sergejitsch, während er Ajsylu hinterherblickte. Er schüttelte den Kopf, und als sie sich wieder mit leeren Händen an den Tisch setzte, trank er das Gläschen abermals in einem Zug leer.

»Ich spreche nicht vom Donbass«, sagte sie in ruhigem, beinahe belehrendem Ton. »Ich möchte Ajsche in die Ukraine schicken. Damit sie studiert ... Aber ich weiß nicht, wohin. Ich bin ja als Mädchen aus Usbekistan hierher zurückgekehrt, und seither habe ich die Krim nie mehr verlassen, weil ich Angst hatte ... Wo lebt es sich in der Ukraine gut?«

Sergejitsch dachte nach.

»Ich bin auch nicht besonders viel herumgekommen ... In Horliwka war es gut, in Donezk auch ... damals. Aber jetzt? In Winnyzja ist es gut! Das ist sicher!«

»In Winnyzja?«, fragte Ajsylu nach. »Gibt es dort eine Universität?«

»Natürlich, es ist ja eine große Stadt! Dort lebt meine Exfrau. Und meine Tochter auch ...«

»Vielleicht könnte ich Ajsche nach Winnyzja schicken?«, fragte Ajsylu mehr sich selbst als ihren Gast.

»Warum nicht?«, stimmte ihr Sergejitsch zu.

»Wir werden Geld für sie sammeln«, sagte Ajsylu. »Bis zur Grenze wird sie gebracht, und dann, auf der ukrainischen Seite ...«

Sie sah Sergejitsch inständig an.

»Ich muss ja bald zurück«, sagte er. »Die dort zählen wohl schon die Tage und können es kaum abwarten, dass ich zurückfahre ... Ich könnte sie bis zur Grenze mitnehmen!«

»Vielleicht könnten Sie sie dort, auf der ukrainischen Seite, noch in einen Bus nach Winnyzja setzen?«

»Das könnte ich vielleicht«, antwortete Sergejitsch unsicher. Als er aber den fragenden Blick von Ajsylu bemerkte, nickte er und sagte entschlossener: »Natürlich werde ich sie in den Bus setzen!«

60

Am Morgen fuhr Sergejitsch mit seinem Auto samt Anhänger nach Albat hinunter. Er bat Ajsylu um die Honigschleuder und sagte ihr, dass er bereit sei, sowohl seinen eigenen als auch ihren Honig zu schleudern.

»Wieso sollten Sie das alleine machen? Ich werde Ihnen helfen!«, sagte sie entschlossen.

Sergejitsch hatte keine Lust zu streiten.

Gemeinsam legten sie das Holzbrett, an dem die Honigschleuder festgeschraubt wurde, in den Anhänger. Obendrauf stellten sie die Schleuder, die sie mit Riemen festzurrten. Ajsylu brachte Plastikfässer und etwa zehn ineinandergestapelte Fünflitereimer aus dem Schuppen. Eine Tüte mit Deckeln für die Eimer legte sie ins Auto.

Als sie einstiegen, kam Ajsche aus dem Hof gerannt. In der Hand hielt sie eine Stofftasche mit etwas Rundem darin, das einem Topf glich. Sie gab die Tasche ihrer Mutter.

Dann fuhren sie los. Unterwegs drehte sich Sergejitsch immer wieder um und sah nach dem Anhänger. Jedes Mal, wenn er das tat, stieg ihm ein angenehmer Duft in die Nase.

»Was riecht hier so gut?«, fragte er verwundert.

»Ajsche hat Samsa gebacken. Die essen wir am Bienenstand!«

Warmer Wind wehte ihnen ins Gesicht, blies durch den Lada Schiguli hindurch und nahm den Geruch des heißen Samsa mit nach draußen.

Als das Auto entlang der Weingärten bergauf fuhr, wurde es auf dem Feldweg durchgeschüttelt.

»Sie hätten nicht mitkommen müssen! Ich hätte auch alleine geschleudert«, sagte Sergejitsch.

»Zu zweit geht es schneller«, erwiderte Ajsylu leise.

Schon daran, wie geschickt sie die Füße der Honigschleuder am Brett festschraubte, erkannte Sergejitsch, dass sie das nicht zum ersten Mal tat. Es war offensichtlich, dass sie auch ihrem Mann Achtem geholfen hatte!

Sie bedienten abwechselnd die Kurbel der Zentrifuge und begannen mit den Bienenstöcken von Achtem, die am weitesten entfernt standen. Nachdem sie drei Dutzend Wabenrähmchen geschleudert hatten, wurde die Zentrifuge schwer. Ajsylu stellte ein Plastikfass darunter, das fast halb voll wurde, dann rückten sie es vorerst zur Seite.

Als zwei Fässer voll waren, legten sie eine Essenspause ein.

Sergejitsch aß genüsslich die Teigtaschen mit dem saftigen Hammelhackfleisch und dachte darüber nach, wie man so arbeiten konnte, schweigend, ohne miteinander zu sprechen. Als er mit Bekir Honig geschleudert hatte, hatten sie über vieles gesprochen. Über vieles, aber gleichzeitig auch über nichts. Weder er noch Bekir waren eine Sekunde still gewesen. So war die Zeit verflogen, und die Arbeit war ihnen leicht von der Hand gegangen. Mit Ajsylu hingegen wurde die Arbeit ohne Worte erledigt, abgesehen von »Halten Sie mal« und »Das reicht«. Trotzdem arbeiteten sie schnell, und jeder Handgriff passte!

›Vielleicht ist es ja gut, dass wir nicht miteinander reden?‹, dachte Sergejitsch. ›Was kann ich ihr schon erzählen? Von Witalina? Von Petro? Von Paschka? Nein, das alles würde sie nicht verstehen! Von Galja brauche ich auch nichts zu erzählen! Ich wiederum verstehe ihr Leben hier nicht. Warum begraben sie ihre Verstorbenen zum Beispiel ohne Sarg?‹

Sergejitsch erinnerte sich an Achtems Begräbnis. An den auf der Bahre liegenden Leichnam, der in eine grüne Decke mit goldener arabischer Stickerei gehüllt war. Wie konnte man das so machen?

Er fand keine Antwort. Da es so geschah, konnte man das wohl so machen.

›Vielleicht mag man sie ja deshalb weder beim FSB noch bei der Polizei?‹ Denn so hatte er es in Simferopol empfunden, als er etwas über Achtem hatte erfahren wollen, und in Bachtschissarai, als er versucht hatte, Bekir aus der Polizeiwache zu holen. Der Ermittler hatte selbst zu ihm gesagt: »Warum mischen Sie sich in fremde Angelegenheiten ein?«

Nun kurbelte Ajsylu an der Honigschleuder, ohne müde zu werden, als machte sie das jeden Tag.

Die Sonne stieg zum Berg herab und kündigte den herannahenden Abend an.

Dann waren Sergejitschs Bienenstöcke an der Reihe. Er hatte den Eindruck, dass seine Bienen weniger Honig gebracht hatten als Achtems Bienen. Traurig drehte er noch fester an der Kurbel der Zentrifuge.

»Kommen Sie, ich mache weiter«, bot Ajsylu an, als sie bemerkte, dass Sergejitsch erschöpft war und die Kurbel losgelassen hatte, um zu Atem zu kommen.

»Ich mache das selbst!«, erwiderte er starrsinnig und griff wieder nach der Kurbel.

Drei Fässer mit Honig standen bereits neben dem Auto. Auf diese Ernte konnte man stolz sein. Aber Achtem, der Bienenzüchter, lag im Grab, vielleicht war deshalb in Ajsylus Gesicht keinerlei Stolz zu erkennen. Dafür sah sie nun müde aus. ›Die Müdigkeit steht ihr!‹, dachte Sergejitsch und verspürte den Wunsch, sie zu trösten. Aber wie sollte er das tun? Sie an sich drücken, seine Schulter zum Ausweinen anbieten? Nein, sie würde nicht weinen! Das war klar. Und sie an sich drücken durfte er nicht, es war ihnen nicht erlaubt, mit fremden Männern vertraulich zu sein. Alles war bei ihnen anders. Kurzum, sie lebten nach anderen Gesetzen.

Sergejitsch gewann aus seinen Bienenstöcken sieben Fünflitereimer Honig, also etwas mehr als ein Fass. Das war eigentlich nicht so wenig, wo er doch nur sechs Bienenstöcke hatte und sie dreimal mehr! Aber warum hatte er dann den Eindruck gehabt, dass in seinen Rähmchen weniger Honig gewesen war?

Die Sonne ließ sich auf dem Berg nieder. Hätte die Sonne Beine, hätte sie diese Feuerbeine jetzt, da sie auf dem Gipfel des Berges saß, herabbaumeln lassen.

»Wir sollten die Honigschleuder saubermachen«, schlug Sergejitsch vor. »Ich habe Wasser hier!«

»Ist nicht nötig, ich mache sie zu Hause sauber«, erwiderte Ajsylu.

Gemeinsam lösten sie die Schrauben, die die Füße der Honigschleuder mit dem Holzbrett verbanden. Sie säuberten das Brett von Gras und Erde und legten es auf den Anhänger. Obendrauf stellten sie die Schleuder und daneben die drei Fässer mit Honig.

Seine Eimer stellte Sergejitsch in den Kofferraum.

»Verkaufen Sie den Honig«, sagte er. »Dann bekommen Sie Geld, um Bekir freizukaufen!«

Beim Haus kamen sie im Abendgrauen an. Ajsylu stieg aus, öffnete die Einfahrt, und Sergejitsch fuhr in den Hof.

In den Fenstern brannte Licht. Auch die Straßenlaternen leuchteten. Albat hatte an diesem Abend genügend Strom.

61

Als Sergejitsch bei seinem Zelt das Feuer entfachte, erinnerte er sich an den vorigen August, der ganz anders gewesen war als der diesjährige. Die Sonne hatte unbarmherzig auf den Donbass heruntergebrannt, es war eine unerträgliche Hitze gewesen! Die Vögel hatten nur früh am Morgen gesungen, dann waren sie verstummt, als wären ihre Kehlen ausgetrocknet. Aber beim nächsten Morgengrauen hatten sie wieder gesungen, schöner als sonst, als hätten sie sich dennoch auf den anbrechenden Tag, auf die neuerliche Hitze gefreut.

Sergejitsch lächelte, als er sich daran erinnerte, wie er morgens vom Singen der Vögel geweckt worden war. Ja, die Vögel hatten sich natürlich gefreut! Ganz eindeutig! Darüber, dass ein neuer Morgen in ihrem Leben angebrochen war und sie noch am Leben waren. Er hatte ihnen zugehört und sich ebenfalls gefreut. Aus denselben Gründen. Obwohl es ihm manchmal schien, als wäre es eine dumme Freude, nicht die eines Menschen, sondern die eines Tieres, eines Vogels. Paschka brachte damals Neuigkeiten aus Karusselino mit, wonach die Separatisten sich mit der ukrainischen Armee darauf verständigt hätten, die Artillerie weiter von ihrem Dorf wegzuverlegen und ihre graue Zone so weit auszudehnen, dass Karusselino, Schdaniwka und ein paar weitere Dörfer mit dazugehörten! Damit es bei ihnen auch so friedlich und normal würde wie in Swetloje, wo sogar Familien mit kleinen Kindern lebten. Tatsächlich wurde fast einen Monat lang selbst nachts nicht geschossen. Es war ruhig. Sergejitsch zog aus Freude und Kühnheit zum Schlafen in den Garten um. Er schlief zur Musik der Grillen ein und wachte mit dem Zwitschern der Vögel auf. Die Bienen flogen aufs Feld, aber Mitte August gab es natürlich weniger Honig, weil die Blüten welkten und in der Sonne vertrockneten. Aber Gott hatte den Bienen ja Flügel gegeben, damit sie in der Nähe wie auch in der Ferne süßen Blütenstaub sammeln konnten! Vor einem Jahr hatte er den letzten Honig zwischen dem 10. und 20. August geschleudert. Es war allerdings nicht viel gewesen. Dann hatte er die Rähmchen gesäubert und die Bienenstöcke für den Winter vorbereitet. Zu diesem Zeitpunkt hatten die Bienen ihre Drohnen bereits aus den Bienenstöcken verjagt, auch sie hatten sich bereits auf den Winter vorbereitet. Hier auf der Krim dauerte die Honigsaison offenbar länger. Allerdings hatte die Sonne an diesem Morgen ebenfalls den Herbst angekündigt. Es war gut, dass die Natur das selbst tat, viel besser, als wenn einem ein förmlich gekleideter Mensch die Tage bis zur Abreise laut vorzählte.

Nach dem Frühstück überprüfte Sergejitsch die Bienenstöcke. Er hob die Deckel an und roch, ob keine Feuchtigkeit in ihnen war. Dann ging er neben dem Bienenstock in die Hocke, auf den der traumatisierte Kriegsheimkehrer mit dem Beil eingeschlagen hatte. Er musste ein Brett unten festnageln, da es ein wenig abstand. Nicht, dass sich die Unterseite löste, wenn es an der Zeit war, den Bienenstock auf den Anhänger zu verladen. Einen Hammer hatte er im Auto, und Nägel würden sich auch finden!

Seine Gedanken stellten sich von selbst auf die Abreise ein, auf die Fahrt. Und obwohl die Sonne wieder mit voller Kraft brannte und die über Nacht angesammelte Feuchtigkeit bereits unter ihren Strahlen verdunstet war, konnte sich Sergejitsch nicht ganz davon lösen.

Gegen Abend zogen Wolken am Himmel auf, und es begann zu nieseln. Kaum verdeckte eine Wolke die Sonne, wurde Sergejitsch schummrig vor Augen, und er begann zu gähnen, vor Müdigkeit oder wegen der Luftfeuchtigkeit.

›Morgen gehe ich zu Ajsylu‹, beschloss er. ›Witalina rufe ich auch an und erzähle ihr von Ajsche. Vielleicht gibt sie mir ja einen Rat?‹

Mal nieselte es, mal nicht. Sergejitsch machte Feuer und begann, Wasser in dem kleinen Kessel zu erhitzen. Er wollte sich Buchweizengrütze kochen.

Plötzlich hörte er das Geräusch eines Motors. Es war noch weit entfernt, aber es kam näher. Sergejitsch sprang auf und freute sich – Bekir kam!

›Dann haben sie ihn doch gehen lassen!‹, dachte er und hastete auf den Vorsprung über den Weingärten.

Im Gehen versuchte er zu erraten, ob es an diesem Abend in Albat wohl Strom gab oder nicht.

Auf dem Vorsprung angekommen, seufzte er erleichtert: Im Dorf leuchteten bereits die Straßenlaternen, und die Fenster der Häuser waren erhellt. Ein Auto fuhr langsam den Berg zum Bienenstand herauf und tastete sich mit seinen Scheinwerfern den Weg entlang. Was es für ein Auto war, konnte Sergejitsch noch nicht erkennen. Er begriff nur gleich, dass es kein Lada Niwa war. Es war also nicht Bekir.

Sieben oder acht Minuten später wurde Sergejitsch vom Licht der Scheinwerfer erfasst. Ein Kleinbus hielt neben ihm, die rechte Tür ging auf und hätte Sergejitsch fast erwischt. Er trat einen Schritt zurück.

»Guten Abend«, grüßte ihn ein Mann beim Aussteigen.

Die Stimme kam Sergejitsch bekannt vor, was ihn verblüffte. Freunde hatte er hier keine. Außer mit Ajsylu und ihren Kindern hatte er mit kaum jemandem gesprochen. Manchmal hatte er mit den Dorfbewohnern im Laden ein paar Worte gewechselt oder auch mit Touristen, die am

Bienenstand vorbeiwanderten oder auf Fahrrädern vorbeifuhren. Zufällige Stimmen, die ihm hier untergekommen waren, blieben nicht im Gedächtnis, sondern fielen in den Abgrund, in dem alle sinn- und zwecklosen Geräusche des vergangenen Tages landeten. Aber diese Stimme war keine jener zufälligen Stimmen.

»Erkennen Sie mich nicht?«, fragte der Mann.

Sergejitsch versuchte, sich im Halbdunkel an sein Gesicht zu erinnern, aber es sagte ihm nichts.

»Sie waren bei mir in Simferopol«, half ihm der Mann auf die Sprünge. »Iwan Fjodorowitsch, falls Sie es vergessen haben!«

Sergejitsch dachte angestrengt nach. Er erinnerte sich an die endlosen Flure des FSB, die hohen Türen der Büros und an das Büro selbst, in dem sie miteinander gesprochen hatten.

»Und wie kommen Sie hierher? Zufällig?«, fragte Sergejitsch, dem es nicht gelang, den Geheimdienstler und sein Auftauchen an diesem Ort unter einen Hut zu bringen.

»Nicht ganz.« Iwan Fjodorowitschs Stimme klang durchaus freundlich. »Wir wollten zu Ihnen. Es dauert nicht lange. Wo haben Sie Ihr Lager aufgeschlagen?«

»Dort drüben.« Sergejitsch deutete hin. »Sehen Sie das Feuer?«

»Gehen Sie zu Fuß, wir kommen mit dem Auto nach!«, sagte Iwan Fjodorowitsch.

Die Tür schlug zu, und der Kleinbus fuhr weiter, vorbei an Sergejitsch, bis zum Zelt und dem Feuer. Er blieb so stehen, dass seine Scheinwerfer den grünen Lada Schiguli mit den eingeschlagenen Fenstern direkt anstrahlten. Sergejitsch, der hinterherging, bemerkte, dass sein ramponiertes Auto in diesem Scheinwerferlicht noch erbärmlicher aussah.

Aus dem Kleinbus stieg jetzt der Fahrer aus, die Scheinwerfer ließ er an. Auch Iwan Fjodorowitsch tauchte wieder auf.

An der Tür des Kleinbusses entdeckte Sergejitsch ein Militärsymbol und wunderte sich darüber. Noch mehr wunderte er sich, dass der Kleinbus nur vorne Fenster hatte, was bedeutete, dass er nicht für Personen, sondern für Lastentransporte gedacht war.

»Das ist Wassili Stepanowitsch«, stellte Iwan Fjodorowitsch seinen Begleiter vor. »Er ist kein Fahrer, aber wir haben zu wenig Leute und viel Arbeit. Aus diesem Grund habe ich ihn gebeten, sich hinters Steuer zu setzen. Also, wo sind Ihre Bienen?«

»Dort drüben.« Sergejitsch deutete mit der Hand in die Richtung.

»Kommen Sie mit, und zeigen Sie sie uns!« Iwan Fjodorowitsch und sein Begleiter warfen sich einen Blick zu, dann gingen sie zu den Bienenstöcken. Sergejitsch hastete ihnen hinterher.

Wassili Stepanowitsch schaltete eine Taschenlampe ein, hob nacheinander die Deckel der Bienenstöcke an und leuchtete hinein, damit er etwas erkennen konnte. Dieses Vorgehen machte Sergejitsch misstrauisch.

»Was soll das? Was machen Sie denn? Den Honig habe ich bereits geschleudert«, sagte er nervös.

»Genau deswegen haben wir Sie auch nicht früher behelligt«, sagte Iwan Fjodorowitsch und wandte sich ihm zu.

»Es ist so, dass wir einen mitnehmen werden ... Für ein paar Tage. Wir müssen ihn kontrollieren.«

»Was müssen Sie kontrollieren?«, fragte Sergejitsch verdutzt.

»Als Sie eingereist sind, haben Sie die Bestimmungen nicht eingehalten. Es wurde keine veterinärbehördliche Grenzkontrolle an Ihren Bienen vorgenommen. Sie wissen ja, dass Bienen Krankheiten übertragen können, deshalb besteht Ansteckungsgefahr für die Bienen auf der Krim ...«

»Aber es hat niemand etwas zu mir gesagt! Man hat mich mit den Bienen einfach passieren lassen!«

»Das geschah aus humanitären Gründen. Das soll jetzt wieder in Ordnung gebracht werden. Machen Sie sich keine Sorgen!«

Wassili Stepanowitsch hatte unterdessen mit der Taschenlampe alle sechs Bienenstöcke überprüft und war beim dritten stehen geblieben. Er leuchtete das Flugloch an, dann hob er wieder den Deckel des Bienenstocks und griff hinein.

›Er schließt das Flugloch!‹, erkannte Sergejitsch.

»Wir nehmen den«, sagte Iwan Fjodorowitsch und deutete mit dem Kopf auf den Bienenstock, neben dem sein Begleiter stand. »Helfen Sie uns?«

Sergejitsch und Wassili Stepanowitsch trugen den Bienenstock zum Kleinbus. Iwan Fjodorowitsch lief voraus und öffnete die Tür, dann stellten sie den Bienenstock hinein.

»Ich muss aber doch bald zurückfahren«, sagte Sergejitsch ratlos.

»Ich weiß, ich weiß!« Iwan Fjodorowitsch nickte. »Machen Sie sich keine Sorgen. Wir bringen ihn in ein oder zwei Tagen wieder, vorausgesetzt, mit den Bienen ist alles in Ordnung. Wenn nicht, dann müssen wir, so leid uns das tut, alle Ihre Bienen beschlagnahmen … Aber es ist noch zu früh, über so etwas nachzudenken …«

Als er dem Kleinbus hinterhersah, der über den unsichtbaren Feldweg davonfuhr und von dem er nur die Scheinwerfer und die roten Rücklichter erkennen konnte, fühlte sich Sergejitsch niedergeschlagen und verzweifelt.

»Was soll das heißen: ›alle Bienen beschlagnahmen‹? Werden sie sie etwa alle umbringen?«, sagte er mit zitternder Stimme.

Eigentlich war ihm alles klar. Er selbst kontrollierte die Bienen auch regelmäßig, ob sie gesund waren und sich nicht mit einer Krankheit infiziert hatten. Aber er hatte eben immer selbst nachgesehen, es waren keine fremden Kontrolleure zu ihm gekommen! Erst vor kurzem hatte er die Bienenstöcke überprüft. Glaubten sie, dass er kranke Bienen von gesunden nicht unterscheiden konnte? Bei Bienen waren doch alle Krankheiten sofort erkennbar! Sie hatten das nur so gesagt, um ihm einen Schreck einzujagen! Sie würden die Bienen kontrollieren und dann wieder zurückbringen! Es hatte keinen Sinn, sich Sorgen zu machen. Sie würden sie morgen oder übermorgen wiederbringen. Was sollten sie mit seinen Bienen anfangen? Was wollten sie mit seinen Bienen?

Aber das Nachdenken half Sergejitsch nicht, er konnte sich nicht beruhigen. Plötzlich fragte er sich, was Iwan Fjodorowitsch, der ein Büro im Erdgeschoss besaß und bei dem, auch wenn er in Zivil zur Arbeit ging, sicher eine Offiziersuniform zu Hause hing, mit der Sache zu tun hatte. Selbst wenn der andere, Wassili Stepanowitsch, ein Veterinär und Bienenspezialist gewesen wäre. Was hatten FSBler mit seinen Bienen zu tun?

Er suchte nach einer einfachen und verständlichen Erklärung, konnte aber keine finden. Daraufhin holte er die Flasche mit dem Schnaps und trank ein bisschen davon, aber es wurde ihm nicht leichter. Er setzte sich ans Feuer und legte Reisig nach, wovon ihm am Rücken kalt und vorne heiß wurde. Der Abend ließ Feuchtigkeit auf die Erde sinken. Der Nieselregen hatte schon vor einer Stunde aufgehört, aber sein kühler, intensiver Geruch lag noch in der Luft.

Sergejitsch nahm noch einen Schluck aus dem Emaillebecher. Die bittere Süße breitete sich im Mund aus und kribbelte ein wenig auf der Zunge.

›Ich muss so schnell wie möglich hier wegfahren‹, dachte er.

62

Sergejitsch konnte die ganze Nacht nicht schlafen. Er fror bis auf die Knochen, und weder der Schlafsack noch ein Pullover, den er über den nackten Oberkörper zog, halfen. Irgendwann kroch Sergejitsch nach draußen zum erloschenen Feuer. Es war, als wäre es im Zelt kälter gewesen als draußen. Er fachte das Feuer wieder an, rückte die Decke näher und hielt die Handflächen in Richtung der Flammen. Über seinen Rücken lief ein Schauer, eigentlich von der Kälte, aber irgendwie auch nicht. Eine undefinierbare Angst regte sich in ihm, eine kalte Angst, die die Haut frieren ließ.

Er blickte zum Himmel, als könnte er dort die Rettung

finden. Der Himmel war klar und mit Sternen übersät, der Mond riesig, hell und fast voll.

Sergejitsch wunderte sich, da ihm schien, dass der Himmel viel heller als die Erde war. Wenn er nach unten sah, in Richtung der Bienenstöcke, stieß er auf eine Dunkelheit, in der ihm mehr das Gedächtnis verriet, wo der nächste Bienenstock stand. Der zweite Bienenstock war schon im Dunkel verborgen, ebenso die Stelle, an der der dritte Bienenstock gestanden hatte.

›Wo haben sie ihn hingebracht?‹ Sergejitsch dachte einmal mehr über den dritten Bienenstock nach. ›Sie haben genau gewusst, wann sie ihn holen können! Wenn es ganz dunkel ist, alle Bienen von den Feldern zurückgekehrt sind und sich die ganze Bienenfamilie im Häuschen versammelt hat.‹

Er schüttelte den Kopf. Wer hätte das gedacht! Der zweite hatte tatsächlich Ahnung von Bienen gehabt!

In seinem Kopf tauchte gleichzeitig mit den Gedanken ein Geräusch auf. Ein seltsames Geräusch, das ihn ein wenig an Kopfweh erinnerte, was bei ihm sonst selten vorkam.

Falls dieser Wassili Stepanowitsch, der mit der Taschenlampe in die Bienenstöcke geleuchtet hatte, ein Bienenzüchter war, dann hatte er gleich begriffen, dass Sergejitschs Bienen gesund und nicht von Krankheiten oder Parasiten befallen waren. Und warum hatte er gerade den dritten Bienenstock gewählt? Was war da drin? An dieser Bienenfamilie war nichts Besonderes … Oder hatten sie vielleicht beschlossen, seine Bienen extra mit etwas zu infizieren? Weil er zu ihnen gekommen war, um nach Achtem und Bekir zu fragen? Der Ermittler hatte ihm ja vorgeworfen, dass er sich in »fremde Angelegenheiten« einmische.

So saß Sergejitsch da, dachte nach und warf geistesabwesend Zweige ins Feuer. Vom Feuer wurden seine Hände wärmer. Seine Augen hatten sich an die nächtliche Dunkelheit gewöhnt, so dass er schon die Wand des zweiten Bienenstocks ohne Schwierigkeiten erkennen konnte. Das Wichtigste war, nicht nach oben zum Mond zu sehen, das begriff er nun, weil unten alles schwarz wirkte, wenn man ins Mondgesicht geblickt hatte!

Da raschelte es in der Nähe. Sergejitsch wurde von dem Geräusch abgelenkt und drehte sich um. Er sah, wie ein Igel vom Zelt her gemächlich zum Feuer trippelte, sich auf Höhe seiner kleinen Augen umblickte, ohne den Kopf zu heben, weshalb er den Menschen, der beim Feuer saß, nicht bemerkte. Er blieb kurz stehen und lief dann raschelnd weiter durchs Gras, in Richtung der Bienenstöcke.

Kaum war das Rascheln des Igels nicht mehr zu hören, begannen die Vögel zu zwitschern, zunächst leise, dann immer lauter. Mit den ersten Sonnenstrahlen, die die Wipfel der Bäume erreichten, trällerten sie los und sangen lauter als die Trillerpfeifen aus Sergejitschs Kindheit.

Sergejitsch hingegen sank nach der schlaflosen Nacht langsam in sich zusammen. Sein Kopf wurde immer schwerer, als habe ihm jemand einen zentnerschweren Hut aufgesetzt. Er kippte allmählich nach vorn zum Feuer und wäre fast in den Flammen gelandet. Das Feuer, das sich plötzlich seinen Augen näherte, erschreckte ihn und gab ihm die Kraft, sich nach hinten zu werfen. Mit Mühe erhob er sich von seiner Decke, kroch ins Zelt, legte sich in seinen Schlafsack und schlief ein.

Sergejitsch schlief bis zum Mittag. Er wachte nassgeschwitzt in der Hitze auf, und wieder durchfuhr ihn der Schreck, weil er nicht wusste, was mit ihm los war.

›Bin ich etwa krank geworden?‹, dachte er ängstlich und kroch aus seinem Zelt hinaus in die wieder grelle Sonne, die diese Wärme herunterschickte. Sein linker Arm war wie taub und gehorchte nicht, hing herab wie ein Stock.

Er erinnerte sich, dass er auf dem Rücken aufgewacht war, er konnte also den Arm beim Schlafen nicht derart eingeklemmt haben. Der rechte Arm war in Ordnung. Sergejitsch wusch sich mit der rechten Hand, nachdem er die Fünfliterflasche mit Wasser auf die Seite gelegt und den Deckel ein wenig gelöst hatte, damit das Wasser in einem dünnen Strahl wie aus dem Wasserhahn floss.

Sergejitsch ging zu der Stelle, an der ein Quadrat von gelblichem, niedergedrücktem Gras verriet, wo gestern noch der abtransportierte Bienenstock gestanden hatte. Die Bienen aus den anderen Stöcken flogen mit geschäftigem Summen an ihm vorbei. Dann ging er zu dem Stock, der repariert werden musste. Er wollte den Hammer und die Nägel aus dem Auto holen, aber wie sollte er mit nur einer Hand die Bretter wieder festnageln? Er brauchte dazu die Linke!

Sergejitsch seufzte. Er bewegte die linke Schulter, versuchte, in den tauben Arm hineinzulauschen und ihn mit der Kraft seiner Gedanken zum Leben zu erwecken. Eigentlich spürte er den Arm ja, nur gehorchen wollte er nicht und hing an ihm herab wie ein Ast.

›Es wird schon vorbeigehen‹, dachte Sergejitsch hoffnungsvoll. ›Wahrscheinlich habe ich ihn doch irgendwie im Schlaf eingeklemmt.‹

Er horchte in seinen restlichen Körper hinein. Fieber hatte er keines, der nächtliche Schweiß auf der Stirn war getrocknet. Trotzdem fühlte er sich wie gerädert und kraftlos, als sei er über Nacht um zwanzig Jahre gealtert.

›Wenn ich nur auf den Bienenstöcken schlafen könnte.‹ Er erinnerte sich daran, wie er zu Hause in Malaja Starogradowka unter den Bäumen auf den zusammengerückten Bienenstöcken geschlafen hatte und mit dem Gefühl aufgewacht war, die Kraft von hunderttausend Bienen getankt zu haben. Er erinnerte sich, was für ein glückliches Lächeln auf dem breiten Gesicht des Gouverneurs gelegen hatte, als dieser nach mehreren Stunden Schlaf schwerfällig von den Bienenstöcken geklettert war. Wenn auch er selbst jetzt auf den Bienenstöcken liegen könnte, vielleicht würden dann die Kräfte in den Arm zurückkehren und seine Lebensgeister auch?!

Er betrachtete seine fünf Bienenstöcke und dachte, dass ein sechster nötig wäre, um wie auf einem Bett zu liegen. Aber auch die fünf Bienenstöcke konnte man zu einer Liegebank zusammenschieben, dann wäre eben nur ein Bienenstock unter dem Kopf.

Von diesen Gedanken wurde ihm leichter. Sein Glaube an die Hilfe der Bienen wurde immer stärker. Er musste nur die Bienenstöcke verrücken und zusammenstellen. Aber dafür reichten seine Kräfte nicht, selbst wenn sein linker Arm wieder zum Leben erwachte.

Ohne lange nachzudenken, beschloss Sergejitsch, nach Albat zu Ajsylu zu gehen. Vielleicht würde sie ihn zum lokalen Arzt bringen?

Mit der orangenen Kappe von »FK Schachtjor« schützte

er seinen Kopf vor der heißen Sonne. Statt des dicken Pullovers zog er ein dunkelblaues Polohemd an, wobei es ihm vorkam, als ob sein linker Arm widerwillig gehorchte und von selbst in den kurzen Ärmel schlüpfte. Ohne die alte Leichtigkeit, dafür aber mit einer Zielstrebigkeit, die Kraft und Frische ersetzte, machte er sich auf den Weg.

63

Die Tür wurde von Ajsche geöffnet.

»Wo ist denn deine Mutter?«, fragte Sergejitsch und sah ihr über die Schulter in der Erwartung, dass Ajsylu gleich im Flur auftauchen würde.

»Sie ist in den Kindergarten ›Märchen‹ in der Kolchose-Straße gegangen«, antwortete das junge Mädchen. »Mama sucht eine Arbeit, und dort brauchen sie eine Erzieherin …«

Sergejitsch zog sich die Schuhe aus, blieb aber im Flur stehen und überlegte, was er jetzt tun sollte, wo die Hausherrin nicht da war.

»Kommt sie bald zurück?«, fragte er.

»Sie müsste schon da sein! Sie ist nur zu einem Vorstellungsgespräch …«

Ajsche führte den Gast ins Wohnzimmer, ließ ihn am Tisch Platz nehmen, versprach, Tee zu machen, und ging hinaus.

Sergejitsch sah sich um. Etwas hatte sich in dem Zimmer verändert, aber was, begriff er anfangs nicht. Ein ungewohnter, unangenehmer Duft stieg ihm in die Nase. Es roch nicht so wie früher. Irritiert drehte er sich um und sah zur Spiegelkommode. Nachdem er sich davon überzeugt hatte, dass der Spiegel immer noch mit einem Tuch zugehängt war, blickte er auf die Kommode. Dort stand wieder eine Stearinkerze, aber nicht die vom vorigen Mal, sondern eine andere, graue, billige.

›Das ist es also!‹, dachte er. ›Meine sind wohl ausgegangen, oder sie haben Angst, sie anzuzünden! Und die Kerzen, die sie bei der Hausdurchsuchung mitgenommen haben, haben die Polizisten, diese Bastarde, selbst behalten. Natürlich, die sind besser, sie sind ja aus echtem Bienenwachs!‹

Das Mädchen brachte den Tee und wollte schon in ihr Zimmer gehen, als Sergejitsch sie zurückhielt:

»Ajsche.«

Sie drehte sich um und sah ihn schüchtern an.

»Setz dich«, bat Sergejitsch und deutete auf den Stuhl neben sich.

Ajsylus Tochter setzte sich zaghaft, aber nicht auf den Stuhl, der neben dem Gast stand, sondern gegenüber.

»Hab keine Angst, ich möchte dich nur etwas fragen«, sagte Sergejitsch sanft. »Brennt die Kerze zum Andenken an deinen Vater?«

Ajsche nickte.

»Wie lange wird sie brennen?«

»Vierzig Tage«, sagte sie leise.

»Entschuldige bitte.« Sergejitsch biss sich vor Unsicherheit auf die Lippe, er wollte die nächste Frage stellen und hatte gleichzeitig Angst davor. Dennoch fragte er: »Aber deinen Vater haben sie doch schon vor langem umgebracht, und das Todesdatum ist nicht bekannt ... Wie zählt ihr diese vierzig Tage? Nicht vom Todestag an?«

»Vom Tag des Begräbnisses an.« Ajsches leise Stimme klang

bereits ruhiger. »So hat es der Imam gesagt. Wegen der Kerze hat er Mama aber gerügt.« Sie sah zu der kleinen Flamme, die nicht vom Spiegel zurückgeworfen werden konnte.

»Wieso denn?«

»Er hat gesagt, dass gemäß den muslimischen Traditionen keine Kerzen für Verstorbene angezündet werden. Daher versteckt Mama die Kerze, wenn er kommt …«

Sergejitsch seufzte und zog sein Handy heraus, um auf die Uhr zu sehen. Es wurde ihm schwer ums Herz, er hätte jetzt sogar gern gehabt, dass Ajsche ging und ihn allein ließ, aber sie saß reglos da, als wartete sie auf die nächsten Fragen.

Sergejitsch trank seinen Tee aus. Wieder sah er zur Kerze und blickte dann die Wand entlang, zuerst zum Teppich über dem Sofa, dann zum Büfett, hinter dessen Glasscheiben schöne bunte Schüsseln und Teller standen.

»Bei uns wird ein Foto des Verstorbenen vor die Kerze gestellt«, sagte Sergejitsch. Er wollte zuerst noch hinzufügen, dass auch ein Gläschen Wodka mit einem Stück Brot obendrauf neben das Foto und die Kerze gestellt wurde, merkte aber, dass die Erwähnung des Wodkas in diesem Haus nicht angebracht war.

»Das Gesicht ist nicht wichtig«, flüsterte das Mädchen kaum hörbar.

»Wie bitte?«, fragte Sergejitsch nach, weil er sich nicht sicher war, ob er sie richtig verstanden hatte.

»Das Gesicht ist nicht wichtig«, wiederholte Ajsche etwas lauter. »Allah hat kein Gesicht, dennoch gibt es ihn.«

»Aber warum denn nicht?«, wunderte sich Sergejitsch. »Wenn es doch das Gesicht eines nahen Menschen ist?«

Das Mädchen schüttelte den Kopf.

»Es verändert sich …« Sie flüsterte nun wieder.

»Deshalb werden Fotos gemacht, damit man sich erinnern kann«, sagte Sergejitsch nachdenklich und zuckte die Achseln. Er versuchte, ihre Worte zu verstehen. »Oder werden bei euch keine Fotos gemacht?«

»Doch.« Ajsches zierliches Gesicht drückte Verwunderung aus. »Natürlich werden Fotos gemacht.«

Sie erhob sich von ihrem Stuhl und ging zum Büfett. Sie zog die untere Schublade heraus und kehrte mit einem kleinen Buch in den Händen an den Tisch zurück. Als sie es aufschlug, begriff Sergejitsch, dass es kein Buch, sondern ein Fotoalbum war.

»Hier.« Ajsche schob das Album zu Sergejitsch. »Das sind unsere Fotos. Papa ist auch drauf.«

Sergejitsch zog das Album mit der rechten Hand näher zu sich.

Auf dem ersten Bild war ein frischverheiratetes Paar zu sehen: Achtem und Ajsylu, jung und glücklich. Er trug einen dunkelblauen Anzug und auf dem Kopf einen weißen Fes, sie ein weißes Kleid mit einem hellblauen Gürtel und ebenfalls einen Fes auf dem Kopf, allerdings war er hellblau und höher als der ihres Mannes.

Sergejitsch blätterte um – es folgte ein Foto von dem jungen Paar beim Spazierengehen mit einem Pferd. Sergejitsch sah sich Achtems Gesicht näher an, erkannte es aber seltsamerweise nicht. Er wusste nur, dass es Achtem war, weil neben ihm Ajsylu ging, die heute natürlich auch nicht mehr so aussah wie auf dem Bild.

›Das Gesicht ist nicht wichtig‹, hörte Sergejitsch in Gedanken Ajsches leise Stimme.

Er blätterte die dicken Seiten eine nach der anderen um. Die nächsten Bilder betrachtete er bereits weniger aufmerksam, bis er plötzlich den Eindruck hatte, ihm sei beim Blättern etwas bekannt vorgekommen. Er kehrte zu dem Bild zurück – es war das einzige Gruppenfoto in dem Album, etwa fünfzehn oder auch mehr Personen in drei Reihen waren darauf zu sehen. Sie standen auf den Stufen, die zu einem schönen weißen Haus mit Säulen führten. Das Gebäude kam Sergejitsch bekannt vor, als wäre er dort auch schon gewesen.

Er dachte nach und schloss die Augen.

»Ich bin doch ein Dummkopf!«, flüsterte er vor sich hin. »Das ist doch Slowjansk! Der Bienenzüchterkongress!«

Er beugte sich näher zum Bild und schaute sich die Gesichter genau an. Aber die waren winzig und bei näherer Betrachtung nicht besser zu erkennen, im Gegenteil, sie verschwammen.

»Ajsche, wo ist hier dein Vater?« Er blickte zu dem Mädchen.

Sie kam zu ihm, sah das Bild genau an und zeigte dann zielsicher auf eine Person, die in der zweiten Reihe am linken Rand stand.

Sergejitsch starrte hilflos in Achtems Gesicht.

»Habt ihr vielleicht eine Lupe im Haus?«

Sie brachte sie ihm. Sergejitsch nahm die Lupe und hielt sie vor das Foto. Er sah sich Achtems Gesicht genauer an. Ja, das war er. Dünn, mit hervorstehenden Wangenknochen und einem sorgfältig gestutzten Schnurrbart, so als sei er mit Tusche unter die Nase gezeichnet worden.

Wie von selbst fuhr die Hand mit der Lupe über die Gesichter der anderen Kongressteilnehmer. Es war seltsam, aber alle anderen kamen Sergejitsch ebenfalls völlig unbekannt vor.

›Es ist ja so viel Zeit vergangen‹, dachte er. Und erstarrte plötzlich vor Schreck. ›Ich müsste ja auch drauf sein!‹

Wieder führte er die Lupe über die Gesichter. Dann sah er fassungslos und verzweifelt Ajsche an.

»Kannst du mir helfen?«, bat er sie. »Versuch, mich auf dem Bild zu finden! Ich muss auch drauf sein!«

Ajsche kam näher, berührte dabei mit ihrer rechten Schulter seinen linken Arm und sah angestrengt auf das Bild. Dann wandte sie sich ihm zu und betrachtete sein Gesicht genau.

Sergejitsch lächelte kaum merklich, weil er sich darüber freute, dass sein linker Arm die Berührung durch Ajsches Schulter gespürt hatte.

Unterdessen tippte sie mit ihrem Finger auf einen Mann in der obersten Reihe rechts.

»Da sind Sie!«, sagte sie überzeugt und trat einen Schritt zurück.

Sergejitsch führte die Lupe zum rechten Rand der Gruppe, zu dem Gesicht, auf das das Mädchen gezeigt hatte. Er sah einen jungen Mann mit rundem, glattrasiertem Gesicht, kurzgeschnittenen Haaren und einem grauen Sakko oder Anzug. Das war schwer zu sagen, weil die Hosen nicht zu sehen waren.

›Bin ich das?‹, zweifelte Sergejitsch in Gedanken. ›Nein, sieht nicht nach mir aus …‹

Er sah sich zur Spiegelkommode um.

»Habt ihr einen Spiegel? Damit ich mich anschauen kann?«

»Im Bad«, antwortete Ajsche.

Sergejitsch schaltete das Licht ein und betrat ein gemütliches Badezimmer. Unter den linken Arm hatte er die Lupe mit Griff geklemmt, in der rechten Hand trug er das geöffnete Fotoalbum. Er blieb vor dem Waschbecken stehen, starrte in den Spiegel an der Wand und begann, sein unrasiertes, wettergegerbtes Gesicht zu betrachten. Er führte das Album näher an seine Augen und hielt die Lupe über sein junges Gesicht.

»Ja«, seufzte er leise. »Das bin ich.«

Er hörte, wie sich im Flur die Tür öffnete, ging hinaus und traf auf Ajsylu, die gerade ihre Hausschuhe anzog.

64

Bei dem sehr einfachen Mittagessen, das eher einer Brotzeit glich, klagte Sergejitsch über seine Gemütsverfassung, die schlaflose Nacht und seine linke Hand.

Ajsylu hörte nur mit halbem Ohr zu und dachte über ihre eigenen Angelegenheiten nach. Aber sie nickte, während sie weiche Butter auf ein aufgeschnittenes Fladenbrot strich.

Als Sergejitsch in ihre traurigen Augen sah, verstummte er.

›Was ist mir denn da eingefallen?‹, dachte er bedrückt. ›Sie haben ihren Mann ermordet und ihren Sohn verhaftet, und ich erzähle ihr, dass ich nicht schlafen kann …‹

»Entschuldigen Sie«, sagte er laut und deutlich. »Es war unpassend … Sie mit meinem Kram zu behelligen … Sie haben Ihre eigenen Sorgen …«

»Aber was ist mit Ihrer Hand?«, fragte Ajsylu, als käme sie wieder zu sich. »Wir haben hier ein Krankenhaus, Sie könnten zum Arzt gehen …«

»Ich müsste die Bienenstöcke umstellen, dann würde ich es auf meine Weise versuchen … Ich habe mich schon öfter selbst behandelt, indem ich auf den Bienenstöcken geschlafen habe …«

»Hat es denn geholfen?«

»Und ob! Ich bräuchte nur jemanden, der mir hilft, sie zusammenzustellen. Ich brauche sechs Stück dafür, aber einen haben die FSBler mitgenommen. Sie haben gesagt, dass sie die Bienen auf Krankheiten überprüfen. Das wollte ich Sie auch noch fragen: Werden Ihre Bienenstöcke oft zur Kontrolle mitgenommen?«

»Unsere wurden noch kein einziges Mal mitgenommen.« Ajsylus Gesicht drückte Unverständnis aus. »Ich werde gleich nachfragen …«

Sie holte ihr Handy hervor und rief jemanden an. Sergejitsch lauschte dem Murmeln in der für ihn unverständlichen tatarischen Sprache. Er hörte mehrmals das unbekannte Wort *»köpekler«**. Bei den Wörtern *»balqurtlar«* und *»balqurtlar sepeti«* wurde Sergejitsch hellhörig.

›*Balqurtlar* sind die Bienen und *balqurtlar sepeti* die Bienenstöcke‹, wiederholte er in Gedanken. Er erinnerte sich daran, dass Bekir ihm diese Wörter am Bienenstand beigebracht hatte.

»Nein, so etwas hat es in Albat noch nie gegeben«, teilte Ajsylu Sergejitsch mit, nachdem sie das Handy weggesteckt hatte.

Nach der darauffolgenden kurzen Stille begann Serge-

* Umgangssprachlicher Ausdruck für russische Polizisten oder Mitglieder des FSB.

jitsch wieder davon, dass er Hilfe bräuchte, um die Bienenstöcke zu einer Liegebank zusammenzustellen.

»Gut, gehen wir«, bot Ajsylu an.

»Jetzt ist es noch zu früh«, sagte Sergejitsch. »Wir müssen das bei Dämmerung machen, wenn die Bienen in die Bienenstöcke zurückkehren. Damit sie nicht die Orientierung verlieren. Sie gewöhnen sich nämlich daran, dass der Bienenstock immer am selben Platz steht ... Und nehmen Sie noch jemanden mit. Man muss das zu zweit machen, und ich bin derzeit nicht in der Lage ...«

»Ich werde Serwer, den Nachbarssohn, bitten.« Ajsylu sah ihren Gast mitleidig an, und durch diesen Blick empfand Sergejitsch für einen Augenblick Mitleid für sich selbst.

Auf dem Rückweg schaute er im Laden vorbei und kaufte eine Fleischwurst, Weißbrot und Buchweizen. Er trug die Tüte in der rechten Hand, dann versuchte er, die Hand zu wechseln, damit sich die rechte erholen konnte. Doch die linke wollte ihm noch nicht gehorchen, obwohl er die Fingerspitzen sogar spüren konnte.

Um sich abzulenken, begann er, die Tage zu zählen, die ihm bis zum Ende des erlaubten Aufenthalts auf der Krim noch blieben. Er verzählte sich und begann wieder von vorn.

Als er auf dem kleinen Felsvorsprung haltmachte, war er auf die Zahl sechs gekommen. Sergejitsch blickte auf Albat hinab. Das Dorf im Sonnenschein wirkte von hier aus einladend und friedlich.

»Das wäre geschafft!«, seufzte Sergejitsch und lächelte bei dem Gedanken daran, dass am Abend Ajsylu und der Nachbarssohn die Bienenstöcke zu einer Liegebank zusammenstellen würden und dass er bereits diese Nacht einen gesunden und, wenn Gott wollte, heilsamen Schlaf haben würde.

65

Das Fehlen eines Bienenstocks war für Sergejitsch anfangs unangenehm. Sechs zu einer Liegebank zusammengestellte Bienenstöcke unterschieden sich größenmäßig kaum von einem Bett. Aber wenn an einem der beiden Enden nur einer statt zwei stand, musste man sich der Situation anpassen und entscheiden, ob man auf diesen schmalen Teil der Bank besser den Kopf oder die Füße legte. Sergejitsch probierte beide Liegevarianten aus und entschied sich für den fünften Bienenstock als Kopfende.

Statt Stroh breitete er seinen Schlafsack auf der Liegebank aus, legte sich auf den Rücken und sah in den dunklen, mit Sternen übersäten Himmel.

Die Bienen verhielten sich viel zu ruhig. Zumindest spürte Sergejitsch nicht das übliche Vibrieren unter sich. Dafür empfand er Ruhe und fühlte sich eins mit der Welt, die still geworden war und sich erholte.

Er dachte daran, wie viel Mühe sich Ajsylu und der tatarische junge Mann, ein Freund von Bekir, gegeben hatten, als sie die Bienenstöcke zur Liegebank zusammenstellten. Sie hatten kleine Steine und Zweige unter die beiden Bienenstöcke am Fußende gelegt, damit die Bank gerade auf dem unebenen Boden stand. Serwer, der Sohn von Ajsylus Nachbarn, hatte sich als geschickt erwiesen. Er bat, sich einen Augenblick hinlegen zu dürfen. Dann sprang er behende herunter.

»Interessant!«, sagte er. »Das hatte ich noch nie ausprobiert!«

»Hast du denn Bienen?«, fragte Sergejitsch.

»Mein Onkel hat einen großen Bienenstand! Dreißig Bienenstöcke! Bei Kutschjuk-Sejren. Nicht weit von hier!«

»Damit kann man auch Geld verdienen«, weihte ihn Sergejitsch ein. »Vor dem Krieg ist der Gouverneur selbst manchmal zu mir gekommen, um auf den Bienenstöcken zu schlafen! Er hat in Dollar gezahlt! Und ihr habt hier noch dazu einen Haufen Touristen!«

»Bis zur Okkupation war es ein Haufen.« Serwer hatte genickt. »Jetzt ist es nur noch ein Häuflein! Aber ich werde es versuchen, wenn der Onkel einverstanden ist!«

›Ein guter Junge, geschäftstüchtig‹, dachte Sergejitsch und schloss die Augen.

Kaum sah er nicht mehr das dunkle Himmelszelt mit dem Mond und den Sternen über sich, spürte er mit dem Rücken und den Beinen das Vibrieren der Bienenstöcke. Er hörte leises Summen von unten, als hätte das Schließen der Augen sein Gehör geschärft.

In der warmen Luft der Krim-Nacht lag der Duft von Wacholder und Kräutern.

Sergejitsch schlief. Er atmete aus voller Brust, die sich beim Einatmen zum Sternenhimmel hob und beim Ausatmen senkte. Durchströmt von der Wärme der Krim und unter dem Vibrieren seiner heilsamen Liegebank träumte er, dass er im Garten seines Hauses in Malaja Starogradowka auf seinen sechs Bienenstöcken schlief und neben ihm der Gouverneur und fünf Leibwächter auf sein Aufwachen warteten. Die Leibwächter wollten Sergejitsch unbedingt wecken oder einfach von den Bienenstöcken stoßen, um den Platz für den Gouverneur freizumachen, schließlich war der nicht ohne Grund fast eine Stunde mit dem Auto hergefahren! Aber der Gouverneur, stämmig und groß, saß auf einem Stuhl unter dem Birnbaum und machte eine Handbewegung, mit der er seine Leibwächter beschwichtigte, damit sie den Besitzer der Bienenstöcke und des Gartens in Frieden ließen. Als Sergejitsch in seinem Traum erwachte, geriet er beim Anblick seines Gastes und dessen Leibwächter in Verlegenheit, kletterte schnell von seiner Liegebank herunter und überließ sie dem Gouverneur. Sie tauschten die Plätze, nun legte sich der Gouverneur auf die Bienenstöcke, und Sergejitsch setzte sich auf den Stuhl. Friede erfüllte seine Seele, als herrschte das Paradies auf Erden. Bezeichnend war, dass seine linke Hand kein bisschen weh tat, sondern ihm gehorchte wie ein Hund, nicht wie eine Katze. Sie ließ sich in die Höhe heben und mit der Kraft der Gedanken sofort zum rasierten Kinn führen, zur Nase und ans Ohr.

Sergejitsch lächelte im Schlaf, aber niemand bemerkte es, weil niemand in der Nähe war. Selbst die Vögel waren still und schliefen, wie auch die Grillen und Eulen. Nur die Bienen in den Bienenstöcken schliefen nicht. Sie summten, wenn auch nicht so laut wie tagsüber, aber vor dem Hintergrund der nächtlichen Stille ziemlich gut hörbar und für den Körper zu spüren.

Indessen ging der Traum weiter. Als der Gouverneur lange genug auf den Bienenstöcken gelegen hatte, kletterte er vorsichtig herunter, zog seine violett glänzenden Schuhe aus unglaublich weichem Leder an, setzte sich auf den Stuhl, den Sergejitsch für ihn freigemacht hatte, und wartete auf seinen Tee. Sergejitsch hastete ins Haus, in die Küche, um diesen Tee zu kochen und seinem Gast zu bringen.

Nach dem Teetrinken fuhren der Gouverneur und seine Leibwächter in zwei großen schwarzen Autos davon. Sergejitsch strich mit den Fingerkuppen über die erhaltenen Dollar und spürte ihre angenehme und vorschriftsmäßig rauhe Oberfläche, dann brachte er sie ins Haus und versteckte sie im hintersten Winkel des Büfetts. Danach kletterte er wieder auf die Liegebank aus Bienenstöcken und schlief ein. Es wurde Abend in diesem Traum, der sich von seinen üblichen Träumen unterschied, weil er nur Geräusche hörte und keine bewegten Bilder sah. Er hörte, wie die Nachbarn nach dem Abendessen im Hof Lieder sangen. Dann stritten sie über den Krieg, den aus der Vergangenheit, und über Hitler. Darüber, ob er nach Argentinien geflohen war oder nicht, denn in der Zeitung *Absolut geheim* waren Fotos aufgetaucht, auf denen man angeblich den stark in die Jahre gekommenen Hitler mit einer jungen Blondine in Argentinien am Strand liegen sah. Dann verstummte der Streit, und es war nur mehr das Klirren des Geschirrs, das vom Tisch abgeräumt wurde, zu hören. Doch plötzlich ertönten Explosionen in der Ferne. Sie kamen immer näher, wurden immer lauter und ließen den auf den Bienenstöcken schlafenden Sergejitsch zusammenzucken. Die Bienen, die die Explosionen ebenfalls hörten, wurden nervös und begannen, lauter unter ihm zu summen. Im Traum spürte er, wie die Bienenstöcke warm wurden und ihm die Hitze in den Rücken stieg. Er drehte sich auf die Seite, es gefiel ihm aber nicht, so zu schlafen, deshalb drehte er sich weiter und lauschte mit Bauch und Brust den Bienen. Doch die Explosionen wurden immer lauter und kamen immer näher. Es war, als ertönten sie nicht im Traum, sondern außerhalb, über dem Traum, über dem Garten, über der ganzen Welt.

Da drehte sich Sergejitsch wieder auf den Rücken. Es tat ihm leid, dass die Explosionen seinen Traum vertrieben. Er versuchte, sich an ihm festzuklammern, ihn festzuhalten, aber keine Chance! Er öffnete im Traum die Augen – am Himmel über ihm war ein Funkeln wie das Polarlicht, das er noch nie gesehen hatte. Es tanzte über den Himmel und glitzerte in allen möglichen Farben außer Schwarz und Weiß.

›Es ist ein Feuerwerk‹, begriff Sergejitsch verdutzt.

Er spürte, dass jemand neben ihm war. Er drehte den Kopf und entdeckte Paschka, seinen Feindfreund.

»Was ist das?«, fragte er Paschka.

»Der Sieg!«, antwortete der fröhlich. »Der Sieg!«

»Wer hat denn gesiegt?«, wollte Sergejitsch wissen und erstarrte vor Schreck, als er sah, wie die Lichter des nächsten Feuerwerkskörpers vom Himmel auf ihn herabfielen. Aus Angst presste er sich mit dem Rücken in seine Liegebank.

Aber die Lichter verloschen, ohne ihn zu erreichen.

»Ich weiß es nicht«, erwiderte Paschka, »und es ist auch nicht wichtig! Das Wichtigste ist der Sieg. Dass der Krieg zu Ende ist!«

»Welcher Krieg?«, fragte Sergejitsch, der sich an den Streit der Nachbarn über Hitler erinnerte.

»Der künftige Krieg«, meinte Paschka.

»Der künftige Krieg?«, wiederholte Sergejitsch betreten und begann, sich aufzurichten. Er stützte sich mit den Handflächen auf die Liegebank und setzte sich langsam auf.

Er sah wieder zu Paschka, aber der war schon nicht mehr da. Vielleicht war er auch nie da gewesen!

Um Sergejitsch herum herrschte Stille, das Feuerwerk war zu Ende. Nur die Bienen unter ihm summten leise.

Er öffnete die Augen. Der Mond war bereits auf der anderen Seite des Himmels.

Sergejitsch begriff, dass er auf dem Rücken lag. Er hatte also nur geträumt, dass er sich nach dem Gespräch mit Paschka auf seiner Liegebank aufgesetzt hatte.

Er versuchte, die linke Hand zu heben, und es gelang.

Sergejitsch seufzte erleichtert. Seine Hoffnung hatte sich bewahrheitet, seine Bienen hatten ihn geheilt. Er konnte wieder beide Hände benutzen und war kein Invalide mehr! Das Leben ging also weiter, und vom Sieg hatte er nur geträumt. Es gab keinen Sieg.

66

Erst als Sergejitsch endgültig aufgewacht war, spürte er auf den Wangen ein seltsames Brennen. Er fuhr mit der Hand darüber und begriff, dass er sich rasieren musste. Und auch, dass seine Wangen bei Berührung schmerzten. Er hatte sich wohl einen Sonnenbrand geholt, als er, eingelullt vom Summen der Bienen, noch weit in den Tag hinein geschlafen hatte.

Kaltes Wasser aus der Quelle kühlte die Wangen und ließ Sergejitsch munterer werden. Ein weiteres Mal freute er sich darüber, dass er sich mit beiden Händen waschen konnte, dass seine linke Hand wieder in Ordnung war und ihre Aufgaben genauso gut wie die rechte machte.

Sergejitsch rollte den Schlafsack zusammen und brachte ihn ins Zelt. Dort war es so hell, als hätte er Fenster in die Segeltuchwände geschnitten.

Er erinnerte sich daran, dass noch etwa fünf Kerzen übrig waren, es hatte aber keinen Sinn, sie jetzt anzuzünden. Die bis zu seiner Abfahrt verbleibenden Nächte wollte er unter dem Himmel der Krim auf der Liegebank aus Bienenstöcken verbringen. Es durfte nur nicht regnen. Wenn er Glück hatte und Gott ihm half, dann würde er die übrigen Kerzen mit zurücknehmen. Wozu sollte er sie anzünden, wenn nun nicht mehr das Zelt sein Zuhause war, sondern die ganze Welt um ihn herum mit ihren Bergen, Bäumen, Weingärten, Vögeln, Igeln und Bienen!

Er setzte sich auf den wieder ausgebreiteten Schlafsack und griff sich erneut an die Wangen. Das musste man erst einmal fertigbringen, sich so einen Sonnenbrand zu holen!

Da hörte er das Knacken von Ästen und zuckte zusammen. Eigentlich erwartete er niemanden. Höchstens jene beiden, die mit dem Auto kommen müssten und nicht zu Fuß, jene, die seinen Bienenstock mitgenommen hatten!

Er sah aus dem Zelt, und seine Besorgnis verschwand.

Vor ihm stand Ajsche.

»Guten Morgen!«, sagte sie. »Das schickt Ihnen meine Mutter.« Sie hielt ihm eine Plastiktüte hin.

»Vielen Dank.« Sergejitsch freute sich.

»Sie hat mich noch gebeten, Ihnen auszurichten, dass Sie heute zum Abendessen kommen sollen! Sie hat Fleisch gekauft!«

»Gut.« Sergejitsch nickte. »Sag mir, habe ich einen Sonnenbrand im Gesicht?«

Ajsche musterte ihn.

»Ja, die Wangen sind rot, sogar krebsrot! Sind Sie in der Sonne eingeschlafen?«

»Ich bin in der Sonne aufgewacht«, gestand Sergejitsch. »Verdammt, das tut weh!«

Er begleitete das Mädchen bis zum Felsvorsprung. Erst als er wieder zum Zelt zurückkehrte, begriff er, dass er seine Exfrau Witalina immer noch nicht wegen Ajsche angerufen hatte, und ärgerte sich über sich selbst.

Er holte sein Handy heraus und rief an.

»Bist du das etwa?«, hörte er die vertraute Stimme.

›Sie hätte mich auch grüßen können‹, dachte er, grüßte aber dann als Erster: »Hallo! Wie geht es euch?«

»Bei uns ist alles gut. Und bei dir?«

»Mal so, mal so. Ich habe eine Bitte ... Oder eher eine Frage ... Bei euch gibt es eine Universität, oder?«

»Nicht nur eine. Wieso, willst du Imkerei studieren?« In Witalinas Stimme lag Ironie.

»Nein. Die Tochter eines tatarischen Bekannten braucht Hilfe. Den Bekannten haben sie vor kurzem begraben, die Polizei hat den Sohn mitgenommen, und die Mutter möchte ihre Tochter in die Ukraine schicken, damit sie dort leben und studieren kann. Geld haben sie ... Aber für den Anfang muss das Mädchen irgendwo unterkommen, vielleicht müsste man mit ihr zur Universität gehen und ihr alles zeigen ...«

»Wie alt ist sie?« In Witalinas Stimme war nun statt Ironie Besorgnis zu hören.

»Sie hat die Schule beendet, ich weiß es nicht genau ... Vielleicht sechzehn oder siebzehn. Ich würde sie in den

Bus nach Winnyzja setzen, aber es müsste sie jemand abholen …«

»Natürlich, natürlich«, erwiderte Witalina bereitwillig. »Ich hole sie ab … Sie kann auch, wenn nötig, in der ersten Zeit bei uns wohnen …«

Sergejitsch hatte den Eindruck, dass seine Exfrau ein wenig in Aufregung geriet. Das bedeutete, dass sie seine Bitte ernst nahm. Und wenn sie die Bitte ernst nahm, hatte sie auch ihm dieses Mal ernsthaft zugehört!

Er lächelte.

»Wie geht es Angelina?«, fragte er interessiert.

»Gut. Wir haben uns gestern gestritten, aber heute haben wir uns beim Frühstück wieder versöhnt. Ihr Freund ist zehn Jahre älter als sie … Ich mache mir Sorgen, möchte, dass sie ihn mir vorstellt, aber sie will das um nichts in der Welt … Ich habe Angst, dass er verheiratet ist! Verstehst du?«

»Natürlich«, sagte Sergejitsch und begriff, dass er jetzt etwas Wichtiges sagen musste. Er war ja schließlich der Vater! »Ja, dem musst du auf jeden Fall nachgehen! Vielleicht solltest du ihm sogar hinterherspionieren!«

»Also, wenn sie ihn mir nicht vorstellt, dann mache ich das!«, versicherte ihm Witalina. »Und du fährst bald zurück?«

»Ja.«

»Vielleicht magst du zu uns kommen? Hier ist es jetzt angenehm und schön! Abends genießen wir beleuchtete Brunnen mit Musik …«

»Vielleicht. Ich rufe sofort an, wenn ich Ajsche, so heißt das Mädchen, in den Bus setze. Ich sage dir, wann du sie abholen sollst. Sie ist schüchtern. Du wirst sie sofort erkennen! Sie ist dünn und hat dunkelbraune Haare wie du.«

»Ich habe jetzt helle Haare. Schon seit einem Jahr bin ich blond«, teilte ihm seine Exfrau mit.

»Dann eben so, wie deine Haare früher waren … Richte Angelina einen Gruß aus, und sag ihr, dass sie auf dich hören soll!«

»Das werde ich ihr auf jeden Fall ausrichten!«, versprach Witalina. »Du, pass beim Fahren auf! Und vielen Dank für die Glückwünsche!«

»Welche Glückwünsche?«, fragte Sergejitsch verwundert.

»Zum Internationalen Frauentag!«

Sergejitsch hatte das Handy bereits eingesteckt, aber das Gespräch ging ihm immer noch nicht aus dem Kopf. Während er wieder spürte, wie sein Gesicht brannte, dachte er an seine Exfrau. Sie schien sich irgendwie verändert zu haben. So herzlich hatte sie noch nie mit ihm am Telefon gesprochen. Herzlich und gleichzeitig ernst. Als hätten sie sich nie getrennt. Als hätte er von einer Dienstreise, aus irgendeiner Bergbausiedlung, angerufen und nicht aus ihrem vorigen Leben.

Er ließ sich auf seiner Decke unter dem Feigenbaum nieder, wo er vor der Sonne Schutz hatte.

›Ich sollte die Rubel ausgeben, damit ich sie nicht mit zurücknehme‹, dachte er, um sich von dem Telefonat abzulenken. ›Ich kaufe Proviant für die Fahrt. Im Auto habe ich viel Platz, ich kann also auch Vorräte für den Herbst anlegen.‹

Er zog sein Bündel russisches Geld hervor und zählte es. Er kam auf etwas über fünftausend Rubel. Die Summe war groß, aber angesichts der Lebensmittelpreise erschien sie ihm gleich kleiner.

Gegen Abend beeilte sich Sergejitsch, ins Dorf zu kommen. Er ging beschwingt und nicht mit leeren Händen, denn er hatte für Achtems Witwe die restlichen Kerzen dabei. Besser, sie zündete sie zum Andenken an ihren Mann an. Bienenwachskerzen waren auch edler als Kerzen aus Stearin! Nicht umsonst wurden sie in Kirchen für die Gesundheit und das Seelenheil aufgestellt. Außerdem brachte er Ajsylu die Neuigkeit mit, dass seine Exfrau bereit war, Ajsche zu helfen.

Sergejitsch hatte selbst nicht erwartet, dass Witalina derart leicht zustimmen würde, dem Mädchen zu helfen. Er hatte sie nicht einmal bitten müssen! Sie war eben doch ein guter Mensch. Aber sie beide waren einfach zu verschieden. Sie war aus einer Stadt mit Zierbrunnen, er hingegen aus einem Dorf im Donbass, in dem nicht jeder im Hof einen Brunnen für die Wasserversorgung hatte! Geschweige denn einen Zierbrunnen.

Ein derart zartes geschmortes Hammelfleisch, wie es ihm Ajsylu an diesem Abend servierte, hatte Sergejitsch, wie ihm schien, nie zuvor gegessen. Sie saßen mit Ajsche zu dritt bei Tisch.

Kaum war er angekommen, hatte Sergejitsch die Neuigkeiten von Witalina mitgeteilt. Dass sie Ajsche abholen würde und dass das Mädchen eine Zeitlang in der Wohnung seiner Frau leben konnte. Achtems Witwe freute sich und begann zu lächeln. Nur ihre Augen blieben traurig und müde.

›Wie können nur zwei so unterschiedliche Gemütsregungen in einem Gesicht Platz haben‹, wunderte sich Sergejitsch, als er sie ansah.

Einen Augenblick später erzählte Ajsylu, dass sie am Morgen nach Bachtschissarai zu Bekir gefahren war. Für dreitausend Rubel hatte sie ihn eine halbe Stunde besuchen dürfen. Bekir sei dünn geworden, und man habe gesehen, dass er geschlagen werde. Er hatte erzählt, dass man ihn zwingen wolle, zur Armee zu gehen. Man habe ihm gesagt, dass er für zwei Wochen nach Hause dürfe, wenn er zustimmte. Aber er mache das um keinen Preis. Dann müsse er ins Gefängnis, wenn er nicht freigekauft würde.

»Aber warum?«, fragte Sergejitsch verbittert. »Ich habe doch eine schriftliche Aussage zu den Kerzen gemacht!«

»Trotzdem beschuldigen sie ihn, eine Kirche ausgeraubt zu haben. Sie sagen, dort wurden nicht nur Kerzen, sondern auch Ikonen und Geld aus dem Opferstock gestohlen. Aber was sollten wir mit Ikonen anfangen?« In Ajsylus traurigen Augen glitzerten Tränen.

»Mit Gottes Hilfe werdet ihr ihn freikaufen!«, versuchte Sergejitsch, sie zu beruhigen.

Ajsylu hatte bereits ihre Tränen weggewischt.

Um sie nicht in Verlegenheit zu bringen, sah Sergejitsch zu Ajsche, die, weder Freude noch Kummer im Gesicht, still dasaß.

›Vielleicht will sie gar nicht nach Winnyzja?‹, dachte er. ›Aber die Entscheidung liegt nicht bei ihr! Nur, was kommt danach? Bleibt Ajsylu ganz allein?‹

Sergejitsch blickte wieder zur Hausherrin. Sie tat ihm leid, aber das wollte er ihr keinesfalls zeigen.

»Würden Sie mir vielleicht ein Gläschen einschenken?«, fragte er höflich.

Ajsylu ging in die Küche, brachte ein schon gefülltes Glas mit und stellte es vor den Gast.

»Auf dass mit Bekir alles in Ordnung kommt!« Sergejitsch erhob sein Glas, trank es in einem Zug aus und sah schuldbewusst zu Ajsylu. Es war ihm unangenehm. »Entschuldigen Sie, aber ohne Trinkspruch geht es nicht …«

»Warum haben Sie so rote Wangen?«, fragte ihn Ajsylu.

»Ich habe mir am Morgen einen Sonnenbrand geholt, weil ich zu lange geschlafen habe.«

»Und wie geht es der Hand?«

Sergejitsch hob die linke Hand und winkte.

»Es hat geholfen! Das Schlafen auf den Bienenstöcken hilft bei vielem.«

»Sie sollten besser am Mittwoch abfahren«, sagte Ajsylu. »Am Mittwoch sind die Schlangen bei der Ein- und Ausreise morgens nicht so lang. Nehmen Sie Ajsche bitte bis zur Grenze mit dem Auto mit, die russische und die ukrainische Kontrolle passiert sie zu Fuß, und Sie lassen sie dann auf der ukrainischen Seite wieder einsteigen. In Ordnung?«

Sergejitsch nickte.

»Ich brauche Hilfe beim Verladen der Bienenstöcke auf den Anhänger«, sagte er nach einer kurzen Pause.

»Serwer und ich werden Ihnen helfen!«, versprach Ajsylu.

In der bereits einsetzenden Dämmerung machte sich Sergejitsch auf den Rückweg zum Bienenstand. Die Geräusche des Dorfes wurden immer leiser, und so versank er in Gedanken über sein Haus, Malaja Starogradowka, Paschka, Petro … Er ging langsam und dachte daran, dass er bald wieder auf bekannten Straßen fahren würde. Er seufzte betrübt, als er sich an die Checkpoints erinnerte, die er bei der Einreise in die graue Zone passieren musste. Er erinnerte sich auch daran, dass ihm Petro auf die letzten zwei oder drei kurzsilbigen SMS nicht geantwortet hatte. Das konnte nur eines bedeuten – dass er nicht mehr unter den Lebenden war. Er war umgekommen! Bei diesem Gedanken breitete sich in Sergejitschs Brust ein Gefühl der Schwere aus, das seinen Atemrhythmus aus dem Takt brachte und den Anstieg schwer und ermüdend machte. Da schob er die Gedanken an Petro zur Seite und begann, über Paschka nachzudenken. Seine Atmung normalisierte sich, und das Gehen fiel ihm leichter. Er genoss den Blick auf das in Lichter getauchte Albat, in dem sich natürlich verschiedene Dinge zutrugen, gute wie schlechte. Aber dort ging das Leben einfach, normal und friedlich seinen Gang, woran er sich hätte gewöhnen können.

Auch in Malaja Starogradowka ging das Leben seinen Gang! Für ihn war es normal und alltäglich, weil er sich daran gewöhnt hatte. Ja, sie lebten dort nur zu zweit, er und Paschka. Ja, es gab keine Geschäfte mehr und auch keine Post. Es gab kein frisches Brot, es sei denn, Paschkas Separatisten-Freunde brachten welches aus Karusselino mit, oder Paschka holte es selbst dort. Es war jetzt allerdings nicht mehr so lecker wie früher! Trotzdem ging das Leben weiter seinen Gang und strömte wie ein Fluss dahin. Es konnte ja nicht anders, bis es irgendwann in den Tod mündete?!

Sergejitsch erinnerte sich an Malaja Starogradowka vor dem Krieg, als in den Fenstern der Hütten und Häuser das Licht brannte. In seinen Gedanken verlegte er das Dorf sogar hierher, auf die Krim! Er stellte es an die Stelle des

Bienenstands und seines Zelts. Jetzt war ihm, als würde er aus Albat direkt in sein Heimatdorf gehen, was sich sehr angenehm anfühlte, vor allem, weil der Weg von Albat nach Malaja Starogradowka nun so kurz war! ›Warum auch nicht‹, dachte er. ›Dort, wo ich bin, ist auch Malaja Starogradowka! Ich bin hier, also ist es ebenfalls hier!‹

Sergejitsch hörte das Brummen eines Motors hinter sich. Er drehte sich um und erblickte zwei Scheinwerfer.

Er ging zur Seite, zu den Weingärten, um dem Auto Platz zu machen, obwohl er an der Notwendigkeit zweifelte, denn hinter dem kleinen Vorsprung endete doch der Feldweg und verwandelte sich in einen Pfad! Das Auto fuhr also zum Vorsprung. Etwa zu ihm?

Bald darauf war das Auto auf gleicher Höhe mit ihm. Es war der Kleinbus mit dem Militärsymbol an der Tür.

»He, stehen bleiben!«, rief Sergejitsch aufgeregt. »Hier bin ich!«

Der Kleinbus hatte bereits von selbst angehalten, und das Fenster in der Tür der Fahrerkabine war heruntergelassen. Heraus sah Iwan Fjodorowitsch, dessen Gesicht ruhige Neugier ausstrahlte.

»Sergej Sergejitsch?«, vergewisserte er sich.

»Ja!« Sergejitsch trat zur Autotür. »Bringen Sie die Bienen zurück?«

Iwan Fjodorowitsch nickte.

»Würden Sie mich vielleicht mitnehmen?«

»Das geht nicht, wir haben geheime Ausrüstung im Auto. Wir warten oben auf Sie!«

Sergejitsch hastete dem Kleinbus hinterher. Seine Atmung kam wieder aus dem Takt, es war ihm einfach nicht möglich, sie an einen schnelleren Gang anzupassen. Als er schließlich das Zelt erreichte, standen Iwan Fjodorowitsch und der Bienenexperte Wassili Stepanowitsch beim Kleinbus und rauchten.

»Also?«, fragte Sergejitsch. »Ist alles in Ordnung? Sind meine Bienen gesund?«

»Ja, man kann sagen, dass sie gesund sind«, antwortete Iwan Fjodorowitsch. »Wir rauchen zu Ende, dann stellen wir sie auf ihren Platz.«

»Wollen Sie vielleicht einen Tee?«, bot Sergejitsch an, der sich über die Rückkehr der Bienen freute und diese Freude teilen wollte.

»Das ist nicht nötig, wir haben wenig Zeit. Und bis Sie das Feuer entfacht haben … Nein danke!«

Als die beiden fertiggeraucht hatten, holten sie den Bienenstock aus dem Bus heraus und stellten ihn ins Gras.

»Kommen Sie mit, ich zeige Ihnen, wo Sie ihn hinstellen sollen!«, rief Sergejitsch ihnen zu.

»Wo sind die anderen Bienenstöcke?«, fragte der Bienenexperte verwundert, als sie den »dritten« Bienenstock an seine frühere Stelle zurückbrachten.

»Ich habe sie zu einer Liegebank zusammengestellt«, sagte Sergejitsch und zeigte in Richtung des Feigenbaums. »Ich schlafe jetzt auf ihnen, zu Behandlungszwecken. Mein linker Arm hat mir nicht gehorcht, aber jetzt kann ich wieder eine Tasche tragen.«

»Was Sie nicht sagen«, meinte Iwan Fjodorowitsch ungläubig. »Darf ich es probieren?«

Sie gingen zu dritt zur Liegebank. Wassili Stepanowitsch zündete sich eine Zigarette an, Iwan Fjodorowitsch kletterte auf die zusammengestellten Bienenstöcke und legte sich auf den Rücken.

»Ziemlich hart«, seufzte er.

»Ich lege mir immer etwas unter«, erklärte Sergejitsch.

Iwan Fjodorowitsch erstarrte, als lauschte er mit seinem Rücken dem Leben der Bienen unter sich.

»Wie ist es?«, fragte Wassili Stepanowitsch neugierig.

»Interessant.«

»Wir müssen fahren.« In Wassili Stepanowitschs Stimme lag ein Hauch von Ungeduld.

»Ja, ja.« Iwan Fjodorowitsch sprang von der Liegebank. »Fahren wir!«

Sergejitsch hörte noch ein oder zwei Minuten den Lärm des sich entfernenden Motors, dann wurde es still. Es trat eine friedliche Stille ein, mit ihrem Geraschel, mit ihrem kaum hörbaren Echo der vom sanften Wind zerstreuten Geräusche des vergangenen Tages.

Sergejitsch holte den Schlafsack aus dem Zelt und breitete ihn auf der Liegebank aus. Dann ging er zum zurückgebrachten »dritten« Bienenstock, öffnete den Deckel und horchte hinein. Drinnen war es ungewöhnlich still, als würden die Bienen regungslos den Atem anhalten. Er wollte hineinleuchten und nachsehen, aber dann hätten sich die Bienen noch mehr erschreckt.

Sergejitsch griff mit der Hand hinein und öffnete das Flugloch an der Vorderwand, damit die Bienen hinauskonnten. Dann schloss er sorgfältig den Deckel und ging gemächlich zu seiner Liegebank. An der Innenseite der rechten Hand, mit der er in den Stock gegriffen hatte, spürte er immer noch die Wärme der Bienen.

67

Als Sergejitsch aufwachte, lag er eine Weile da, ohne Zeit oder Raum wahrzunehmen, als wäre er allein auf der Welt. Er lauschte den Vögeln und Bienen und ließ sich Zeit, die Augen zu öffnen. Dann aber kletterte er von seiner Liegebank und ging als Erstes zum »dritten« Bienenstock, um zu überprüfen, was sich dort tat.

Im »dritten« Bienenstock tobte gewissermaßen das Leben, was auch verständlich war, da die Bienen mit den ersten Sonnenstrahlen aufstanden und zu arbeiten begannen. Auch jetzt landeten sie auf den Anflugbrettern und lieferten den Blütenstaub an ihren Beinchen in ihrem gemeinsamen Betrieb ab. Sie landeten mit Mühe, manchmal unbeholfen, und schubsten ihre Brüder und Schwestern zur Seite, die am Flugloch trödelten.

Dieses Treiben auf dem Anflugbrett vor dem Eingang faszinierte Sergejitsch immer. Er konnte ohne Probleme auch eine halbe Stunde lang das Leben auf dem Bienen-Flugplatz beobachten. Manchmal war ihm, als könnte er einzelne Bienen schon am »Gesicht« erkennen. Und manchmal war es, als würden sie ihm einen richtigen Film zeigen. So wie jetzt, als mehrere Drohnen, die geschwächt waren und sich nicht wehren konnten, weil die Wächterbienen sie nicht zum Futter ließen, aus dem Flugloch auf das Anflugbrett hinausgestoßen wurden. Die Drohnen krabbelten nicht aus dem Bienenstock und krochen auch nicht, sie fielen geradezu heraus. Ihnen hinterher kamen kräftige Wächterbienen, von der Richtigkeit ihres Handelns und ihrer Stärke überzeugt, und drängten die Drohnen an den Rand des Anflugbretts. Wie kleine geflügelte Bulldozer schubsten sie die Drohnen bis zum Rand, dann fielen diese ins Gras.

›Das bedeutet ihren Tod‹, dachte Sergejitsch ohne besonderes Mitleid. Aber so war das eben, für sein Vergnügen musste man bezahlen. Die einen Bienen flogen herum, sammelten Blütenstaub, bauten Waben und lebten vor sich hin wie das Proletariat, tagein, tagaus, von der Geburt bis zum Tod. Die anderen Bienen waren noch gar nicht ausgewachsen, da ging es schon ab ins Bett der Bienenkönigin, und dort brachten sie ihr gesamtes kurzes Leben wie in einem Bordell zu: von morgens bis abends körperliche Freuden. Das hatte wenigstens einen Nutzen für die Familie, einen Sinn! Aber welchen Respekt sollte eine Arbeiterin vor einer Drohne haben? Selbst wenn sie ihr Vater war? Keinen! Deshalb jagten sie sie auch davon, bevor es kalt wurde, um nicht umsonst Honig und Sirup für die Schmarotzer zu verschwenden! Irgendwann würde die Bienenkönigin dann wieder neue Schmarotzer und Arbeiterinnen zur Welt bringen.

Die Weisheit der Natur – das war es, was Sergejitsch begeisterte. Überall, wo sich für ihn die Weisheit der Natur zeigte, verglich er sie mit dem Leben der Menschen und kam zu dem Schluss, dass die Menschen einpacken konnten.

Eine Drohne, die ins Gras gefallen war, bewegte sich bereits nicht mehr. Man hatte sie offenbar schon lange nicht mehr zum Futter gelassen! Auch ihre kräftige Farbe hatte sie verloren und war grau geworden.

Sergejitsch ließ die Bienen allein. Er frühstückte schnell und beschloss, seine Sachen in den Kofferraum zu packen.

Unter die Rückbank stellte er die Gläser mit dem Honig. Sein Blick fiel auf die leeren Benzinkanister, die er näher zur Tür stellen musste, damit er sie an der Tankstelle gut erreichen konnte!

Als Sergejitsch mit dem Räumen fertig war, machte er sich über das Bienenwachs Gedanken. Es war zwar ein wenig Wachs über den Sommer zusammengekommen, aber dieses verunreinigte, ungesäuberte, mit Deckelwachs vermischte Wachs würde niemand gegen sauberes Bienenwachs eintauschen. Er musste also Bienenwachs kaufen, denn worauf sollten die Bienen sonst ihre neuen Waben bauen?

Er wollte Ajsylu nicht behelligen. Sie traf sicher die Vorbereitungen für Ajsches Reise. Es musste schwer für sie sein, denn sie war dann allein! Und wer wusste, ob Bekir nach Hause zurückkehrte!

Sergejitsch beschloss, zum Dorfladen hinunterzugehen und die Verkäuferin zu fragen. Die Verkäuferinnen in solchen Geschäften konnten mehr Fragen beantworten als jedes Auskunftsbüro.

Er schloss das Auto mit dem Schlüssel ab, dann lachte er leise vor sich hin, als er die eingeschlagenen Scheiben sah.

Er ging nach Albat hinunter in den Laden.

»Hat hier im Dorf irgendjemand Bienen?«, fragte er die Verkäuferin, der ohne Kunden langweilig war.

»Natürlich!«, antwortete sie lebhaft. »Mein Mann! Brauchen Sie Honig?« In ihrer Stimme schwang Hoffnung mit.

»Nein, Honig habe ich selbst. Ich brauche Bienenwachs, ich weiß nur nicht, wo ich es im Dorf kaufen kann. Ich bin nicht von hier!«

»Ich weiß, dass Sie nicht von hier sind«, seufzte die Frau,

ohne sich zu verstellen. »Mit den Tataren sind Sie befreundet, die orthodoxen Christen meiden Sie! Sie sind wahrscheinlich zum Islam konvertiert, richtig?«

»Aber woher denn!«, wies Sergejitsch diese Vermutung zurück. »Ich bin nirgendwohin konvertiert.«

Die Verkäuferin hörte ihm allerdings nicht recht zu, sie telefonierte schon mit dem Handy.

»Schora, der Mann, der die Gesellschaft der Tataren vorzieht, braucht irgendwas. Na der, der über den Weingärten im Zelt wohnt! Sprich selbst mit ihm!«, sagte sie ins Telefon und streckte es Sergejitsch hin.

Es stellte sich heraus, dass Schora pragmatisch und zu einem schnellen Verkauf bereit war. Sie einigten sich über den Preis, und Sergejitsch wartete direkt im Laden auf ihn, um danach mit fünf Dutzend Mittelwänden aus Bienenwachs auf seinen Berg zurückzukehren.

Während er wartete, unterhielt er sich mit der Verkäuferin. Er hatte auch gar keine Wahl, denn sie war sehr zum Plaudern aufgelegt.

»Wie ist es so bei euch in Donezk? Die Preise sind bestimmt sehr hoch?«

»Ich bin nicht aus Donezk«, erklärte ihr Sergejitsch. »Ich wohne im Dorf. Wir haben keine Preise, weil es keinen Laden gibt. Da, wo es Geschäfte gibt – in unserer Nachbarschaft in Karusselino gibt es eines –, da sind die Preise hoch.«

»Und wird bei euch geschossen?«

»Geschossen wird bei uns, aber eher über uns hinweg …«

»Ihre Tataren werden umgesiedelt«, wechselte die Verkäuferin plötzlich das Thema. »Die mögen uns nicht.«

»Was soll das heißen? Mir zum Beispiel helfen sie!«

»Sie, das sind nicht wir. Wir sind Russen, und sie respektieren unsere Staatsmacht, die russische, nicht. Wahrscheinlich zwingt man sie, in ihr Usbekistan und die anderen ›-stans‹ zurückzukehren! Wären sie bloß dort geblieben, wieso mussten sie auch hierherkommen …«

»Aber es ist doch ihr Land«, erwiderte Sergejitsch vorsichtig.

»Was heißt da ihres!«, regte sich die Frau auf, ohne so recht böse zu werden. »Das Land ist seit jeher russisch, christlich-orthodox! Noch vor den Tataren haben Russen aus der Türkei die Orthodoxie hergebracht. Nach Chersones. Damals gab es noch gar keine Muslime. Die wurden dann von den Türken zusammen mit dem Islam hergeschickt. Als Putin da war, hat er selbst erzählt, dass das hier heilige russische Erde ist!«

»Ich kenne mich mit der Geschichte nicht aus.« Sergejitsch zuckte die Achseln. »Möglich ist alles!«

»Es war so, wie Putin gesagt hat«, wiederholte die Frau. »Putin lügt nicht!«

68

In der Nacht fror Sergejitsch in seinem Schlafsack auf den Bienenstöcken. Er holte die Decke aus dem Zelt, um es wärmer zu haben.

Er wälzte sich eine Weile hin und her, dann döste er wieder ein. Geweckt wurde er gewissermaßen vom Klang der Sonnenstrahlen. Es klangen natürlich nicht die Sonnenstrahlen, sondern das Leben selbst tönte, von der Sonne schon seit zwei Stunden aufgewärmt für den anbrechenden Tag. Auch Sergejitsch hatten die Strahlen im Schlaf aufgewärmt und für den Tag bereitgemacht.

Frisch und munter ging er zum abseits von der Liegebank stehenden »dritten« Bienenstock und erschrak. Auf dem Anflugbrett war nicht eine Biene!

Er öffnete vorsichtig den Deckel und sah hinein. Drinnen war es still und leer, als hätte jemand mit einem Staubsauger alle Bienen herausgesaugt! Sergejitsch sah sich um und lauschte. Von der Liegebank her drang Summen an sein Ohr, und an seinem Gesicht flog eine Biene vorbei.

»So etwas hat ja passieren müssen«, murmelte er bekümmert.

Er sah unter den Bienenstock und ging zur nächsten Ulme. Wieder lauschte er den Geräuschen der Natur. Sein Blick blieb an einem wilden Birnbaum hängen, der neben Achtems Bienenstöcken wuchs. Er ging näher heran und seufzte erleichtert, als er den Schwarm vertraut im Chor summen hörte.

»Hierher habt ihr euch also verzogen«, flüsterte er.

Die Freude darüber, dass er die verschwundenen Bienen entdeckt hatte, wurde allerdings von Besorgnis abgelöst.

»Wie bringe ich sie denn zurück in den Bienenstock? Mit bloßen Händen?« Sergejitsch war ratlos. »Ich habe weder eine Leiter noch eine Schwarmkiste!«

Er sah zum Bienenschwarm, der dichtgedrängt am Stamm des Birnbaums saß. Vom Boden bis zu den Bienen waren es etwas mehr als zwei Meter. Wenn er doch nur etwas zum Draufsteigen hätte! Sergejitsch wusste, dass er sich beeilen musste, solange die Bienen noch nicht weggeflogen waren. Es war schon seltsam, und er fragte sich, warum alle ausgerissen waren. Normalerweise blieb eine Hälfte des Volks im Bienenstock, die andere Hälfte flog mit einer jungen Bienenkönigin davon. Das war dann der Fall, wenn die Familie zu groß und es den Bienen zu eng wurde! Aber diesen Bienen war es nicht zu eng! Das hätte er bemerkt!

Mehrere Bienen kamen aus unterschiedlichen Richtungen zum Schwarm geflogen und begannen, neben ihm zu »tanzen«.

›Das sind Kundschafter‹, begriff Sergejitsch. ›Sie erzählen, wo sie hingeflogen sind und was das für ein Ort ist, den sie für den Umzug gefunden haben!‹

Sergejitschs Blick wanderte zum Haselnussstrauch, hinter dem Achtems kleiner Schuppen mit allerlei nützlichem Werkzeug für die Imkerei stand. Dort gab es sicherlich einen Wasserzerstäuber und eine Schwarmkiste, denn das Schwärmen war etwas Normales, das von Zeit zu Zeit vorkam.

Sergejitsch erinnerte sich daran, dass er schon mehrmals den Schlüssel des Schuppens gesucht hatte, den er am Tag seiner Ankunft von Ajsylu erhalten hatte. Wo konnte er ihn nur hingesteckt haben! Es war zum Verzweifeln! Er hatte ja auch die Handgranate, die ihm Petro geschenkt hatte, irgendwo hingelegt und vergessen. Und jetzt konnte er den Schlüssel nicht finden! Aber wenn er sich nicht beeilte, flog der Schwarm davon!

Er ging zum Schuppen und sah sich das Vorhängeschloss näher an.

Er nahm es von unten in die Hand, rüttelte daran, dann zog er das Schloss mit Bügel, das durch zwei Ösen gesteckt war, zu sich. Die kleine Tür quietschte, aber die Ösen saßen fest im Holz.

»Was soll ich nur machen? Was soll ich nur machen?« Sergejitsch wurde nervös.

Er rüttelte noch mal am Schloss, dieses Mal stärker und mit beiden Händen. Wieder gaben die Ösen nicht nach, Sergejitsch schien es sogar, als hätten sie das Schloss zu sich gezogen und ihm Widerstand geleistet.

Er ging hastig um den Schuppen herum, sah dabei auf den Boden und suchte verzweifelt nach etwas Passendem, um die Tür zu öffnen.

Da hatte er eine Eingebung. Warum war ihm nicht früher eingefallen, womit er die Tür öffnen konnte?!

Er rannte zur Feuerstelle, zog das eiserne Dreibein aus der Erde und kehrte zum Schuppen zurück.

Die Beine des Gestells waren robust und aus Armierungseisen. Solche Dreibeine konnte man nicht im Laden kaufen! Sie wurden von befreundeten Schweißern hergestellt und dann verschenkt oder verkauft.

Sergejitsch steckte eines der Beine durch die Ösen des Schlosses und zog mit aller Kraft daran. Der Hebel funktionierte, das Schloss wurde mitsamt den Ösen aus der Tür gerissen. Die Tür sprang von selbst auf, und zu seiner Freude entdeckte Sergejitsch auf einen Blick alles, was er brauchte: eine Leiter, die an der hinteren Wand des Schuppens lehnte, einen Wasserzerstäuber aus Plastik, zwei Imkerpfeifen, die er jetzt nicht benötigte, eine Entdeckelungsgabel für die Waben und, was das Wichtigste war, eine runde Schwarmkiste mit Deckel!

›Nur womit soll ich sie da hineinbekommen?‹, dachte er.

Doch da griff seine Hand zum langen Stiel der Kehrschaufel. ›Mit der geht es. Wahrscheinlich liegt sie auch genau dafür hier! Achtem wird ja wohl nicht das Gras gekehrt haben!‹

Der Bienenschwarm auf dem Stamm des Birnbaums summte lauter als zuvor, als würden Tausende Bienen ihre Flügel vor dem Abflug aufwärmen.

»Nein«, sagte Sergejitsch entschlossen. »Das schafft ihr nicht!« Er nahm den Wasserzerstäuber zur Hand, der mit Wasser aus seiner Plastikflasche gefüllt war, und begann, die Bienen von unten zu besprühen. Tropfen fielen auf die Bienenflügel und machten sie schwer, in der Luft glitzerte das zerstäubte Wasser in der Sonne. Das Summen wurde leiser.

Obwohl Sergejitsch wusste, dass jetzt niemand mehr irgendwohin fliegen würde, bespritzte er die Bienen so lange mit Wasser, bis der Zerstäuber leer war. Erst danach lehnte er die Leiter an den Baumstamm und stieg zwei Sprossen hinauf. Die Schwarmkiste klemmte er zwischen Baumstamm und Bauch und begann, mit dem Schaufelstiel den Schwarm vom Baum zu schütteln. Zwei große, zitternde Bienentrauben fielen in seine Kiste. Am Stamm blieben weniger als hundert Tiere zurück, aber jetzt war der Schaufelstiel nicht mehr vonnöten, denn die restlichen Bienen krabbelten von selbst nach unten zur Schwarmkiste. Sie beeilten sich, weil sie Angst hatten, ohne den Schwarm und ohne Bienenkönigin allein zurückzubleiben. Sergejitsch hob die Kiste noch höher, damit sie nicht so weit hinunter mussten. Er verfolgte aufgeregt, wie die letzten Bienen in die Schwarmkiste krabbelten, dann schloss er den leichten, innen mit Stoff überzogenen Deckel. Er nahm die Kiste am Trageriemen und stieg wieder hinunter.

Auf dem Weg zum leeren Bienenstock versuchte er, das Gewicht des Schwarms zu schätzen.

›Das sind nicht mehr als drei Kilo‹, dachte er. ›Warum sollte so ein Schwarm davonfliegen?‹

Sorgfältig kippte er die Bienen zurück in ihr Häuschen. Wegen der Nässe ihrer Flügel fielen sie schwerfällig hinein.

Bevor er den Deckel des Bienenstocks schloss, geriet Sergejitsch ins Grübeln. Etwas kam ihm seltsam vor. Er beugte sich noch mal zu den Bienen.

›Sie sehen grau aus‹, dachte er. ›Vielleicht, weil sie nass sind?‹

69

Bei jeder Lenkbewegung spürte Sergejitsch Schmerzen in der Schlüsselbeingegend. Er blickte immer wieder zu Ajsche, die neben ihm saß und ebenfalls nicht ausgeschlafen hatte, aber nicht deshalb unglücklich aussah. Durch die eingeschlagene Frontscheibe bliesen ihnen kühle, belebende Windböen ins Gesicht. Die helle Morgensonne schien und beleuchtete den Himmel hoch über ihnen, war aber selbst noch nicht zu sehen. Es fehlte nicht viel, und sie würde hinter den Bergen hervorlugen und ihre Strahlen auch ins Tal herunter zu ihnen und auf die Straße schicken.

›Gut, dass es ohne Tränen abgegangen ist‹, dachte Sergejitsch und blickte aus den Augenwinkeln ein weiteres Mal zu Ajsche hinüber.

Bis Bachtschissarai waren Ajsylu und Serwer hinter ihnen hergefahren. Beim Verlassen der tatarischen Hauptstadt hatten sie gehupt, damit Sergejitsch anhielt. Ajsylu umarmte ihre Tochter ein letztes Mal, drückte sie an sich und flüsterte ihr hastig etwas zu. Serwer blieb währenddessen in seinem Auto sitzen, Sergejitsch hingegen stieg aus. Er sah zu Mutter und Tochter. Ajsylu trug ein langes, dezentes schwarzes Kleid, das mehr einem Kittel glich, die Tochter trug Jeans und einen dunkelgrünen Pullover über einem schwarzen Shirt, dessen Rollkragen fast bis zum Kinn reichte.

Zum Abschied nickte Achtems Witwe Sergejitsch zu und bedeutete ihm damit, dass er fahren könne. Dann sah sie zum Anhänger mit den Bienenstöcken und wiegte bedenklich den Kopf.

Sergejitsch verstand ihren Blick – am Abend zuvor hatten er und Serwer die Bienenstöcke auf den Anhänger gehoben, wobei sich von dem Bienenstock mit der Kerbe das unterste Brett der betroffenen Wand gelöst hatte. Sergejitsch hatte es in Ordnung gebracht, das Brett wieder an seinen Platz gedrückt und überprüft, ob kein Spalt zurückgeblieben war, damit die Bienen nicht wegflogen.

Die Straße war kurvig, und manchmal kamen ihnen schnell fahrende Autos entgegen, auch mit Kennzeichen aus der Ukraine und sogar aus Donezk und Luhansk. Wenn Sergejitsch auf dem Kennzeichen die Buchstaben seiner Region entdeckte, versuchte er immer, ins Innere des vorbeifahrenden Autos zu sehen. Ganze Familien mit Kindern fuhren in Richtung Meer.

Bekir fiel ihm ein, der ihm schließlich das Schwarze Meer doch nicht gezeigt hatte. Er seufzte vor Bedauern – Bedauern über Bekirs Schicksal und das nicht gesehene Meer.

Wieder blickte er aus den Augenwinkeln zu Ajsche. Er wollte sie beruhigen, wusste aber nicht, wie. Er sah nach hinten zu dem grünen Koffer, der ganz oben zwischen seinen Sachen und der Wagendecke steckte.

›Sie steigt ja früher aus, um zu Fuß zur Passkontrolle zu gehen‹, dachte er. ›Ihr Rucksack da auf der Rückbank ist auch nicht gerade klein. Dann soll sie auch noch den Koffer tragen? Vielleicht wäre es besser, wenn sie ihn einfach im Auto lässt? Vielleicht beachten ihn die Zöllner gar nicht? Aber wenn doch? Wenn sie befehlen, ihn zu öffnen? Und dann sind Frauensachen darin ...‹

Die Straße bog nach rechts ab und mündete in die Fernstraße von Sewastopol nach Simferopol.

Sergejitsch sah sich zum Anhänger um. Der beschädigte Bienenstock fiel ihm ein, deshalb beschleunigte er jetzt nicht.

»Willst du etwas essen?«, fragte er das Mädchen.

»Nein«, antwortete sie. »Später. Nach der Grenze. Bis dahin ist das Essen noch warm!«

»Warm?«, wiederholte Sergejitsch verblüfft.

Da erinnerte er sich daran, dass auf der Rückbank neben dem Rucksack eine Tüte mit Samsa lag.

»Na gut.« Sergejitsch nickte und wollte wieder aufs Gaspedal treten. Er wollte schneller an der Grenze ankommen, er wollte in das heiße, saftige Samsa beißen.

Sie ließen den Wegweiser nach links zum Flughafen hinter sich und fuhren weiter nach Dschankoj.

»Hast du auch deinen Pass nicht vergessen?«, wandte sich Sergejitsch an Ajsche, als sie die Vororte von Simferopol passiert hatten.

Sie schüttelte den Kopf.

Sergejitsch war nicht ganz wohl in seiner Haut, als sie sich eine Stunde später der Grenze näherten. Sie fuhren an einer Kolonne von Militärautos vorbei, die am Straßenrand standen, zwei davon hatten abgedeckte Geschütze angehängt.

Als Ajsche die Kolonne sah, erstarrte sie, die Anspannung war ihr ins Gesicht geschrieben. In ihren Augen lag Angst. Sergejitsch trat aufs Gas, um schneller an den russischen Soldaten vorbeizukommen. Etwa drei Minuten später verringerte er die Geschwindigkeit wieder, da ihm der Bienenstock einfiel, der unterwegs auseinanderfallen konnte.

Vor ihnen tauchte über der Straße die silberfarbene Überdachung auf, die Sergejitsch schon kannte. Automatisch trat er mit dem Fuß auf die Bremse.

Er hielt am Straßenrand und sah Ajsche fragend an, die sofort verstand. Sie stieg aus, holte ihren Rucksack von der Rückbank und setzte ihn auf.

»Soll ich den Koffer mitnehmen?«, fragte sie.

»Ist er schwer?«

»Er hat Rollen.«

»Dann nimm ihn lieber mit«, bat Sergejitsch.

Im Weiterfahren sah er sich um. Ajsche war bereits losgegangen und rollte den kleinen grünen Koffer hinter sich her. Mühelos schritt sie dahin, ihr Gesicht aber wirkte wie versteinert, als ginge sie auf eine Beerdigung oder einem unausweichlichen Unglück entgegen.

Vor Sergejitsch standen etwa fünfzehn Autos. Die Schlange bewegte sich vorwärts, und da sah er Ajsche wieder. Sie stand bei den Fußgängern an, die die Grenze überqueren wollten. Ohne sich umzublicken, ging sie vorbei, zu den Schalterfenstern für die Passkontrolle der Fußgänger.

Als Sergejitsch unter der Überdachung des Kontrollpunktes ankam, zog er seine Ausweispapiere hervor und ging selbst leicht nervös zum Schalterfenster.

»Warum haben Sie die Migrationskarte derart zerknittert?«, fragte ihn der russische Grenzbeamte vorwurfsvoll, der das im Pass gefundene Blatt auseinanderfaltete.

Auf das Gesicht des Beamten trat ein Ausdruck von Besorgnis. Seine Lippen bewegten sich lautlos, als zählte er in Gedanken oder als murmelte er vor sich hin. Dann schüttelte er den Kopf und sah den Besitzer des Ausweises an.

»Neunundachtzig Tage!«, sagte er. »Sie haben sich maximal bei uns erholt! Russisch eben!!! Sogar einen Sonnenbrand haben Sie sich geholt!« Der Grenzbeamte hatte Sergejitschs rote, wettergegerbte Wangen bemerkt.

Plötzlich tauchte jemand in Zivil hinter dem Beamten auf. Er beugte sich zum Fenster, warf einen flüchtigen Blick auf Sergejitsch, dann legte er seine Hand auf die Schulter des Beamten. Der hob den Kopf, stand sofort von seinem Stuhl auf, und gemeinsam gingen sie weg.

Sergejitsch wurde nervös. Er holte sein Handy heraus und sah auf die Uhr.

Hinter dem Schalterfenster tauchte wieder das Gesicht des Grenzbeamten auf.

»Fahren Sie das Auto auf den Abstellplatz! Es kommt gleich jemand zu Ihnen!«, sagte er.

Sergejitsch machte für den Nächsten in der Autoschlange Platz und fuhr zu der angewiesenen Stelle. Er blieb hinter dem Lenkrad sitzen, voll Sorge und Ungewissheit. Er erwartete nichts Gutes von dieser Verzögerung. Sie hatten ihm seinen Pass und seinen Führerschein abgenommen. Wer war er jetzt? Ein Niemand. Ohne Ausweispapiere, ohne Führerschein.

Er erinnerte sich an den Abstellplatz neben der Straße, auf den sie ihn bei der Einreise auf die Krim geschickt hatten. Damals hatte sein Aufenthalt auf diesem Platz damit geendet, dass die Journalisten gekommen waren und ihm Geld für die Reparatur des Autos gegeben hatten.

Sergejitsch sah sich um und betrachtete sein »Cabriolet«, in dem man beim Fahren mehr Wind spürte, als in der Natur vorhanden war.

Ja, er hatte es nicht repariert. Ja, von dem damaligen Geld war nichts übrig! Ein paar Rubel hatte er noch in der Tasche, aber die meisten hatte er für Benzin ausgegeben, weil er drei Kanister damit gefüllt hatte. Benzin war besser als Geld.

Es mochten fünfzehn lange Minuten gewesen sein, in denen Sergejitsch Gedanken durch den Kopf gingen, die nirgendwo hinführten. Sie machten das Warten darauf, dass sein Schicksal entschieden würde, erträglicher. Dann kamen zwei Zöllner und ein Mann im Kampfanzug mit einem Hund zu seinem Auto. Einer der beiden Zöllner hatte Sergejitschs Ausweispapiere in der Hand, der Mann im Kampfanzug führte seinen Hund um den Anhänger.

Der Zöllner mit den Ausweispapieren studierte das Kennzeichen des Autos, dann die alten, abgegriffenen Fahrzeugpapiere.

»Wie hat man Sie denn einreisen lassen?«, fragte er.

Sein unzufrieden verzogenes Gesicht drückte gleichzeitig Kritik und Arroganz aus.

»Wohin?«, fragte Sergejitsch bestürzt.

»Nach Russland, auf die Krim!«, erwiderte der Zöllner mit kühler, leicht scheppernder Stimme. »Sie haben einen sowjetischen Führerschein und sowjetische Autopapiere! Selbst das Kennzeichen ist sowjetisch! Wenigstens der Pass ist nicht sowjetisch! Leben Sie etwa immer noch in der UdSSR?«

Da er keine schnelle Antwort parat hatte, zuckte Sergejitsch die Achseln.

»Es hat niemand etwas gesagt«, murmelte er hilflos. »Niemand hat gesagt, dass ich sie erneuern soll. Ich war immer damit unterwegs.«

»Wo waren Sie damit unterwegs? In der Ukraine?«

»Bei mir, im Donbass.«

Der Zöllner schüttelte verwundert den Kopf, aber in seinen Augen blitzte in diesem Augenblick Gutmütigkeit auf. Sergejitsch konnte in seinen Augen einen Moment lang Mitleid erkennen.

In den Händen des zweiten Zöllners erschien ein schwarzer Stiel mit einem nach oben zeigenden Spiegel daran. Mit Hilfe des Spiegels kontrollierte er die Unterseite des Autos, dann wandte er sich plötzlich an Sergejitsch.

»Sie werden bald mit den Füßen bremsen!«, sagte er. »Mit einem solchen Auto darf man nicht auf der Straße fahren! Sie müssen den Unterboden schweißen!«

»Ja, natürlich, das werde ich!« Sergejitsch nickte eingeschüchtert. »Bestimmt! Ich lebe in der grauen Zone ... Da ist das mit der Autoreparatur nicht so einfach ...«

Als er die graue Zone erwähnte, blickten die Zöllner Sergejitsch schweigend an. Auch der Hundeführer wandte sich zu ihm, sein Schäferhund hörte auf, den Anhänger mit den

Bienenstöcken zu beschnüffeln, und drehte sich ebenfalls um.

»Laut Vorschrift muss bei uns jeder Fahrer den Kofferraum für die Kontrolle leerräumen«, sagte daraufhin der zweite Zöllner beiläufig. Dann blickte er zu den Bienenstöcken.

Sergejitsch resignierte.

›Es ist so viel, was ich aus dem Auto räumen muss!‹, dachte er. ›Und wenn sie den Honig sehen, werden sie mir Schwierigkeiten machen!‹

»Schauen wir uns die Bienenstöcke an?«, fragte der zweite Zöllner den ersten.

Der drehte sich zu den Autos um, die unter der Überdachung standen, und seine Augen begannen, beim Anblick einer großen Dachgepäckbox zu leuchten, unter der ein wie für den Verkauf gewienerter weißer Land Rover Discovery mit Kiewer Kennzeichen blitzte.

»Nein, das machen wir nicht«, antwortete er. »Soll er doch selbst seine Bienen nachzählen! Schau, wie viel Arbeit noch auf uns wartet!« Er deutete mit dem Blick auf den Geländewagen.

Schweigend hielt er Sergejitsch die Ausweispapiere hin.

»Gute Fahrt!«, wünschte er trocken. »In der Pufferzone ist das Anhalten verboten!«

Der abrupte Wechsel der Emotionen ließ Sergejitsch so sehr husten, dass er ein Stechen im Herzen verspürte. Er setzte sich ans Steuer und verstaute den Pass und die Fahrzeugpapiere im Handschuhfach, er würde sie ja bald wieder brauchen.

Langsam fuhr er durch die Pufferzone und überholte

Reisende, die zu Fuß unterwegs waren. Er betrachtete sie und dachte an Ajsche. Sie musste auch hier irgendwo sein. Oder war sie vielleicht schon bei der ukrainischen Kontrolle? Warum sollte man sie überprüfen? Wahrscheinlich hatten sie ihren Pass angesehen, einen Blick in den Koffer geworfen, und das war's, schon war der Weg für sie frei!

»Und? Haben Sie sich gut erholt?«, empfing ihn der ukrainische Grenzbeamte sarkastisch. »Mit der Sonne müssen Sie besser aufpassen!«

Auch er hatte den Sonnenbrand auf Sergejitschs Wangen bemerkt.

Die ukrainischen Zöllner kontrollierten das Auto ohne besonderes Interesse.

»Sie transportieren Bienen?«, fragte einer und deutete in Richtung des Anhängers.

»Ja, ich bin ja Bienenzüchter«, erklärte Sergejitsch.

»Bienenfahrer«, korrigierte ihn der gesprächige Zöllner scherzhaft und kassierte dafür sofort einen strengen Blick seines Kollegen. Er hörte auf zu lächeln und sagte nichts mehr.

Als er vom Kontrollpunkt Tschongar losfuhr, sah Sergejitsch vor sich eine Menschenmenge und eine Ansammlung von Autos, die hastig und ungeordnet auf beiden Seiten der Straße geparkt worden waren. Er fuhr langsam und hielt nach Ajsche Ausschau. Zum Anhalten gab es keinen Platz, und hinter ihm wurde ungeduldig gehupt.

Vor ihm parkte ein Wolga aus, und Sergejitsch beeilte sich, zu der frei gewordenen Lücke zu kommen. Die war zu klein für sein Auto und den Anhänger, daher stand der Anhänger fast einen Meter in die Fahrbahn heraus, blockierte sie aber nicht.

Sergejitsch ließ das Auto stehen und hastete zurück zur Menschenmenge – zu den Fahrern und denjenigen, die von ihnen abgeholt werden sollten.

Bereits im Näherkommen sah er Ajsche. Sie versuchte, sich durch die Menge zu kämpfen und aus diesem Gewimmel herauszukommen, aber irgendwelche Männer stellten sich ihr förmlich in den Weg. Sergejitsch hatte den Eindruck, dass Ajsche ihn ebenfalls über die Schultern der Männer hinweg sah, so als würde sie hinter einem Zaun hervorlugen.

»Hundert Hrywni bis zum Bahnhof!«, versuchte ein hagerer Mann mit Bart und brauner Jacke aufgeregt, das Mädchen zu überzeugen. »Wir fahren sofort los. Bei mir im Auto sitzen schon drei, es ist nur noch ein Platz frei!«

»In seinem Auto sitzt niemand«, erklärte ein Rivale in Trainingshosen und Polohemd. »Wenn Sie sich in sein Auto setzen, werden Sie warten, bis er noch drei gefunden hat! Aber in meinem sitzen schon zwei!«

Wie ein Eisbrecher schob Sergejitsch die Taxifahrer zur Seite, streckte die Hand aus, packte Ajsche am Arm und brachte sie zum Auto. Genauer, er durchbrach mit ihr die Front der aggressiven Taxifahrer, dann nahm er einfach den Griff ihres Koffers, der auf seinen Rollen über kleine Steine und den Abfall auf der Straße hüpfte, und zog ihn hinter sich her. Ajsche ging neben ihm.

70

Die Schlange am Fahrkartenschalter bewegte sich schnell voran.

»Gibt es noch Plätze nach Winnyzja?«, fragte Sergejitsch.

Eine Frau mit grauen Haaren und violetter Bluse auf der anderen Seite des Fensters hämmerte auf die Tastatur ihres Computers und starrte auf den Monitor.

»Seltsamerweise gibt es welche«, sagte sie, ohne ihren Kunden anzusehen. »Offenbar wurden welche zurückgegeben … Viererabteil, Platz 86, Bett oben. Waggon fünf. Abfahrt in vierzig Minuten.«

»Nehme ich!«, sagte Sergejitsch froh.

»Ihren Pass!«, forderte die Verkäuferin.

Ajsche hielt ihren ukrainischen Pass hin.

»Zweihundertdreiundsechzig Hrywni und vierzig Kopeken!«

Ajsche gab ihr zwei Zweihunderter.

»Wann kommt der Zug an?«, fragte Sergejitsch. »Ich muss Bescheid sagen, damit sie abgeholt wird!«

»Morgen früh um fünf Uhr und vierzig Minuten! Fahrzeit siebzehn Stunden.«

»Doch so viel!«, wunderte sich Sergejitsch.

Als sie hinausgingen, bemerkte er auf Ajsches Gesicht ein Lächeln. Er selbst freute sich auch.

»Bleib in Winnyzja auf dem Bahnsteig stehen! Meine Frau wird dich abholen, sie heißt Witalina«, sagte er hastig, als sie bereits bei Waggon fünf angekommen waren. »Wenn etwas sein sollte, hier ist ihre Telefonnummer …«

Ajsche brachte Koffer und Rucksack in ihr Abteil, dann kam sie noch einmal auf den Bahnsteig.

»Im Zug brauchst du keine Angst zu haben, die Passagiere bei uns sind in Ordnung.« Aus irgendeinem Grund wollte Sergejitsch das Mädchen vor der langen Fahrt beruhigen.

»Im Abteil sind nur Frauen«, teilte sie ihm mit, als wollte sie ihrerseits Sergejitsch beruhigen. »Alles wird gut.«

»Tee, bestelle dir unbedingt einen Tee beim Schaffner! Sie machen Tee! Sie haben immer heißes Wasser!«

Das Mädchen nickte.

»Steigen Sie ein, junge Frau«, sagte eine mollige Schaffnerin, die einer Matrjoschka glich, auf Ukrainisch zu Ajsche.

In den Augen der jungen Tatarin blitzte wieder kurz Angst auf, sie sah Sergejitsch schmerzerfüllt an, als wären sie Verwandte, die mit Gewalt voneinander getrennt würden. Sergejitsch bemerkte gar nicht, wie er das Mädchen umarmte und an sich drückte.

»Also bitte, als wäre es für immer!«, regte sich die Schaffnerin beinahe auf. »Schnell, der Zug wartet nicht!«

»Zug Nummer 86 von Nowoolexijiwka nach Lwiw fährt von Bahnsteig eins ab«, dröhnte es über dem Bahnhof.

Sergejitsch ließ Ajsche los.

Die letzten Waggons schlängelten sich davon, und Sergejitsch blieb allein auf dem Bahnsteig zurück. Es schüttelte ihn, als würde er mit dem Zug fahren und nicht Ajsche. Plötzlich verspürte er Kummer im Herzen. Kummer und Bedauern, als hätte er etwas nicht richtig gemacht, als wäre es seine Schuld, dass der Zug ohne ihn davonfuhr.

»Zum Teufel!«, flüsterte er und rieb sich mit dem Handrücken über die Augen. Er weinte ja.

Er rief Witalina an und teilte ihr die Ankunftszeit sowie die Nummer des Waggons mit. Er beschrieb ihr Ajsche, damit sie sie leichter erkannte.

»Was ist mit dir?«, fragte ihn seine Exfrau besorgt.

»Was soll sein?«

»Deine Stimme zittert! Weinst du etwa?«

»Ich bin müde«, entgegnete Sergejitsch. »Ich habe wenig geschlafen, und an der Grenze haben sie meine Nerven strapaziert …«

Witalina schwieg. Er hörte ihr Schweigen, das von weit her kam, aus Winnyzja, siebzehn Stunden von hier entfernt! Er selbst schwieg auch, weil er nicht wusste, was er noch sagen sollte.

»Und du, kommst du auch?«, fragte sie plötzlich, und ihre Stimme klang liebevoll, wie früher, vor und nach der Hochzeit.

»Ja«, sagte er und erschrak über seine eigene Antwort. »Wahrscheinlich«, fügte er schnell hinzu. »Aber ich muss zuerst nach Hause fahren. Die Baptisten bringen Kohle für den Winter!«

Witalina antwortete nicht.

»Gib Angelina einen Kuss von mir!«, bat Sergejitsch nach einer kurzen Pause. »Ich muss los … Ich rufe an! Bis bald.«

»Bis bald«, verabschiedete sich Witalina.

71

Der Weg nach Melitopol zog sich wie eine gerade Schnur durch die Felder. Sergejitsch wurde immer wieder von der

Sonne geblendet, und seine Augen waren schon müde vom Wind, der ihm ins Gesicht wehte. Am liebsten hätte er sie zugemacht und wäre mit geschlossenen Augen gefahren, damit sie sich von Sonne und Wind erholen konnten. Er blinzelte, gähnte und spürte dabei, wie die fast schlaflose Nacht, das frühe Aufstehen, das nervöse Warten am russischen Kontrollpunkt und überhaupt das Hin-und-her-Gerenne zwischen den Bussen und dem Bahnhof in Nowoolexijiwka jetzt über ihn hereinbrachen wie Tonnen von Kohle in einem Bergwerksstollen und ihn niederdrückten. Er musste sich von dieser Last befreien und schlafen! Auch seine Hände wollten schon nicht mehr am Lenkrad drehen, die Finger waren taub.

Sergejitsch fuhr zusammen und sah nach hinten, um zu überprüfen, ob er niemanden mit seinem langsamen Fahren behinderte. Sein Blick fiel zufällig auf die Tüte, die auf der Rückbank lang.

›Ach du lieber Himmel‹, dachte er erschrocken. ›Sie ist hungrig in den Zug gestiegen!‹

Er bremste und hielt an. Taumelnd stieg er aus und überprüfte, ob der Anhänger mit den Bienenstöcken immer noch fest mit dem Auto verbunden war. Er bemerkte, dass sich am beschädigten Bienenstock das unterste Brett erneut gelöst hatte. Er wollte es mit der Handfläche wieder festdrücken, sah aber, dass eine Biene in den Spalt gekrochen war. Er beugte sich vor, blies die Biene zurück in den Bienenstock und rückte dann erst das Brett zurecht. Doch es löste sich sofort wieder.

Die Sonne brannte vom Himmel, als dächte sie nicht an den bevorstehenden Herbst. Sergejitsch wollte in den Schatten, er hatte Hunger. Er setzte sich wieder ans Steuer und wünschte sich nur noch, einen ruhigen Ort zu finden und sich auszuruhen.

Zwanzig Minuten später zogen Sonnenblumenfelder am Auto vorbei. Sergejitsch sah einen Feldweg und bog vorsichtig ab. Er fuhr langsam, die Sonnenblumen sahen mit ihren gesenkten Gesichtern direkt ins Wageninnere. Es roch nach verbrannten Sonnenblumenkernen.

Sergejitsch lächelte müde. Er wollte genau so, durch die Sonnenblumen, bis zu seinem Haus fahren. Vor ihm tauchte eine Feldwegkreuzung auf, die auch das Wenden erlaubte. Er hielt an, kramte seine Decke heraus und breitete sie über braun gewordenen und auf die trockene Erde niedergedrückten Kohlblättern aus. Dann holte er die Tüte mit dem Essen von der Rückbank, in der es auch eine Flasche mit Ayran, dem salzigen Joghurtgetränk, gab. Er aß alles, was da war, alles, was Ajsylu für zwei Personen eingepackt hatte. Er trank auch die ganze Flasche Ayran aus. Dann legte er sich auf den Rücken und schlief ein. Fast augenblicklich hörte er das Summen von Bienen. Es war laut, nicht fein und zart, wie es bei fliegenden Bienen klang. Im Traum kam dieses Summen aus dem »dritten« Bienenstock, der, aus welchem Grund auch immer, hier jetzt getrennt von den anderen auf dem Feld stand. Aus ebendem Bienenstock, den die FSBler mitgenommen und dann wieder zurückgebracht hatten. Sergejitsch wollte im Traum zu ihm hingehen und herausfinden, warum die Bienen darin so laut summten. Kaum hatte er einen Schritt auf den Bienenstock zu gemacht, hob sich der Deckel der Bienenbehausung, und eine riesige graue Biene, groß wie ein Mensch, kletterte heraus. Sie sah sich um und ging, ohne Sergejitsch zu bemerken, vorsichtig und aufrecht auf zwei kurzen Beinen in Richtung der Sonnenblumen. Es waren allerdings nicht die Sonnenblumen, die in Wirklichkeit um ihn herum wuchsen, sondern üppige, junge Sonnenblumen, die ihre runden Gesichter zur Sonne reckten. Sergejitsch blickte der Biene hinterher, bis sie zwischen den Sonnenblumen verschwunden war. Dann fiel ihm ein, dass er nicht bemerkt hatte, was für Flügel die Biene hatte und ob nicht die an diesem Summen schuld waren.

Das Summen dauerte jedoch an, aus dem Bienenstock kletterte eine weitere Biene, dann noch eine und noch eine. Alle gingen sie der ersten hinterher und verschwanden zwischen den Sonnenblumen. Sie verschwanden, indem sie sich bückten, wie Aufklärer des Militärs, die einen Auftrag ausführten. Irgendwann begriff Sergejitsch, dass sie grau waren, weil sie einen Tarnanzug trugen, vielleicht auch nur einen Regenumhang, auf jeden Fall etwas Militärisches. Sie kletterten aus dem Bienenstock wie aus einem unterirdischen Gang, und alle gingen sie in dieselbe Richtung, in Richtung seines Hauses, in Richtung Malaja Starogradowka.

Sergejitsch erschrak in seinem Traum, kalter Schweiß trat auf seine Stirn.

›Was ist das nur?‹, dachte er. ›Sie haben sie also angeworben! Sie haben sie eingeschüchtert und angeworben. Jetzt sind es nicht mehr meine Bienen, sie dienen nicht mir, und sie gehen auch nicht wegen des Honigs dorthin …‹

In diesem Augenblick kletterte noch eine riesige Biene aus diesem Bienenstock, schloss vorsichtig hinter sich den Deckel, blickte sich um und sah Sergejitsch mit ihren schrecklichen Facettenaugen an. Dabei rührte sie sich nicht, als überlegte sie, ob sie zu ihm gehen oder den anderen folgen sollte.

Irgendwann verschwand auch sie zwischen den Sonnenblumen und ließ Sergejitsch, der im Traum vor Angst zitterte, entgeistert zurück.

Mit schweißnassem Haar wachte er auf, das T-Shirt klebte an seinem Körper.

Lange konnte er sich nicht beruhigen und vernünftig denken.

Schließlich kam er wieder zu sich, stand auf und blickte sich zu dem »dritten« Bienenstock um. Der stand als Letzter auf dem Anhänger, und genau hinter ihm, Wand an Wand, der beschädigte Bienenstock in der Mitte.

Die Sorge um den Bienenstock mit der Kerbe lenkte Sergejitsch von seinem Traum ab. Er kramte eine Tasche mit Werkzeug aus dem Kofferraum hervor. Ein Hammer war nicht darin, dafür griff er nach einem schweren Zündkerzenschlüssel und einer Flachzange.

Mit der Flachzange zog er einen Nagel heraus. Er hielt ihn an eine andere Stelle am Rand des Bretts, schlug mit dem Zündkerzenschlüssel zu und verfehlte. Der Aufsatz löste sich und traf dumpf auf dem Brett auf.

»Entschuldigt«, flüsterte Sergejitsch den Bienen zu. »Ich mach schnell!«

Er schlug noch einmal zu, und der Nagel bohrte sich ins Holz. Dann schlug er ein letztes Mal drauf, nicht fest, um die Bienen nicht zu erschrecken. Da hörte er plötzlich ein seltsames Geräusch hinter dem Brett, hinter der Wand des Bienenstocks, als sei etwas Schweres gegen das Holz gerollt.

Er legte den Zündkerzenschlüssel auf dem Rand des Anhängers ab und dachte nach. Dann beschloss er, in den Bienenstock hineinzusehen. Er kletterte auf den Anhänger, löste den Halteriemen und hob den Deckel an. Die auf den Rähmchen krabbelnden Bienen schob er mit den Fingern zur Seite. Vorsichtig nahm er das Rähmchen heraus, das dem Flugloch am nächsten war. Das Sonnenlicht drang in diesen nun leeren, engen Raum ein und fiel auf etwas Rundes, Grünes. Sergejitsch holte auch das nächste Rähmchen heraus und erblickte eine grüne Handgranate, ebendie, mit der ihn Petro im vorigen Winter besucht hatte. Über die Granate krabbelten Bienen.

Sergejitsch griff in den Stock, zog die Granate heraus und blies die Bienen von ihr. Er wunderte sich darüber, wie warm die Handgranate war!

»Hier warst du also!«, flüsterte er erschrocken.

Er steckte die Granate in die Hosentasche und spürte sofort ihr Gewicht und die unangenehme Rundung. Er hängte die Rähmchen zurück an ihren Platz, schloss den Deckel und zog den Halteriemen wieder fest. Dann sprang er vom Anhänger und griff mit der Hand sofort nach der Granate, deren Wärme er selbst durch die Hose spürte!

Im Auto zog er sie wieder aus der Tasche und legte sie auf den Beifahrersitz. Er dachte an den Soldaten. Was war mit ihm geschehen? War er umgekommen? Verwundet?

Er holte das Handy aus dem Handschuhfach und rief Petro an. Langgezogenes Tuten drang an sein Ohr. Er lauschte ihm eine ganze Weile, dann packte er das Handy wieder weg.

72

Vom Abend wurde Sergejitsch hinter Melitopol eingeholt. Ein paar Militärfahrzeuge kamen ihm entgegen – zwei Schützenpanzerwagen mit einem Panzer auf einem Anhänger, hinter ihnen zwei Ural-Lastwagen und ein grüner UAZ-Geländewagen. Sie kamen aus dem Krieg, das sah Sergejitsch in den Gesichtern der Fahrer. Er selbst fuhr nicht in den Krieg, sondern nach Hause. Es war nicht seine Schuld, dass sein Haus jetzt im Krieg stand. Es stand im Krieg, aber es nahm nicht daran teil. Aus seinem Hof, aus den Fenstern und hinter dem Zaun hervor wurde nicht auf Feinde geschossen, was bedeutete, dass sein Haus keine Feinde haben konnte. Deshalb stand es wahrscheinlich auch noch, unberührt von den Splittern der Raketen und Granaten, die in den letzten drei Jahren mehrmals auf Malaja Starogradowka niedergegangen waren.

›Ich muss mich vor den Checkpoints mit Vorräten eindecken‹, dachte er.

Vor ihm war nur die Straße, gesäumt von Aprikosenbäumen, die am Auto vorbeiflogen. Dahinter lagen auf der rechten Seite Kürbis- und Melonenfelder, auf der linken Seite Bohnenfelder.

›Was soll's, bald kommt irgendein Dorf mit einem kleinen Laden!‹, tröstete sich Sergejitsch.

In Gedanken begann er, Tüten mit Getreide, Nudeln, Keksen auf der Rückbank zu stapeln und auf dem Boden vor der Rückbank Büchsen mit Schmorfleisch und Flaschen mit Sonnenblumenöl.

Er lächelte. Ihm war eingefallen, dass er auch etwas auf den Beifahrersitz legen konnte, genauso wie darunter.

Er warf einen Blick auf den Sitz neben sich, und das Lächeln verschwand von seinen Lippen, als er die Granate sah. Er steckte sie ins Handschuhfach.

Im ersten an der Straße gelegenen Dorf tauschte er bei der Verkäuferin eines kleinen Ladens Honig gegen Lebensmittel ein. Der Tausch verlief einfach und schnell, so wie er es erwartet hatte. Die Verkäuferin verrechnete siebzig Hrywni pro Kilo Honig, und er bekam für mehr als tausend Hrywni Buchweizen, Perlgraupen, Hirse und anderes. Als der Schiguli von dem Laden wegfuhr, ließ er sich schwerfälliger bewegen. Dafür spürte Sergejitsch in diesem Moment im Innersten, wie er in Zukunft satt sein würde. Es gehörte sich und war Aufgabe des Mannes und Ernährers, nicht mit leeren Händen nach Hause zu kommen! Er hatte im Laden sogar eine Palette Eier mitgenommen, die die junge, aber findige Verkäuferin im lila Kopftuch mit einer zweiten Palette abgedeckt und mit Klebeband umwickelt hatte. Jetzt musste er sich ums Essen keine Gedanken mehr machen!

Sergejitsch duckte sich ein wenig, um sich vor dem Wind zu schützen, und blickte auf den Tacho. Dreißig Kilometer pro Stunde war natürlich nicht schnell, aber er fuhr ja mit Anhänger. Deshalb überholten ihn die anderen und hupten nicht verärgert. Sie sahen, dass er eine empfindliche Ladung hatte, doch sie wussten nicht, dass er nicht nur wegen der Bienen langsam fuhr. Auch ohne sie hätte er sich jetzt nicht beeilt. Er wollte nach Hause, aber nicht so sehr, dass er mit wehenden Fahnen unterwegs gewesen wäre. Im Haus wartete ja niemand auf ihn! Im Dorf gab es von allen nur noch Paschka, der wartete natürlich auf ihn! Ihm war langweilig, weil er den ganzen Sommer alleine gewesen war. Obwohl ihn vermutlich die Separatisten aus Karusselino besuchten und er auch zu ihnen ging. Warum sollte man ihn also bemitleiden? Außerdem fuhr Sergejitsch auch wegen der Checkpoints nicht schneller, die plötzlich auftauchen und seine Weiterreise in Warteabschnitte unterteilen würden, wobei nicht klar war, wie lange er dann jeweils warten musste, wie viele dort in der Schlange standen, um den Soldaten Kofferraum und Ausweispapiere zu zeigen.

Sergejitsch bekam schlechte Laune. Der Gedanke kam ihm, dass dies noch kein Weg ohne Umkehr war! Es warteten noch Gabelungen auf ihn! Links oder rechts, hin zum Krieg oder weg vom Krieg, hin zu Frieden und Ruhe.

Da tauchte Galja in seinen Gedanken auf. Es war seltsam, dass sie ihm in dem kleinen Laden nicht eingefallen war, als er bei der anderen Verkäuferin Honig gegen Lebensmittel eingetauscht hatte. Die war ebenfalls behende und geschäftstüchtig gewesen und hatte schnell und geschickt die Kugeln des Abakus hin- und hergeschoben.

Langsam wurde es Nacht, und die entgegenkommenden Autos schalteten die Scheinwerfer ein. Sergejitsch tat dasselbe. Ein weiterer Wegweiser war zu erkennen: Nowobohdaniwka und Wessele nach links, Trojizke und Starobohdaniwka nach rechts.

›Ach, daher! Das ist ja die Abzweigung nach Wessele, zu Galja …‹, begriff Sergejitsch.

Sein Fuß trat von selbst sanft auf die Bremse. Er fuhr an den Straßenrand und stellte den Motor ab. Er stieg aus dem Auto, streckte sich und verspürte Schmerzen in der Schlüsselbeingegend. Das Kreuz tat ihm auch weh.

›Oje, was bin ich für ein Wrack.‹ Er tat sich selbst leid. Wieder fiel ihm Galja ein. Genauso wie ihr Borschtsch und ihr gemütliches Haus. Sollte er vielleicht bei ihr vorbeifahren? Bei ihr übernachten? Er war heute sowieso nicht mehr in der Lage weiterzufahren.

Er dachte nach. Galja war wirklich eine nette Frau. Aber bei ihr vorbeizufahren und zu übernachten war irgendwie nicht richtig. Sie würde falsche Schlüsse daraus ziehen. Sie hatte ihm ja vorgeschlagen, dass er bei ihr wohnte, nicht, dass er nur bei ihr vorbeikam …

Sergejitsch holte sein Handy und rief an.

»Serjoscha?«, hörte er Galjas angenehm überraschte Stimme. »Bist du noch auf der Krim?«

»Nein, ich bin schon abgefahren.«

»Und wohin?«, fragte sie vorsichtig.

»Also«, er zögerte mit der Antwort, »zuerst habe ich die Tochter einer Bekannten in den Zug gesetzt … Und jetzt muss ich nach Hause.«

»Bei uns kommst du nicht vorbei?«

»Weißt du, die Baptisten bringen Kohle für den Winter, aber nur denen, die nicht weggezogen sind …«

»Und dann? Also, wenn sie sie gebracht haben?«

»Ich weiß nicht. Wahrscheinlich. Ich rufe an!«

Erschöpft setzte sich Sergejitsch auf die Erde und stützte sich mit den Händen ab. Er spürte die Wärme des Bodens, die zum Schlafen einlud.

73

Das Licht der Scheinwerfer fiel auf einen Feldweg, der von der Straße abzweigte. Sergejitsch bremste ab und lenkte nach rechts. Zweihundert oder dreihundert Meter weiter blieb er stehen, stieg aus und überprüfte, ob der Anhänger noch fest mit dem Auto verbunden war. Alles war in Ordnung, da setzte er sich wieder ans Steuer, und das Auto fuhr langsam, auf den Unebenheiten des Weges schaukelnd, durch ein endloses Feld. Die Scheinwerfer durchdrangen die Dunkelheit, beleuchteten auch die Umgebung links und rechts ein wenig, aber was dort wuchs, konnte Sergejitsch nicht erkennen. Er konnte es nicht, und er wollte es auch nicht. Seine vom Wind erschöpften Augen tränten.

Irgendwann blieb er stehen, holte seine Decke hervor und legte sie auf den Boden. Darauf rollte er den Schlafsack aus. Diese Nacht wurde wahrscheinlich kälter als die vorangegangene, er fuhr ja nach Nordosten!

Kaum hatte er sich hingelegt, begann er, sich Sorgen zu machen. Er konnte das Auto nicht absperren, und im Handschuhfach lag die Granate. Jeder, der wollte, konnte nachts sowohl ins Auto als auch ans Handschuhfach gelangen und würde dann die Granate finden! Er, der Besitzer des Autos, würde durch die Geräusche aufwachen und hineilen, aber der Dieb hätte die Granate in der Hand und würde sie auf Sergejitsch werfen! Er musste ja nur den Splint ziehen, die Granate werfen und sich zu Boden fallen lassen, so wie sie es in den alten Kriegsfilmen zeigten!

Sergejitsch kroch aus seinem Schlafsack und ging zum

Auto. Er holte die Granate heraus, kehrte zu seinem Schlafplatz zurück und steckte sie unter den rechten Rand der Decke. Erst danach kroch er wieder in den Schlafsack, seine rechte Hand griff von selbst heraus, legte sich um die Granate, und so schlief er ein. Sie verlieh ihm gewissermaßen Ruhe und die Zuversicht, gut zu träumen.

Sein Traum war allerdings seltsam. Zunächst sammelte er im Traum Pilze im Wald, es war also Herbst. Er trug zwei Körbe und hatte schon reichlich Birken- und Steinpilze darin, so reichlich, dass er aufhörte, Butterpilze zu sammeln, und über Birkentäublinge einfach hinwegtrampelte. Als beide Körbe voll und schwer waren, machte er sich auf den Heimweg. Dabei dachte er darüber nach, was für ein Wald das war, in dem er Pilze gesammelt hatte, denn in der Nähe seines Dorfes gab es keine Wälder! Aber wo es ein »Vorwärts« gab, gab es immer auch ein »Zurück«, und er begann, auf seinem Rückweg sogar Stellen zu erkennen, an denen er schon vorbeigekommen war. Seine Füße mussten ihn, wie auch immer, an den Ort zurückbringen, von wo er den Wald betreten hatte, und er vertraute seinen Füßen. Vor allem auch deshalb, weil sie unbeirrt weitergingen und den Kopf nicht nach dem Weg fragten. Keinerlei Zweifel plagten Sergejitsch, im Gegenteil, er war neugierig und wollte so schnell wie möglich den Waldrand sehen, um zu begreifen, wie er den Ort hatte vergessen können, an dem er aus dem Hellen ins Dunkle getreten war! Dort, wo der Wald endete, war es doch immer heller, selbst nachts, wenn nicht gerade Wolken den Mond und die Sterne verdeckten!

In Erwartung des Übergangs vom Dunklen ins Helle beeilte sich Sergejitsch und lauschte dabei dem Knacken der

Zweige und Zapfen unter seinen Füßen. Er ging so schnell, dass dieses Knacken ihn fast als ständige Musik begleitete. Es war eine traurige und bedrohliche Musik. Und irgendwann schien es Sergejitsch, als würde sie lauter, viel lauter als zuvor. Er blieb stehen und dachte, damit würde die Musik aufhören und verstummen, denn er spielte sie ja mit seinen Füßen auf dem Waldboden. Er blieb stehen, aber die Musik klang immer noch, ging weiter und kam von hinten, aus der Tiefe des Waldes.

Sergejitschs Hände begannen zu schmerzen. Er erinnerte sich, dass er Körbe voller Pilze trug, und stellte sie auf dem Boden ab. Das Knacken der Äste, das Rauschen des Windes und das Geraschel wurden immer lauter. Sergejitsch drehte sich um und sah im Dunkel des Waldes eine Bewegung, als hätten die Bäume kurz die Plätze getauscht. Außerdem gesellte sich etwas Vertrautes und gut Bekanntes zu der Musik. Sergejitsch lauschte – es war Summen! Das Summen von Bienen, aber nicht hell, fein und zart, sondern hart, rauh und dröhnend.

Sergejitsch bekam Angst, blieb aber noch ein paar Sekunden an der Stelle stehen, bis er eine seltsame Gestalt erblickte, die sich in der Finsternis abzeichnete und aus dem tiefen, undurchdringlichen Dunkel in das nahe Dunkel vor ihm trat. Diese Gestalt von der Größe eines Menschen war kein Mensch. Der aufrechte Rumpf war langgezogen, fast bis zum Boden, wo zwei kurze Beine ihn mit kleinen, schnellen Schritten vorwärtstrugen.

Panisch ließ Sergejitsch die Körbe stehen und rannte, so schnell er konnte, weiter, zu jenem Ausgang aus dem Wald, an den sich seine Füße erinnerten.

Er wachte mitten in der Nacht auf, seine Stirn war feucht. Er drehte sich auf den Rücken, aber es gelang ihm nicht, wieder einzuschlafen. Erneut legte er sich auf den Bauch, und seine rechte Hand griff von selbst zum rechten Rand der Decke, zur dort liegenden Granate, und umfasste sie.

74

Die Sonne stand schon ziemlich hoch am Himmel, als Sergejitsch aus seinem Schlafsack kroch und dabei eine Tomate zerquetschte. Er sah sich um – auf beiden Seiten lag ein Tomatenfeld, das vergessen wirkte. Die Ernte fiel nicht sehr groß aus, und die Tomaten waren auch nicht sonderlich schön. Offenbar hatte der Bauer seine Tomaten aufgegeben und beschlossen, anderes Gemüse zu ernten, das bessere Früchte hervorgebracht hatte.

Sergejitsch rollte den Schlafsack zusammen und steckte ihn in den Kofferraum. Dann hob er die Decke auf und wollte sie einpacken, aber unter ihr lagen ebenfalls zerquetschte Tomaten. Und die grüne Granate. Sergejitsch schüttelte Blätter und Erdklümpchen von der Decke und packte sie weg. Dann kam er wieder zurück und starrte die Granate an. Dabei spürte er, dass er den Blick nicht von ihr abwenden konnte.

»So weit kommt es noch!«, flüsterte er und sah weg.

Er wandte sich zum Anhänger mit den Bienenstöcken und dachte voll Mitleid an die eingesperrten Bienen. Er musste sie so schnell wie möglich nach Hause bringen, damit sie noch fliegen konnten, bevor es kalt wurde!

Sein Blick kehrte wieder zur Granate zurück.

›Ich darf dich nicht mitnehmen!‹, dachte er. ›Du hast mich auch so fast in Teufels Küche gebracht! Ich habe dich durch so viele Checkpoints transportiert, durch den russischen und ukrainischen Zoll! Was, wenn sie dich gefunden hätten? Dann säße ich bis an mein Lebensende im Knast.‹

Er holte tief Luft.

Er durfte die Granate nicht mitnehmen, aber dalassen konnte er sie auch nicht! Am Ende fand sie noch jemand. Und wenn es Kinder waren? Konnte er diese Sünde auf sich laden?

Niedergeschlagen schüttelte er den Kopf.

Vielleicht sollte er sie vergraben? Nein, ein Traktor konnte darüberfahren und explodieren!

Irgendwo in der Ferne hörte er gerade das Rattern eines Traktors. Sergejitsch hob den Kopf und blickte zum Horizont. Er hatte den Eindruck, einen sich bewegenden Traktor oder Mähdrescher zu sehen.

Wieder betrachtete er die Bienenstöcke. Dieses Mal blieb sein Blick jedoch am »dritten« hängen, mit den Bienen, die ihm grau vorgekommen waren. An dem Bienenstock, der in seinem Alptraum aufgetaucht war und aus dem die riesigen Militärbienen geklettert waren, indem sie sich nach vorne gebeugt und dann über den Rand gewälzt hatten. Sie waren wie aus einer Panzerluke oder einem unterirdischen Gang herausgeklettert und waren verstohlen weggegangen, um einen militärischen Auftrag auszuführen.

Da fiel Sergejitsch auch sein letzter Traum wieder ein, die seltsame Gestalt, die aus dem dunklen Wald gekommen war.

›Da habe ich auch von ihnen geträumt!‹, verstand er.

›Diese Träume haben eine Bedeutung! Gott sagt einem durch die Träume, was man tun soll!‹

Er kletterte auf den Anhänger und lockerte den Halteriemen, der den »dritten« Bienenstock sowie jenen auf der anderen Seite des Anhängers fixierte. Er zog an dem Bienenstock mit den grauen Bienen, bewegte ihn von der Stelle und wunderte sich, wie leicht ihm das gelang. Als sei die Kraft in seine Hände zurückgekehrt.

›Na so was!‹, dachte er erfreut und machte einen Schritt zurück wie ein Gewichtheber vor dem Stemmen einer Hantel.

Dann trat er wieder zum Bienenstock, dieses Mal entschlossener. Er umfasste ihn mit beiden Armen und hob ihn vom Anhänger.

Er trug ihn etwa einhundert Meter vom Auto weg, wobei er zwischendurch immer wieder verschnaufen musste. Er hob den Deckel und sah hinein. Ein paar Bienen saßen auf den Rähmchen. Und wieder wirkten sie grau auf ihn!

›Vielleicht haben sie sie absichtlich mit etwas angesteckt? Damit ich eine Seuche in die Ukraine einschleppe?‹, dachte Sergejitsch. Er hatte ja schon einmal von biologischen Waffen gehört. Er selbst hatte früher schließlich Kartoffelkäfer bekämpft, die von Amerika verbreitet worden waren, um die Sowjetunion zu zerstören.

Er begutachtete die Innenwände des Bienenstocks und fuhr mit den Fingern über die glatten Bretter.

›Vielleicht haben sie irgendein technisches Gerät in den Bienenstock montiert? Um mich und unseren Krieg zu beobachten?‹

In Sergejitschs Augen blitzte Angst auf, und sein Herz begann, schneller zu schlagen. Er erinnerte sich an eine Sendung aus dem russischen Fernsehen über winzige Technologien, die man mit dem bloßen Auge nicht erkennen konnte.

Er ließ den Deckel des Bienenstocks offen und lief zurück zum Auto. Er hob die Granate vom Boden auf, die nach wie vor warm war, als wäre sie lebendig! Er hielt sie in der Hand und gewöhnte sich an ihr Gewicht, dann ging er wieder bis auf etwa zwanzig Meter an den Bienenstock heran. Er zog den Splint, so wie sie es in Filmen taten, warf die Granate und ließ sich auf den Boden fallen, weshalb er auch nicht sah, ob die Granate in der Nähe oder weit entfernt von den grauen Bienen explodiert war.

Die Stärke der Explosion zwang Sergejitsch, sein Gesicht auf die trockene, schwarze Erde zu pressen. Über seinem Kopf pfiff und summte es. Etwas Feuchtes fiel ihm in den Nacken, und er erstarrte. Das Atmen fiel ihm immer schwerer, da der Boden die Luft nicht durchließ. Als das Donnern aus den Ohren verschwand, wurde es von dröhnender Stille abgelöst. Auch in Sergejitschs Kopf begann es zu dröhnen, als habe jemand mit etwas Schwerem, einer Glocke oder einer Pfanne, daraufgeschlagen.

Er stand auf. Die Erde unter ihm schwankte.

Dort, wo der »dritte« Bienenstock gestanden hatte, war nichts. Nur ein Krater. Auf dem Boden lagen Holzsplitter – die Überreste der Rähmchen. Eine Biene flog an Sergejitsch vorbei.

›Sie haben überlebt‹, dachte er. ›Nicht alle, aber einige …‹

Mit dem Dröhnen in seinem Kopf ging er vorsichtig zum Anhänger.

Wieder hörte er das Summen einer Biene, drehte sich um und sah, wie eine Biene von der Stelle der Explosion zum

Anhänger flog und sich auf das Anflugbrett jenes Bienenstocks setzte, den er unterwegs repariert hatte.

Sergejitsch betrachtete sie. War sie grau? Irgendwie nicht, aber irgendwie doch schon. Sie stupste an das Flugloch, das er für die Dauer der Fahrt geschlossen hatte.

Sergejitsch kletterte auf den Anhänger, lockerte den Halteriemen von der zweiten Reihe Bienenstöcke, hob einen der Deckel, griff hinein und öffnete das Flugloch.

»Na, schlüpf hinein!«, sagte er zur Biene.

Die Biene krabbelte munter in den Bienenstock, als hätte sie ihn gehört.

Sergejitsch hatte kaum geblinzelt, da fiel die Biene wieder heraus auf das Anflugbrett, und drei oder vier Bienen aus dem Bienenstock kamen ihr hinterher. Sie begannen, sie vom Eingang wegzustoßen, und schubsten sie vom Anflugbrett.

»Da haben wir den Salat!«, sagte Sergejitsch. Er bückte sich, hob die Biene vom Boden auf und setzte sie auf seine Hand, die er dann schloss, als würde er ihr anbieten, sich in seiner Hand einen kleinen Bienenstock einzurichten.

Er blickte von seiner nicht fest geschlossenen Faust wieder zum Anflugbrett.

»Was fällt euch denn ein, benehmt ihr euch wie Menschen?«, fragte er traurig die Bienen, aber die waren bereits in den Bienenstock zurückgekehrt und hörten ihn nicht.

Er sah wieder auf seine nicht fest geschlossene Faust.

»Was mache ich jetzt mit dir? Du kannst nirgendwo hinfliegen. Du bist allein!«

Da begann er, langsam seine Faust fester zu schließen. Er schloss sie immer fester, bis er mit der Handfläche die vor Angst zitternde Biene spürte. In dem Augenblick stach sie ihn.

Er verzog das Gesicht, öffnete die Faust und sah die Biene an, die ihren Stachel in seiner Haut zurückgelassen, sie allerdings nicht hatte durchdringen können. Sergejitsch zog den Stachel heraus und pustete ihn weg. Dann drehte er seine Hand um, und die Biene fiel ins Gras.

»Das war's!«, flüsterte er.

In seinem Fahrersitz steckten Granatsplitter. Er zog sie heraus und warf sie weg.

›Gott sei Dank habe ich keine Fenster‹, dachte er, ›sonst wären sie herausgeflogen!‹

Eine Stunde später läutete sein Handy. Sergejitsch fuhr langsamer, obwohl er ohnehin nicht schnell unterwegs war.

»Hör mal, bist du schon auf dem Weg?«, hörte er Paschkas Stimme.

»Ja, ich bin schon an Tokmak vorbei.«

»Nimm mir unterwegs ›Prima‹-Zigaretten mit, so dreißig Päckchen. In Karusselino sind sie aus! Vergisst du das nicht?«

»Warum sollte ich das vergessen?«, fragte Sergejitsch ruhig. »Ich nehme sie mit!«

»Aber versteck sie, sonst nehmen sie sie dir an den Checkpoints vielleicht ab!«

»Das werde ich«, versprach Sergejitsch.

»Du musst sie gut verstecken, sie durchwühlen zurzeit bei allen den Kofferraum, sie suchen etwas!«

»Ich tu sie nicht in den Kofferraum«, sagte Sergejitsch ruhig. »Ich werde sie dort verstecken, wo niemand nachsieht.«

»Wo soll das sein? Manchmal überprüfen sie sogar den Tank!«

»Ich verstecke sie bei den Bienen«, erklärte Sergejitsch. »Im Bienenstock suchen sie nicht.«

»Ja, da hast du recht!«, stimmte Paschka zu und klang fast glücklich. »Das war's! Also dann! Ich warte!«

›Na, einer wartet immerhin auf mich!‹, dachte Sergejitsch und trat aufs Gaspedal.